中国现代文艺学大家文库

中国文论的民族特色
——徐中玉文艺学文选

徐中玉 著

山东文艺出版社

图书在版编目（CIP）数据

中国文论的民族特色：徐中玉文艺学文选 / 徐中玉著.
—济南：山东文艺出版社，2021.4
ISBN 978-7-5329-6041-5

Ⅰ.①中… Ⅱ.①徐… Ⅲ.①文艺评论—中国—文集 Ⅳ.①I206-53

中国版本图书馆 CIP 数据核字（2020）第 000533 号

责任编辑：周学雷
装帧设计：刘小军

中国文论的民族特色
——徐中玉文艺学文选

徐中玉　著

主管单位	山东出版传媒股份有限公司
出版发行	山东文艺出版社
社　　址	山东省济南市英雄山路 189 号
邮　　编	250002
网　　址	www.sdwypress.com
读者服务	0531-82098776（总编室）
	0531-82098775（市场营销部）
电子邮箱	sdwy@sdpress.com.cn
印　　刷	山东新华印务有限公司
开　　本	890 毫米×1240 毫米　1/32
印　　张	11.75
字　　数	283 千
版　　次	2021 年 4 月第 1 版
印　　次	2021 年 4 月第 1 次印刷
书　　号	ISBN 978-7-5329-6041-5
定　　价	95.00 元

版权专有，侵权必究。如有图书质量问题，请与出版社联系调换。

出版说明

"中国现代文艺学大家文库"精选徐中玉、钱谷融、王元化、钱中文、李衍柱、王元骧、陈伯海、陆贵山、孙绍振、童庆炳等十位著名文艺理论家的代表性著作,涵盖现代文论、古代文论、西方文论等多个领域,以期对近百年来中国文艺学的创造性成果进行总结,全面立体地展示中国现代文艺学研究的理论建树,为专业的文艺学研究者提供经典、权威的文艺学资料,从而推动新时代文艺学研究向纵深发展。

我们在编选过程中,除根据作者或授权编选者的意见对个别选文稍作修正外,尽量保持文章初次发表时的原貌。这是一套学术著作,我们本着严谨认真的态度进行编校,但难免会有疏漏,尚祈读者指正。

山东文艺出版社
2020年12月

总序

中国文艺学发展百年回眸

为了总结文艺学诞生、发展的历史经验,推进当代具有中国特色的文艺学的建设,山东文艺出版社拟出版一套"中国现代文艺学大家文库",选择近百年来在不同历史时期涌现出的文艺理论家的代表性成果集结的"自选集"或由学子、亲人协助选编的"文艺学文集",公开出版发行,与国内外读者见面。这一设想是有创新性的,也是具有学术价值和现实意义的。

第一批被选入的学者有十位,最年长的是2019年6月25日去世、享年105岁的徐中玉先生。徐先生1915年2月15日出生于江苏江阴。这一年恰是陈独秀创办的《青年杂志》(1916年改为《新青年》)问世。在五四精神的熏陶和培育下,在新文化运动的洪流中,徐先生刻苦学习、吸纳进步思想,在极端困难的环境中,积极为深爱的祖国贡献一份力量。在《忧患深深八十年——我与中国二十世纪》一文中,徐先生说:"我们这一代人的发奋图强,誓雪国耻,要求进步,坚主改革,不论在什么环境、困难下总仍抱着忧患意识与对国家民族负有自己责任的态度,是同我们从小就受到的这种国耻教育极有关系的。'天下兴亡,匹夫有责',这不是说个人有了不起的力量,而是说每个人于国、族兴亡,都要负起自己应该并可能承担的责任。"作为一位文艺理论家,徐中玉先生继承和弘扬了中国知识分子所具有的"先天下之忧而忧,后天下之乐而乐"和"独立之人格,自由之思想"的优良传统,由于敢于直言,敢于讲真话,坚持正义,主持公平,徐先生多次被诬陷、遭攻击,被打成"右派",但他始终默默地搜集文献资料,思考和研究文艺理论问题。他认为:"具有忧患意识,有使命感和历史责任则是每一个爱国者应有、能有的。"徐先生在受迫害的艰难岁月里,"利用一切可以利用的时间,埋头积累专业研究资料。二十年间孤立监改扫地除草之余,新读七百多种书,积下数万张卡片,约计手写近一千万字。甘于寂寞,自求心安。只有自己觉得这种积累有用,即使这些卡片将始终只能塞在我的抽屉里,也有意义。也许这只是为了求得自己心理上的平衡,但到底并没有把这二十年光阴完全白过。"①徐先生在逆境中所显示出的这种坚韧不拔、甘于寂寞、潜心研究的治学精神,堪称为学界的楷模。

对于近百年文艺理论的发展,徐中玉先生为《中国近代文学大系·第1集·第1卷·文学理论集1》作的导言中认为,"近代文学理论在新旧交替、救亡图强的大变革世运中"②

---

① 徐中玉:《忧患深深八十年——我与中国二十世纪》,载《徐中玉文存》,上海人民出版社2019年版,第6页。
② 徐中玉主编:《中国近代文学大系·第1集·第1卷·文学理论集1·导言》,上海书店1994年版。

得到长足的发展，在这方面王国维和鲁迅作出了突出贡献。

今天我们所说的文艺理论或文艺学①，它的古老的名字称为"诗学"。最早提出"诗学"概念并把它作为独立学科进行研究的是古希腊"最伟大的思想家"亚里士多德（公元前384—前322年）。在古希腊，诗是一个广义的概念，包括抒情诗、叙事诗、悲喜剧、史诗、音乐、舞蹈等。亚里士多德的《诗学》就是古希腊这些艺术种类实践经验的总结。因此，亚里士多德的《诗学》，就其研究的对象和论述的内容来讲，可谓是世界文论史上出现的第一部文艺理论或文艺学专著。

中国古代虽无"诗学""文艺学"的概念，但对诗乐理论的研究却源远流长、新见迭出，产生过多部影响深远的理论专著。从荀子的《乐论》到后来出现的《乐记》，从《文心雕龙》《诗品》《闲情偶寄》到《人间词话》，等等。三千多年前，在《尚书·虞书·舜典》中提出"诗言志"这一中国诗论"开山的纲领"以来，不断有新的理论观点问世，诸如：缘情说、形神说、风骨说、神韵说、意象说、性格说、境界说、意境说等，并对创作实践产生程度不同的影响。诗论在中国古代，除《文心雕龙》《诗品》等专著中有所论述外，主要是以乐论、诗话、词话、曲话、批注、笔记等文体存在于历史典籍之中。

文学理论或文艺学作为一门独立的人文学科在中国出

---

① 据日本当代文艺理论家浜田正秀研究，文艺学（Literaturwissenschaft 或 science of literature）这一词据说最先是在19世纪40年代初的黑格尔学派里使用，初见于1843年麦登（Mundt, 1808—1861）的《现代文学史》一书的绪论中。见［日］浜田正秀《文艺学概论》，陈秋峰、杨国华译，中国戏剧出版社1987年版，第3页。

现,则是 20 世纪的事情。1902 年,文学理论先是以"文学研究法"的名义跨入了"中国文学门",正式被列入《钦定大学章程》。1912 年,在北大馆藏的《民国元年学科设置及课程安排》中,首次将"文学概论"列为人文学科开设的课程。1916 年蔡元培任北大校长,聘任陈独秀为文科学长。1917 年在北京大学重新修订的《文科大学现行科目修正案》中,进而明确将"文学概论"定为必修课。由此开始,一百多年来"文学概论"一直是全国各大学中文专业开设的必修课。[①] 上世纪开始的一二十年,多是借用国外学者撰写的关于文学艺术理论的著作为教材。上世纪 50 年代,中国各高校文科,普遍用的是苏联的文艺学教材。改革开放新时期,中国恢复学位制度后,文艺学正式作为一个独立学科在全国各高校与科研单位设立博士点、硕士点,并开始招收培养专门从事文艺学教学与研究的人才。文艺学在国家教育体制上被确立,同时也被学界接受认同。

回顾文艺学在中国发展的历史,20 世纪初,在中国古代诗学理论向中国现代诗学理论的转换过程中,王国维(1877—1927)作出了重大贡献。生活、学习和成长在中西文化交流和碰撞时代大潮中的王国维,在"文学理论"概念的出现和"文学概论"成为中国大学人文学科的必修课的同时,1904 年发表《〈红楼梦〉评论》;1904—1906 年开始撰写《人间词话》甲稿、乙稿,并于 1908 年分三期连载于《国粹学报》;1909 年,写出《唐宋大曲考》《戏曲考

---

① 参见程正民、程凯主编:《中国现代文学理论知识体系的建构——文学理论教材与教学的历史沿革》,北京大学出版社 2005 年版。

源》,刊于《国粹学报》;1912年,《宋元戏曲考》成书。王国维运用康德、叔本华的美学观,结合中国文学和文论的实际,具体分析和评论了《红楼梦》、宋元戏曲和古代诗词,以境界为核心范畴,构建起一个具有中国民族特色的文学艺术理论新体系。王国维创建的文论新体系,在总结中国文艺创作实践的基础上,创造性地继承、创新性地发展了中国古代诗论的优秀传统,汲取融合了西方诗学中的合理成分。其研究和论述的方面,涵盖和扩大了亚里士多德《诗学》的内容,更加符合中国文艺的实际。他写的《〈红楼梦〉评论》,为中国现代文艺理论批评开了先河,投下了第一块基石。文中振聋发聩地提出:"《红楼梦》者,可谓悲剧中之悲剧也。"① 这一理论观点,显然比胡适提出的"自传说"和蔡元培的《〈石头记〉索引》,有更高的审美价值。叶嘉莹说:"此文在中国文学批评的历史中,实在可以说是一部开山创始之作。"② 这一评价,是公正而又符合实际的。王国维的《宋元戏曲考》或《宋元戏曲史》,是中国第一部戏曲史。王国维的《人间词话》,以中国古代诗话、词话的形式,表达出现代美学和文艺理论的丰富内容。王国维以境界范畴作为他的现代诗学体系的逻辑起点,系统总结了中国古代诗话、词话所蕴含的诗学理论,结合优秀古典诗词的分析,对文艺的本体论、创作论、构成论、鉴赏论、作家论提出了

---

① 王国维:《〈红楼梦〉评论》,载《中国近代文论选》下,人民文学出版社1962年版,第754—755页。
② 叶嘉莹:《王国维及其文学批评》,广东人民出版社1982年版,第176页。

自己的见解,并且原创地论说了优美、壮美、古雅、情与景、写实与理想、隔与不隔、有我之境与无我之境等属于他自己独有的新的诗学范畴。他吸取了19世纪以来西方兴起的"写实派"与"理想派",即现实主义与浪漫主义理论观点,认为在艺术意境的创构过程中,现实和理想相互渗透,融为一体,二者颇难区别。"写实家亦理想家","理想家亦写实家"。

对于王国维在中国学术史上的贡献,陈寅恪指出:

> 自昔大师巨子,其关系于民族盛衰学术兴废者,不仅在能承续先哲将坠之业,为其托命之人,而尤在能开拓学术之区宇,补前修所未逮。故其著作可以转移一时之风气,而示来者以轨则也。先生之学博矣,精矣,几若无涯岸之可望,辙迹之可寻。然详绎遗书,其学术内容及治学方法,殆可举三目以概括之者。一曰取地下之实物与纸上之遗文互相释证。凡属于考古学及上古史之作,如《殷卜辞中所见先公先王考》及《鬼方昆夷猃狁考》等是也。二曰取异族之故书与吾国之旧籍互相补正。凡属于辽金元史事及边疆地理之作,如《萌古考》及《元朝秘史之主因亦儿坚考》等是也。三曰取外来之观念,与固有之材料互相参证。凡属于文艺批评及小说戏曲之作,如《红楼梦评论》及《宋元戏曲考》《唐宋大曲考》等是也。①

---

① 陈寅恪:《王静安先生遗书序》,载《陈寅恪史学论文选集》,上海古籍出版社1992年版,第501页。

陈寅恪先生总结出的王国维学术研究的三条基本经验和方法影响深远，对中国现代美学、诗学、史学的研究与发展，具有重大的学术价值和现实意义。在中国文学艺术领域，王国维既是中国古代诗话、词话的最后一位诗论家，同时又是中国现代诗学在新世纪伊始出现的最初的一位文艺理论家。中国古代诗话、词话的终结和中国现代诗学理论的开端，是以王国维创建的中国现代诗学理论（即文艺理论）为标志的。

王国维对中国现代诗学理论虽然作出了重大贡献，但也有明显的局限和缺失。徐中玉先生明确指出：王国维的理论虽有"精微处、透辟处，也有自相矛盾、未能自圆其说处，违反历史事实、时代要求、大众愿望处。国家民族仍在贫弱交困、急待救亡疗治的时刻，他这些理论大体只可供思考，起到免于走向极端功利而尽失文学特性的作用……王氏精微有余，正视现实生活不足，理想成分多"。徐先生认为，"王国维说：'主观之诗人不必多阅世，阅世愈浅，则性情愈真，李后主是也'，都不切合事实。李后主身受亡国之辱，阅世还浅？他的最好词作，难道不是这种阅历促成的？阅世深了，一定会使性情失真？如果真只是'赤子'，大眼界、深意境能从哪里来？说李后主'俨有释伽、基督担荷人类罪恶之意'，简直把一己之所爱，拔高到天上去了。王氏有很高的艺术鉴赏力，也有把自己的学术见解大胆提出来的理论勇气。但他的不少著名观点至少仍是大可商榷的。"徐先生对王国维的批评是十分中肯的。

在徐先生看来，对于建设中国现代文艺学（或文艺理论）的贡献，与王国维相比，鲁迅的贡献更大、更具有现代性。徐先生对鲁迅写于1907年的《摩罗诗力说》给予很高的评价。

（《摩罗诗力说》）是这一历史时期文学理论的总结，又是这一时期文学理论发展的最贵结晶，明显地起着承前启后的作用。鲁迅在此文中不废怀古之功，但更要求审己、知人："欲扬宗邦之真大，首在审己，亦必知人，比较既周，爱生自觉，每响必中于人心，清晰昭明，不同凡响。"这就是指出：一味自我欣赏而不审视自己的阙失，前途必无光明，有了改进的自觉，才有希望。为此，他坚决主张"别求新声于异邦"。异邦有诸如"立意在反抗，指归在动作"，"争天拒俗"，争取"独立、自由、人道"，"说真理"等类新声，都还是我们自己非常缺少却极需要的。对异邦行而有效的东西，认为虽应学习，"亦非吾邦民可活剥"，应学其"内质"，即真精神才是。

鲁迅分析了过去闭关的恶果，孤立自是，精神沦亡，以致维新了二十年仍无甚成效。他呼吁文学界有志之士都要做"精神界之战士"，为国族尽最大努力。"家国荒矣，而赋最末哀歌，以诉天下贻后人之耶利米，且未之有也！"

鲁迅凭其热爱国族的赤忱和高瞻远瞩的目光，其认识达到了当时思想界文学理论界的最高峰。①

---

① 徐中玉主编：《中国近代文学大系·第1集·第1卷·文学理论集1·导言》，上海书店1994年版。

鲁迅（1881—1936）是一位伟大的文学家、思想家、革命家。他不仅是中国现代文学的奠基人，为中国20世纪文学竖起了第一座巍峨的文学高峰，而且是建设具有中国民族特色的文艺理论或文艺学的披荆斩棘的勇敢开拓者。鲁迅积极投入和倡导白话文运动，1918年5月发表的《狂人日记》是中国文学史上出现的第一篇白话文小说。在中国文艺理论史上，鲁迅又是第一个将西方现实主义理论的核心范畴——"典型""典型人物"引入中国文坛的。他在1921年4月5日写的《译了〈工人绥惠略夫〉之后》一文中，称阿尔志跋绥夫在1905年之前，"已经写出了一个以性欲为第一义的典型人物来。"① 在《阿Q正传》的论争中，典型逐渐成了批评家批评作品成败得失的重要审美尺度。鲁迅系统全面地研究了中国小说，撰写的《中国小说史略》《中国小说的历史的变迁》，开创性地为中国文学史研究打下了一个坚实的基础，并为中国文艺学的理论研究提供了丰厚的历史文献资源。鲁迅亲自将普列汉诺夫运用唯物史观写出的《没有地址的信》，翻译给中国读者。他对文学发生学的研究，既批判地吸取和借鉴了"游戏说""巫术说""劳动说"中的有价值成分，又紧密结合中国文艺发生的实际，提出了富有中国特色的文艺活动发生论的新观点。他的理论主张可概括为："劳动—巫术—休闲"说。② 徐中玉先生在《中国近代文艺理论的发展》中提出的中国文论史上长期争论不休的一个关

---

① 《鲁迅全集》第10卷，人民文学出版社1981年版，第167页。
② 李衍柱：《文学理想与文学活动》，人民出版社2013年版，第302—308页。

于文艺与政治的关系问题,鲁迅总结中国文学史的经验,生动而又辩证地作出回答。他在《文艺与政治的歧途》《魏晋风骨及文章与药及酒之关系》等论文中指出:世界上没有超政治、超时代的文学,鼓吹所谓文学超政治、超时代,实质是为了逃避现实,然而这又是不可能的,"这是和说自己用手提着耳朵,就可以离开地球者一样地欺人"①。

人的意识的觉醒与人的价值和尊严的被肯定,人的主体性的确立和人的独立思考能力的恢复和增强,这是一百多年来在中国学术界、思想界、文学艺术界发生的一个重大变化。如同陈伯海先生所说:"现代意义上的'人'的自觉和'文'的自觉,构成'五四'文学革命对20世纪中国文学发展的主要贡献。"② 人学与文艺学同属人文科学。而人学又是文艺学的重要理论基础。人学既是打开文学殿堂大门的钥匙,也是打开中国古代文论、书论、画论、乐论宝库的金钥匙。文学是"人学"的理论主张,不仅对于我们研究中国古代文论传统、开展中西文论比较,有指导意义,而且对研究中国现代文艺理论,总结五四以来文学艺术领域的经验教训和存在的问题,都有现实的意义。从 1918 年 12 月 15 日刊行的《新青年》第 5 卷第 6 号上发表周作人的《人的文学》到 1957 年第 5 期《文艺月报》发表钱谷融的《论"文学是人学"》,再到 1980 年第 3 期《文艺研究》发表钱谷融的《〈论"文学是人学"〉一文的自我批判提纲》(即《我

---

① 《鲁迅全集》第 7 卷,人民文学出版社 1981 年版,第 113—114 页。
② 陈伯海主编:《近四百年中国文学思潮史》,东方出版中心 1997 年版,第 22 页。

怎样写〈论"文学是人学"〉》),时间经过了六十余年,围绕着文学与人的问题,人性、国民性与阶级性问题,人道主义与人文精神问题,展开了多次的论争,尽管一些作家、理论家因此而落难,受到批判或斗争,但是真理是批不倒、骂不掉、打不死的,相反它会在反复敲打中闪烁出它的灿烂的光辉。① 选入"中国现代文艺学大家文库"的学者,几乎每一位都在自己所选论文中从不同视角论说到"人"的自觉与"文"的自觉问题。徐中玉在《忧患深深八十年——我与中国二十世纪》一文中说:"文学既是人学,更是人心民心之学。"钱中文先生指出:"'文学是人学'是针对教条主义把人当作描写的工具而说的,文学应该描写活生生的人,张扬了文学的人道主义,这一很有针对性的观点,开了解放文学思想风气之先,扩大了人们对文学的认识,使文学与真实的人结合起来,有力地批判了高大全、假大空这类虚假的文学主张,功莫大焉。"② 钱先生还专门撰写了《论人性共同形态描写及其评价问题》,结合中外的理论研究与创作实际进行了评说。在新世纪伊始,钱先生提出和倡导的"新理性精神",进一步拓展和丰富了文学人学论的内涵。王元骧先生在论说马克思对德国古典美学的继承与革新的同时,撰写出《审美自由与人的解放》。陆贵山在重读经典文本的基础上,深入研究"马克思主义的人论与文学"课题,并出版了专著。

---

① 李衍柱:《时代变革与范式转换》,人民出版社2013年版,第201—203页。

② 钱中文:《三十年间》,载《理论的时空》,复旦大学出版社2016年版,第144页。

"主体性文学论是人性、人道主义讨论的必然继续与具体表述,与'文学是人学'也是相互呼应的。文学主体论认为过去主体在反映论中完全是消极被动因素,所以那是客体文学,是没有主体的文学,现在要重建具有首创精神的创作主体,建立新的主体文学。纠正过去创作中创作主体的缺失,强调创作主体的创造地位与巨大功能,这是文学理论的一大进步。有的作家有感于此,后来阅读了阐释文学主体论的文章,真有一种解放之感;同时这一观念对于促进文学理论框架的反思,影响很大,这都是应该肯定的。"①

"时运交移,质文代变,古今情理。"② 中国文艺学的发展变化与时代的变革相向而行。革命是推动历史前进的火车头,解放思想则是激励亿万人民从事社会变革的不竭动力。一百多年来,中国社会发生了三次伟大的革命,经历了三次伟大的思想解放运动。历史的巨变,催生和推进了中国现代文艺学的发展。

20世纪出现的第一次大革命是以孙中山领导的辛亥革命为标志。在这次大革命孕育爆发的过程中,中国社会急剧地由一个封建专制社会逐渐沦为一个半殖民地半封建社会。十月社会主义革命,给中国送来了马克思列宁主义。孙中山播下的民主革命种子,催生和发展成了新民主主义革命,爆发了五四新文化运动,出现了第一次思想大解放运动。中西文

---

① 钱中文:《三十年间》,载《理论的时空》,复旦大学出版社2016年版,第144—145页。
② 刘勰著,范文澜注:《文心雕龙注》下,人民文学出版社1961年版,第671页。

化的大碰撞、大交流、大融合，在中国文学艺术领域则呈现出可喜的百花齐放、学派林立、百家争鸣的繁荣局面。

第二次大革命和社会转型是以中华人民共和国建立和社会主义制度基本确立为标志，以打破苏联的教条主义为中心的延安整风，开启了第二次思想解放运动。从时间上说，可以从1927年井冈山建立第一块革命根据地算起，一直到1956年我国社会主义改造基本完成。这次大革命，使中国人民真正站起来了，获得了新民主主义革命的胜利，并且开始走上了社会主义的道路，取得了社会主义建设的伟大胜利。在这个将近三十年的过程中，中国社会形态发生了根本性的变化，由一个半殖民地半封建的社会转变成为一个新民主主义国家，然后又逐步确立了社会主义制度。在哲学社会科学领域，最大的成果，就是确立了马克思列宁主义普遍真理与中国革命实际相结合的毛泽东思想。在中国文艺学发展的历程中，则形成了马克思主义文艺理论与中国文艺实际相结合的毛泽东文艺思想，在革命与战争年代竖立起了一座马克思主义文艺理论中国化时代化大众化的里程碑。

第三次社会大革命和思想解放运动是以党的十一届三中全会为标志。以社会主义现代化建设为中心的改革开放，是中国大地上持续发展的又一次更为深刻和广泛的革命。四十多年的改革开放，中国人民已由站起来走向富起来，由富起来走向强起来。四十多年的伟大实践，我们已经成功地走出了一条中国特色社会主义道路。

从上世纪70年代末期开始的这次思想解放运动，使古老的中华大地重新焕发了青春，注入了无限的生机与活力。这次伟大的思想解放运动,使中国社会的各个领域,都发生了根本性的变化,文化、科学、艺术,迎来了自己发展的春天。中国现代文艺学同其他社会科学一样,挣脱了种种精神枷锁,走出了误区,打破了禁阈,回到了自己的家园。作家、艺术家、文艺理论家重新焕发出自己的艺术青春、学术青春。

今年正值五四运动发生一百年、中华人民共和国成立七十年和改革开放刚过去四十年,本文库第一批入选的学者中徐中玉先生是全程经历和参与的元老,其余诸位都是出生于上个世纪30—40年代。这些学者亲历和见证建国七十年中国社会发生的巨变,沐浴着改革开放的春风,全身心地投入到自己关注的文艺研究之中。他们的研究论著,从不同的侧面和层面,推进了现代中国文艺学的建设,为社会主义文艺事业的发展和繁荣作出了应有的贡献。从其所选文集的内容看,主要的标志性的理论贡献有以下几点:

第一,文学观念的更新和突破。十年动乱期间的闭关锁国,使中国文艺理论界中断了与世界的交流与对话。解放思想,改革开放,有力地推动了文学观念的更新和突破。改革开放四十多年,欧美和俄罗斯近代以来出现的各种哲学、美学、文学理论的代表性著作和文艺作品,相继被翻译、介绍到我国。《柏拉图全集》《亚里士多德全集》等西方古代、近代、现代的许多大家的全集相继被翻译到中国。世界各国不同的文学理论派别的倡导者的哲学观、历史观、价值观、美学观、文学观是大相径庭的。但他们的文学理论主张能够在不同民族国家出现,自有其实践的依据和现实存在的学理性。他们以不同的视角和方法,从不同的层面和方面,对文学艺术的审美特征和艺术规律的探索,他们的发现,他们的见解,甚至他们的"片面的深刻"或"深刻的片面",都可作为中国文艺学研究的借鉴和参照系。中国学者在思考、探索如何继承古代文论、借鉴外国文论,在马克思主义世界观和方法论指导下,建设有中国特色的文艺学的历史过程中,先后出现了认识论文学观,以蔡仪主编的《文学概论》和以群主编的《文学基本原理》为代表;主体论文学观,以刘再复的《论文学的主体性》为代表;象征性文学观,以林兴宅的《文艺象征论》为代表;生产论文学观,以何国瑞的《艺术生产原理》为代表;审美意识形态文学观,以钱中文、童庆炳、王元骧为代表。1982年,钱中文先生最早提出这一理论观点;1987年,钱先生又补充说:"文学作为审美的意识形态,以感情为中心,但它是感情和思想认识的结合;它是一种虚构,但又具有特殊形态的真实性;它是有目的,但又具有不以实利为目的的无目的性;它具有阶级性,但又是一种具有广泛的社会性以及全人类性的审美意识的形态。"① 比较集中体现审美意识形态文学观的则是童庆炳主编的《文学理论教程》和他的学术专著《文学活动的美学阐释》,王元骧的《审美反映与艺术创造》《文学原理》。文学艺术是一种审美意识形态,当下已逐渐为中国文艺理论界所接受,并成为我国文学理论教材建设的一个最基本的出发点。这一观点超越和突破了苏联文艺学教科书和我国文艺理论家蔡仪、叶以群主编的全国通用教材中所坚持的

---

① 钱中文:《论文学观念的系统性特征》,载《文艺研究》1987年第6期。

认识论文学观。

第二,研究方法的变革。"工欲善其事,必先利其器。"观念的更新与方法的变革相伴而行。20世纪50年代以来,系统论、控制论、信息论的提出和电子计算机的发明与应用,使自然科学有了重大的突破和发展,人们对宇宙的认识也有了新的进展。在社会科学方面,20世纪以来世界各国出现了各种各样的思潮和学派,他们从不同视角和层面,提出了新的方法论问题。马克思指出:"历史本身是自然史的即自然界成为人这一过程的一个现实部分。自然科学往后将包括关于人的科学,正像关于人的科学包括自然科学一样,这将是一门科学。"① 文艺学研究与自然科学结合,融合自然科学的方法和手段,这是文艺学在未来发展中的一个重要趋势。1985年,中国学界出现了"方法论"热。大家普遍注意研究如何将系统论等自然科学研究方法与传统的社会科学研究方法结合起来,如何在马克思主义世界观和方法论指导下,综合各种古今中外行之有效的研究方法,推进文艺学研究的创新。

面对着以研究浩若烟海的中外文学艺术为主要对象的文艺学,应当采取什么方法,古今中外文艺理论家作过种种探索和尝试,出现过社会历史的方法,哲学美学的方法,心理学、现象学、符号学、结构主义的方法,人类文化学的方法等。从表现形态上讲,有宏观与微观,纵向与横向,归纳综合与分析演绎,个案研究与整体把握等。选入本文库的学者

---

① 《马克思恩格斯全集》第42卷,人民出版社1979年版,第128页。

中，陆贵山先生就主张"走向宏观的文艺学"。他说观察文艺世界需要两面镜子：显微镜和望远镜。既要提倡微观研究，也要提倡宏观研究。像绘画一样，一幅画既需要有宏伟的构图，也需要有精美的细部。只有宏伟的构图没有精美的细部可能造成空泛，只有精美的细部没有宏观的构图会痴迷于一点。建国七十年来，文学理论获得了前所未有的思想活力和学术发展的空间，运用不同的方法，以不同视角，从不同侧面、不同层次、不同方面研究文学艺术，百虑一致，殊途同归，建设有中国特色的文学理论，已成为我国文学理论界的共识。"有中国特色的当代文学理论新形态，是一种以马克思主义为指导，以现代性的追求为动力，在全球化的语境中充分立足于本土，在现代文论传统的基础上，不断地自我反思与批判，广采博取中外古今思想资料中的有用成分，鉴别创新，形成了一种具有科学的和人文精神的、开放的、动态的、形式复合多样的形态。"①

在上个世纪60年代王元化先生就开始酝酿和关注文艺学研究的方法论问题，先后撰写了《论诠释》《综合研究法》《由抽象上升到具体》《知性分析方法》等论文。对于王元化先生在古代文论研究方法上的贡献，牟世金先生在《"龙学"七十年概观》中说：王元化先生的《文心雕龙创作论》，"创造了一整套行之有效的综合研究法：第一是宏观研究和微观研究相结合，第二是文史哲研究相结合，第三

---

① 钱中文：《文学理论30年：成就、格局与问题》，载《华中师范大学学报》2007年第5期。

是古今中外的比较、联系相结合。"① 这种"综合研究法",是将"古与今和中与外结合起来,进行比较对照,分辨同异,以便找寻出在文学发展上带有规律性的东西"②。它的特征是古今结合、中外结合、文史哲结合。

在改革开放新时期,文艺学研究特别是马克思文学理论的中国化,取得了重大的成绩,七卷本"20世纪马克思主义文艺理论国别研究"丛书的出版就是实绩之一。而文学基础理论也得到了前所未有的发展。就学科性的著作而言,在文学文体学、文学叙事学、文学语言学、文学修辞学、文学符号学、文学心理学、文学社会学方面,出现了许多很有分量的专著,研讨问题的范围有所拓宽。2000年到2002年间出版的钱中文、童庆炳主编的"新时期文艺学建设丛书",收录的36位学者的论著,就是一些带有标志性的成果。2016年由复旦大学出版社推出的由朱立元、曾繁仁主编的"当代中国文艺学研究文库",已出版的第一批12位学者的论著,进一步显示出当代文艺学研究在千禧之年到来之际出现的新的特点和趋向。

第三,面向实践,在创作与批评互动中推进文学理论的创新。

创作与批评是驱使文学发展的不可或缺的两个轮子。世界文学史的实践表明,凡是文学艺术在大发展的历史时期,几乎都是创作与批评两个轮子同步飞转,文学巨匠与批评大

---

① 王元化:《文心雕龙讲疏》,广西师范大学出版社2004年版,第381页。
② 同上书,第352页。

师都同时留下了他们的足迹。文学理论只有同文学创作实践与文学鉴赏批评实践紧密相连,同步互动,才能不断找到自己的新的生长点。孙绍振先生在撰写《文学创作论》和创立文学解读学过程中深有体会地说:"文学理论的生命来自创作和阅读实践,文学理论谱系不过是把这种运动升华为理性话语的阶梯,此阶梯永无终点。脱离了创作和阅读实践,文学理论谱系必定是残缺和封闭的。问题的关键在于,文学理论对事实(实践过程)的普遍概括,其内涵不能穷尽实践的全部属性。与实践过程相比,文学理论是贫乏、不完全的,因而理论并不能自我证明,实践才是检验真理的准则。"孙绍振在对《红楼梦》和鲁迅小说的文本解读中,具体分析的《红楼梦》的八个美女之死和鲁迅所写的八种死亡,使人耳目一新,给予读者以美的享受。徐中玉先生于1946年写的《批评的伦理》中说:"20世纪是一个批评的时代。所谓'批评的',它的真实解释就是改造的——或者索性就说革命的。因为一切的改造或革命都要从批评开始,而真正的批评也不能不以改造或革命作为它的目标和结局。"[1] 在20世纪40年代,徐先生对巴金创作的《家》《春》《秋》的解读和评论,充分肯定巴金的"激流三部曲"的审美价值和社会历史意义。童庆炳先生作为诺贝尔文学奖得主莫言的指导教师,联系莫言的生活道路和小说创作实践,写出的《作家的童年经验及其对创作的影响》《莫言的硕士论文与高密东北乡文学王国》,从批评与创作实践紧密结合上,丰

---

[1] 徐中玉:《批评的伦理》,载《徐中玉文存》,上海人民出版社2019年版,第277页。

富和拓展了当代文艺学的内容。本人撰写的《第十个文艺女神的再生——关于文学批评的主体性思考》与《〈大秦帝国〉论稿——走向新世纪文艺复兴的绿色信号》,在阐明文学批评主体性的同时,显示出批评实践与创作实践、批评家与作家互动的必要性和可操作性。

第四,继承与创新,弘扬中华优秀诗学传统。

建设当代中国的文艺学,它的根,它的母体,它的基因,是中华优秀诗学传统。对于文艺学的建设与发展来说,传统和继承是它的出发点,而更新、创造则是它的目标和主导。文艺学的发展就是由多个创新的环节构成的;文艺学发展的历史,实际上就是继承传统又不断突破传统、不断创新的历史。没有突破与创新,文学也就失去了生命。"传统是一个动态的、开放的、不断发展的系统。它在时空的四维向度上不断地延伸、转化和发展。它作为社会心理、思维方式、价值观念、幻想、风俗、习惯、不同的人生观和世界观,对社会的发展产生巨大的推动作用。它肇始于过去,积淀于现在,影响着未来。一定的文化传统一旦形成,就具有相对的稳定性和惰性。优秀的文化传统,是一个民族的宝贵的精神财富,它具有强大的凝聚力、亲和力与融化力。"① 改革开放以来,中国古代文论和中华诗学传统的研究取得了空前的进展,先后出版的论著有:王运熙、顾易生编的7卷8册《中国文学批评通史》,罗宗强的多卷本《文学思想史》,黄保真、成复旺与蔡钟翔等人的《中国文学理论史》,袁行霈的《中国诗学

---

① 参见李衍柱:《时代变革与范式转换》,人民出版社2013年版,第122—123页。

通论》,陈良运的《中国诗学批评史》,张少康的《中国文学理论批评发展史》和入选本文库的学者徐中玉的《古代文艺创作论集》,童庆炳的《文心雕龙》研究,陈伯海主编的《近四百年中国文学思潮史》等。这些论著,采用不同的视角和方法,在吸收已有研究成果的基础上,以通史或断代史的方式,又以专题研究或个案研究为切入点,比较系统深入地探讨了中国古代文艺理论和中国古代诗学的创作与批评的历史发展的特点、规律、范畴,弘扬了中华诗学的优良传统,将中国现代诗学研究推进到一个崭新阶段,并为中国当代文艺学研究提供了丰厚的中国古代诗学资源和坚实的发展基础。

第五,网络思维、网络文学与信息时代文艺学建设。

思维方式的变化和网络文学艺术的兴起,是信息时代中国文学艺术领域变化最大、发展最快的一道风景线。改革开放四十多年,文学观念的更新与研究方法的变革,都与在人的头脑中发生的革命,即与人的思维方式的革命紧密相连。而人的思维方式的变化又与科学技术的革命息息相关。人类历史告诉我们,科学的重大发现和进步,总是直接影响着人的思维精神和思维方式的变化。

网络思维不仅突破了线性的思维方式,超越了一维、二维、三维的视野,它以爱因斯坦的"四维空间"理论,全方位地、立体地、动态地去研究文学活动的特点和规律;同时,又以对话思维超越了"二元对立"和"零和博弈"的思维方式。对话是两个以上主体之间进行平等自由的语言交际。它是沟通与联结我与你、学派与学派、民族与民族、国家与国家之间的桥梁。这是一座来自远古、立足现代、通往未来而又联结东西、今古,贯穿于过去、现在和未来语境中的桥梁。"对话思维不同于'是—是''否—否'二元对立的思维方式。对话的过程是一个异中求同、同中求异的双向运动过程。"①"'对话'是'把灵魂向对方敞开,使之在裸露之下加以凝视'的行为。"② 对话应当是真诚的、坦率的、自由的。对话的双方各自具有独立性,有自己的个性、尊严和价值。在中国现代美学和现代诗学研究过程中,钱中文先生积极倡导对话思维并亲自主持翻译了《巴赫金全集》在中国的出版,得到中国思想界、学术界、文艺界的赞誉,有力地推动了中外文化交流和中国当代文艺学的建设。

网络文学艺术是网络思维孕育出的奇葩。它的诞生标志着文学艺术真正迎来了一个前所未有的大普及、大发展的春天。据《文艺报》统计:截至2017年底,国内45家重点文学网站的原创作品总量高达1646.7万种,其中签约作品达132.7万种,年新增原创作品233.6万种,年新增签约作品22万种。出版纸质图书6942部,改编电影1195部,改编电视剧1232部,改编游戏605部,改编动漫712部。网络文学对外翻译影响日渐扩大,足迹已遍布亚洲主要国家以及英、美、法、俄等20多个国家和地区,成为中国文学"走出去"新的增长点。③ 理论来自实践。对网络思维与网络文

---

① 李衍柱:《巴赫金对话理论的现代意义》,载《文史哲》2001年第2期。
② [日]池田大作:《我的人学》,铭九、潘金生、庞春兰译,北京大学出版社1992年版,第155页。
③ 参见李晓晨:《进一步激发新文学群体创作活力》,载《文艺报》2018年9月17日。

学的研究,已引起文艺理论界的关注和研究。欧阳友权的专著《网络文学论纲》和由他主编的《网络文学新视野丛书》的出版问世,就是很好的佐证。

随着时代的推移和文学所使用的工具与手段的变换,文学的物化载体和传播媒体的变换,自然要引起文学自身的变异和发展。一些文学类型消亡了,一些文学类型出现了,批判继承,推陈出新,这是中外文学发展的一条重要规律。与文学的变化、发展相适应,文学理论研究也应以新的观念和方法向深广度发展。面对信息时代的到来,网络媒介的迅猛发展,电信技术王国的出现,解构主义大师雅克·德里达惊呼:"整个的所谓文学的时代(即使不是全部)将不复存在。"必然导致文学的"终结"。作为德里达的信奉者、美国文艺理论家J. 希利斯·米勒直言不讳地宣称他是赞成德里达的"文学终结论"的。并且进一步发挥了德里达的思想,说:"那么,文学研究又会怎样呢?它还会继续存在吗?文学研究的时代已经过去了。再也不会出现这样一个时代——为了文学自身的目的,撇开理论的或者政治方面的思考而单纯去研究文学。那样做不合时宜。"① 对于德里达、米勒公开宣扬的"文学终结论""文学研究过时论",中国文艺理论界对此大不以为然,公开发文从理论上予以批评。本人与钱中文、童庆炳先生都先后发文联系中外文艺发展的实际,批评这种广为流行的"文学终结论""文学研究过时论"出现的必然性及其悲观论的实质。文学艺术作为人类诗

---

① J. 希利斯·米勒:《全球化时代文学研究还会继续存在吗?》,载《文学评论》2001年第1期。

意的存在的载体,永远是时代的花朵,它总会不断地给人以美的享受。

　　建设中国特色的文艺学是一个需要一代又一代的学者不懈地进行研究的系统工程。伴随着中华民族伟大复兴,中国和世界文艺实践的丰富和发展,在未来的岁月,文艺学研究也必然会不断提出一些新的问题,出现一些新的形态和新的特点,并在不同的领域和方面,有所突破,有所创新。钱中文、童庆炳二位先生,在《新时期文艺建设丛书·总序》中说:一个理论创新的新世纪已经来临。不过任何一种新型的理论形态的建立与发展,都要以前人提供的"思想资料"为基础的。新时期的文论,作为一个良好的开端,它们无疑可以成为有中国特色的文学理论的前期成果;而作为丰富的思想资料,它们无疑将汇入新世纪的新的理论创造之中。山东文艺出版社推出的"中国现代文艺学大家文库"中的第一批学者的自选集,无疑是这些学者在建设中国特色文艺学的大道上留下的足迹;这些学者研究的成果,也必然会在今后的文艺创作实践和鉴赏批评实践中受到检验或弃取;他们提出的问题和对未来的期待,深信后继者在中华民族伟大复兴的历史征程中,一定会继续深入系统全方位地研究下去,并在实践中不断推进文艺理论的创新,进而融入新世纪世界文艺学研究的洪流,努力攀登学术的高峰。

李衍柱

2019 年 8 月 12 日于山东师范大学寓所

目 录

序 / 001

民族文学的基本信念 / 001

论民族性的改造
——民族性与民族文学 / 006

中国文艺批评所受佛教传播的影响 / 023

批评的伦理 / 054

文艺批评的修养 / 074

中国文艺理论中的形象与形象思维问题 / 090

关于古代文论研究的一些问题 / 146

论苏轼"言必中当世之过"的创作思想 / 166

鲁迅文艺论评的科学性与战斗性 / 185

论顾炎武的文学思想 / 202

《文心雕龙》"见异,唯知音耳"说 / 226

简论中国文论的民族特色 / 240

现代意识与文化传统 / 248

重印《刘熙载论艺六种》序论 / 256

中国近代文学理论的发展 / 274

附录　徐中玉学术年谱 / 313

序一

忧患深深八十年

——我与中国二十世纪

一

我生于1915年2月15日。故乡江苏江阴。家里没有一亩地、一间屋。母亲来自农家，不识字。父亲以中医为业，过的清贫生活。两个姐姐都只读完初级小学便辍学在家，给袜厂摇洋袜挣钱了，只能培植我这个男孩。小学毕业后还去邻镇杨舍（即今张家港市治所）读到初中毕业。接着考上免费还可供饭的省立无锡中学高中师范科。毕业后按章老实当了两年小学教师，凭服务证才得考入国立山东大学中文系读书。七七事变后随校内迁，转入重庆沙坪坝国立中央大学读完大学。又去国立中山大学研究院文科研究所当研究生两年，毕业后留校任教。从此辗转教书，至今始终没有脱离校门做过别的工作。读师范时不用花费多少，读大学一年级时花的是当小学教师工资的积余，后来一直即靠写稿自力更生。高中以前我一直未知茶叶为何物，以为茶梗也算茶叶，因那时祖父当家，尽量节约，从不买茶叶，夏天便喝家里自炒的大麦茶。这种家境对我有深刻影响。我的人生道路就是这样开始一步步走出来的。五四运动兴起时我还很小，读初中时才听说有这个运动，要打倒卖国贼。那时提出民主、科学、新道德这些要求，再晚一点才大致明白。五四运动虽然间接却仍给了我这个江南乡镇初中学生重要影响。我现在仍感谢前辈们这个先行的业绩。七十多年来我们已有了不少进步，帝国主义列强不能再对我为所欲为了，旧军阀打倒了，租界和治外法权收回了，很多国耻纪念游行已不必举行了，都是好事。当时提出的较高要求至今仍待我们努力去达到。进步没有止境，纵向比较必须同时再作横向比较，才不致浅尝即止，自满不前。多少年来我们缺乏危机感，失去紧迫感，似乎闭关锁国没关系，自我感觉曾还好得很。

我可以不读私塾而进初级小学了，教师不是秀才先生而是多少受过新思想熏陶的人。江阴有重视教育的传统，乡镇子弟家境稍好便去常州、无锡、苏州升学，有些教师就是回乡工作的这种人，脑子里多少有点新思想。记得初级小学与高级小学校牌上都写有"新制"字样。祖父常说"这种学堂洋派多了"，又称"洋学堂"，主要指其"开通"。语文课本开头教"人、手、足、刀、尺"，不是《三字经》。每天早上到校的第一件事是集体肃立向上升的"红、黄、蓝、白、黑"五色国旗敬礼。

六年小学时期给我印象最深的是在5月，要参加好几次国耻纪念游行。5月4日是纪念五四反帝反卖国贼运动，

"外争主权，内惩国贼"，"取消二十一条"，就是我们手执小旗上所写和跟着教师口里高呼的口号。纪念实际为了提醒不可忘记耻辱。1928年5月3日发生了"五三济南惨案"，日本帝国主义出兵占我济南，打死中国军民，杀我外交官蔡公时。这后面是5月9日。还有"五卅惨案"，日、英帝国主义在上海枪杀顾正红等中国工人、市民。华士镇虽不大，周游也要一两个小时。当时不大了解这种行动的重要作用。后来发现，我们这一代人的发奋图强，誓雪国耻，要求进步，坚主改革，不论在什么环境、困难下总仍抱着忧患意识与对国家民族负有自己责任的态度，是同我们从小就受到的这种国耻教育极有关系的。"天下兴亡，匹夫有责"，这不是说个人有了不起的力量，而是说每个人于国、族兴亡，都要负起自己应该并可能承当的责任。当时一听到列强要把我国瓜分，迫使我们当亡国奴，就极为愤恨，既想到国族受欺压自己连带要受罪，自然便想到为此自己即应承担一份责任。

国应当爱，人类也应当互爱。当存在国家与民族之别的时候，然先应爱自己的国家与民族，然后再推及世界、人类。自命超越，连本国本族都不爱，就谈不到泛爱世界与人类。厌恶甚至痛恨本国本族确实存在的弱点、缺点，正是由于爱，希望变好，"恨铁不成钢"，不是一味恨而实在爱得极切。这里有祖宗庐墓，有父母兄弟姊妹，有亲戚朋友，有故乡山水，有优良的共同文化传统，有基本一致的现实利害关系，在哪里都找不到可以如此自在、发挥作用的地方。这就是为什么历来志士仁人都有热爱国家民族的思想。这是爱国思想最重要的基础和来源。这同政权并无必然的关系。千百年来政权时有更迭,有好有坏,好坏无常,但中国人民的爱国思想并未时有时无。当然,进步、开明的政权能使人民的爱国思想更强,凝聚力更大。我们过去热爱祖国不等于热爱旧政权,恰恰相反,很多知识分子对它持批判甚至反对的态度,因而才显示出深刻的爱国之心。

江阴有个小小典史阎应元是著名的抗清反暴英雄,他率众扼守江阴孤城,力抗清朝南下大军八十多天,最后失败牺牲。江阴因此被称为"忠义之邦"。阎应元原就住在华士镇郊乡村。他就是从我故乡奉召去县城任典史之职的。死后乡人为纪念他的忠烈,建立昭忠祠奉祀他。我就读的高级小学,即由这所"昭忠祠"改建而成。当时厅堂里仍塑着他的坐像,还有不少同他一道就义者的牌位。有副对联,表扬他有"天地正气",是"古今完人"。厅堂变成全校师生集会的礼堂,我每天来回总要在他像前经过几次,有两年之久。所谓"正气"与"完人",我似懂非懂,但对这位乡贤确实非常尊敬。六十多年过去了,回忆仍很清楚。

就在这里读高小一年级(即今五年级)时,级任老师、兼教我们语文课的陈唯吾先生受到了我们真诚、热烈的欢迎。他不但教书活泼生动,教学态度也非常亲切热情,大家都愿意听他的课,同他接近。但不到几个月,忽然不来了,不知是何缘故。问问别位老师,或说不知道,或含含糊糊。同学们非常盼望他回来。他终于不能回来了,据说已被捉去杀了头,只二十多岁!究竟是怎么回事,几十年都未明白,可他的形象一直在我心里。直到几年前江阴市为乡前辈刘半农先生等三兄弟建成"三刘纪念馆",邀我回去参加开馆典礼,便道参观了市里的革命烈士纪念馆,才终于明白了陈老师为革命而牺牲的真相:他是中国共产党党员,先在基层工作,哪里有困难就调他前往,牺牲时已任地下党的县委书记,在领导工人运动中被捕杀头。保留的一张照片分明是当我教师时那个样子,年青而果决。我的怀念已有分明的着落。高小两年给我印象最深的便是阎典史和陈先生这两个人。

那时江阴"农民暴动"此起彼伏。去杨舍镇读梁丰初中时,有个晚上突然听到镇里响起枪声,人声鼎沸,谁也不知出了什么大事。学校紧闭大门,我们都从床上爬起,挤作一团。天明后听说已没事,大家才敢去镇上看动静,原来是数十里外的农民有组织地赶到这里来"暴动":夺枪械、弹药,"抢"典当,向几户地主借粮、借款。此外秋毫无犯,早在后半夜起就迅速撤走了。

这使我简单地联想到所读《水浒传》时赞赏过的劫富济贫。

不消说这样的活动在人烟稠密的故乡是很容易被发现、破坏的。于是就传出了很多"有人被杀头"的消息。当时这样做太冒险,但我很同情这些被害者,因为我知道乡下有很多贫苦人。我外婆家就在乡下,那个村里农民借债还不出,作抵押的土地隔三年就要交给债主,变成佃户。如再欠租,那就说不定哪天还得被抓去吃官司。烈士们的牺牲精神不死。

1931年在无锡读高中时我遇到了九一八事变。"不抵抗"政策引来全国群情愤慨。上海各大学学生发起去南京请愿，要求抗击日本帝国主义。我参加了无锡学生对上海学生的支援，跃上拦下的火车一道前去。到南京后立即被大批军警截往当时的"中央军校"住下，当晚听到蒋介石的讲话，重申其"当然要抗日，却应先安内再攘外"这个调子。大家不满意。第二天一早便被载去中山陵谒中山先生墓，下午大批军警又把我们赶上火车，押回无锡了。此行当然不会有什么结果，但毕竟表现了我们中国的民气。当时我订阅了邹韬奋主编的《生活周刊》，很爱读他写的《小言论》。我们年级订阅这个刊物的同学有十多位。游行回来后我们全参加下乡宣传抗日的队伍。这是我第一次参加这类工作。

　　1934年暑后我到青岛山东大学中文系继续求学。青岛有很多日本侨民，其中不少是派来制造事端的日本浪人。前海经常有日本军舰停泊，有时竟卸去炮衣，把大炮口针对着我青岛市政府大门。东北三省已经沦陷，眼看青岛亦危如累卵，亲历此境，心情十分沉重。接着是冀东紧急，进一步波及北平、天津，整个华北动荡，导致屈服妥协的几次"协定"。"一二·九"学生运动应时蜂起，各地同学纷纷响应，青岛山大学生以及很多中学生一道参加。那时我们读到生活书店出版的部分进步书刊，特感新鲜，对社会问题有了一些认识，使我没有一味钻进读书和学习文学创作的兴趣中去。我参加了进步同学组织的抗日救亡活动，作街头演讲及下乡演剧（如《放下你的鞭子》和《张家店》等），不会演就帮做些杂事，写点宣传抗日的文字。在此之前我原是清静宽敞的图书馆中常客。这段生活充实了我，也结交了一些好友。

他们都是"民族解放先锋队"的成员。后来介绍我参加，我欣然参加了。1937年卢沟桥事变爆发，开始全面抗战，当年11月我随校辗转西迁，好友们分去各地参加打游击，直接抗击日本侵略者。建国后知道其中有的已牺牲在抗日战场上，有的担任各种重要工作。他们在和我同学时大都已是地下共产党员，随时准备贡献出自己的一切。我由衷敬佩他们。觉得这样的人，才是真正的爱国者、民族的脊梁。

我作出了自己的选择：继续学习，从事文学研究工作。我决心在自己认定的工作与生活道路上，学习这些同学、好友的志气和精神。我们曾互相这样勉励：做个正直的、坦率的、对国家社会多少有点奉献的人，在任何困难条件下都不灰心丧气。当然并不是有了这种愿望就真能成为这样一个人。但觉得这应是我的价值观之基点。

我读完大学已找到不差的工作，同时报考了研究院。接到录取通知后，我即毅然由重庆前去昆明南面的澄江。文科研究所设在县城外荒山上一座名叫"斗姥阁"的破庙里。就在这里我力求保持着与大学好友们的联系，开始读着、积累着、思考着各种问题。好友们行踪难定，联系终于中断。但他们的精神面貌一直烙印在我深心里。对我来说，他们是最具体的榜样，当时我对革命者的一些认识多来自感性。为文学兴趣所限，也与个性和认识有关，我对太抽象的思辨每觉近于虚玄，未免偏执，却也不致过于迷信教条。我觉得胡适文章明白清楚，朱光潜论文谈艺具体生动有趣，不简单。他们深通西文，研究中国问题，极少见那种生吞活剥、佶屈聱牙，硬装出来的洋味。批胡高潮和"文革"浩劫中胡被目为战犯、洋奴,"文革"中朱被目为"资产阶级反动权威"。尽可驳斥或不同意他们的某些观点,难道他们不能算是认真的爱国者?总算现在对他们已变得比较客观了。他们都已逝去。采取客观态度才可以团结一切应该团结的人。

抗日战争时期,我主张抗日到底,反对投降派。抗战胜利后我在广州和青岛参加进步文艺工作,支持学生的反内战反饥饿运动,被青岛警备司令丁治磐密报当时教育部,说我有"奸匪"(指共产党)嫌疑,朱家骅即密令我的母校山东大学把我与我向无政治兴趣的妻子一并中途解聘。上海解放前夕我与姚雪垠合编的周刊《报告》第一期出版立即遭禁,其中我写的一篇论文便是《彻底破产的教育》,为此几遭不测。解放初期我极为一派清明的开国气象所感动,完全信任,甚至也紧跟过照批俞平伯、胡适、胡风诸位。号召帮助整风时还是应领导与各报刊之"热情"邀约,在《光明日报》《文汇报》《文艺报》上写了几篇文章,结局是被划成了"反党反社会主义"的"右派",主要罪状据批为主张"教授治校",在大学里居然可以"学术至上"。定案后把我赶出中文系,降去图书馆库房整理书卡。株连妻子受歧视,儿女升学难,就业难,跟我一起,蹉跎十几年。迟至1961年我才得以回系继续任教。1966年"文革"开始,我和许杰、施蛰存又被首先投入"监改",从"右派"而"摘帽右派"而"老右派",直到"文革"结束,得到彻底平反,整整蹉跎了我二十年最可以多做些工作的宝贵时间。我们不知说了写了多少对新社会的歌颂却被说成是"抽象肯定"而于应邀之后仅对个别事情、个别人所提的意见建议则被说成是"具体否定"。越分辩越被判成"顽固""反动"。

　　这个时期我经常想到在青岛一道参加救亡工作的好友们，想到了他们当年的意志和精神，也想到为什么甚至他们也会蒙受冤屈。这使我增多了面对艰难时世的准备、信念与勇气。我利用一切可以利用的时间，埋头积累专业研究资料。二十年间孤立监改扫地除草之余，新读七百多种书，积下数万张卡片，约计手写远近一千万字。甘于寂寞，自求心安。只有自己觉得这种积累有用，即使这些卡片将始终只能塞在我的抽屉里，也有意义。也许这只是为了求得自己心理上的平衡，但到底并没有把这二十年光阴完全白过。虽因十多年来担任面上各种工作，未有时间好好利用这些材料，但内心觉得假我以年尚有可能利用它。在普遍的信仰危机中，1984年去美讲学回来，我入了党，归属于为人民、为社会主义、为人类服务的这一高尚目标、理想。当时年已七十，夫复何求，只想以此鞭策自己。过去的已经过去，还有什么个人恩怨须记，觉得认真总结严重教训，一致向前看才是道理。中国绝大多数知识分子果然"物美、价廉、耐磨"，穷也穷不走，打也打不走。挨着无奈，忍辱负重，挨过就算了。诚然懦弱、无能，但确挚爱这块土地，这里有我们丰富的文化宝藏。有人以爱国为迂腐、狭隘或竟可哂，未免如杜甫所说，有点"轻薄为文哂未休"吧。

　　外国各地都有不少纪念性建筑，隆重集会升国旗奏国歌，庄严肃穆，愉快自豪。热爱自己国族，比单知崇拜偶像好得多。尽管彼此价值观念不全相同，还是同多而异少。如能使多数人民相当安居乐业，对前途充满希望，国族的凝聚力一定很强。关键在充分发扬民主,公仆真为大众服务,而且服务得好。

真以国族利益为重而又能干实事的爱国者必然能不断进步、努力工作。过去经常只以爱国为第二甚至第三等的评价,实在太小看了。

二

生活在20世纪的中国,有幸有不幸,幸与不幸复杂交叉,很难截然划分。当时的感觉与后来回想时又有不同。每一个时代的人们大概都有类似的经历。我只能谈些自己的体会。

最早能记得的是北伐军抵达故乡镇上的事,在此之前只还模糊地留有墙壁上常看到军阀"苏浙闽皖赣五省联军总司令孙传芳"具名布告的印象。这时我正在读小学,很可能是第一次看到正式的军队。民间一向流传着这两句话"好铁不打钉,好男不当兵",对当兵的都无好感。可是这些兵却颇和气,枪上撑有旗子,贴标语,还在街上演讲。大家都未见过这样的兵,我也钻进人堆中去看,非常新鲜。据说他们一路来把孙传芳手下的兵全打败了。在镇上驻扎没几天便开拔走,但这些兵教唱的歌我还记得,便是:"打倒列强,打倒列强,除军阀,除军阀。国民革命成功,国民革命成功,齐欢唱,齐欢唱。"我知道并未能记全,调子却还能哼出来。这给了我很深的印象。当时根本不清楚国家大事。

前面谈到,历经多次国耻纪念和游行,使我对英、日帝国主义者特别痛恨。接着便受到"农民暴动"一度风起云涌的直接影响。一次听说我们镇上随时也会来人，居民包括我家大人，都不明真相，很早便紧闭大门，外有商人出钱组织，以一些领津贴店伙为成员的"商团"任巡逻，实际是帮助县里提防、同时保全殷实店主自己。逐渐懂得除帝国主义侵略者外，国内还有军阀和土豪劣绅都须打倒。那时还不懂看报，这种认识都从所见所闻得来。订阅《生活周刊》后，觉得对外太懦弱受欺，社会太不公平。此后便是八年全面抗战，辗转大后方，流离颠沛。抗战胜利之后，内战又更扩大。明知学生反内战、反饥饿很正义，表示同情却就遭殃。直到近几十年来包括"反右""文革"在内的各种挫折、各种遭遇，忧患意识都始终在心中激荡不已。居安必须思危，忧患才能兴邦，怎能居危还可粉饰？好不容易从艰苦卓绝的牺牲中取得重大胜利后，却似率由旧章，走向另一极端，人们仍处于贫穷、无奈地位。真挚的腾欢不断下滑，国族落进苦难深渊。许多不应该发生的悲剧都发生了，不应该蒙受的损失都蒙受了。从极有希望演变成几近绝望。弹指一挥如梦中，真是一梦倒还好，却是真事。北伐胜利，统一全国是幸事，内战继续不断是不幸；日本帝国主义大举入侵、国土大部沦陷是不幸，全民族抗战还是把它赶走了是幸事；内战再起，革命胜利，是不幸中的大幸；"一言堂"仍非群言堂，造成种种失误，"文革"之惨，史无前例；拨乱反正，改革开放后才使人们看到了曙光。中国的知识分子几十年来一直在惊涛骇浪中饱受折腾，在为国族命运焦灼不安，尽力难由，忧危无用，经常处在可使又可疑的尴尬地位。运动来时首当其冲的总是知识分子。知识分子的工人身份忽有忽无，可以一下子又成为资产阶级分子，甚至被说得比这还更危险。这种经历我们这把年龄的都太丰富了。在封建意识仍根深蒂固的情况下，还声称就要穷过渡一步迈进理想社会，大风大浪大起大落无法使真诚爱国的知识分子对国族命运闭目掩耳，不忧心忡忡。高尚情操，志士品格，书生意气，不在这种时代，也许还学习不到，可代价实在太大了。痛定思痛，有些人想从此超脱，首先就提出要脱离政治，至少应该加以淡化，进而对忧患意识，对使命感与历史责任感亦笑乃书生们不自量力的大言：你有多大能耐，竟想仍自居为当代社会的重心。这种心情或明或隐，我理解为对诸如文艺、学术都必须服从政治，"一切以阶级斗争为纲""必须为现实阶级斗争服务"等等长期成为指导的"驯服工具"论的反拨。这种理论之失误已被多年实践结果所证明，不必再说。所说"脱离""淡化"，以至"不求有用""讲求功利便庸俗"之类，转折之际难免矫枉过正属实，到底也不具普遍意义，说到了另一极端。以此来反对显然失误的老一套，其实这何尝不也是一种作用。如果不把政治看得太狭隘，太急功近利，要求立竿见影，把凡对真美善的追求都认为可以包括在革新政治，有利于社会进步事业的范围之内，那就无须脱离，不必淡化，不应这样做，而且也是无从脱离的。不用之用，还是要有用，只是应供此用，不能仍像过去那种用途罢了。书生从古至今从未占有社会重心的地位，得宠的文人学士或有以为已成重心，其实是有时自我感觉太好，出于一时的偶然，所以多的是感到"伴君如伴虎"。只在高度民主、厉行法治的未来社会里，真有知识而又有能力的人们才有可能代表人民成为社会重心，这也理所应当，不过目前还未具备足够条件，而具有忧患意识，有使命感和历史责任则是每一个爱国者应有、能有的。尽其在我庶几集腋成裘，涓滴成流。如果大家都只会发牢骚，叹失落，只顾个人，甚至以玩世不恭，皈依佛老为超脱、潇洒，那就于公于私，什么都会没有长进而更加落伍，沉沦永无翻身之日。忧劳兴国，逸豫亡身。市场经济发达的国家，该用的地方不惜巨资，不该用的钱远比我们目前节省，例如公款吃喝，超前消费。应该也学学他们这方面的管理办法。这样的书生意气实在是一种升华了的知识者精神，是缺乏高尚理想追求者所不能轻易达到的。既非迂腐，亦非狂生。对这种人我心向往之。举措不当，会使原本很高尚的理想因无能落实而黯然失色，重要的是幡然改图，另找有效途径，决非为大众服务、为全人类进步事业服务这个理想、目标便无价值了。我们数十年来取得过成绩以及频频失误的经验教训从正负双方都可证明这一点。不是任何政治都是文艺学术发展的障碍。

由于把人类社会错综复杂的关系往往看得太简单、太极端，"阶级"好像成为人类社会中最森严最对立而且总在斗争着的壁垒，以致认为只要把这种斗争每年每月每时每刻狠抓下去，即能"一抓就灵"。任何各执一端的话，都行不通，最好还是具体分析，重在效果。人道总比兽道好，人性不能说没有共同处，人之常情有所存在。完全否定这些，说不服人。有差别，有时有些差别还不小，这也是事实，但即使在某些方面某些问题上存不小差别时，同时也仍还有某些共同点。共同点在长期历史发展中形成，原因很复杂，有矛盾时仍得互相依存，利益既有差别亦有共同处。一种学说往往因急要构成体系，总有很多不符合它设想的东西被忽视或抛弃，这就是为什么大家都相信生活才是常青树，而理论则是灰色的。任何学说如能在历史上起过一段时期真正的促进作用，就很不错了，任何学说都不可能永远有同样的生命力。所以教条主义绝不足取。时代前进了，思想观念还是老一套，固不行，还是像张之洞那样要求"中学为体，西学为用"，物质文明可向外国学习，精神文明则须坚守自己的一套，就能如愿把经济搞上去吗？有人说新加坡独立后取得的迅速发展便是这种做法取得成功的先例。须知新加坡有识之士自己却并不这样看的。

国运颠沛，生活坎坷，时常午夜难眠。不幸带来苦恼，苦恼引起思考。能有这样丰富的体验，这样不断艰难的探索，终于还是可以自己开动若干脑筋了，这在过去确实难以想象。杜甫有句："剑外忽传收蓟北，初闻涕泪满衣裳。"当气候阴转多云，沉重的一页渐成过去时，是否有些类似杜甫乱离后即可回乡的欣喜心情呢？许多人都有。这是一个新时期的开始，尽管道路并不就会平坦，但毕竟已不可能仍是枯水一潭的老样子了。

坚持民主、科学、公德、正义、公平，永不休止地革新、前进，切实为广大人民服务，争取实现社会主义的崇高目标，不是把任何小我的主张、权益放在第一的地位来考虑，国家富强了，大众生活质量提高了，民族凝聚力必然会增强，而且会越来越强。为中华民族各阶级、各阶层，即绝大多数中国人都能接受,而且还发挥爱国作用的优良文化传统诸如忧患意识、自强不息、仁爱为怀、天下为公、以身作则等等,都非常可贵,其中普遍合理的因素,都能与时代需要联系结合起来运用,发挥积极的作用。这正可与市场经济发达国家那种促进民族自豪感的努力接轨。自尊、自重、自强、自豪的国族,是历经艰苦奋斗才可能达到这种境地的,那就同样会懂得尊重其他国族的努力。"己欲立而立人,己欲达而达人"。我觉得这道理在国、族之间也可通。增强民族凝聚力与追求全人类的和平发展绝不矛盾。同过去相比,阶级、阶层的面貌早已发生了许多变化,再不能用过去种种狭隘、极端的观念来规范、束缚当今的新形势了。

开头我就说过,对幸与不幸,当时感受与后来回想不全一样,而且难于截然划分。不幸已成过去,重在切记教训,促进好转的现在,争取更好的未来。只要能把好的经验留下来,严重的教训也传给后代,曲折过程中个人受点冤屈,算不了什么。过渡时代出不了大手笔,写不出能领风骚数百年的大作品,果然如此也没大关系。后来者仍能从这个世纪的苦难探索、已见曙光的努力中得到启示,引发灵感。中国自有后来人。

三

高中读书时我已爱好习作,是从写抗日宣传文字开始的。1934年进入大学后,开始在一些全国性报刊(如《东方杂志》《国闻周报》《益世报》《光明》《独立评论》等)

发表文章，直到现在还不断在写一些，六十年了。以文艺理论研究为主，也写散文、杂感，曾写过几篇小说，后即洗手。开头乱投稿，《论语》《人间世》《宇宙风》《逸经》《大风》这类小品文杂志上都有文发表，参加救亡工作后便有了选择。我的学费虽主要取给于自己的稿费，但这仅是副产品，我为上举小品文杂志所写文字都不"闲适"，虽然讽刺批判不深不透。现在时行自嘲写文章为"爬格子"，我一直觉得何必这样自卑，连自己也如此看不起自己的工作。没有多少成绩，敬业的精神还是应该有。否则为什么还要一路"爬"下去呢？

选上中文系，以及选上"研究"这个行当谁也没有勉强我，也未为此特地请教过人。完全是凭自己爱好走上了这条路，还要一路走到底了。当时从未料到一辈子要生活在学校大门里，可也从未先想要干别的什么事。曹丕所说文章为"经国之大业，不朽之盛事"，乃后来所知，他说干别的"荣乐止乎其身"，干这个可能"声名自传于后"，久而知其极难有成，而且传名于后的人生前大都穷愁，还很少得以善终。便看成一种应有的职业罢了。后来运动频繁，文学工作者几乎每次都被首先揪出来，好像一切罪过都是文学工作者造成的，把文学工作的地位提到了最高也最危险的地位，反而使人们视文学工作为畏途了。回想数十年前把它看成一种职业，不比别的高，也不比别的低，较合实际。兴邦也好，丧邦也好，在正负两方面文学工作都只能起一点积极或消极的作用，负一部分的责任。要求过多，责之过苛，都不是能够胜任和公平的。一窝蜂来搞，或怕得都不来搞了，都不必要。

我学搞文学研究工作，从未想建立什么庞大体系，高谈一套一套的理论，服膺五光十色的各种主义。也看也听也想，却并不无条件服膺，愈老愈觉应该如此。实践出真知，难在坚持实践，不在放言高论。凡一种流行过的体系，总有某些见解，或比较新鲜，或比较深入，或扩大了原有视野，一概否认、排斥是不对的。但对无比丰富、复杂且不断随着社会生活的变化而在发展的社会生活、文学现象而言，这类思想体系往往只能在局部或某方面有些开拓、深化、补偏纠弊的作用，这也有益，可既已标为旗帜，常见就认为它已可解决整个生活和文学的问题，这把钥匙可以开通所有的难关了。有些还只是针对当时当地存在的现象而言的，如何即应生搬硬套到此时此地来。我觉得还是先要有一定的宏观视野，力求兼收并蓄，择善而从为宜。服膺就是完全接受、服从了，科学态度却是应该发展创新的。文艺比什么都更需要百家争鸣，百花齐放。

也许我的想法太简单，文学创作最重要的原理可能一篇千字短文就够写出来。引申、举证、说明、试探当然可以写出许多文字。这也能有所用。但不是最重要的原理本身有这么复杂。有些可以让人举一反三，思而得之，有些尽可各抒己见，提供参考。对作家、作品的研究另作别论。不少洋洋大篇，夸夸其谈，重复而又琐细甚至玄虚之至，还有的不知所云，以艰深文浅陋，崇洋以为高。招摇过市，自欺欺人。兼收并蓄即意味着也该向外国学习。

例如黑格尔，思辨深，很有逻辑，我愿读。但有时感觉过于抽象、枯燥。同样是德国人，读歌德的谈文论艺之作，就亲切舒畅得多。各有其长，可以互补。不能称黑格尔最高，最大，他这种思维方法表达方式最好。刘勰用骈体文写《文心雕龙》，由于史论评密切结合，把理论著作写得如此扼要，在当时条件下可说异常深刻而又生动，犹如读部文学创作。苏东坡在若干极短文字中若不经意谈到了诗、文、书、画创作中的经验教训，读之有味，思之精深，耐得不断挖掘，关键他有丰富的生活经验，突出的创作才能，而且还能深入底里，点出精髓。东坡没有的是理论体系之形式，有的是他理论的吸引力、感染力与说服力。可是至今仍能看到一种说法，即中国像苏轼这样的谈论是思辨力不高、逻辑不强、缺乏深度的表现。须知苏轼自己也曾以未究数学为憾事，可在文学现象中难道"不着一字，尽得风流"，"羚羊挂角，无迹可求"，"只可意会，难以言传"的东西不是确也不少吗？文学既是人学，更是人心民心之学，其微妙之处凭已有逻辑知识，电脑技术尚远未能达，怎样思辨亦然。我这样说，绝无非议黑格尔的成就之意，仅仅认为对不同的思维方法与表达方式，看它所起的作用是主要的，充分估计其间的互补作用非常重要，不必强分高低，妄下断语。希腊文明值得敬佩。言必称希腊却不知道本家精华，就令人惋惜了。

学问无涯，一己精力有限，博览尚有限度，精专谈何容易。视野求广，力求宏观，又有一专之长，善有微观能力，正是我心向往之的境界。梁启超、王国维、胡适、鲁迅、陈寅恪……本世纪中这些人物太屈指可数。论世知人，知人论世,并不是后来人聪明已逊,乃环境太不安定。有的是浮躁与激情,缺少足够的积累、虚静与深思。随风飘荡与执笔无从,自都不能与硕学有缘。现在环境有所改善,学术自由仍待前进,这对人文、社会科学的发展尤其要紧。宏观而天马行空,流于大言失实,无从操作;微观而非谨严细密,烦琐不得要领,迷途忘归;均劳而鲜功。有了专长又自知它在整个学问中的适当位置,便不致自我感觉太好,以为知识学问已尽在自己腹中。求学不比从商下海,只要沉得住气,意志和时间便成实力,铢积寸累,总可陈功,无惨败之理,这种实力自亦不易。

几十年来文学工作的经验教训应该深刻总结。改革开放提供了开始这样做的条件。总结得坦率真实,对今后的拓展至关重要。人们对已经写出的纸上历史颇难信服,因为真相每已隐去,一些总结性文章实乃新的檄文,难足为据。这个工作迟早会做好,初步认真去做做亦有益。史实不清,挖掘未深,但彻底否定"文革"和不再认"一切以阶级斗争为纲"理论为正确,非常明智,深刻总结已有了基础。总结是为了进一步除去迷茫,为了现在,争取将来。

古有"文人相轻",后多路线斗争,煞有介事。几次运动中,一茬被批倒,最早的批人者却成为第二茬的倒下者,第三、四茬受苦更多,因又成了"黑帮"。整个文界沉沦,几乎同归于尽,亦是史无前例。几茬牛鬼蛇神,"监改"时济济一堂,同是天涯沦落人,何况相逢原曾识。"劳改"中就平等了,有的当时尖锐有加,此日哭笑无从,痛定思痛,相濡以沫,乃成熟友。有些误解,在平等地位时即不致发生,有了也容易化除。合作共事还未必能振兴文学,经不起再消耗在阋墙之内了。但愿都走大道,不入私门,各尽所能,即使目前繁荣不了,未来总能做到。

目前市场经济大潮对有严肃态度的文学事业确实冲击很大。社会主义的市场经济不应把文学完全看成一般商品,不应把文场完全变成商场,这应是这样提法的原意,但在执行中却出了毛病,文化事业迅速告危。没有精神文明为辅佐,物质文明不可能自然持续上去。目前,教育滑坡,文盲增多,人才难出,民族文化素质下降,公民道德缺少,必须大力挽救,才能避免今后更多的困难。空谈已多,最重要的是拿出具体办法、措施,办实事,出实绩。

再过六年便到二十一世纪了。回顾八十年,忧患深深,去日匆匆。往者已矣。仍当学习下去,尽其绵薄,还是向前走,但求国族有光明的前途,社会不断进步。耿耿此心,以迎改革开放的深入,新世纪的来临。

1993 年 10 月 25 日稿
1994 年 2 月 28 日改毕

民族文学的基本信念

一

民族文学的理论,是学问领域中即将完成的一种有系统的科学。

二

民族文学不是一种新东西,但也不是一种旧东西。因此,一味守旧和一味赞新的人们对它所发和所有了的辱骂和误解,都是错的,或不必要的。值得和应该反对的,只是那些在民族文学的名义下所进行的违反民众利益的罪行,而那些罪行,却绝不就是民族文学。

三

广义地说,一民族所产生的文学就是这民族的文学,因此可说它不是一种新东西。

狭义地说,必要那种能够积极地,自觉地,与产生它的民族的当前情势紧密结合的文学，才得称为民族文学，因此又可说它并不是一种新东西。

四

现代意义的民族文学非新非旧，亦新亦旧。新与旧对它都不是绝对的。一民族的民族文学当然须从这民族内产生，但不是所产生的一切作品都配称民族文学，而只限于那些能够积极地、自觉地集中表现民族当前情势，适应民族当前需要的作品，才配称民族文学。

五

我们为什么要提倡民族文学？这不是要提出一个新的口号，而是要适应民族当前的迫切需要：抗战建国！文学应该集中全力，密切配合以全民族福利为根据的政策战略，发挥出煽动、组织、行动的作用，成为抗战建国的一种强力武器。

六

在现代战争中，一民族必要能充分运用它本身的各种力量，才有战胜侵略者的希望，而我们对文学这种力量的组织运用，却还落在侵略者和他族之后。提倡民族文学，就为的改正这种错误，弥补由此带来的损失，增强反侵略战斗的实力。

七

真正的民族文学,一方面是反侵略的,他方面是不侵略的。它反抗一切加诸本族的横暴,也反对加诸他族的一切横暴。它主张民族间的合作协进,共存共荣。它不夸张自己,抹杀他人,它激起人们爱护本族之心,同时也养成他们尊重外族,热爱人类的心理。

八

真正的民族文学要求民族间的一切平等,也要求民族内的一切平等。它反对任何特权,任何不公允的待遇,任何少数人利己的阴谋野心。它为要维持自己,为要能发挥巨大的力量,发展本族,促进人类的幸福,就不能不站在大多数人们的一边,为他们说话。

九

因此自我鞭策应成为民族文学必备的条件。毫不讳饰地指出本族生活中的一切污点和罪行,站在期望改革的见地提出积极可行的方策,号召人们去反省,去改善,去实行。不能做到这点的文学,是夸大的,空虚的,欺骗的,软弱的,不配称民族文学。

十

凡属本族生活范围里的事物,都是民族文学可以运用的很好题材。历史传统、语言习惯、乡土景物、传说习俗、英雄人物等等,都可运用。但对过去的事物,应选择其中对当前尚有用处的部分。表现各种事物,都应在一种期望改善或要求进步的心愿下进行。

十一

真正的民族文学不讳言失败,而从失败中提示珍贵的教调。报告成功,培养自尊自信,同时亦示人所以成功的原因。无论是失败或成功,都展示经过的全景。一般文学的表现原理,对民族文学大体上也可适用。

十二

民族文学的形式应该多样而通俗。尽管选用民间的口语、民间文学的形式,加以改造和发展。把文学的势力推广到各种教科书、识字书、唱本、歌谣、童话和各种不同的教育场所去,使民族文学成为大众心理改造的推动机。

十三

民族文学深深植根在本族历史土壤之内,但不应拘拘于保存国粹,以为本族所有无不美备,也应欢迎外族的影响,接受它们优良的遗产、丰富的成果,作为改造和创立本族新生活的助力。

十四

民族一天不灭,民族文学便一天不灭。不过正如民族国度之并不与国际主义相违,民族文学将来也必有为国际精神充溢着的一天。在大国之世,民族文学将以各民族自己的体验和色彩,去充实描绘人类共同生活的内容。

(选自《民族文学论文初集》,国民图书出版社1944年2月出版)

论民族性的改造
——民族性与民族文学

一、民族性的解释

要说明民族性怎样影响文学,或文学怎样影响民族性,不能不先明了什么是民族性,民族性如何造成、变化,以及它在一民族生活上的重要。对于民族性的这些问题一向有许多误解,如果继续持着这些误解,我们就无法来进行这个讨论,就是讨论也不会有好的结果。

民族性是一种心灵状态,或一种行为之共同性。但对于这种心灵状态的由来,学者们却有许多不同的解释。比人巴尔根(Balkans),英人洛斯(J. H. Rose),法人吕朋(G. Lebon)等纯从心理上解释,以为这是一民族的分子与生俱来的特点。如吕朋于其《民族进化的心理定律》(商务有译本)一书中,曾说,每一民族具有一种心理组织,也如其解剖学上的组织一样固定。道德上与理智上的特性,其全体构成一民族的精神,代表它过去的综合、祖先的遗传,和它行为的动机。这种特性在同一民族的个人中,初看有时好像极多变化，但细究之，就可知道这民族中的大多数分子，心理上都具有一些共同的事迹，并且和解剖学上的特性一样显著，一样固定。这种在一民族全体分子中可以观察出来的心理要素之集体，就构成了民族性。

反对纯从生物学上遗传心理来解释民族性的学者，如海士（E. J. Hayes）等则重视历史文化的因素，以为民族性不是生物遗传的偶然产物，乃是社会环境和文化传统的创造。而如亨丁顿（E. Huntington）等人，就又特别着重气候的势力，以为民族性主要是由气候造成。

学者们解释民族性的造成还有许多说法，但类此的见解，都不能给我们一个完整的观念。民族性实在是许多因素凑合的结果。巴克（E. Barker）于其《民族性》（*National Character*）一书中，以为造成民族性的因素有物质的及精神的两种，前者包括遗传、地理、经济三项；后者包括政治、宗教、文化、理想、教育制度等项。而在这两种因素之中，物质的因素尤为民族性之基础。巴克这种说法，不消说是比较完全得多了。

民族性的因素，归纳各种说法，不外三种：即生物遗传，自然环境，历史文化。生物遗传中包括民族的遗传、变异与混血。自然环境中包括民族所处地理环境之直接影响，如气候、地形及食料，间接影响如灾荒、饥饿、疾病与人民移动。历史文化中包括社会环境的直接影响如经济制度、社会组织、风俗习惯，间接影响如家族制度、婚姻制度、宗教、教育制度、生育及战争各项。这中间有先天的，也有后天的；有物质的，也有精神的；民族性就是这许多因素共同作用的结果。不过比较起来，后天的及物质的因素，如经济制度、社会组织等，是更基本些。

民族性既是许多因素凑合的结果，而且后天的因素又比较为基本，因此像吕朋那样单从心理方面解释，并以为它是固定不变，当然是错的。吕朋虽然承认民族心理组织的固定性乃是变化的可能性，而不是真正的固定性，但他对于这种变化的可能性，却是持着一种几同固定的解释。他以为：心理性质和解剖学上的性质一样，乃为一极少数的不可缩减的根本特性所构成，在它周围则聚集着若干可以修改可以变迁的附属特性，只有这些附属特性才能为地区、环境、教育与其他各种因子所改变，而根本的特性则常有重现于每一新代的趋势。他解释一般人所以为的民族性变迁，实际只是表面的变迁。他以为：每个人的心理组织中，都包括有特性的某种可能性，这种可能性为环境所限，常常没有表现的机会。当这种可能性出现时，立刻便会产出一个颇为暂时的新人物来。这像在宗教上政治上有大恐慌大变乱的时期，民族性有暂时的变形，如习俗、观念、行为等都改变了。不过一切虽都改变了，却很少是常时期的，环境影响于人所以曾仿佛如此之大者，正因为它所支配的只是附属的与可转变的要素，或即特性的可能性之故。在实际上，这种变迁并不深刻。一个最和平的人困于饥饿时会残酷地去犯罪，但我们并不能据此便说他的本性已经完全变了。美国人以前内战时曾用了像他们今日用来建筑城市、大学、工厂等同样坚忍的毅力自相残杀，他们的本性没有改变，只有应用这本性的目的物是改变了。所以在吕朋看来，民族性虽不是不变的，但它仅能由于极慢的遗传上的结果，才可使它变迁。然则这种变迁，实与不变相差无几。

巴克的意见就乐观得多了。他根据他对于民族性形成的了解，反对民族性定命之说，以为民族性泰半是人类自己造出的，世界上没有既成的和不能避免的民族性。民族性没有永远固定民族各分子性格，断定某个人、某团体命运的力量，每一民族时刻都在自己创造它的性格和命运中。我们不能根据民族性定命之说，来立一永久断语,咒骂某民族必永远遭殃,或歌颂某民族必永享安乐。必须相信每一民族乃在世代变动之中,每一民族在每一时代都有造成某一时代民族性所应负的责任。民族性不但是人为的,而且实在是在继续不断的创造与再造之中,它不是在形成后就永远不变,乃是随时可以更变的。每一民族都曾在它历史的过程中,更改其性格,以适应新的情势,或某种新的目的。根据这些认识,所以巴克又有他的民族性发展三阶段说。他以为民族性的造成,可分三个阶段。在第一个阶段,以种族、环境、人口及各种物质要素制成一民族性格。在第二个阶段,以这民族所造成的政治、宗教及文学对于民族本身所发生的反响而自造其民族的性格。在第三阶段,在社会组织及教育制度的范围中,以自由的选择和自由的理想,自造其民族的性格;不过这种工作,仅能自今日开始,过去若干世纪中的民族性,并不是这样造成的。

从上面的叙述,我们可以知道,巴克的见解不但是比较乐观,而且比较切合事实。民族性实在不是生物学上的"性",生而即有,永不改变;它实在是一种习,而不是性。扼要说,所谓民族性,其实是某民族在那时所行社会制度的特点。因为所行的社会制度各族未必相同,所以民族性有差异。又因为一国一族,在某种情形中必须要行某种社会制度,否则国族即不能存在,所以民族性有改变,可能改变,而且必须改变。

民族性是人类自己造出的,是可以更改的,但当一种民族性造成之后,未改之前,在这个时期内,这种民族性对于一民族的生活,确有支配的势力。它支配这民族的命运。支配其信仰、制度和艺术。它把一个民族内的各分子,用如丝之细如钢之坚的结线团结起来,如像蛛网的线索,把他们的精神加以联结。吕朋认为各民族的生活永远是极少数不变的心理上的因子所支配,这当然是错的,但若说各时代的民族性对于该民族各时代的生活都有支配的势力,却是事实。因此,一种适应的或渐变适应的民族性,是应该维护、充实、加强的。而一种不适应,或渐变不适应的民族性,是应该改造、去除、消灭的。

综上所述,民族性是一种心灵状态,或一种行为之共同性,这种心灵状态,由许多因素凑合而成,而后天的、物质的因素,如经济制度、社会组织等项则较占优势。因此,它是可以更改的,而且在某种时候,它必须更改。民族性在造成之后,对于一民族的生活,有支配的势力,而当它要更改,或使之更改的时候,本受其支配的信仰、制度和艺术等等,也便成了它自身的反对物,可以促使或加速其更改。文学艺术在巩固、发扬或改造民族性的这个工作中,一向是一种重要的力量。

二、文学表现民族性

各民族的民族性,在形成之后,都表现在生活的各方面。也可说这时民族生活的各方面,都是其民族性的表现。文学亦不例外。

法人洛里哀(Firedeliek Loliée)于其 *A Short History of Comparation Literature: from the Earliest Time to the Present Day*(《比较文学史》)一书中,对欧洲主要各国民族性的特质,曾有扼要的叙述,我们可据以比较研究其文学。他叙述法国的民族性,大意说:法兰西民族是以能赏识高尚的文辞之美擅长的,就民族全体而论,他们于修辞学及散文最擅长。所谓"文字上的雄辩",是法兰西文学的主要特色。法国的散文,一因作者对于"理性""明畅"等观念天然具备,二因作者恒心力求文章上的优美,所以似已达到很美满的境域。法国的语言和文学的最显著特征,在于它们的膨胀力和广大的影响。

有许多思想从巴黎产生的,曾周游世界,法国人往往以社交的和宣传的天才自负。法国文学所缺乏的,是北欧文学常见的那种创意的能力和如画的美。它往往也用幻想,以与德国的夸大和英国的乖僻竞争,但幻想终不是法国人的特色。

洛里哀这段叙述可以帮助我们明白法国文学的特色。法国的民族性,表现在圣佩韦、罗南、福楼拜等人作品上的敏感、匀整、调和等特点,是很显著的。

洛氏叙述德国民族性时,说:德国人最愿容纳外国的思想和影响,他们对于外国无论是社会或知识性质的重要事件,决不会茫无所知。他们的祖国观念极强烈,但他们很容易并很愿意取其他民族之长以补自己的不足;他们天性中生就一种易显的国际兴味。德国对于实际的观念总比对于抽象的观念薄弱。它在极短的一个时间内所造出的形而上学的概念和神学的概念,其数已可与其他一切国家所造出的概念相抵。它有一个哲学家,便有一种学说,所以有莱伯尼兹、康德、菲希脱、谢林、黑格尔、费尔巴哈、叔本华等等名字,同时便有这许多派别的哲学家。它的真理追求者曾深入极其玄奥的问题又曾举于不可穷极的高处。它的一般不知倦怠的思想家,无论是云烟密蔽的峰顶,也不足以阻其探险的勇气。德国民族性的根本特点,是一种深思默索的精神,当它军国主义昌盛之前,这种精神实很强烈的。

这段关于德国民族性的叙述,也能帮助我们了解德国文学的那种严肃的哲学的精神。在世界各国的文学里,我们能够找出不少伟大作品,德国文学的精深博大,却是难有比拟的。歌德的精神及其作品,是德国文学一个代表的例子。

洛里哀论到英国民族性时,说:"心的唯物主义"是英国人思想的特征,他们若不用事实或实例的帮助,是不能思想,不能推理的。

常识是英国民族的特征,他们缺乏概括的观念,缺乏理论上的高远见解,纯粹的学说和哲理,在英国是不发达的。而伦理学则否。他们对于人类有精确的知识,对于本务有明了的观念,对于意志能自由指导。

洛氏这种看法,恰和巴克于其《民族性》一书中所说的相同。巴克说:英国人的性情和行动受纯粹思想的影响,不如法国人那样深。法国人醉心追求真理,亟欲其真理普遍化,希望它既能在国内发生影响,同时又能推广传布到海外。英国却从来没有醉心追求真理的人。如其会议,不但世人必引以为骇,英国人自己也必为之惊骇。英国人不喜欢空谈理论,必须要这种理论能够引动英人喜欢实际行动的本能,或这种理论能和英国人所爱护的某种传统相符合,然后这种理论才能为英国人所接受。所以理论在英国,乃是追从事实,而不是指导事实。证之英国历史上各次的巨大运动,我们到底不能承认有什么理论,能为未发现的事实之事前的根据。

英国的民族性是这样,它影响到英国的文学,遂使英国文学充满了伦理和道德的内容。巴克在他的书里把艺术的概念分为表现人生和解释人生两种,不管他这种分法是多么牵强,他却承认英国的文学是倾向于后者,即倾向于伦理和道德的途径的。他说英国诗人自斯宾塞到雪莱,都立意把文学和道德及改良人生的观念合而为一。自 Boswell 到 Thomas Hardy,他们的作品都和实际人生有关,他们表现人生的奋斗,并为人生的矛盾寻求解决的途径。他并说,在 Longland、More、Walliams Morris 等人幻想派文学中,也少有不注意到社会生活和制度的问题的。我们若说人类生活和社会生活乃任何国家文学的要素,那么也可以说解释人生和努力劝善,就是英国文学特具的色彩。代表着十九世纪后半期的迭更斯(Dickens)、塔刻立(W. Thackeray)和但尼生(Tennyson)等人的作品就是显明的事实。而且就是像王尔德（Oscar Wilde）那样被目为恶魔主义的人物，其所以比之法国的波多莱尔不免还有逊色，这就因为王尔德在根底里还是多少存在着英国式道德观念束缚的缘故。

对于俄国民族性的观察，特别可以使我们相信民族对于一国的作家的作品，在根底上可有重大的影响。洛里哀说：斯拉夫民族的特征对于历史有一种浓厚的兴味，这与一种爱族的心理并存；又在其想象力具有非常的感受性；此外还有一种重要的心理上的特征，即他们无论对于什么事情，心中无不存着一个浓烈的道德问题，他们之中，凡是有思想的人，从最卑微的到最伟大的，无论是小说中的人物，或真正的人，其于"一个人对于人类全体应该抱何态度"一个问题，莫不感有很深的兴味。人们对于他的一个同村人、同城人、同国人，以至国境以外和他们一样能感快乐和苦痛的一切人类，应该有一种什么义务？这是他们常常要问的一个问题。世界文学中能把一切关于个人、社会以及政治的观念，都像这样统属于一个根本观念之下的，只有俄国文学吧了。

勃兰兑斯于其 *The Impressions of Russia*（《俄国印象记》）中则说到它的另一面，他说：俄罗斯人，一方面是世界第一的高压主义者，在他方面，却又是最暴烈的自由主义者。又，一方面是杀身殉教的盲目的正教徒，在他方面，却又是企图杀人掷炸弹的虚无主义的党员。他们无论是信仰或不信仰，爱或恶，服从或反抗，不论在哪件事上，都是极端派。

近代俄国文学的先驱者果戈理，也用一种有意义的比喻形容他本族的性格，说："譬如大海，在无风无雨之日，比晴朗普照的太阳还要静，但在狂飙一到，波翻浪倒之日，便是狂澜轰天动地的怒号了。"

的确，俄国民族常是一个激烈的极端派。也就是这种品性，使俄国文学充满了反抗和斗争的精神。俄国文学上会有托尔斯泰那样的原始基督教信仰者，也会有阿志巴绥夫那样的恶魔主义者。而在最近，则尤有以高尔基为首的那批无产革命派。俄国民族的这种性格，使他们文学史上开满了灿烂的花朵。

以上所言，不过是几个例子。

一民族的性格既经形成，就表现于其文学；而当文学表现民族性的时候，这种民族性也就常常因而更加充实，更加稳定。文学也就在这种表现中，尽了它团结、组织和加强民族的任务。

三、文学改造民族性

民族性是人类自己造成的，是可以更改的，在许多可以更改民族性的力量之中，文学也是重要的力量之一。当一种民族性能够适应一民族的生存发展要求时，文学往往是这种民族性的积极同情者、巩固者和发扬者。但当一种民族性已不能适应一民族的生存发展要求时，而在改变或使之改变时，文学往往就成了这种民族性的反对者，它能够帮助或加速这种民族性的改变，同时亦就变为别一种适应的新民族性之积极的同情者、巩固者和发扬者。

任何民族的文学，都足为其民族生命的楷模，都足影响其民族生命的发展。它先转移民族的气质和品格，再影响到民族的本质。一民族的文学影响一民族的气质和品格，方法很多，大要不出三种：第一，自文学所表现的道德观念影响它；第二，自文学所表现的人生态度影响它；第三，自文学所欲解决的问题，和它对于某问题所表明的精神，来维护一种原有的特性，或来共同把它改造。巴克说：古典派学者莫不知荷马的诗乃是统一希腊的连结力，乃是希腊宗教的圣经和源泉，并且实在是当时唤醒希腊民族的传统，而造成希腊民族的创造者。英国文学对于英国的贡献也不亚于荷马诗歌之对于希腊。英国文学有其自身的灵感力与影响力，直到今日还是统一英国民族的团结力，和英国教育的源泉。文学对于民族性的影响，在积极、消极两方面，力量是一样大的。

　　文学影响民族的力量，就是在最微细最不经意的地方，也能够达到，这种性质在记载历史文学是如此，就是在充分幻想的文学也是如此。巴克以为幻想派文学中所描写的伟大人物，惟妙惟肖，充分表现出他的思想和行动，这可使读者在脑海中不知不觉存在一个理想的人物。文学上的这种理想人物，大可成为一种模范的人物，供全民族去仿效。这种影响力之大，几乎无时不在表现之中。荷马的诗中有其理想的人物，希腊的宗教观念和伦理观念均受其影响。莎士比亚的戏剧里，也有其理想人物在。人类受模仿律的支配，不仅模仿生人的行为，并且也模仿理想人物的行为，文学之能发生力量，巴克以为这亦是一个重要的原因。他说柏拉图因为过于重视这种力量的伟大，在他的《共和国》内竟不许戏剧存在；他要实现一种理想，每一公民只许保有一种职务，且须对其职务专心致力，他以为戏剧所描写的人生是多方面的，人生受此多方面的暗示，而引起模仿的本能，结果人生将成为一大舞台，每一个人都是表演各种戏剧的优伶。巴克以为我们固然不可过于重视柏拉图的推理，但柏拉图立论的大前提，却并不是绝无根据。

　　上面巴克的见解未必尽对，但有一点是确定的，即文学在移改人们的气质品性上是有很大的力量。文学就是凭了它这种力量以改造民族性。

　　民族性是许多因素凑合的结果，改变这些因素，便是改变民族性的先决条件。或者这种因素已经变了，或正在改变，那么证实、鼓吹或加速这种改变，都可以使民族性的改变更为迅速。文学在这两方面都可以尽力。

民族性的变更及需要变更，主要是因为客观环境变了，旧时代产物的民族性，已不能适应新环境的需要。一个民族的特性，如果在原来一个环境里是一种维护它生存发展的要素，那么在新环境里，这种特性如仍不加改造，就将成为一种阻碍它自己生存发展的要素。由适应到不适应，这就是民族性所以要改造，新的民族性所以能造成的原因。

文学如果能具体地表达民族性在新环境里不适应的一般情形，如果能具体地描写出新环境的变化及其特点，指出一种新的民族性应该具备哪些特点，始能在新环境中继续团结、组织、鼓励自己民族的分子，使自己民族继续得到生存与发展，那么文学就可以负起改造民族性的任务。当一种民族性开始在改变，或开始被人感觉到需要改变的时候，这时不适应的情形一定已经很多了，新时代的轮廓一定已经显现了，新性格胜利的榜样也一定已经可以见到了，文学就应该具体地仔细地表现出这种事实，利用它本身的感染力，去改变民族各分子的性格，并且使他们改变后仍能趋向一致。

古代的雅典，凡属雅典人民，无论执何职业，属何阶级，都可到城市的戏院里去共同欣赏雅典戏剧家的作品，因为在这种机会，文学就能施展出它的力量，以统一它民族的各分子，维护或改变、创造它的民族性，所以越通俗，越与大众接近的文学，在改造民族性的工作中，力量越显著，越大。

四、中国的民族性，其批评及改造

关于中华民族特性的研究，中外学者发表甚多。庄泽宣先生近著《民族性与教育》一书中曾归纳西洋学者 A. H. Smith、Paul Monroe、John Dewey、Russell、B. E. Huntington、A. F. Tegnare、T. F. Wade 等二十四家,日本渡边秀方、长野朗、服部宇之吉、桑原鹭藏等八家,中国孙中山、梁启超等三十六家的意见,参以分析二八七〇则谚语、一八九四则格言、八五六七则联语、七六二则歌谣的结果,把中国民族性列为如下三十点:

  天命思想 崇拜祖先 家族观念 中庸妥协 安分守己 洁身自爱 自私自利 猜疑妒忌 迷信 保守 伟大 宽容 和平 文弱 礼让 委婉 爱面子 虚伪 忍耐 富于同化力 知足 乐观 实际 勤劳 富于适应性 节俭 缺乏创造力 缺乏组织力 缺乏进取心 缺乏同情心

  庄先生此书搜罗宏富,叙述详尽,但不免将民族理想与民族特性彼此互混,与前后倒置。不过关于这问题在这里我们不能详论。我们在这里只说中国民族的四个显著特性,即:容忍,保守,中和,现实。

  中华民族容忍力之强,恐为任何民族所不及。身体上的"忍饥耐寒""忍苦耐劳",神精上的"忍气吞声""逆来顺受",一方面在历史与文学的记载中是不胜缕述,一方面也成了先哲教导后人的格言。中华民族保守性之强也是无与伦比。"安土重迁","守旧则古",是我们民族生活上最普遍的表现,中和性也一样强烈,所谓"折衷""调和""委曲求全""安分知足",就是这一特性的表现。而我们民族的现实性,则表现在着重现世生活与实际利益上面。

  中华民族的这些特性乃由许多种因素凑合而成,但社会组织与经济制度的因素则较占优势。中国一向是个农业国家,农业社会的生活是简单、安定,因而也比较保守。各家族各乡村都能互相独立,所以人与人间的接触竞争较少,团体间与地方间亦然,因此养成安土重迁的特性。在安定生活下,凡事可从容应付,故好闲暇,会享受,感觉上比较迟钝,不大注意时间。又因农业社会中手工业发达,各地制品,自能供给,分成无数自给的小经济单位,各有货币、度量衡、收税机构,经济关系既不密切,所以虽有地域观念,而不产生社会意识,更说不到团结和组织力。只讲自给自足,维持现状,对生产技术方法不求改进,对人口又以为地大物博尽量生殖,所以一般人受尽经济压迫的苦痛。在这种压迫之下,平时勉强度日,已不能不勤劳工作,一遇荒年,则尤非竭力樽节不可。生存竞争剧烈时,更属痛苦。

中华民族的特性是客观环境的产物,在过去的时代,它不仅曾使我们民族在生活中成为一个适者,而且还有了巨大的发展。它使我们民族在体质方面具有抵抗与顺应环境的特殊力量;能生存在极广的区域中,能抵抗各种病菌的侵袭,能适应各种不同的气候,能忍受各种体质上的困苦。凭这种力量,我们就有了八百万华侨,分布在全世界任何一个角落。它又使我们民族在心灵方面具有折中与调和环境的特殊力量!能以温和的性情立身处世,以怀柔的态度同化异种民族,以融和的精神吸收不同文化。因为有这些特性,中华民族才能发展为世界上历史最悠久、疆土最广大、人口最众多、文化最统一的伟大民族。

但中华民族现在的客观生活环境却已经变了。中国过去的环境是单纯而易于适应的,现在的却繁复而不容易适应。农业社会被迫着不能不踏上工业化的道路。过去的安定与和平,一变而为繁杂、动荡与充满着战争。旧文化再也抵不住新文明的进袭。我们不能一味地容忍,那会招来更大的侮辱。过分的容忍,就等于怯懦。我们一味地保守,会使我们忽于创造,流于顽固,无法应变。我们专讲求中和,则成了敷衍,而不合理的现实性则使一般人都只贪图眼前的小利,而忘却宏远的大计。这些在过去环境中形成的特性,当今天环境已经变更，事实已证明其必须消灭。我们民族这些特性，在过去是证明能够适应的，而现在也要在新的环境下改变，并继续适应。

中华民族过去的特性优点很多，但也有不能不予以改造的地方，不改造就将不能生存，更说不上能发展。近百年来，由于环境剧变，社会组织日变严密，经济制度逐渐工业化，我们的民族性事实上已有了若干改造，不过速度缓慢，还远难适应生存发展上的需要。如何加速这种改造，便是我们当前的急务。

中华民族过去的文学里充满的是前述各种特性的表现，我们都耳闻目睹，不烦举例。而我们今后的文学，则将表现一些新的特性，在这过渡的时代，则尤应为创造这些新的特性而努力。同时发扬旧的优点，使民族性适应这伟大的时代。

五、当前民族文学如何改造我们民族性

当前民族文学应该如何来参加改进中国民族性的工作，具体地说，有三个方面：一方面是开示新环境的一般状势，助成新社会组织新经济制度的创立；二方面是表现过去那些特性在新环境中不适应的情景；三方面是描写典型的新性格之胜利的榜样，使其普遍影响于一般国民。

文学应该表现我们当前半殖民地的痛苦生活，真实地写出近百年来民族生活中一切重要的变化。往日我们能够躲在本乡的小天地里生活，不知道一点外间事也一样过得快活，但现在我们却必须走出本乡的栅栏，去寻问全世界的大事。往日我们可以关起国门来耕田过活，用不着开工厂造机器也对付日子，但现在我们却也非要开工厂造机器不可，文学应该写出诸如此类生活上显著而重要的变化，

并表出它的意义、原因、结果和过程。

环境变了，我们的社会组织、经济制度等都在变。但是都还没有完全变成。文学应该根据它对于实际生活的体察，以它的描写，来促成、改造我们正在演变中的社会组织和经济制度。因为这两者在民族性的改造上，是极重要的因素。

表现过去那些特性在新环境中不适应的情景，这种题材在当前是非常丰富的。一个容忍、保守、中和、现实的乡下人，为什么一到了城市里就"呆若木鸡"，"手足无措"，"走头无路"？同样的道理，中国人在世界的舞台上一味地容忍，不但不能得到"得寸进尺"者的让步，反是招来了更大的侮辱，所以到而今都只能过着一种屈辱的生活。一味地保守，追随着前人的遗规亦步亦趋，便失去了创造，迟缓了进步，因为不能"迎头赶上"，所以只落得事事吃亏，处处落伍。一味地中和，成了敷衍软弱，不能敢作敢为，争取断然的革新。一味地现实，则成了"为小失大"。

文学应该具体地表现出以上这些不适应的情景，从国内到国外，从乡镇到城市，也从村庄到乡镇。不但要写出这种失败，而且还要显示出失败的原因，暗示在这种新环境中，什么样的性格才能适应。文学表现这些情景，应该深入到生活的底层，在平凡的日常生活的琐细事件中，抉发出这些不适应来。只有日常生活里的不适应，才是最普遍的，最深刻的，最严重的；也只有这样的描写，才能够被一般人所理解，才能震动他们，提醒他们，使他们在不知不觉中，就改造了这些不适应的性格。

描写典型的新性格之胜利的榜样，这对于一般人更可能有大的影响。在近百年来的社会变迁中，我们民族中有些分子，由于所处环境变化最早，他们已先有了一些较能适应的性格。这些性格在新环境中使他们获得了许多胜利，为大多数人所不及。描写这种性格的胜利,可以使本有变化倾向的大多数人,加速变化他们的性格,并供给一些具体的榜样。

描写这些胜利的性格,我们可以一方面选取几个民族英雄如中山先生、廖仲恺先生、詹天佑先生(平绥铁路的建设者)等等作榜样,一方面也可以择取几个新性格的特点,来创造新的典型。这些特点,简单说,可举出:团结,创造,和斗争的精神。

文学应该竭力提倡团结的特性,民族团结,国族团结。描写坚固团结在现代生活中的一切胜利,一切成功。从民族的日常生活中去表现团结的重要,从民族的日常生活的利害关系中去表现出爱国爱族的活道德。把对家人的爱、乡土的爱,转变为对全民族、全国家的爱。不是抽象地、理论地鼓吹这种爱,使他们"知道"团结的必要,而是要用事实的表现,去使他们"感觉"到团结的必要。要从个人、社会、国家的团结的胜利事实中,使他们确实感到自己应该倾向于团结,自己的幸福才有保障,才有希望。

文学也应该同样努力培养创造和斗争的特性。显示出生活中创造的重要,斗争的重要,显示出没有创造没有斗争就没有胜利,民族全体和个人的生活,就无法脱离悲惨的境地。创造和斗争,并不限于特殊的时地,日常生活中的创造和斗争,就是一切创造斗争的源泉。不安于故常,不为先人的言语所束缚,时时事事,都要超过前人的建树,失败了也不灰心,成功了也不自满,一心一意要发展我们的生活,这就是创造。而创造本身,也就是一个斗争的过程。我们斗争的对象要不仅是压迫我们民族的敌人,推而广之,残暴的自然、可怜的无知、进步的迟钝、盲目的冲动等等,也都是我们斗争的对象。在一切不合理、不自然、不人道的种种对象之前,我们贫贱不移,富贵不淫,威武不屈,敢于奋勇搏击,虽杀身在所不惜。在这不能借容忍、借保守、借中和来生活的时代,只要我们是有理,我们就必须冒险、进取,虽走极端有所不顾。斗争应该成为我们新的道德。

五年来的抗战,使我们的民族性有了大的改变,虽然这种改变还不够快,也还不够普遍。在全国广大的战场上,到处有着淳朴的农民在参加反抗日本的战争,他们走出了本乡,而且也抛弃了他们的土地、茅屋和牛羊。勉堪温饱的小贩能对国家献出巨款,一向只能为自己儿孙们打算的老太太们也能戴起老光眼镜在深夜的豆油灯光下一针针为将士缝制军衣,甚至娇生惯养的小学生也多自动请缨赴战的了。我们的民族性正在变化着,我们已渐渐团结、创造、斗争起来了。文学应该描写这些新性格之生长中的光辉,使这些光辉能够飞快地笼罩我们整个民族,使我们民族的生活在未来能够变得更强壮,更美丽……

(选自《民族文学论文初集》,国民图书出版社1944年2月出版)

中国文艺批评所受佛教传播的影响

距今一千八百多年以前,即当东汉孝明帝时代,佛教开始传入中国。但早在汉哀帝元寿元年——即公元前 2 年——博士弟子秦景宪接见大月氏王使伊存时——曾亲受其口授的浮屠经——佛经教义就已东来。自此以后,西方僧人络绎前来,同时中国僧人也相继西行求法①。东西方佛教徒来往的结果,使佛教思想借经典的长期大量翻译而大扬于中土②。千八百余年来,佛教的势力在中国根深蒂固,其信仰遍及于帝王贵族,妇妪奴仆,一直到最近才有稍杀的趋势。然而千八百余年来佛教给予中国社会政治、思想、文化各方面直接、间接的重大影响,则将永垂简册,流传无穷。

佛教传入中国,使中国文化增加了许多新的成分,这在汉代以后的文字、文章、文学、思想、建筑、雕刻、绘画、音乐等等上面都可以看出。单说文学,八百多年前宋朝的郑樵(公元 1104 年—1162 年)就已看出它受有佛教的影响③。这种影响,到现代更为一

---

① 参阅梁任公《佛教与西域》《中国印度之交通》。见中华版《佛学研究十八篇》。
② 参阅周谷城《中国通史》。
③ 章实斋《校雠通义·藏书》引其语。

般学者所承认和阐扬。梁任公指出佛教翻译文学影响于中国文学者一般有三点，即国语实质之扩大，语法及文体之变化，文学的情趣之发展①。胡适之先生说译经文学在中国文学史上有三大影响：第一，维祇难、竺法护、鸠摩罗什诸大师朴实平易的白话译经文体是唐以后的白话诗文的重要起源；第二，最富于想象力的佛教文学对于最缺乏想象力的中国古文学尽了很大的解放作用；第三，印度文学那种悬空结构的文学体裁，和佛经的散文与偈体夹杂并用，这些都跟中国后代弹词、平话、小说、戏剧的发达，以及后来的文学体裁，有直接、间接的关系②。梁、胡二氏这种说法，现在应已没有人再认为是妄诞的了③。佛教的传播影响了中国文艺，这种影响是整个的，绝不止于俗文学一部分，虽然在这一部分是特别重大而明显；在文艺批评这一部分同样也受有它的影响。在这一部分的影响其实并不小，只是大家似乎还从未注意及此罢了。

以下谨分三节，就此点略抒所见。此时书籍阙如，对佛理所通尤浅，误漏之处，望高明教正。

一、佛教论风与中国文艺批评

在中国文艺批评史上，一直到魏文帝（公元187年—226年）时才有专门批评的散篇即《典论·论文》出现。这时佛教传入已有一百多年，为其重要典籍的《牟子理惑论》就在这时候产生（公元195年左右）。《牟子》这部书，黜百家经传，斥神仙方术，援引老、

---

① 见所著《翻译文学与佛典》。
② 见所著《白话文学史》。
③ 参阅梁著《翻译文学与佛典》。

庄以申佛旨，是以后佛教依附玄理、释子袭作玄谈的先声。汉代以清议登庸文士，几百年来经典章句的拘束，反动成一种专以谈名理讲老庄的清谈风气，这种风气在汉末已渐隆盛，到魏文帝时更又得着了《理惑论》这部书的鼓励。清谈风气的造成，原因自有多端，但佛教思想的输入和流行，实是重要因素之一，而清谈风气，则又是中国文艺批评所以在魏文帝时能够发端成立的因素之一。

魏文帝兄弟是否相信佛教，史无明文。但《典论》曾不信当时方士的辟谷、行气、补导等所谓长生久视之术。陈思王有《辩道论》，也痛斥神仙道术。这些思想和《理惑论》讥笑道家"不死而仙"为妄诞，实同其旨趣。又佛家相传梵呗始于曹植的《鱼山七声》，曹植的《辩道论》也常为佛教徒们称用。但即令他们不是佛教徒，《典论·论文》《与杨德祖书》等也是清谈影响下的产物。魏文帝《与朝歌令吴质书》里就曾说：

> 每念昔日南皮之游，诚不可忘。既妙思六经，逍遥百氏，弹棋间设，终以六博，高谈娱心，哀筝顺耳……白日既匿，继以朗月。

晋宋齐梁，特别是齐梁，是中国文艺批评史上的发展时期，这时在中国文艺的各部门里都出现了专门批评的书籍。① 而这时候不但是佛教的隆盛时代，玄谈之风极盛，并且佛教论著之文也产生得极多。当时玄谈，老、庄与佛理混糅不分，玄谈者彼此品鉴，互相标榜，相率为无涯无岸、惊俗高世的言行，终日不已。例如《世说新

---

① 参阅拙撰《南朝何以为中国文学批评史上之发展时期》，载《艺文集刊》第一辑。中华正气出版社印行。又已收入拙著《中国文艺批评》，成都中西书局印行。

语》《郭子》两书里就有许多这类文情的记载。

在这时期，佛教的论著非常丰富。梁时僧祐叙当时论著充斥的情形说：

> 自尊经神运，秀出俗典，由汉届梁，世历明哲。虽复缁服素饰，并异迹同归。讲议赞，代代弥精；注述陶练，人人竞密。所以记论之富，盈阁以牣房；书序之繁，充车而被轸矣。①

那时的佛教论著，关于经序的，近支那内学院有专刊本及详细的存目；关于通论或专论的，有一二九种；关于义章的，有十九种；关于争论的，除《弘明集》和《广弘明集》所载极多外，又有二十四种；此外杂论方面的也有二十四种②。

六朝佛教论著隆盛的原因，汤用彤先生以为其故有四："其一，当时出经极多，而又极重经序……盖研读经文，最难通其大意。观其全体，为之作序者，说本书之地位、之目的，总提全文，便利后学……所作虽关乎一经，而实代表作者观察之心得者也。其二，佛法畅行既久，明宗义之指归，叙一己之思虑，均为时人所需要，故有统系之著作，六朝颇不乏之。如道安之《性空论》，罗什之《实相论》，而最著者则为僧肇之诸论也……其三，佛经译出甚多，事数繁复，义旨各异，别其异同，定其优劣，于是有义章之作。其四，魏晋南北朝思想最为自由，谈论善辩，尤为风尚。一为专论特殊之问题，或著文讨论，或书函辩答，如法身问题，神灭问题，考其聚讼所在，不但知当时向学之殷勤，且可识时代讨论焦点之不同；一为

---

① 转引汤用彤《汉魏两晋南北朝佛教史》。
② 转引汤用彤《汉魏两晋南北朝佛教史》。

争论，或攻击他教，或为佛教辩护，两晋南北朝此类著作极多。以是四因，本朝论著最富。"①

这些原因，恰和我在《南朝何以为中国文艺批评史上之发展时期》一文中所说述的大体相同。不但原因大体相同，而且论著的方法也极为相似。佛教论风与文艺批评在六朝同时称盛，这原有其共同的成因，但我相信在它们之间，一定也曾相互地密切影响。

齐梁以后，唐代论风称盛。这时佛教的发展殆臻极盛。太宗、高宗二代，名德辈出，武后、玄宗也都崇信佛法，其后虽有武宗会昌五年的"法难"，但自宣宗即位，又能逐渐恢复。有唐一代，承汉以来佛教传播的深厚基础，佛家教义阐发愈多，于是一变六朝的师法而个个成立宗派，计有三论、天台、华严、法相、律、禅、密、净土等各宗。自宗派一一成立，于是佛教论争便不仅限于对付教外，也更繁兴于教内。这种宗派的论风一方面鼓励了当时的文艺批评，一方面也促成了中国文艺批评中的宗派观念②。

宋代是中国文艺批评的黄金时代，也是一个集大成的时期。在这时期，文艺各部门的批评都极为发达，足以继往而开来。这时的佛教，承五季衰废之余，重新兴起，讲述佛风甚盛。不过这期内佛教论风之影响及于文艺批评，是有了两个方面：一方面是佛教论风本身，一方面是深受了佛教思想和论风影响的理学界之议论风气。因为这样，所以宋代论文谈艺的风气，也就特别兴盛。

佛教论风与中国文艺批评的发展发达的确有深密的关系，我们只要看佛教论风热烈的时候，中国文艺批评总同时也极发展发达这种事实便可明白。佛教论风虽不是决定中国文艺批评历史的力量，

---

① 转引汤用彤《汉魏两晋南北朝佛教史》。
② 说见本文第三节第五目。

但它实是鼓励、加强、丰富了这种力量的。

二、佛教作品与中国文艺批评著作的名称和体裁

佛经翻译工作给中国文艺开了无穷新意境，添了无数新材料，也创了许多新文体，这些新文体和它们的名称，都直接间接影响到了中国文艺批评著作的名称和体裁。现分述如下：

1. 题名"品""评"之类的著作

中国文艺批评中题名"品""评"的著作很多，仅齐梁现存的就有：

> 谢赫《古画品录》。《通志》皆作《古今画品》。
> 钟嵘《诗品》。《梁书》本传及隋唐宋各《志》皆作《诗评》。
> 庾肩吾《书品》。《宋志》或作《书品论》。

这种品评的方法，一般都说本于班固。如周中孚《郑堂读书记》"书品"条说：

> 子慎自少至长，留心书法，求诸故迹，或有浅深，因本《汉书·古今人表》之例，取善草隶者一百二十八人，分为上、中、下三品，每品之中，又分为上、中、下。

又如郭绍虞先生在《中国文学批评史》上册说：

其取品第的态度者，如钟嵘《诗品》即本班固九品论人之法以衡诗，分为上、中、下三品，兼摭利病。

案班固《前汉书》有《古今人表》，论述古今人，分圣人、仁人、智人、愚人为自上上至下下九等。据此，后代文艺批评中分品论述的方法，的确可以承认是本于此表。但班固在表的序文里却只说了"因兹以列九等之序"，并未拈出"品"字。后代文评著作题名为"品"，并不起自此表。

我以为文评著作名"品"，与佛家经论的篇章称"品"大有关系。自班氏（公元32年—92年）以九等论人，魏文帝乃定九品官人即九品中正之法，这种办法据《三国志·魏志·陈群传》说，是"群所建制"的。陈群卒于公元236年，但早在汉桓帝前，即公元147年前，中国最初的佛译经典《四十二章经》（古本）已经出世。其后支娄迦谶在灵帝光和、中平之间，即公元180年左右传译胡文，出有《般若道行品》，这部书到晋代为别于《放光经》之称大品而称为小品；224年而维祇难等译出《法句经》，支谦《法句经序》说：

> 是后五部沙门，各自钞采经中四句六句之偈，比次其义，条别为品。①

这些佛教译经有的在陈群以前已经出现，最晚的也在陈氏卒前十二年。案佛经篇章名"品"，"品"字是梵语"跋渠"的意译，取其区别之义。又官阶自古以来，周以命数，汉以禄秩，强分等级，

---

① 转引汤用彤《汉魏两晋南北朝佛教史》。

但都未以"品"为名。所以我以为,就是"九品中正"之法,虽其分品之义渊源有自,但在以"品"为名这一点上,怕正是从佛教译经中模仿来的。

魏晋以后,佛经译出愈多,由于佛教传播隆盛,玄谈之风大畅,佛经篇章之"品",也许就在这时候转为"品目""品第""品评""品藻"文艺和其他许多人事的普通用词。再则,佛经分品最初只取"区别"之义,并无明显的批评意思,但后来就不同了,佛家语中也出现了模仿班固九等论人的话语,如说"九品惑""九品烦恼""九品莲台"等等,也以为修净业者可以有自上上至下下的九等①。这些事实,都能使我们相信文评著作之以"品"为名,是受了佛经影响。"品"字在当时成了一个评论的普通用词,所以不仅文评著作用它,便是杂艺批评的著作也用它。如《南史·简文帝本纪》就说简文帝撰有《棋品》五卷。明焦竑《国史经籍志》也著录六朝评棋著作很多,如范汪等注《围棋九品序录》五卷、袁遵撰《棋后九品序》一卷、褚思庄撰《建元永明棋品》一卷、梁武帝撰《棋品》一卷,等是。所以杨慎便说:

> 书有以品名者,钟嵘《诗品》、庾肩吾《书品》是也。二子皆梁人,其称名也同,其遣词也类,时代则然,非相假也。②

文艺批评中题名为"品"或"评"的著作(品、评二字,音义都相通,一书异名,或是传写之误),我以为他们的方法大概是从《古今人表》承袭而来,而他们的题名,则是由佛教译经中模仿而

---

① 修净业者有种种差等,往生极乐时所托的莲华台座就有这些等别。
② 《升庵全集》。

来。以后文评中常见的用语，如神品、妙品、逸品等等，亦是佛经中语的转化。

2. 题名"格""例""句""图"之类的著作

中国文艺批评中题名"格""例""句""图"之类的著作也极多，略举如：

> 五代吴越孙郃《文格》二卷
> 唐元兢《诗格》一卷
> 唐纥于俞《赋格》一卷
> 唐王昌龄《诗格》二卷
> 宋颜竣《诗例录》二卷
> 唐姚合《诗例》一卷
> 唐元兢《古今诗人秀句》二卷
> 唐李洞《集贾岛句图》一卷
> 唐张为《诗人主客图》①

我以为"格""例"之类的著作，大概是出于佛经的"格义"。这有几个理由：第一，中国书籍在南朝以前，未见有以"格""例"为名的，但佛经格义，却在西晋时已为竺法雅所创立。第二，文艺批评中的论格、论例之著，其目的和方法与佛经格义有极相似的地方。案格义的意义，汤用彤先生解释说：

> 格义者何？格，量也，盖以中国思想比拟配合，以使人易

---

① 参阅《中国文学批评史》。

于了解佛书之方法也。①

格义的创立,是因为自汉代以来的讲经方法——先出事数再分条释义的方法——还不能使学者易于了悟。于是竺法雅复以经中事数与外书相比拟,使学者因而生解,然后逐条著以为例,即成格义。格义的目的和用处,就在以之训教门徒。因为那时一般的门徒,对世典都能有相当研究,对佛理则所知甚浅,这样使他们由世典以悟入佛理,外典内书,递互讲说,便很容易收到生解之效。文艺批评中论格、论例之著,其方法虽和佛经格义不尽相同,但其取譬文外,别时代之升降,权声律之高下,分体制之正变,以取便初学,则和格义根本相同。论格、论例之著,固始于南朝,但到唐代中晚而特盛,原因是唐以诗赋取士。如清朱彝尊《沈明府〈不羁集〉序》说:"唐以赋诗取士,作者期见收于有司,若射之志于鹄,故于诗有格,有式,有例,有密旨,有秘术,有主客之图。"②

第三,佛经格义与文评中论格、论例之著,不仅其被舍弃的情形相似,就是他们被人诟病的原因也大致相同。如前所述,格义的作法实在难免迂拙牵强,所以与竺法雅同学的道安便首倡反对格义,《高僧传·释僧光传》引他的话说:"先旧格义,于理多违。"③

自道安(公元314年—385年)以后,格义渐为有识者不取。到鸠摩罗什时代(公元344年—413年),格义更被视为"迂而乖本",于是就被废弃了。汤用彤先生论此事说:

---

① 汤用彤《汉魏两晋南北朝佛教史》。
② 《曝书亭集》。
③ 汤用彤《汉魏两晋南北朝佛教史》。

大凡世界各民族之思想，各自辟途径，名词多独有含义，往往为他族人民所不易了解，而此族文化输入彼邦，最初均抵牾不相入，及交通稍久，了解渐深，于是恍然于二族思想固有相同处，因乃以本国之义理，拟配外来思想，此晋初所以有格义方法之兴起也。迨文化灌输既甚久，了悟更深，于是审知外族思想，自有其源流曲折，遂了然其毕竟有异，此自道安、罗什以后，格义之所由废弃也。况佛法为外来宗教，当其初来，难于起信，固常引本国固有义理，以申明其并不诞妄。及释教既昌，格义自为不必要之工具矣。①

论格、论例之著的兴衰情形，跟这极为相像。这种作品始于南朝，盛于中唐、晚唐，宋代已成强弩之末，以后便即消歇。这种作品的最大弊病，就是拘泥和琐屑。宋陈振孙《直斋书录解题》"文章元妙"条下附说：

> 凡世所传《诗格》，大率相似，余尝书其末云：论诗而若此，岂复有诗矣！唐末诗格污下，其一时名人著论传后乃尔，欲求高尚，岂可得哉！②

《四库提要·诗文评类存目·诗法源流》提要以为此书分三十三格，"其谬陋殆不足辨"③，《二南密旨》提要以为此书所谓四十七门一十五门者，"议论荒谬，词意拙俚，殆不可以名状"，"其论总例物

---

① 汤用彤《汉魏两晋南北朝佛教史》。
② 《直斋书录解题》。
③ 《四库全书总目提要》。

像一门,尤一字不通"①。《天厨禁脔》提要以为"是编皆标举诗格,而举唐宋旧作为式,然所论多强立名目,旁生枝节"②。又《少陵诗格》提要以为是篇"发明杜诗篇法,穿凿殊甚","随意支配,皆莫知其所自来","每首皆标立格名,种种杜撰","真强作解事"③。又前举朱彝尊那首序文里也说:"吾言吾志之谓诗,言之工,足以伸吾志,言之不工,亦不失吾志之所存。乃旁有人焉,必欲进之古人之域,曰:诗有格也,有式也……勿以逸出矩镬绳尺之外,于古人则合矣,是岂吾同志之初心哉?且诗亦何常格之有?《豳》之诗,不同乎《二南》;《郑》《卫》之诗,不同乎《唐》《魏》;《周颂》简而《鲁颂》繁,《大雅》多乐而《小雅》多怨,亦各言其志而已。"末后他以为"格""例"之著,实"无异揣摩捭阖之学"。

论格、论例之著的兴盛,也是由于当时对诗道的认识,尚未普遍而深入,等到诗道昌明了,所以大家对于这种拘泥琐屑的批评方法,也厌弃了。

以上我说格、例之类的著作,其名称体裁大概出于佛经的格义,我又以为"句""图"之类的著作,大概出于佛经的注疏。

中国文评作品中最早的句、图之著,或始于萧子显《南齐书·文学传论》中所说的"张眎擿句褒贬","颜延图写情兴",但书已失传。以后钟嵘《诗品》有云:"'思君如流水',既是即目;'高台多悲风',亦惟所见;'清晨登陇首',羌无故实;'明月照积雪',讵出经史?"这就是唐宋人摘句品选的起源。摘句品选之著,在宋代极盛。

---

① 《四库全书总目提要》。
② 《四库全书总目提要》。
③ 《四库全书总目提要》。

佛经注疏起源于汉晋的讲经与注经。佛教讲经，确知始自桓帝世的安清和安玄，他们了解义理，兼能讲说，讲时必取经中事数，一一为之分疏。安世高是阿毗昙师，译经时便随文讲说，其后严浮调复因其未译《十慧》，乃作《沙弥十慧章句》。章句者，或系摘取《十慧》经文而分章句，具文饰说。这种书的目的，乃在用以教导初学，浮调原序末就曾说："未升堂者，可以启蒙焉。"

浮调这种分章句疏释的体裁，于后来佛经的注疏极有影响。晋道安首创注疏，他所用的体裁，实即出于浮调。

佛经注疏，随其繁简旨趣，可分两种。一种随文释义，谓之注，亦即普通所说的章句；此皆受师口义，随文作释。一种明经大义，不必逐句释文，仅摘取经文，明其大致。前者较繁，后者较简。注疏大体都用科分，即将经文分为若干段后再作疏。这种办法也始于道安。不过在道安的时代科分尚不繁，但到刘宋就大盛了。《法华文句》上说：

> 天亲作论，以七功德分《序品》，五示现分《方便品》，其余品各有处分。昔河西凭江东瑶取此意节目经文，末代尤烦，光宅转细。

科分大盛的结果，便成：

> 文句纷繁，章段重叠。①

据上所述，我以为句、图之著，大概是出于佛经的注疏，有几

---

① 湛然《文句记》。

个理由：第一，句、图之著盛行于唐宋，滥觞于梁唐，而佛经注疏则早滥觞于汉代，到晋宋间已十分盛行。句、图之著，适滥觞佛经注疏十分盛行之后。第二，句、图之著都摘举诗文的章句为评论解释的标本，这种方法，和佛经注疏的科分章句极为近似。第三，注疏科分的创立，原为佛典译本或卷帙太多，研读不易，或意义深奥，译文隐晦，了解甚难，想借此通达佛学。等到以后译经愈多，口义愈繁，于是随着科分的愈密，也造成了烦琐的弊病。句、图之著，意也在便于初学。诗道精深，融会不易，列为句、图后，可使学者一目了然。但为之不谨，则拘泥琐屑之病，正与注疏科分的流弊同。两者因为有渊源的关系，所以它之创立与衰敝的情形也大致相同。

中国章句之学，据《前汉书·夏侯胜传》，已发端于胜之从父子建，但我以为儒家章句之学虽或早出，它对句、图之著虽不能说没有影响，但句、图之著主要还是在佛经影响下产生的。我的理由，就是认为六朝时代儒家的势力很小，只有佛教经籍的势力才可能直接孕育出一种新式的文体。

3. 题名为"话"的著作

中国文艺批评中题名为"话"的著作，如诗话、词话、赋话、曲话之类，自宋代以下，不可胜数。宋尤袤《遂初堂书目》并列有"书话"一种①，可见批评作品在宋代以"话"为名的流行。我以为这类著作，无论在名称上或是在体裁上，和佛教的传播有密切的关系。

我在《诗话之起源及其发达》一文里，曾推究"诗话"这个名称的起源，以为这名称很可能是唐五代"说话"的转称；不仅是转

---

① 《遂初堂书目·杂艺类》。

称,甚至就是从它移用来的,因而"说话"就有一个别称叫作"诗话"。"说话"的内容虽已不一定与佛教有关,但在前身的"变文"却根本是从印度文籍中学到了"讲唱"的体裁,佛教徒们用讲唱佛教的故事,作为传道说法的工具的。①

中国佛教在唐代特别隆盛,佛教徒在当时传道说法的努力也特别普遍深入。唐代全国有四万四千六百所寺院,当时在这许多寺院里便经常有佛教信徒在讲唱着"变文"。关于讲唱的情形,《因话录》和《乐府杂录》都有记载。②

所谓"变文",当时是指变更了佛经的本文而成为俗讲之意。变文最重要的一个特色,就是"讲唱",讲的部分用散文,唱的部分用韵文。这样的文体,绝不能在本土的文籍里找出来源,乃是当时一部分受印度佛教陶冶的僧侣,从印度文籍中模拟过来的。变文的讲唱,最初只限于佛教的故事,而且也只限于在庙宇里,但到后来,大概宣传佛教的东西已为听众厌倦,僧侣们为增进听众的兴趣,便兼采民间所喜爱的故事来讲唱,因此讲唱的内容便渐渐扩大到中国历史上的故事、传说中的人物,和当时的时事了。等到讲唱的内容已不限于佛教,也许讲唱者亦已不只是僧侣,所以讲唱的地点便也不限于庙宇,而侵略到娱乐场所的"瓦子"里去了。"变文"发展至此,便转入了"说话"的阶段。

"说话人"抄袭了变文的讲唱方法,而特别着重在散文即讲说的部分。后来他们把讲唱的记下来,就成所谓"话本"。但为别于那些没有韵文杂在内的"话本"起见,所以把其中有词有话的,别称为

---

① 见拙作《诗话之起源及其发达》,载《中山学报》第一期,国立中山大学出版。
② 参阅郑振铎《中国俗文学史》。

"词话",有诗有话的,别称为"诗话"。话本中"诗话"的体裁,其中多附诗句,如《大唐三藏取经诗话》中有一节说:

> 僧行七人次日同行,左右伏事。猿行者因留诗曰:"百万程途向那边,今来佐助大师前。一心祝愿逢真教,同往西天鸡足山。"三藏法师答曰:"此目前生有宿缘,今日果遇大明仙。前途若到妖魔处,望显神通镇佛前。"

我以为宋代文评作品中的"诗话"之名,就是模取"话本"中这种"诗话"而来,我以为它们之间的渊源还可从体裁上获得证明,理由详见《诗话之起源及其发达》一文,兹不赘述。案现存话本四种虽都是南宋作品①,但为其前身的"变文"的时代,就今所知,则最早竟达盛唐玄宗之时,其最后的时代也在梁贞明七年,即公元921年②。宋代开国在公元960年,作品首称"诗话"的欧阳修其年代为公元1007年至1072年,《六一诗话》是其晚年的作品③。则自变文的最后时代到文评作品中诗话最初出现,其间已经一百五十年之久。不要说"话本"未必不能在变文尚在流行的时候就已产生,就是真要待到变文十分衰微了"话本"才能成立,那么在这一百五十年的长时期中,"话本"无疑一定早就产生了。所以现存话本虽都是南宋作品,但并不能就推翻这个议论。至于"赋话""曲话"等名称,则当是模仿"诗话""词话"而来,又间接地受了佛教传播的影响的。

---

① 鲁迅先生尚颇怀疑王国维此种结论,以为中有元初作品。
② 《中国俗文学史》。
③ 《六一诗话》自序云:"居士退居汝阴而集。"

以上是说题名为"话"的著作，其名称与体裁都极可能是从话本中的"诗话"等模转而来，不过我以为它们同时又受佛家语录的影响，特别在体裁方面是如此。

语录的来源很古，或可说《论语》《孟子》就是这一类的著作。但切近地说，则这种体裁乃起源于唐代佛家的《坛经》——慧能讲经弘法，门人记录，目为"坛经"。语录在唐代，原只佛门有之，用意一方面在以平易浅近的白话宣扬教义，一方面也在保存先师的真意。如慧能弟子神会就有语录，其《神会和尚语录》现尚留传。宋明道学家们作的记录，正如刘师培《论文杂记》所说，就是由此来的。

佛家语录的特点，是用平易浅近的白话文述叙一些谈禅说理的话语，非常通俗。道学家们的语录，大体上还能保持这个特点。我以为语录给予文评中题名为"话"的著作的影响，就在它这个平易浅近的特点。

中国文艺批评的著作，在齐梁时代，体裁上绝少有能脱弃骈偶束缚的作品，这种情形虽在唐代较少，但晚唐诗论的名作司空图《二十四诗品》却仍是纯粹韵语的作品。自入宋代，诗话兴起，以后的批评作品，便绝少仍以韵语制造，我以为此中关键，就在语录的这个平易浅近的特色已在一般思想界、著述界中发生了重大影响之故。语录的影响，虽没有大到能使诗话等作品全用白话文来著作，但它至少已使诗话等作品不再以韵语著作，而改用了一种在大体上可说是通俗的文言。不但采用的文字比较通俗了，就是撰述的意旨也自然得多了。例如《六一诗话》欧公自述，就是"退居汝阴而集，以资闲谈"的作品。以后许多的诗话、词话等等，大体莫不如此①。

---

① 拙著《诗话之体裁与类别》，为《宋诗话研究》全稿之一篇，尚未发表。

文评中题名为"话"的著作,其体裁上有些通俗自然的倾向,这就是语录同时给了它们的影响。

根据上述,文评中题名为"话"的诸作品,它们所受佛教传播的影响,可以简列如下表:

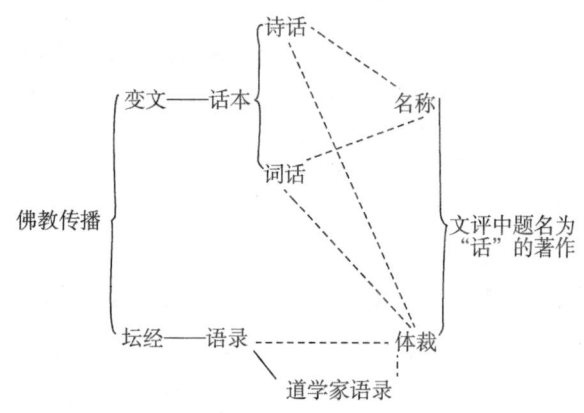

三、佛教思想与中国文艺批评

佛教思想对中国文艺批评的影响,这是一个极大的题目,这里当然只能提出几点,说个大概,以见一斑。

佛教思想之影响于中国文艺批评,我们也可以从许多文艺批评家笃信佛理这件事实看出来。略举如六朝:评谢灵运诗如"出水芙蓉",颜延年诗如"镂金错采",为后代象征批评之始的汤惠休,本来就是和尚,因受宋世祖命而还俗①。《诗品》所谓"论文精而难晓"的颜延年,固信佛教,著有《通佛影迹》《离识论》《论检》等十余种②。《诗品》所谓"尝欲造《知音论》未就"的王元长即王

---

① 汤用彤《汉魏两晋南北朝佛教史》。
② 汤用彤《汉魏两晋南北朝佛教史》。

融，与释法云为莫逆之交，作有《法乐辞》十二章，沈约曾作《均圣论》，昭明太子亦崇信三宝，遍览总经，自立二谛及法身义，并有新意。简文帝崇信亦甚，所著旨多弘法，元帝《湘东王》更深崇信《法华》《成实》，常自敷扬。特别是刘勰，不仅少时曾依沙门僧祐处积学十余年，始通经论，晚更出家，改名慧地，史称其为文长于佛理，京师寺塔及名僧碑志必请勰制①。又如唐代：传说是多种批评作品著者的王维，笃信佛教，韩愈晚年也信佛，皎然、齐己、虚中、元鉴等根本都是和尚，司空图和佛家也往来极密②。又如在宋：惠洪、文彧、惠崇、惟凤、定雅、奉牟等也都是和尚；苏东坡、姜白石、严沧浪则从他们的专集中都可知道他们跟佛家的来往是都很密切的。

中国文艺批评所受佛教思想的影响，兹提出五点，略述于下：

1. 以禅说诗

以禅说诗，在现存的论诗作品里始起源于皎然《诗式》。如说：

> 康乐公早岁能文，性颖神澈，及通内典，心地更精，故所作诗，发皆造极，得非空王之道助耶？
>
> 两重意以上，皆文外之旨，若遇高手如康乐公，览而察之，但见性情，不睹文字，盖诣道之极也。

次如司空图的《二十四诗品》，如"雄浑""高古"两节说：

---

① 《梁书》。
② 《司空表圣诗文集》。

大用外腓，真体内充。返虚入浑，积健为雄。具备万物，横绝太空。荒荒油云，寥寥长风。超以象外，得其环中。持之匪强，来之无穷。

畸人乘真，手把芙蓉。泛彼浩劫，窅然空踪。月出东斗，好风相从。太华夜碧，人闻清钟。虚伫神素，脱然畦封。黄唐在独，落落玄宗。

其后至苏东坡而渐畅此旨，其《书黄子思诗集后》说：

唐末司空图……其论诗曰：梅止于酸，盐止于咸，饮食不可无盐梅，而其美常在咸酸之外。盖自列其诗之有得于文字之表者二十四韵，恨当时不识其妙，予三复其言而悲之……信乎表圣之言，美在咸酸之外，可以一唱而三叹也。

东坡论画亦主妙在笔墨之外，见《传神记》。又《苕溪渔隐丛话》引其话说：

子厚诗在陶渊明下韦苏州上，退之豪放奇险则过之，而温丽靖深不及也。所贵于枯淡者，谓外枯而中膏，似淡而实美，渊明、子厚之流是也。若中边皆枯，亦何足道。佛言譬如食蜜，中边皆甜。人食五味，知其甘苦者皆是，能分别其中边者，百无一也。

他以禅说诗，在下面两诗中表得更露骨：

欲令诗语妙，无厌空且静。静故了群动，空故纳万境。阅世走人间，观身卧云岭。咸酸杂众好，中有至味永。诗法不相妨，此语当更请。①

暂借好诗销永夜，每逢佳处辄参禅。②

东坡之后，范温《潜溪诗眼》亦以禅说诗：

此诗如禅家所谓信手拈来，头头是道者。

故学者要先以识为主，如禅家所谓正法眼者，直须具此眼目，方可入道。

识文章者，当如禅家有悟门。

叶梦得《石林诗话》也说：

禅宗论云间有三种语：其一为随波逐浪句，谓随物应机，不主故常；其二为截断众流句，谓超出言外，非情识所到；其三为涵盖乾坤句，谓泯然皆契，无间可伺；其深浅以是为序。余尝戏为学子言，老杜诗亦有此三种语……

其后吴可论诗亦取禅理，《诗人玉屑》引其诗说：

学诗浑似学参禅，竹榻蒲团不计年。直待自家都了得，等闲拈出便超然。

---

① 《苏东坡集·送参寥师》。
② 《苏东坡集·跋李端叔诗卷》。

其《藏海诗话》中也有一节论作诗如参禅说：

> 凡作诗如参禅，须有悟门。

以禅说诗，到严沧浪遂大畅厥旨。其《沧浪诗话》中，略举如：

> 夫学诗者，以识为主，入门须正，立志须高……若自生退屈，即有下劣诗魔入其肺腑之间。
>
> 工夫须从上做下，不可从下做上……久之自然悟入。虽学之不至，亦不失正路，此乃从顶领上做来，谓之向上一路，谓之直截根源，谓之顿门，谓之单刀直入也。
>
> 禅家者流，乘有大小，宗有南北，道有邪正；具正法眼，悟第一义。若小乘禅，声闻、辟支果，皆非正也。论诗如论禅，汉魏晋与盛唐之诗，则第一义也。大历以还之诗，则小乘禅也，已落第二义矣。晚唐之诗，则声闻、辟支果也。学汉魏晋与盛唐诗者，临济下也，学大历以还者，曹洞下也。大抵禅道惟在妙悟，诗道亦在妙悟……惟悟乃为当行，乃为本色。
>
> 夫诗有别材，非关书也；诗有别趣，非关理也。而古人未尝不读书，不穷理。所谓不涉理路，不落言筌者，上也。诗者，吟咏情性也。盛唐诗人，惟在兴趣，羚羊挂角，无迹可求，故其妙处，透彻玲珑，不可凑泊，如空中之音，相中之色，水中之月，镜中之象，言有尽而意无穷。

以禅说诗，自宋代以后特盛，明清之际有许多批评家，都奉严羽的话为圭臬，就是攻击他的人也很多不自觉地受有他的影响，势力可称极大。以禅说诗之弊，就在每作不了语，似通非通，使人不易知其确实的含义,且每被浅人用来文饰其浅妄。不过它也有一个好处,就是使批评方法又多了一条门路,能够帮助批评意境的扩展。评家以禅说艺,自然不限于诗,这里不过以诗为例而已。

2. 妙悟诸说

宋代以后,批评文艺盛倡妙悟之说。关于"悟"的句语,触目皆是,我以为这种思想,是很受了佛家讲悟的影响。

案晋时僧人支遁道林(公元314年—366年)《大小品对比要钞序》始言:"神悟迟速,莫不缘分,分暗则功重,言积而后悟。"①后至竺道生(公元375年—434年)时,乃有顿悟、渐悟之争。竺道生立顿悟成佛义。《高僧传》说:

> 生既潜思日久,彻悟言外,乃喟然叹曰:"夫象以尽意,得意则象忘;言以诠理,入理则言息。自经典东流,译人重阻,非守滞文,先见圆义。若忘筌取鱼,始可与言道矣。"于是校阅真俗,研思因果,乃言:"善不受报,顿悟成佛。"②

但顿悟亦有二门,支道林、道安等所持的是小顿悟,竺道生所持的是大顿悟。所谓小顿悟,简单说是如此:佛家有十地之说,支道林等以为学者如已至七地,虽功行未满,而道慧具足,已可悟理之全分,到十地功行完满,即是成就法身而证体。他们认正体与真慧为二,故七地虽非究竟(十地又名究竟地),而已可有顿悟。大顿悟家反对这种说法,以为真慧正体不可分割,必须见理正体,始为

---

① 汤用彤《汉魏两晋南北朝佛教史》。
② 汤用彤《汉魏两晋南北朝佛教史》。

不二之慧。七地至十地还有三位,到达究竟正体,仍须进修,夫既须进修,则未见理,如未见理,何得有"悟"?

大顿悟家代表竺道生的说法是如此:"夫称顿者,明理不可分,悟语极照,以不二之悟,符不分之理,理智慧释,谓之顿悟。见解名悟,闻解名信,信解非真,悟发信谢,理数自然,如果就自零。悟不自生,必借性渐,用信伪惑,悟以断结。悟境停照,信成万品,故十地四果,盖是圣人提理令近,使夫行者自强不息。"① 这就是说,以不二之悟,符彼不分之理,豁然贯通,涣然冰释,是谓顿悟。他也不弃教与信修,盖以为教可渐,修可渐,而悟必顿也。

注重真理的自然显发,乃生公顿悟的特点,其说固源出佛性在我之义。生公《法华注》说:"得无生法忍,实悟之徒,岂须言哉……夫未见理时,必须言津,既见乎理,何用言为?其犹筌蹄以求鱼兔,鱼兔既获,筌蹄何施?"然则得无生法忍,超乎言象。所以生公之学,又被称为"象外之谈"。

竺道生既孤明独发,唱大顿悟,一时争执极烈。慧观首持非议,执渐悟之说,作渐悟论,以为人的根器有差异,故悟空有浅深,实相无相,但须先识其相,然后悟无相。菩萨与二乘,虽不能知其全,而究有所知,悟知有阶级,实不可否认。

案佛家顿渐之争,在刘宋时最烈,而以竺道生大顿悟说的影响最大。唐宋以后禅宗势力笼罩一切。而禅宗之谈心性,主顿悟者,实在都以生公为始祖。文评著作中言悟,虽不必直由于生公,但溯厥源流,说明了生公的论调以及当时的争执,便可明白一般了。

从上所述,我们不但可以知道文评著作中"悟"的观念实都源于佛家,就像司空图所说的"超以象外,得其环中","韵外之致",

---

① 汤用彤《汉魏两晋南北朝佛教史》。

"味外之旨","象外之象";严沧浪所说的"不涉理路,不落言筌","空中之音","相中之色"云云,也可知道是跟佛家有密切关系了。中国文评中讲"悟",往往包括学习和欣赏两方面全部的过程,而这种思想却多是由佛家转来,佛家思想对中国文评影响之重大,于此可见。

3. 神韵论调

文艺批评中的神韵论调,正式提自王渔洋。神韵之义,吴陈琰说:"味外味者,神韵也。"① 又况周颐说:"所谓神韵,即事外远致也。"② 但神韵或类乎神韵的说法,则不但不是起源于渔洋,而且也不是起源于李东阳、严沧浪、姜白石,甚至司空图,而是起源于六朝的玄谈。神韵或类乎神韵的字眼,在六朝玄谈之风和著述中,早已用得烂熟了。略举如:

《晋书·周𫖮传》:"少有重名,神采秀彻。"
《晋书·桓石秀传》:"幼有令名,风韵秀彻。"
《宋书·王敬弘传》:"神韵冲简,识寓标峻。"
《南齐书·柳世隆传》:"垂帘鼓琴,风韵清远。"
《晋书·裴楷传》:"风神高迈,容仪俊爽。"
《南齐书·郁林王纪论》:"风华外美。"
《晋书·卫玠传》:"俊爽有风姿。"

此外在《世说新语》里这类字眼也极多,略举如:

---

① 《蚕尾续集序》。
② 《蕙风词话》。

> 庾太尉（亮）风仪伟长。
>
> 太尉（王衍）神姿高彻，如瑶林琼树，自然是风尘外物。
>
> 冀州刺史杨淮二子乔与髦，俱总角为成器，淮于裴颜、乐广友善，遣见之，颜性弘方，爱乔之有高韵……广性清淳，爱髦之有神检。
>
> 嵇康身长七尺八寸，风姿特秀。
>
> 阮浑长成，风气韵度似父。

如上所述，六朝的所谓"神韵""风韵"……云云，那是指一个人的言行态度，是一种对人的批评。然而我以为六朝这种对人的批评，却就是后来文艺批评中神韵论调的张本。《广艺舟双楫》里有一节说："（包慎伯）用墨浸淫于南北朝而知气韵胎格。"姜白石《续书谱》里说："风神者，一须人品高，二须师法古。"写字用墨为什么浸淫于南北朝就能知气韵胎格？这就因为南北朝是一个重"韵"的时代，那时不但做诗文讲究音韵，写字、绘画讲究气韵，就是做人也要讲究"神韵""风韵"，浸淫于南北朝的人物、诗文、艺术里，自然就能学知"气韵胎格"。要学风神，为什么须人品高，师法古？这就因为如果这人没有这样一种言行态度，就学不到这种"风神"，而照白石一类人的标准，具有"风神"这样一种言行态度者的人品，是极高尚的。后代人要学习风神，不但要以古人的这种言行态度为原则，也要以古人的这种作品为则。我以为王渔洋的神韵论调，不过以六朝品评人物的话头，拿来应用于文艺批评上罢了。而六朝品评人物的这种话头——方法和标准，则又出于佛教的玄学化。

中国佛教的玄学化开端于三国时支谦的主张"神与道合"，和他掇拾老、庄名词理论"博综稽古，研机极玄"的文雅的译经。主张"神与道合"者，其学探人生之本真，使其反本，而道是空虚，故他们主"归虚返真"。又他们主明本，故重智慧，智慧乃能证体达本。因为重智慧，又主"归虚返真"，所以六朝僧人的风格，也以"神韵""风韵"……为美德。例如《高僧传》道言论诸书，称竺法乘"神悟超绝"，"有机悟之鉴"；称竺法护"风德高远"，于法阑"风神秀逸"，支孝龙"神采卓荦"等等。

六朝时代，般若理趣，同符老庄，所以清流名士，既以言行有"神韵"为标榜，就在释子，也以此为美德。这是佛教的玄学化直接造成的结果。

4. 拙朴自然

中国文艺批评中有种极朴素的思想，主张文艺作品应力求"平易""本色"，废弃一切雕饰。这种思想，尤以宋代的道学家们持之最力。例如朱熹说：

> 古人文章，大率只是平说，而意自长，后人文章，务意多而酸涩。如《离骚》初无奇字，只恁说将去，自是好。后来如鲁直，恁地著力做，却自是不好。
>
> 欧公文章及三苏文好处，只是平易。说道理初不曾使差异底字，换却那寻常底字。①
>
> 韩诗平易，孟郊吃了饱饭思量到人不到处。
>
> 韦苏州诗高于王维、孟浩然诸人，以其无声色臭味也。
>
> 韦苏州……其诗无一字做作，直是自在，其气象近道，意

---

① 均见《古今图书集成·文学典·文学总论》引。

常爱之。①

这种思想发展到极端便成了根本否定文艺的存在。如程伊川说：

> 问作文害道否？曰：害也。凡为文不专意则不工，若专意则志局于此，又安能与天地同其大也。《书》云"玩物丧志"，为文亦玩物也。②
>
> 或问诗可学否？曰：既学时须是用功，方合诗人格。既用功甚妨事。古人诗云："吟成五个字，用破一生心。"又谓："可惜一生心，用在五字上。"此言甚当。……某素不作诗，亦非是禁止不作，但不欲为此闲言语。③

如朱熹也说：

> 作诗间以数句适怀亦不妨，但不用多作，盖便是陷溺耳。④
>
> 近世诸公作诗费工夫要何用。元祐时有无限事合理会，诸公却尽自唱和而已。今言诗不必作，且道恐妨了为学工夫。然到极处，当自知作诗果无益。⑤

这种思想，我以为多半是受佛家的影响。因为尽管道学家们痛斥佛家为异端，但宋代理学，骨子里根本完全是佛家的思想，关于

---

① 均见《古今图书集或文学典·诗部总论》三。
② 《二程语录》。
③ 《二程语录》。
④ 《续近思录》。
⑤ 《续近思录》。

这一点不待今日,《宋元学案》中黄东发就早曾感慨万分地说过了。①

原来佛学家宣扬佛法,一向着重教义的广播,不重文字的雕饰。自达摩东来,于是"专唯念慧,不在话言"之义更成了佛家播教的准则。佛家的这种思想,在他们译经事业中最可看出②。如《高僧传》说安世高译的书,"义理明晰,文字允正,辩而不华,质而不野";说支谶译的书,"审得本旨,了不加饰";说安玄等译的书,"言直理旨,不加润饰"。维祇难、竺将炎合译的《法句经》前,有无名字长序,说:

> 将炎虽善天竺语,未备晓汉,其所传言,或得梵语,或以义出,音近质直。仆初嫌其为词不雅,维祇难曰:"佛言依其义,不用饰;取其法,不以严;其传经者,令易晓,勿失厥义,是则为善。"……是以自偈受译人口,因顺本旨,不加文饰。……此虽词朴而旨深,文约而义博。

佛家的文学观念这样朴素,宋儒理学既然是阳儒阴释,所以道学家们评论诗文,其论调便也那样朴素。两者的观念,确是如出一辙。元遗山曾说:

> 方外之学,有为道日损之说,又有学至于无学之说,诗家亦有之。子美夔州以后,乐天香山以后,东坡海南以来,皆不烦绳削而自合,非技进于道者,能之乎?诗家所以异于方外者,

---

① 《宋元学案》八六《东发学案》。
② 说详梁任公《翻译文学与佛典》第4节。

渠辈谈道不在文字，不离文字；诗家圣处，不离文字，不在文字。唐贤所谓性情之外不知有文字云耳。①

遗山这种分别似很微妙，其实并无多大深意，而方外与道学家们的论诗论文，却简直没有什么分别。

中国文艺批评中拙朴自然的主张，自然不仅道学家们主之，且也不必仅是受了佛教思想的影响，但特别在唐宋以后的批评界中，这种主张受有佛家拙朴思想的影响，是很明显的。

5. 宗派观念

中国文艺批评在唐以前不见有宗派观念，唐以后就很盛行了。中国佛教在六朝以前无所谓宗派，到六朝已有师法，到唐代宗派就纷纷成立了。自佛教有宗派，于是中国文评也有了宗派的观念。

晚唐张为《诗人主客图》一书，就是中国文评中最先受佛教宗派影响而表出宗派观念的一部成书。它把中唐以后的诗人，分成六派，每派各有一"主"，就是：

   广大教化主白居易   高古奥逸主孟云卿
   清奇雅正主李益   清奇僻苦主孟郊
   博解宏拔主鲍溶   瑰奇美丽主武元衡

每派"主"下又随其造就分为四等，为"上入室""入室""升堂""及门"。这四等人物又都称为"客"。计白派十八人，孟派十六人，李派二十七人，郊派五人，鲍派四人，武派十四人。

---

① 《遗山先生文集·陶然集诗序》。

张为《诗人主客图》是中国文评中宗派观念的发端，至宋代江西诗派成立而宗派的观念乃大畅。江西诗派在黄庭坚时已有诗派之实，但到南宋吕居仁作《江西诗社宗派图》时，才有诗派之名。这派的宗主是庭坚，而庭坚之诗是学老杜的，所以又有一祖三宗之说，祖即老杜，三宗就是山谷、后山、简斋。

倡言江西诗派的吕居仁，史称其平生嗜酒耽禅，究精理学。他论诗主活法，尚自然①，确是深受了佛家思想的影响的。

文艺批评家有的在文艺领域里自己分派，有的则引用佛家宗派里的说法来批评文艺，这同样是宗派观念的表现。如佛教禅宗自五祖后分为南北两宗，于是《二南密旨》就评《召南》"林有朴樕，野有死麕"句，鲍照"申黜褒女进，班去赵姬昇"句，钱起"竹怜新雨后，山爱夕阳时"句为南宗；《卫风》"我心匪石，不可转也"句，左思"吾爱段干木，偃息藩魏君"句，卢纶"谁知樵子径，得到葛洪家"句为北宗②。如南宗至唐末五代，又分临济、沩仰、曹洞、云门、法眼五宗，所以严沧浪就说："学汉魏晋与盛唐诗者，临济下也，学大历以还者，曹洞下也。"

宗派观念，不但在诗文中有之，绘画书法等亦有之，莫不是受了佛教宗派思想的影响而形成。

（原载《中山文化季刊》第二卷第一期，1945年6月）

本文于中山大学读研究院时完成，此据上海古籍出版社1989年所出的《中国古代文论研究论文集》排印。

---

① 见《夏均父诗集序》。
② 《二南密旨》旧题贾岛撰，伪。此见黄忏华《中国佛教史》。

批评的伦理

一

二十世纪是一个批评的时代。所谓"批评的",它的真实解释就是改造的——或者索性就说革命的。因为一切的改造或革命都要从批评开始,而真正的批评也不能不以改造或革命作为它的目标和结局。

这样的对于批评的理解将是惊人的,它对于有些人是显得夸张了一点,对于另一些人则简直会被当作一种狂呓。巴尔扎克和狄斯累里(Disraeli)不是这样问过么?"究竟什么是批评家呢?"而那回答:"就是那些在文学和艺术上已经失败的人!"① 然则批评还谈得到什么改造或革命!

对于这种激烈的责难我们应该怎样对付?讳饰是徒然的。无论是怎样爱护批评的人都很容易在批评的园地里发现大堆的垃圾和莠草,通常那就是浅薄的,偏狭的,缺少同情的,总而言之就是愚蠢

---

① 转引休涅克(J. Huneker)所作 *Promenades of an Impressionis*。

而恶劣的东西。这些东西之当然不能负起改造和革命的任务是非常明白的,然而它岂不亦是"批评"?

是批评,但是加括弧的"批评"!就是说,正如一切美好的东西都有冒牌的赝货,最整齐的花园里也会有杂草一样,这不是真正的批评,而是附着在批评上的害虫,毒菌。它不但能够害人,而且也要毒害批评本身的。

所以问题是在批评应该自己消毒,防毒,从而再努力提高它自己,而不是批评根本不能负起重大的任务。没有批评便也不会有创造,凡是认为这句话夸张的,若非由于他把批评的范围看得太少,就必由于他并不真正了解创造的过程。

批评的防消工作在积极方面是要强健它自己,使一切的害虫毒菌根本断绝了在它身上生息繁殖的可能,在消极方面是要培养出一种高尚的道德①,正确的态度,使害虫毒菌凛然不敢来犯,或者就是来犯也很容易看出它们的原形而可以即刻驱除。两方面的工作其实关系极为密切,不过是说起来不妨这样区别而已。

批评在今天受到许多人的激烈攻击可以说一半就由于它缺乏高尚的道德,没有正确的态度。因为这个缘故,批评才遭受到了许多不应受的反对和不应有的误解,批评才不能充分扩大它的影响和发挥它的力量。常常有这样的情形:批评者的"心"是好的,却由于道德态度的不好,便造成了非常之坏的结局。批评原来可以送出的种种作用,以及批评者原来也能够送出的种种作用,都常常因为这个原因,便减少了,抵消了,甚至还引起了完全相反的恶果。

漫骂,吹毛求疵,捧捧戏子似的鼓掌尖声叫好,自命为"老头子",抹杀一切,以至骂街打架,侮辱别人的祖宗三代,或者索性媒

---

① 这里所说的道德略同于清儒论学的"德",比一般解释广泛。

婆似的各处讨好，乡愿似的胆怯不敢置一词，以"人缘好""人头熟"当作目标，诸如此类，就还是今天我们批评界里习见的情态。批评界应该自己起来反抗这种不道德的景象，否则批评就将越发受到人们的攻击误解，而其崇高的使命与正当的利益也将更受到危害和剥夺。

二

批评的不道德可以归结为两组原因，其一是批评的动机不纯正，其二是批评的观点不公允。前者表现为一种渺小的市侩的面貌，后者则是市侩、乡愿、卫道者、三家村居民、无识之徒等等的总集合。

不管你的意见也许有一点好处，但若你根本是为了要显出自己的见识高人一等才来批评，那首先就是不应该，而且也不会有好结局的。有着这种心理的人便一定会大摇大摆，目中无人，便一定会装腔作势，信口雌黄，便一定不能容忍同情，从善如流。因为那出发点就根本不是要为真理，为事业，而不过是要显出他自己。于是为了要显出自己，他就不得不使别人在公众面前丢脸，也可以不管自己是否真是无懈可击，对方是否真是一无是处，或者应否使他为了偶然的，不重要的，或者一部分的错误就受到这样一种公开无情的打击，而遮断他改善和继续努力的道路。另外一种动机是出于报答的观念：因为别人曾经阻碍过自己争名争利或其他要求的计划，因为别人曾经批评自己不对。也就是说曾经"得罪过"自己，所以就利用批评来向他报复、出气；或者是因为别人曾经厚待过自己，曾经给过或还可能给出许多好处，所以也就利用批评来向他答谢。因为这样的报答完全是出于个人的恩怨，所以就不会有真正的是非可言，而所谓"批评"便不能不是不道德的。

造成不道德的另一组原因便是种种色色的成见和偏见。这些东西深深地植根在批评者的脑子里，因为不容易自觉，所以极难把它改变或拔掉。凡是宗教的信徒都必反对违背本教教义的意见，凡是一个狂热的爱国者都必反对外国外族的文化，而在同一国族之内，则有钱的富翁总是瞧不起穷人的东西的；在其他方面，还有习惯上的偏见，如新旧的互评；学理上的偏见，如正统派的排斥异端；心理上的偏见，如一般人都贵远贱近，贵古贱今；此外则还有由于趣味性格之不同，年龄环境之迁异，疾病心理之变化——等等而来的偏见。这就是说一般人几乎总是站在一块摇动的鹅卵石上，却又要坚决指陈别人所站的地方是更不稳固的。一般人总是十分肯定着自己而完全否定了别人，并不去考虑自己所站的是否乃是一种极端，而别人的也许更靠近中间一点。一般人如此，一般的批评者也是如此。因为他们没有能力突破一般人的那条偏狭的水平线，所以他们的"批评"便也不能不是不道德的了。因为凭着这些偏见，他们就可以放胆地去做所愿做，做了觉得痛快的一切了。

三

批评里的不道德是由于两组原因所造成，那么这两组原因又是怎样造成的呢？这种不道德不能不有它更基本更深刻的原因。

首先我以为就由于他们根本没有明了批评这个工作的真正目的和深刻意义。我们说批评可以帮助青年从艺术作品和现实的关联上去理解艺术作品，可以发展艺术的趣味，可以指点青年揭穿作品的观念上的错误，可以显示所研究的作家之内部之成长，发见他的作品里的品质和社会倾向，诸如此类，我们这样说的时候其实一点也没有忘记批评的真正目的和深刻意义，因为批评所要达到的激励和指示一般读者的政治教育目的,一定要通过对于具体艺术作品的分析研究批判才能完满地达到。而那些批评者——实际则是批评的害虫和毒菌,却就并没有明了到这一点。他们不感到目前所进入的正是历史上空前未有的一个悲壮时代,因此他们也不知道现在全世界正在进行着一种极伟大的事业,而作为一个现代的真正人类是应该积极地参加进去,并且他是能够有所贡献的。而且他们也不会了解,我们的参加和贡献居然就可以从批评这一个工作上来表现。

因为没有一个高点可供他们登临远望,所以一切的卑鄙和荒谬就都油然而生了。没有正义在他们心里燃烧,没有工作的热情使他们感到忍无可忍,有的就只是一点眦睚之仇,一点饮啄之恩,一点想过得舒服些的期望。于是他们就争吵起来了,捧场起来了。唯我独尊了,要争夺着坐上第一把交椅了。……

"知识就是德行"!

可以说没有一句话能比苏格拉底的这句老话更简单,深永,也对于这些批评界的害群之马更确切的,无知的猖獗在实际上就造成了道德的废弛,于是种种的罪恶便随之而起,使一切都陷于停滞,破产。

世界上的一切偏见归纳起来不外出于两个来源,就是自私和无知,但也可以说,世界一切的罪恶都是由无知而起,因为自私不能独存,一定要借无知才能存在,无知造成了各色各样的偏见,这些偏见便重重地压迫着,隔离着人类,使他们互相毁谤和反对,使他们的改造事业不能顺利进展。勃兰兑斯(G. Brandes)说得对:"一切宗教的,道德的,社会的,国际的,以及艺术的偏见的澎湃,这些偏见是比拿破仑的统治有更大的压力,压迫着全欧洲,而且就是因为有了这些偏见,才会使拿破仑的统治实现的。"[①] 在这里我们则

---

① 见所著 *Main Currents in Nineteenth Century Literature* 第一卷。

可以说：就是因为无知，那些害群之马才造成了批评里的种种不道德。

"通常"，高尔基曾经指出，"批评家在文学上应该比作家站在更高的地位"①，为的是站到了高处才可以避免形成窄狭自私的短见。因为站在这个高处，他就可以清晰地看到这个社会的一切肮脏的罪恶，它的血腥企图的一切卑鄙，它的彻底腐败和彻底无耻，同时他也可以看见人民生活的一切悲苦和黑暗，以及感觉到人民事业的伟大，崇高。因为他看到并且感到了，所以他就能从自私的和传统的种种偏见的束缚里脱身出来，而上升到新时代道德的顶点。

可是要站到那高处正必需多量的知识和劳力，这需要不倦的观察、比较、研究，对于实际的生活和科学的理论都是一样。

四

现在我们不妨就那些较为重要的偏见来分析一下。

伯特勒说批评家乃是检查智慧的凶差，换句话说批评就是攻击——吹毛求疵。这自然是偏见。不过我们在这里应当指出，这个事实的反面——不攻击或者不敢攻击也是一种偏见。两者的害处至少是相等的。

《新约》里曾经这样劝告大家：你们不要论断人，免得你们被论断，因为你们怎样论断人，也必怎样被论断，你们用什么量器量给人，也必用什么量器量给你们。为什么看见你弟兄眼中有刺，却不想到自己眼中有梁木呢？你自己眼中有梁木，怎能对你兄弟说：容我去掉你眼中的刺呢？你这假冒为善的人！你一定先要去掉自己眼

---

① 见给里伏夫·罗加契夫斯基的信。

中的梁木，然后你才能看得清楚，才能去掉你兄弟眼中的刺。① 这真是一种非常聪明的教训。谁能够保证自己眼中一定没有梁木呢？因为就算只是一根刺，人们也可以说那是梁木，何况明明连一根刺都没有，他们仍还可以这样说。然则我们顶好还是什么也不论断，什么牢骚愤慨也不要发，因为你自己也有缺点，难道不怕人家的报复？这种教训的聪明之处是要用容忍和畏怯来使胸怀不平的人就范，使他们能够死心俯首在权力和命运的高压之下。

这种教训不期在一千多年前我们的诗论里已找到了它的同道。林洪《山家清事》里有一条这样说：

> 樽酒论诗，江湖义也。或虽缓于理而急于一字一句之争，甚者赭面裂眦，岂义也哉。不思诗之理本同，而其体则异，使学骚者果如骚，学选者果如选，学唐学江西者果如唐如江西，譬之韩文不可以入柳，柳文不可以入韩，各精其所精，如斯而已，岂可执法以律天下之士哉！此既律彼，彼必律此，胜心起而义俱失矣。于是作戒诗曰："诗有不同，同归于理，己欲律人，人将律己，全此交情，惟默而已，可与言者，斯可言矣。"②

林洪这段说话没有别的价值，只是为了要"全此交情"，又免得受人报复，主张取消批评——这一层意思却是非常明白的。所谓取消批评实际上就是取消攻击，你如愿意捧场一番倒不会招来什么祸殃的。

批评不是一种纯粹表现自己的艺术，同时也不能专门把来作

---

① 见《马太福音》第七章。
② ［宋］林洪《山家清事》，涵芬楼《说郛》本。

"联络感情"之用,诚如刘勰所指出:它的最高使命在要"辩正然否",以作"万事之权衡"。① 批评应该要有意见,没有意见就根本不成为批评,无憎无爱的批评充其量不过是一堆废话。凡是把批评看成一种非常严肃的工作的,都不应该效法胆怯的乡愿,哪怕攻击错了也不要紧,只要不是自己有一个故意要攻击的私心。

曾国藩所说,"古之知道者,不妄加毁誉于人,非特好直也,内之无以立诚,外之不足以信后世,君子耻焉"②,这样的态度才是对的。有德之士是不"妄"加毁誉于人,却决不是永远不加毁誉于人。因为没有批评就不会有创造,乡愿也不就是君子。

五

批评应该有主张,有主张就不免要攻击,只是攻击应该注意必须有正确的意识和事实的根据。反之称誉亦是一样。

批评需要称誉,没有它批评就不能显出鼓励、指示的功效。但称誉一定要适如其分,不及固然不好,过了分则流弊更大。

王尔德(Oscar Wilde)反对批评家要讲公道。他有这样的妙论:只有对于我们无关的东西我们才能有真正不偏不倚的意见,因此也可以知道凡不偏不倚的意见都是毫无价值,能看见双方理由的人就是双方理由都看不见。我们应该有所好恶,有所好恶便不成其为公道,只有拍卖商才能一视同仁地称赞各派的艺术。因此公道不是真正批评家应有的美德,甚至于不是批评应有的一种条件。③ 其实并不

---

① 见《文心雕龙·论说》。
② 见所作《书归震川文集后》,收在《晚清文选》第80—81页。
③ 见《批评家即艺术家》,林语堂译,在《新的文评》内,北新版。

是没有公道,王尔德这样说不过是要反对他所嫉视的公道,而掩饰自己的极端。批评不但要求公道,就连过誉也得干涉,因为除掉过誉归根亦是一种不公道之外,它还会造成许多毒害。

过誉的造成不外由于私心和无识。有种私心是有意的,称誉得天花乱坠以得其欢心,从而钻谋别样的利益,有些则是不觉的,因为亲友诸谊关系密切而但见其好处,又由于一往深情而觉其好处的确无与伦比;但这样也就和无识有关。而由于无识,所以就能随便以"伟大""天才"之类的名义送人了。自然兼有着这两种情形的也很多。

过誉表白了批评者的私心或无识,但在被誉者方面的毒害却是更深刻的。越是没有修养的人就越容易被一些过分的称誉冲昏了头。这样他就飘飘然以为自己真是"伟大"的"天才",已经爬到了成功的峰顶了。而在另外一面,则在过誉之下,作品的价值或作者的评价常会因此而被贬低到比他原来应得的还少。我们可以随便举几个例子:

《六一诗话》里有一节说:"梅圣俞尝于范希文席上赋河豚诗,云:'春洲生荻芽,春岸飞杨花。河豚当是时,贵不数鱼虾。'河豚常出于春暮,群游水上,食絮而肥,南人多与荻芽为羹,云最美。故知诗者谓只破题二句,已道尽河豚好处。圣俞平生苦于吟咏,以闲远古淡为意,故其构思极限。此诗作于樽俎之间,笔力雄赡,顷刻而成,遂成绝唱。"① 欧阳修不是没有眼光的人,梅圣俞也不是别无好诗,但要说这首诗是"雄赡",是"绝唱",则虽你费尽唇舌,也仍无疑是过誉。

《石林诗话》里也有一节说:"王荆公晚年诗律尤精严,造话用

---

① [宋] 欧阳修《六一诗话》。

字,间不容发,然意与言会,言随意遣,浑然天成,殆不见有牵率排比处,如'含风鸭绿粼粼起,弄日鹅黄袅袅垂',读之初不觉有对偶。至'细数落花因坐久,缓寻芳草得归迟',但见舒闲容与之态耳,而字字细考之,若经隐括权衡者,其用意亦深刻矣。"① 这里至少第二联并不能当得"但见舒闲容与之态耳"的称美,我们的感觉反是经过这番造语一点也没有了舒闲容与的情态。试问真正的舒闲容与还能允许你有"细数""缓寻"的意念存在么?

梅圣俞是欧阳修的知己诗友,王安石也是叶梦得在政治与文学上都极敬重亲密的前辈,正就因为这样,他们才造成了这些过誉,因为他们对于别人就没有这样造成过。然而这难道是一个好办法么?为了要对于自己的师友前辈表示爱敬?

这只要看《脚气集》里的这一节话就能够明白了:"大凡得誉过当,适足为累。郑文宝云:'秋阴漠漠秋云轻,猴氏山头月正明。帝子西飞仙驭远,不知何处夜吹笙?'本是好诗,晏元献分题其后云:'此诗在处,当有神佛护持。'一誉之过,再看此诗,便索然矣。"②

可见用过誉的办法对待自己所敬爱的师友长者,结局便要成为"爱之适足以害之"了。你引起了读者的紧张的注意,而所给的却并不能使他们满足早已准备好了的高等标准,于是他们便感到是受了欺骗,失望愤恨之余,就一定要愤恨地把那作品糟蹋一顿,也不管那作品原来的价值是如何了。

批评者应当自爱,应当自戒。在这一点上我们不妨学学曾国藩的反省精神。在日记中他曾这样痛责自己:"客来示以诗艺,赞叹语不由中,余此病甚深。孔子之所谓巧令,孟子之所谓恬,其我之谓

---

① [宋]叶梦得《石林诗话》。
② [宋]车若水《脚气集》。

乎？以为人情好誉，非是不足以悦其心。试思此求悦于人之念，君子乎？女子小人乎？且我诚能言必忠信，不欺人，不妄语，积久人自知之；不赞，人亦不怪。苟有试而誉人，人且引以为重。若日日誉人，人必不重我言矣。欺人自欺，灭忠信，丧廉耻，皆在于此，切戒！切戒！"①

过誉与过贬一样是杀作者阻断进步的方法。盖唯公道才真正能够帮助作者们生长。

六

过誉于亲而过嫌于疏这是由于显然的私人利害关系而来的偏见，另有一种关系相同却比较隐微的偏见，就是贵古贱今，贵远贱近。凡古远的作家和作品都是好的，凡今近的作家和作品都几乎不值一顾。

这样的偏见由来已久，并且中外同然。

《典论·论文》就已指出："常人贵远贱近，向声背实。"②曹植也说："文章之难，非独今也，古之君子犹亦病诸！家有千里，骥而不珍焉；人怀盈尺，和氏无贵矣。"③《抱朴子》指出叶彩之辞的《毛诗》其实比不上后来《上林》《羽猎》《二京》《三都》诸赋的"汪博富"，但一般人却总以为"古人所作为神，今世所著为浅"，所以"新剑以诈刻加价，弊方以伪题见宝"，"古书虽质朴，而俗儒谓之堕于天"，"今文虽金玉，而常人同之于瓦砾"。④刘勰也极言文

---

① 见《曾文正公日记·壬寅正月》。
② 曹丕《典论·论文》，中国文评史上第一篇专门的批评文章。
③ 见《与吴季重书》。
④ [晋]葛洪《抱朴子·钧世》。

章得真赏之难,因为大家都常是"贵古贱今","贱同而思古,所谓日进前而不御,遥闻声而相思"。① 王充《论衡》说:"秦始皇读韩非之书,叹曰:'朕独不得与此人同哉!'"② 以为始皇这样"叹思其人","岂可空为?"一定是由于"诚见其美",所以才"欢气发于内"的。③ 殊不知果真同了时,韩非未必就能被他尊重。扬雄在后代有些人眼里至少也是个贤人,但同时的桓谭就已说出,只因为扬雄的容貌很丑不能动人,当时谁也不肯传他的书籍。④

这种情况在苏联的表现,据阿尼克斯特所说,就是这样的:对于有些公民们,说起文学来——这是普式庚和托尔斯泰,莎士比亚和巴尔扎克。在这上面他们永远不会承认在同时代的人们中也会产生出作家和作品。一定要到他们离开自己已经老远老远了,于是才会赞赏他们,虽然不一定真正已经读过或研究过。二十年前他们坚决主张马雅柯夫斯基的作品根本够不上说是诗歌,但现在他们却也都怀着全部对古典作家的虔敬看待他了,甚至还表示得更像真。而莎士比亚,我们知道他是被他的同时代人称为"饰着孔雀羽毛的暴发户的乌鸦"的,普式庚则尤其从他的同时代人受到了无数凶毒不公正的攻击。⑤

每一个时代都存在着许多认为同时代同地方的文学——包括作者和作品——不好,而赞扬过去和远方的文学的人,他们往往不能理会到他们在面前看见的东西的伟大,而只承认被时间和地域的远隔以及大众尊崇所神圣化了的东西。这是为什么呢?

---

① 《文心雕龙·知音》。
② [汉]王充《论衡·自纪》。
③ 《论衡·佚文》。
④ 桓谭《新论》。
⑤ 见所作《我们的文学》一文,在《苏联文学之路》内。

这是因为一般人都是贵所闻而贱所见的,亦即所谓"喽喽所玩,有耳无目"①。今近是他们的"所见世",古远是他们的"所闻世"或"所传闻世",所以一般人都是贵古贱今,贵远贱近。是人都有理想,理想在客观方面说是事物的完全的典型,在主观方面说是人对于事物的完全的典型之知识。但人总是人,不是神,因此人们所见的事物都不能尽合于他的理想,因为人总不免有缺点,他所做的事也总不免有缺点。古远的事物,原也如此,但正因其古远,一般人都只见到它的大体轮廓,详细则看不清楚,如果大体没有重大缺点,人们就以为它是完全的了。而人们对于今近的事物,因为是深知其详的,所以便不但看不见其大体轮廓的无大缺点,甚至根本就看不见什么是它的大体轮廓。在这种情形之下,一般人看他同时同地的人和事,自然只见其是不完全的了。

一般人贵重古远的事物,在古的方面还有一个原因是农业社会经验习惯的遗留。在农业社会里新事旧事之间的变化大致是同类的,所以古代和高年的知识经验必须而且值得贵重。在远的方面的另一个原因则是殖民地人的和爱好新奇的心理在中间作祟。②

然而除此之外贵重古远另还有一个非常重要的原因,就是政治的原因。古远的人和事因为距离远,在一方面是可以见得很完全,在另一方面是不利于自己的关系也可以少到极限了,因此就可以利用这些古远的——已经在一般人心目中近乎盲目地成为了偶像的人和事,来作为反对同时同地的人和事的工具,来作为轻视、抹杀、污辱这些人和事的借口。而他们所以要这样做是有其阶层作战的政治上的必要的。例如那些一味要用普式庚和老托尔斯泰的尺度来量

---

① 葛洪《抱朴子·钧世》。
② 参考冯友兰《新事论》第十二篇的解释。

现代苏联的作家和作品，而且因为他们还比不上甚至还远不及普式庚他们，于是便完全抹杀了现代苏联的一切作家和作品，这样做着的人其实他的主要目的并不在要为普式庚他们格外增加荣誉，或表示自己崇高的敬重——因为多数他们根本就并不真正了解这些大作家，甚至就并没有读过他们：拆穿天窗说亮话，这不过是一种策略而已，他们的主要目的在于要反对现代苏联作家作品的精神和内容，换句话说也就是要反对现代苏联的社会制度和苏联人民大众的崭新的创造。同样的情形也表现在我国有些人假借古代和外国来反对鲁迅先生和许多为人民大众而写的新文学作品等等事情上。他们以为这样做了就可以达到目的，真是可笑，不过也不能说一定无人会上当，而且这样一来，既已把同时同地许多有才能有成就的作家作品降低到不成样子了，在自己的心理上，也便可以不再感受被压迫的痛苦，甚至还可以自认为已经能够高出他们了。对于这些人，贵古贱今，贵远贱近，真是一举数得的事哩！

然而从上所述，就也可以知道贵古远而贱今近，决定是一种不正当的偏见。这种偏见出之于一般人或可原谅，出之于批评家却就不可原谅。因为批评家应该要有正确的认识、透过古远的迷雾去评价的能力，否则他就不配做批评家了，何况批评又是这样一种严肃的工作。

古远今近，批评家如何来处理这个由于距离而生的问题，正是对他的能力、道德、作用的一个艰难的考验。你不能因为他古远就没头没脑地崇信，同样你也不能因为他古远不能给你好处，就不根据着在他的活动中所有有价值的，进步的，而只根据着他的反动的，错误的那一部分来判断。普式庚曾写过赞颂尼古拉一世的诗作，涅克拉索夫爱玩纸牌，巴尔扎克是保皇党，杜甫每饭不能忘君；在另外一方面，果戈理有《死魂灵》的第二部，老托尔斯泰有《家庭幸福》，这些都是很糟的东西。同样的你不能因为他今近可能给你好处就完全忘记了他的反动错误的性质，反之亦不能因为他可能给你妨害就一笔抹杀了他的业绩。

这是一个艰难的考验，说是艰难因为每个人都不易完全避免这些偏见。但如前所说，正确的认识，丰富的理性，以及对于工作的热情却可以矫正这些偏见。放任它们，批评便成为无识不德的了。

七

"信口雌黄"，"人云亦云"，不但是无识，且亦是无德。

法郎士反对批评里的判断，以为一切所谓判断其实非常靠不住。他说：凡是人人都佩服的作品，大都是那些没有人去看的作品，人们之承受这种作品，全是人类的那种与野兽同具的模仿精神在那里作祟，完全是服从人家而已，自己哪里有多少自动和洞见，胆量和人格。① 勒美脱尔（Jules Lemaitre）也指出：一切的判断都由"传统"而来，而传统，却"差不多完全是一件假作而因袭的东西"。他表白他自己的这一种经验："当我力求诚实而欲把我真正感到的东西表白出来的时候，往往觉察自己的印象和历来伟大作家所主张的传统的定论绝少符合之处，便不禁骇异，不敢把自己的意见尽情宣出。"② 勒美脱尔的经验是事实，而且不能否认还相当普遍。但第一，不是个个人的判断都是因袭前人而未看原书，否则那最初的判断如何出来？第二，也不是每一个传统的定论都无价值，有些所谓定论自然随时可以推翻，但有些已经能明了真理的定论，那就不管你爱

---

① 见所作《文学生活》（*La Vie litteraise*），在《近世文学批评》内。
② 见所作 *Les Contemparains*，在《近世文学批评》内。

听不爱,一人之论就再也推不翻这个古今的通论了。① 因此法郎士他们的错误是将少数专门的批评家和一般普通的读者混作一谈,殊不知应该推出代表并负责提高一个时代艺术批评的水准的并不是一般普通的读者,而是少数受过专门训练的批评家。你不能用普通读者的庸拙来判断批评前途无望,何况就是普通读者的程度亦不是固定不变的,那也时时在进步之中。

不过我们也不能说在批评家之中就没有因袭前人,未看原书,或就信口雌黄的人。事实上这种人是有的。原因在于:训练的程度有高下,认识的正误有差别,工作与战斗的热情有厚薄,尤其重要的是:究竟是否为人民事业而动笔有不同。一切的口是心非,明知故犯,坠落退步,造谣诬蔑,作孽自毙,可以说全是从违离了人民事业起来的,批评亦不例外。

"知之为知之,不知为不知,是知也",谨严诚实,同时亦是无上的美德。批评家对于批评的对象一定还详细研究过而且深刻理解了之后才能送出他的主张,否则他就应该保守缄默。对于未曾研究过或者研究了还没有深刻理解的事物他绝不应该胡说八道,如果认为这事物非常重要值得批评就该等自己研究理解了再说。批评家如果能够了解他是在为教育新时代的读者——特别是一般青年而工作,我相信他决不肯随便把不成熟的意见乱讲。

如果已经详细研究过并且深刻理解了,那就是说自己的观点已经形成。在这种时候,传统的或者权威的论调便不会仍是一种使你怀疑或感受压迫的力量,它们可以使你更多考虑一下,却不能根本改变你的意见,经过这番考虑,又可以使你对自己的意见更坚定,而且由于得到了这种参考,你的意见便可以表现得格外丰富,完整。

---

① 参考 [金] 王若虚《滹南遗老集》卷三十五。

只在这样的时候你才算是真正在从事批评的艺术。

于是你的意见与传统的和权威的是否相合也便不成问题了。因为如王充所说："论贵是而不务华，事尚然而不高合"，批评求的是辨正是非，不一定需要"顺合众心，不违人意"，不必希望"百人读之莫谴，千人闻之莫怪"。① 因为一种新鲜正确的道理，在因袭保守的旧社会里，是常常要引来千啄一唱的反对的，在这种社会里能够得到喝彩的东西，反而常是不正确的。只要这个主张是自己的所获，那么"有同乎心谈者，非雷同也，势自不可异也，有异乎前论者，非苟异也，理自不可同也"，你也可以像刘勰那样，骄傲地讲一声"同之与异，不屑古今"了。②

八

批评需要互相再批评。批评不怕争论，争论决非不道德，只要争论的目的是为显示真理。

因为立场和学养彼此不同，对于生活上和文艺上的许多问题在批评家之间便免不了有主张上的分歧，这种分歧不一定是可悲的，因为真理就时常存在于分歧的校正之中，愈争论，真理就愈显明，理论的一律化往往就是理论停滞、学术退化的基因。历史上有许多事实，都可以证明凡是论辩剧烈的时代同时就是学术思想进步得最多最快的时代。论辩剧烈，主张分歧，也不一定要在相对垒的阵营里才是如此，就是目标动作同一的相同阵营里也可以有这种情形，并且也一样仍可激励它发展进步。分歧争辩的问题可以越来越高级，

---

① 王充《论衡·自纪》
② 《文心雕龙·序志》。

所以我们不必想象将来真会有一个在思想活动上完全一致毫无异议的时代到来。

对于不同的意见和思想首先应该细心地去求了解，去发现其中虽或很小却是正确的部分，不要专门以吹毛求疵为本事。时常表现在争论之中的那种不容人商讨的非民主的态度，以及那种唯我独尊的傲慢的宗派观点，这些就是妨碍批评家和作家与他们自己之间团结进步的最大症结。宗派观点的意思就是要把自己关闭在群众利益和文艺事业的门外。宗派的内讧和分裂如果占去了批评家们太多的时间与精力，那他们自然就不会觉察出来真正的异端者已经纷纷乘虚而入，而需要赶快清除出他们了。

争论是需要的，但却不要谩骂。争论的目的是匡正，是说服，而且这也是互相间都要如此做的。有些人是为了要获得代表文学舆论的权利而争论，有些人是为了要取文学领袖的名义而争论；有些人的争论是努力想用噪音，用尖辛的字句，通常简直是用咒骂来压倒对方，还有些人的争论则完全离开了本题而叫喊着不相干的侮辱对方的话语。他们就不知道领袖主义和领导主义大不相同。诚如高尔基的解释："领导主义是强调着人的力量，并指出以最小量的牺牲，获得最好效果的道路；而领袖主义却只是市侩之流想要超越其同志之个人主义的私欲。这一企图，只要有着相当的机诈，一个空头脑，一副黑良心，就能很容易地做到的。"[①]

批评家应该向作家学习，并向同行学习。好好地计划集体工作的方法，好的一切真实从事人民事业者之兄弟一般的结合，乃是一种出于革命的要求。在团体里面他们一定更容易改造自己、发展自己，并养成良好的批评道德。争论与其在杂志上来进行还不如在会

---

① 高尔基《苏俄的文学》。

议中来进行切实有效得多,因为写在纸上的批评大都容易成为有恶劣刺激性的东西,远不如在会议席上可以当面讲个明白,不必任情使气,以讹传讹,而且又直截,又了当,用不着拖泥带水。

我们有句老话要教人在争论中看出一个人的人格,这种看法是不错的,因为如果在争论中他还能保持着应有的德操,那就可见的确是一个术德俱优的人物了。①

九

亨德(T. W. Hunt)说:"我们如果记得文学批评的基本元素是一种文学的和知识的洞见,和一种对于著作中一切最好东西的深澈而精微的精神的亲和力,以及一种为检讨文学作品时所必具备的忠于真实和公道的良心,那么我们就可明白看出,它所须具备的条件是最高等的一类,而当执行批评的时候,凡属江湖派的,初出茅庐的,乃至道德上漠然无所关心的,必都在不可信任之列。"② 从这段很确切的说明我们就可以知道:如果希望文学批评真正能够在一般的知识生活里做一个重要的因素,获得所谓"一般文化的效果,那么首先它应该具备有关各方面的最高等的知识。没有知识所以没有德行,知识就是道德。有了正确丰富的知识,就可以超越各种偏见和成见,而时时获得新的观点,从而宗派的作风就可以消除了,工作也可以切实起来负责起来了。

知识可以告诉我们事情应该怎么做。为了要使批评能对自己和

---

① 本节参考拙著《批评的修养》一文。
② 亨德《文学概论》(*Literature: Its Principles and Problems*)第八章,依傅东华译文。

别人发生效力，批评家在所有的人当中应该是最谦虚的，最宽大的，虽然他对于真正的人民叛徒也应不惜给以重辣的打击。在绝大多数的场合批评总是建设的和积极的，兴奋的和鼓励的，而不是破坏的、消极的、责备的和压抑。为此批评一定要尊重、同情作家的努力，不能因为他犯过或犯了一些错误就轻视、抹杀他的前途。也因此，批评就应当是就事论事，不牵涉枝节的；分析说明，不深文周纳的；亲切诚恳，不冷嘲热讽的。

越是批评家就越应该乐于接受别人的判断。接受别人的判断，以及自我批判，这都是强者的行为，软弱的人是做不到的。要时时想到自己是生活在一个瞬息万变的时代，而且自己教育的对象是将来要负担革命文化事业的干部，这就是说自己的工作实在不许失败只能够成功，因此随时地注意和努力，是作为批评家一个最重要的条件。

新时代的道德的客观标准就是要服务于人民，为人民的利益而奋斗。所谓"纯正"的批评，那意义也应该就是指此。无道德或者不道德的批评，那恶果不但将妨害创作和批评事业的本身，尤其要的是它将助长反动方面的力量，不管它是有意的还是无意的。所以争取批评的道德在实际上不能不就是争取人民利益的斗争，而且虽然比较间接、曲折，在实际上也不能不是非常艰苦的一种斗争。

1946年6月3日在广州

文艺批评的修养

批评之难

　　一个有志于批评工作的学生常常不免要在许多大作家的言论之前感觉气馁。批评是一种很好的事业，对文学发展是有利的，它应该获得大家的尊重。然而过去不少大作家的言论——实际则是猛烈的攻击，却一个一个都在给批评和从事于批评的人大浇其冷水。

　　托尔斯泰指出现代社会里有三个重要条件是足以助成虚伪艺术的发达的，其中之一就是艺术的批评。在他看来，只有那种最没有感染艺术的能力的人才会终于成为批评家。他们似乎很有学问，很有聪明，结局他们却只能用自己的作品来败坏读者和信仰他们的人的趣味。批评家实在是一种研究聪明人的笨蛋！[①] 契诃夫的嘲笑尤其毒辣了，他说：批评家好像是妨碍马耕田的马蝇。马耕着田，全部筋肉和弦琴上面的弦一样都紧张起来，但马蝇却跑去停在它的胁腹上面，搔啦，嗡啦，马就不得不搔它的皮肤，摇它的尾巴。马蝇嗡

[①] 参考托尔斯泰《艺术论》第十二章，耿济之译，商务印书馆出版。

些什么呢？恐怕它自己也不清楚。只不过因为它安静不下，想告诉人："看啦，我也是生活在地球上面的，对于任何事情我都能嗡几声呢！"①但是骂得最凶最不留情的还要算悲多汶，差不多他是始终把批评家看作有着不共戴天的仇恨的。1801年他说道："说到这些蠢物——批评家，只有让他们讲话。他们的饶舌一定不会使任何人不朽，也不会从阿玻龙使他不朽的人夺去他的不朽。""在作为艺术家的这方面，人从没有听到说我对于一个人能够写的论及我的文章，作过最轻微的注意。"1825年他又这样说："我像服尔泰一样思想。"一年之后他更如此写："几下苍蝇的针刺不足以牵住一匹在疾驰中的马。"②悲多汶厌恶批评——理论，还可以从下面一件事情里看出来：他的学生后来是钢琴大家的西瑟纳有一次指给他看自己的习作，那中间有一段用了"接连的五度进行"（Cousecutive fifths），而缓和地好像对自己说："这是不对的，不能允许这样的。""什么人不允许？"悲多汶马上讥讽地问。"啊，"西瑟纳回答，"Albrechtsberger、Marpury和许多别的乐理家都不允许这样的。""好，但是我允许的！"悲多汶便这样回答了他。③

然则究竟为什么他们会把批评和批评家痛骂到这步田地呢？如鲁易斯（G. D. Lewis）所说："批评家在批评的地界里建筑起来以供奉给他们自己的一排神龛，在诗和读者之间加进了一种可憎恨的障碍物。"④若是这个论断不错，那么究竟这些"笨蛋们"是怎样造成了这种可憎恨的障碍物的？那一排神龛究竟是些什么东西？

---

① 高尔基《A. P·契诃夫》，胡风译，见《人与文学》，第56页，泥土社1953年1月三版。
② 见陈占元译《悲多汶传》的附录。
③ 见透纳《音乐概论》。
④ 鲁易斯《一个对于诗的希望》第六章。

这是一个必要的工作，如果我们想把批评应得的尊重恢复过来，或者要证明这些大作家的言论里也有偏见，我们就应该先就批评本身来一番自我的检讨。"物必自腐而后虫生"，批评要人尊重先得问一问它自己够不够料。批评自己如果根本一团糟，甚至臭气熏人，那么不但那些有特殊的洁癖者，就是普通人也要掩鼻而过了。

不能捕风捉影人云亦云

对批评本身的检讨今天我们应当仍从最基本的地方开始。这就是说，应当仍从"算不算得批评"这一点开始。所谓"算不算得批评"，我的意思就是指这种批评是不是他自己用功得来的。一定要他自己用功得来的才算得是批评，捕风捉影或者道听途说来的意见，凡是不属于自己体察所得融会所及深信无疑的东西，在真正的意义上都算不得批评。那在别人也许是批评，而在你却不过只是传述。我们必须坚守着这个界限，否则我们就要自己走进法郎士、托尔斯泰他们为要攻击批评——在法郎士那方面主要是裁断的批评——而预先设好了的圈套。法郎士说过："凡是人人都佩服的作品，大都是那些没有人去看的作品。人们之承受这种作品，犹之承受一种珍重的担子，从这个人的手里传到那个人的手里，却大家都并未尝过目。"[①] 托尔斯泰也这样说："批评家对于他自己的议论毫无一点亲切的根据，但却屡次来重复它。有人称赞古代的剧作家非常好，他们并不真去品量其优劣，便也附和着，并且认为他们所有的作品都

---

① 法郎士《文学生活》，傅东华译，见《近世文学批评》，第27页，商务印书馆1928年3月初版。

是好的，都是值得模仿的。"① 法郎士借此就否定了批评里的一切裁断，托尔斯泰借此就否定了所有的批评，可是我们却根本不承认他们所反对的那种东西就是真正的批评。

我们说不是自己得来的批评就是虚伪的东西。但事实是这样：真正的批评实在很少，因为它的确不大容易培植。关于这层我们不妨听一听下面两个故事：

> 在印度人之间有这样一个很普遍的譬喻：一个老翁和一个孩子用一匹驴子驮着货物去出卖，货卖掉了，孩子骑驴回来，老翁跟着走。但路人责备孩子，说他一点不懂事，叫老年人徒步。他们便换了一个地位，而旁人又说老翁如此忍心，竟叫孩子走路。老翁忙将孩子抱到鞍上，但后来看见的人却说他们对待牲畜太残酷。于是他们便都走了下来，拉着驴子同走，走了不久，可又有人笑他们了，说他们是傻子，竟空着现成的驴子不骑而徒步走路。老翁听了没有办法，叹息着对孩子道：我们现在只剩下一个法子了，那就是我们两人抬着驴子走回去。②

另外一个故事则是这样的：③

> 东坡作《表忠观碑》，荆公置坐隅，叶致远、杨德逢二人在坐。有客问曰："相公亦喜斯人之作也？"公曰："斯作绝似西汉。"坐客叹誉不已。公笑曰："西汉谁人可拟？"德逢对曰：

---

① 参考托尔斯泰《艺术论》第十二章。
② 转引鲁迅《读书杂谈》，见《鲁迅全集》，第三卷第430页。
③ 见潘淳《潘子真诗话》，郭绍虞《宋诗话辑佚》本。

"王褒。"盖易之也。公曰："不可草草！"德逢复曰："司马相如、扬雄之流乎？"公曰："相如赋《子虚》《大人》泊《喻蜀文》《封禅书》耳；雄所著《太元》《法言》，以准《易》《论语》，未见其叙事典赡若此也，直须与子长驰骋上下！"坐客又从而赞之。公曰："毕竟似子长何语？"坐客悚然。公徐曰：《楚汉以来诸侯王年表》也！"

有谁真连该不该骑着驴子回去，或者究竟应该谁骑着回去的道理都不能有自己意见的么？所以现实生活上，这个故事也许只是一个笑话而已；但这若作为一个譬喻或者讽刺，却分明有着现实的丰富意义，特别是在文艺批评上。王安石玩弄了一顿他的这班门客，然而无论怎样他的这班门客却总是以批评家的姿态出现的；而且只要不是在像王安石这样有力并且识货的人面前，越是像他们这样的人就越发会装出大批评家的气派，也越是不肯认错和声势浩大地掩饰得巧妙的。我们没有法子而且也不必讳饰，无识的，人云亦云的所谓批评，在今天也还没有完全绝迹。法郎士和托尔斯泰的攻击是对的，虽然他们却不应当把所有的批评看作箭靶，为要倒掉浴盆里的污水却连小孩子也一同倒出去了。

独自评价的能力

批评家的困难就在他一定要养成一种独自评价的能力。如果没有这样的能力，他就无法避免不做应声虫，不做别人的尾巴。

不过这里也有程度上的差别。要做到表面上的独自评价也许还容易，要做到里外如一的独自评价就难了。你的主张可能不是随便从什么人的口上或什么书本上得来的，但这还不一定就是你独自的评价。有些好像是你自己的主张，实际你还是受了权威者的影响。就是说，有些你自己的意见你还不敢承认为美好合理，而宁愿修改它使不致违反权威者的意见。在另外一种场合你所以不敢承认则又是因为你怕在某些方面受到损失甚至是严重的危险。不过你却必须要敢于承认了，才算得是自得之见。

轻率的判断都不能算是真正自得的。少年维特对于一些人时刻忘不掉的那一套现成的社会批判，非常愤怒，他说："为什么你们这些人每谈到一件事情立刻就说这是愚蠢，这是聪明，这是善，或者这是恶呢？你们的意思是什么？你们曾经探寻过那行为的内在意义么？你们寻到了它的原因，推量出了它的不可避免性么？如果你这样做过了的话，你们就不会这么容易地下判断了。"① 这也就是歌德的看法，除非对于这件事情原已有深刻的研究，一切脱口而出的判断都不免是外来的口头禅。但就是经过了一番思索的对于作家和作品的批评也还是可能要成为莫莱（J. M. Murry）所说的："这的确是批评中最危险的一部分。"②

一个批评家在过去几乎不可能真正诚实地批评当代的作家和作品，因此莫莱又说这也许是批评中最少价值的一部分。莫莱的话说错么？当然是，不过他并不是毫无根据。在旧社会里，对于曾经写出过好作品来的作家之糟糕的作品，要批评家们指出它的真相来是很困难的，这正像对于曾经写出过不好的作品的作家所产生的好作品，要批评家们指出它的真相来，是同样的困难。在前者的场合，批评家的手被一种怕做出对于人有伤害的事情的恐惧心遏制着，在后者的场合则被怕

---

① 歌德《少年维特之烦恼》。
② 莫莱《批评的信条》，曹葆华译，见《现代诗论》，第 262 页，商务印书馆 1937 年 4 月初版。

做出对人太好的事情的恐惧心遏制着。更进一层，对于已经成名的作家，你赞美了他是没有麻烦的，即使赞美错了也不会有什么关系；但若你骂错了却就要惹来许多问题，而且重要的是，即使你骂对了也难免要招来作家们个人的怨恨。因为差不多无论哪一个稍稍有点地位的作家，不管他对于自己能力的真实性还疑惑不定，他总是坚信他的成功是完全由于他自己的价值得来的，并且一经成功他就不会再失败；因此他就有理由以为任何责难他的批评都是个人仇恨的表现，于是批评家就成了他仇恨的对象。这种仇恨因为带着私人的和直接的性质之故，有时要比批评家激烈地攻击了整个旧社会的卑劣罪恶之后所得的报复更难于和解与防护。至于对待新进的或无名的作家，从好的方面说，是你怕太严格了会使他们扫兴丧失继续追求的勇气，但更真实的原因却在于你怕太宽纵他们了，虽然宽纵也会使他们走上毁灭的道路，而你所注意的却尤在于如果万一赞美错了会丢尽你自己的脸面。为此你就宁愿对于这些文学上的新来者绷紧着面孔，或者索性保持沉默，因为只有这样做才是有利而无害。

以上是就批评当代的作家和作品说。其实评价古代的作家和作品也未必就是批评中的安全部分。在这里个人的恩怨是没有了，可是困难却在别方面增加起来，那就是传统的势力和权威者意见的重量。我们只要看《苕溪渔隐丛话》里胡仔的这一段话就可以知道了。

> 易安历评诸公歌词，皆摘其短，无一免者。此论未公，吾不凭也。其意盖自谓能擅其长，以乐府名家者。退之诗云："不知群儿愚，那用故谤伤，蚍蜉撼大树，可笑不自量！"正为此辈发也。①

---

① 胡仔《苕溪渔隐丛话》后集卷三十三，《万有文库》二集本。

李易安是词中女杰，所论也极有胆识，不能以愚儿蚍蜉相比，此其一；诸公歌词，好则好矣，但不能每首都好，字字都精，从各方面去看都无可议，这是不待指摘也可以确信的道理，此其二；说李易安评论不公原也可以，但不公究在哪里，为何是不公，你作为一个批评的批评者尤其不能含糊不给说明，此其三。然而胡仔却居然可以不管这些，只凭一腔"义愤"，便大肆其笑骂。胡仔也不是一个毫无见识的人，为什么他会如此？没有别的，传统的势力和权威者意见的重量太大太重了。胡仔他自己因为体察不深，融会不够，信仰不坚所以终于被这些力量压倒了。李易安你不过一个女流之辈，懂得什么？你配来信口雌黄？何况诸公歌词人人都说是好，你区区李易安凭什么要来妄作解人胡说八道！于是所有笑骂她的充分理由便都在这里了。

类此的事实是举不完的。这类事实在今天新社会里当然越来越少了，可是个人主义的、胆怯无识的批评者今天并不是已经完全没有了。

然而独自评价的能力却不就是故意立异，为了要不同凡响，便不惜标新立异，以图耸人听闻的能力。我们要求的不过是自得之见而已，并不是自得之见一定要与人不同，这是不合理、不可能的。我们的批评大师刘勰就早已指出过："及其品评成文，有同乎旧谈者，非雷同也，势自不可异也；有异乎前论者，非苟异也，理自不可同也；同之与异，不屑古今，擘肌分理，惟务折衷。"① 只要是你自己的意见，和别人相同与否都不成问题；而且只要是你自己的意见，你就是暂时错了也不很要紧，因为如果你真正努力去找，你终能自己找到一条康庄大道的。

---

① 刘勰《文心雕龙·序志》，《四部丛刊》本。

熟悉历史，理解社会，融通理论

独立评价的能力是作为一个批评者应具的基本条件，但这是比较初步的，因为能够独立评价还不一定必能精微正确，然而就是这一种能力也已经不容易培植了，为着培植它需要非常丰腴的一大片土壤。

批评家不应缺乏足够的一般文化修养。文艺批评是整个文化工作的一个部门，它如果不能充分明了文化工作各方面的意义而要求能在批评这一部门单独得到成功，那简直是不能想象的。所谓文化修养粗略地说可以分成两类：一类是对于过去历史文化的了解，另一类便是对于现代世界思潮和本国历史社会环境的正确认识。只有根据了这样的理解，批评家才能养成独立评价的一个瞭望的高点。

批评家的工作并不只在衡量作品的音节如何美，或者意境如何妙，主要他得通过这些，去判断作者的意识是否正确，态度是否健康，作品在客观上产生的影响是否有利于社会和人民生活的改进。这就是说，批评家为了他工作的需要，是注定应该熟悉历史，确知历史发展的趋向的。

熟悉历史，能增强我们的认识、勇气和能力。凡是伟大的历史家因为他们都说了真实话所以便成了我们的引路者。历史告诉我们过去人类向自然界和专制暴君斗争的故事，告诉我们人类在这种斗争中怎样逐渐教育，改造和武装了自己，怎样在逐渐发展了他的创造力，同时又指示了这种斗争虽然经过无数磨折阻碍却依然无可抗拒地发展下去。人类要求自由幸福的意志将是永远不能阻拦的，谁想阻拦谁就只好灭亡。历史又提供了我们比较的材料，过去的生活是那样黑暗丑恶，再也不应当去开倒车；今天的努力没有白费，如果继续努力下去那么我们的生活一定能更加光明。这可以给我们安慰同时也有勉励。

　　增强了我们的认识,也就是增强了我们的勇气和能力。能力就是从认识和勇气来的。人类的历史社会斗争史同时也就是人类斗争能力的成长发展史,在过去的斗争中所造成了的种种知识,得到科学的积聚,还尽在生长,并且越来越深刻、广泛、尖锐,这些正就是今天我们无穷发展的最好出发点。

　　对一般的历史如此,对本身事业的历史也是如此。文艺批评家应该熟悉文艺的历史,文艺批评的历史。如果他们对于自己所从事着的工作,知道了它怎样发生、发展,以及过去已经完成了点什么,它的贡献在哪里,等等详情时,那么他们就会了解这种工作在整个历史尤其是文化史上的意义,而能带着更大的兴奋来从事工作了。又不但是本国的这种专业的历史如此,对于外国的也应如此。真实的文艺在一切国家和一切民族中都是本质相同的。它们在表现的形式上虽不免有若干差异,但同是反抗着黑暗罪恶,打破着和黑暗罪恶妥协的卑怯心理,而推进人类走向自由幸福的道路,却是完全一致的。而且,为了要避免在复杂的文艺现象上只会硬套一般抽象的理论,批评者也不能不非常熟悉他专业的历史。①

　　要研究历史,就是要给批评建筑起一座坚固的瞭望台,这样就可看得清楚全部的局势,可以看得到远方的景致。所以只有那些自己没有前途,因而也怕看自己被围困在核心的局势,而且还想阻止人民得到历史的指示和鼓励的资产阶级,只有他们才会反对研究历史。②

　　文艺批评的最基本的任务是要透过作品的具体分析,来帮助作

---

① 参看高尔基《给青年作家》《文艺放谈》《给几个美国人的回信》诸文。
② 参看高尔基《给几个美国人的回信》。

者教育读者，推进我们的革命建设事业。为此，批评家一定要能充分明了和切实把握时代。他还要能顾到本国社会的具体情况，把革命的理论原则灵活运用，而不是机械地硬套乱塞。

接受一种理论必要经过一个融和的过程，常常这还是一个长期艰苦的过程。无论谁都有他独自的生长环境和社会，独自的学习过程和教养料，这就渐渐形成了他的观点、论调，要想他马上改变是不可能的。他只有凭借革命实践，苦心研究和自己内心的斗争，才能逐渐容纳别一种理论，才能逐渐改变自己而与它融和，而终于把它变成自己的东西。否则就不能变成他自己的。

凡是经过一番苦斗得来的理论便是自得的，虽然那仍可以跟许多别人的相同。对于这样的理论他就可以灵活运用，不是断片地抄袭，机械地继承，毫无抉择和批判，因为他在接受的当时就已经经过许多事实和经验的考量。他既然已经精通了这种理论，所以他就不会对于一切复杂的问题都给以一般化的机械的应用，也就不会不懂得用深入浅出的话语来说明它了。

批评家必须是战士

批评家一定要熟悉历史，理解社会，但单是这样还不够，他一定还要热爱生活，渴求进步，并能积极参加火热的革命斗争。也只有在这样的热爱和战斗之中他对于历史社会的熟悉和理解，才能更丰富、更深刻。

热爱生活就是要不容生活里有污点，有了就要设法消灭，并且还要把生活更加提高，使它更加美好。批评家们如果不把批评看作一种严肃的科学工作、群众工作，而只把从事批评当作消闲的副业看待是非常错误而且卑劣，他必须付予这个工作以最大的责任感。

他一定要这样才能始终坚持他的观点，而且也一定要这样之后他才能保有一种积极的协助作家的态度，同时并发展出他自己的才能。

　　人们对于无足重轻的事情常常采取随便的态度，但若批评家以为他的批评对于青年群众思想认识的正确或错误，将产生很大的影响，那么他对于这个工作就决不能轻率为之。无论哪一个作家哪一个作品，不管他是已成名的或未成名的，在批评的严格检讨下都难免有一些缺点，但只要他们不是存心作恶，只要它不是毫无可取，那么他们的成就仍应首先加以肯定，他们的努力都仍值得尊重，对于那些缺点则应该积极地帮助他们克服。因为他们现在虽还没有成熟，但将来是可能成熟的，它们现在虽然还有许多缺点，但是可能改善的，那时他们及其作品便将一同成为改造生活的新生巨大的力量。批评家最容易犯的毛病就是对于尚未成熟但并无恶意的作者作品不能抱着积极援助的态度，和给以深厚的同情。高尔基指出：所谓"才能"原来只是从对于工作的热情中成长起来的，"才能"在本质上就是对于工作和工作过程的一种爱。① 批评家如果真是热爱生活便自己也很容易发觉在批评工作中的错误。对于工作的认真态度，就可以造成工作的熟练，熟练不消说也是"才能"的源泉之一。

　　批评家应该"理智"，但可怕的就是"冷淡"。只有游戏人生的旁观者才能冷淡，但在生活里没有强烈的爱憎的人却决不能成为巨大的批评家。"狂暴的贝沙里昂"（Vissarion Gregorievitch Belinsky），因为他在阴霾笼罩的反动时期，能像一座警钟似的警醒他同国睡眠着的人，指示他们起来同人民的死敌斗争，所以他是伟大的。在反对民众敌人的斗争中，别林斯基尽他所能地参与了一切猛烈的斗争，

---

　　① 高尔基《给某青年作家》，见《给初学写作者》，第63页，以群译，平明出版社1953年6月四版。

他总是一只悍鹰,一个不屈不挠的战士。他把整个一生的努力都献给了人民事业。他的工作没有白费,毕竟唤醒了并培养了无数民主的斗士,他的后代终于在不久之后就达成他的目的了。

"我们生存在意气消沉的时代,"高尔基说,"我们被封锁在怀疑之中,在冷静的薄光之中过日子。把这些东西一扫而空之后,我们须要用希望来修饰人生,用活动来推进人生,用思想来提高人生,把我们的生活改造成更合理的、更生动的、更复杂的东西。这正是我们的义务。"① 是的,这正是我们的义务,而在目前则这种义务应该表现在建设社会主义的实践上,我们应该和人民一同奋斗。作为一个批评家,如果对于充满在这个时代社会里的新旧斗争不了解,他又怎能来独立评价现在的许多作品呢?因为如果他不曾亲自参加,他又怎能有真正的了解呢?

明明白白,批评家在今天还想靠一些漂亮的辞句或者符咒似的术语,来吓唬读者,来赢取读者的信仰,是越来越不可能了。而且就是用那些不痛不痒的敷衍之词也已不可能。我们的生活是如此丰富、多彩,如此澎湃腾踊,批评家不能不看见这个情景,否则就只好自己宣告了工作的死刑。希腊的普罗亭诺斯说:"没有眼睛能看见日光,假使它不是日光性的,没有心灵能看见美,假使他自己不是美的,你若想观照神与美,先要你自己似神而美。"法国的散文家蒙田也这样说:"判断崇伟的事物须有崇伟的灵魂,否则我们会把自己的弱点当作它们的弱点。"② 批评家们如想做到真正巨大,他们就应该先把自己造成"似神而美",造成自己的"崇伟的灵魂"。这就是说,他必须站在革命斗争的最前列,善于掌握马列主义的理论,社

---

① 高尔基《犬儒主义论》。
② 蒙田《论善恶之辨大部分系于我们的意见》,《世界文库》本。

会主义现实主义的批评方法,而更重要的是他应当常具有一个革命战士的崇高品质。

生活经验和文艺修养

但是文艺批评家毕竟是要通过对于文艺作品的具体的研究分析而战斗的,因此他一定还应该同时是一个在文艺上有优秀趣味和渊博知识的人。

所谓对文艺方面的修养不外几种:对于马列主义文艺理论的精研,对于各时代主要作家作品的熟悉,对于当前作品及其倾向的仔细体察,以及对于文艺表现技术的生动把握,和辛勤的调查搜集笔记等等工作。这些工作应该同时进行,并且要尽力把它们互相沟通。

要认识确实就得多多观察,多多体会,感受,这在生活方面是如此,对艺术的材料也是一样。譬如看画,如邓椿所说:"草木鸟兽之赋状也,其在五方,各自不同,而观画者独以其五方所见,论难形似之不同,以为或小或大,或长或短,或丰或瘠,互为讥笑,以为口实,非善观者也。"[1] 画家作画,"外师造化,中得心源",他们运思落笔,都有深意,如何草草一瞥就能看尽?如果一定要加议论,而又想不落"揣骨听声"的下乘[2],那么至少也当做到汤垕所说的:"见画爱玩不去手,见鉴赏之士,便加礼问,遍借记录,仿佛成诵,详味其言,历观名迹,参考古说,始有少悟。"[3] 吴道子刚看见张僧繇的画时,脱口而出骂了他一句:"浪得名耳。"然而细细一看却真

---

[1] 邓椿《画继·杂说论远》。
[2] 沈括《梦溪笔谈》卷十七,以为无识之论谓之揣骨听声。
[3] 汤垕《画鉴》,见《说郛》卷十三。

有妙处，并且越是细看便越觉得巧妙，于是"坐卧其下，三日不能去"①。有些伟大作品根本就是不能随随便便从一只角落看去便能发觉其伟大的。又如看诗，欧阳修就也说"春风疑不到天涯，二月山城未见花"这两句诗如果没有下句那么上句将如何平凡，但见到了下句却就可以看出上句倒非常工巧。②苏东坡说的陶诗"平畴交远风，良苗亦怀新"，"非古之偶耕植杖者不能道此语，非余之世农，亦不能识此语之妙"③，也是实情。再如看文，有人问朱熹西汉文章和韩愈他们相比如何？朱熹告诉他："而今难说，便与公说，某人优，某人劣，公亦未必信得及，须是自看得这一人文字某处好，某处有病，识得破了，却看那一人文字，便见优劣如何。若看这一人文字未破，如何定得优劣？便说与公优劣，公亦如何便见其优劣处？"他又告诉说："今人所以识古人文字不破，只是不曾仔细看，又兼是先将自家意思，横在胸次，所以见从那偏处去说出来，也都是横说。"④不从全体去观察，去求了解，不肯仔解去研究，和生活经验印证，又还要怀着成见去衡量一切，这样就当然不能产出独立的有价值的评判。

批评家应该要努力成为作家们及其作品的"知音"。在这一点上，我以为差不多一千五百年前我们的批评大师刘勰的下面一节话，对于现在的一般批评家仍有很大的教益：⑤

> 夫篇章杂沓，质文交加，知多偏好，人莫圆该，慷慨者逆

---

① 事载《升庵全集》卷六十六。
② 欧阳修《笔说》。
③ 苏轼《东坡题跋》卷二。
④ 《朱子语类》卷八。
⑤ 刘勰《文心雕龙·知音》。

声而击节,酝藉者见密而高蹈,浮慧者观绮而跃心,爱奇者闻诡而惊听。会己则嗟讽,异我则沮弃,各执一隅之解,欲拟万端之变,所谓东向而望,不见西墙也。凡操千曲而后晓声,观千剑而后识器,故圆照之象,务先博观。阅乔岳以形培塿,酌沧波以喻畎浍,无私于轻重,不偏于憎爱,然后能平理若衡,照辞如镜矣。

一个批评家必须比作家具有更多方面的社会知识,更有系统的对社会生活的理解,更深刻的对社会现象的判别能力,只有这样,他才能更有效地帮助作家教育读者。也只有这样,才能建立起批评工作的威信来。

(原载《民主与文化》第一卷第二期,修正补充后收入《论文艺教学和语文问题》,东方书店1954年6月出版)

中国文艺理论中的形象与形象思维问题

毛泽东同志在 1965 年 7 月 21 日给陈毅同志谈诗的一封信中，再三提出了"诗要用形象思维"的问题。并且指出："宋人多数不懂诗是要用形象思维的，一反唐人规律，所以味同嚼蜡。"这些话大体总结了历代诗歌创作以及各种文艺样式的艺术规律。

作为文艺创作的特殊规律，虽然我国古代文论中并没有"形象思维"这一概念，但以我国历史之久、文化发达之早、优秀文艺遗产之无比丰富。我们祖先在长期、多样的斗争生活和创作实践中，实际上早就接触、探索了这个重大问题，并随着文艺的历史发展，认识不断有所提高、深化。远在西方文论对此问题讨论之前，在我国古代文化中就已对这问题作过不少研究和描述，其中有些研究和描述不但很中肯、深刻，而且其表达方式还具有我们民族的，为人民喜闻乐见的风格、特点。古代优秀的理论家、作家们在文艺创作上积累了丰富的经验，写出了许多好作品，建立了理论，形成了传统。虽然由于各种条件的限制，他们对艺术规律不可能谈得像今天这样较为完整、科学，特别是不可能密切结合革命斗争的需要来认识这个问题的重要意义，但他们给我们留下的大量宝贵资料中，的确存在着许多合理、闪光的东西，值得我们学习、整理、总结、批判地继承。古人对艺术规律的某些深刻认识，不但对繁荣社会主义文艺创作，提高艺术水平，发扬理论批评的民族风格还能起积极的促进作用，对继续清除"四人帮"在文艺领域里散布的种种谬论，也有帮助。

下面想主要根据古代文论发展成熟时期陆机、刘勰、钟嵘等代表性理论家的著作，和我国诗歌成就最高的唐代，以及"多数不懂诗是要用形象思维"的宋代的部分理论斗争资料，来对古代文艺理论中的形象和形象思维问题从若干方面作些初步的整理和探讨。

一、驭文之首术，谋篇之大端

我们古代优秀的文艺理论家早已明白指出：写出形象和用形象思维，对文艺创作来说，是"驭文之首术，谋篇之大端"。

距今大约一千七百年前，晋代作家、理论家陆机就已对文艺创作的思维过程作了如此生动的描绘：

> 其始也，皆收视反听，耽思傍讯，精骛八极，心游万仞。其致也，情曈昽而弥鲜，物昭晰而互进，倾群言之沥液，漱六艺之芳润，浮天渊以安流，濯下泉而潜浸。于是沉辞怫悦，若游鱼衔钩而出重渊之深；浮藻联翩，若翰鸟缨缴而坠曾云之峻。收百世之阙文，采千载之遗韵，谢朝华于已披，启夕秀于未振，观古今于须臾，抚四海于一瞬。
>
> 然后选义按部，考辞就班，抱景者咸叩，怀响者毕弹。或因枝以振叶，或沿波而讨源，或本隐以之显，或求易而得难，或虎变而兽扰，或龙见而鸟澜，或妥帖而易施，或岨峿而不安。

> 馨澄心以凝思,眇众虑而为言,笼天地于形内,挫万物于笔端。①

此后约两百年,南朝梁代刘勰在其专门名著《文心雕龙》里又作了进一步的描述:

> 古人云:形在江海之上,心存魏阙之下,神思之谓也。文之思也,其神远矣。故寂然凝虑,思接千载;悄焉动容,视通万里。吟咏之间,吐纳珠玉之声;眉睫之前,卷舒风云之色,其思理之致乎。故思理为妙,神与物游。神居胸臆,而志气统其关键;物沿耳目,而辞令管其枢机。枢机方通,则物无隐貌;关键将塞,则神有遁心。是以陶钧文思,贵在虚静,疏瀹五藏,澡雪精神,积学以储宝,酌理以富才,研阅以穷照,驯致以绎辞。然后使玄解之宰,寻声律而定墨;独照之匠,窥意象而运斤。此盖驭文之首术,谋篇之大端。②

"笼天地于形内,挫万物于笔端",这就是要写出形象,"独造之匠,窥意象而运斤",这就是要运用形象思维的方法,当某种富有寓意的形象已经在头脑里酝酿成熟,已有成竹在胸的时候,才下笔去写。可以看得出来,文艺史上这两位理论先驱把这种从生活到创作、从感受到概括、从构思到修辞的创作全过程中驰骋想象、辛苦创造的精神活动已描述得多么细微、生动。非常值得注意的是,他们都没有把艺术思维活动仅仅局限在创作构思的阶段之中,而是一直贯

---

① 《陆士衡集》卷一《文赋》。
② 《文心雕龙·神思》。

穿到作品的完成。并明白指出，这是"驭文之首术，谋篇之大端"，对文艺创作是不能违背的规律。

在他们笔下，艺术思维的能量是极大的。百世、千载、古今、四海、天渊、下泉，没有什么地方是它不能到达的，没有什么时间距离能把它隔阂起来。它能使客观存在的事物没法隐藏住形貌，涌现在作家心中的感情、思想化成具体的意象而得到充分表现。这一点，也表明他们对具有特征的艺术思维的力量，已有相当清楚的认识：这是和撰写学术论著不同的一种思维，它在认识生活反映生活方面的力量和作用却是同等重大的。当然不是任何一个从事艺术思维的人都能达到同样程度的成功，所以刘勰提出了一系列应该具备的条件。

艺术思维的过程往往是微妙曲折的，不同作家由于各自条件不同，精神活动还有其个人的特点。但文艺创作不能违背这个规律，违背了就写不出真正的文艺作品，这却是凡有这种实践经验的人都承认的。陆机、刘勰的观点，正来自前人经验的总结。

在文艺创作中，想象起着最积极的作用。马克思说："想象力，这个十分强烈地促进人类发展的伟大天赋"，很早"已经开始创造出了还不是用文字来记载的神话、传奇和传说的文学，并且给予了人类以强大的影响。"① 没有想象，缺乏这一种活动能力，也就不可能进行形象思维，写出典型形象。而陆机《文赋》中这些话和刘勰所讲的"神思"，应该说，在很大程度上已表现出今天所说形象和形象思维的特征。这是我国古代文艺理论家对人类文艺科学的一个重要贡献。

---

① 《马克思恩格斯论艺术》，第2卷第5页。

二、随物宛转，挫物笔端

社会生活是文艺创作的源泉，文艺创作是一定的社会生活在作家头脑中反映的产物。没有社会生活，就没有文艺作品，脱离了社会生活，无法进行文艺创作，歪曲了社会生活，就写不出有价值的作品。古代优秀的理论家在确认形象思维是文艺创作的特殊规律的同时，也确认形象思维的基础、对象是客观存在的"物"，作家进行文艺创作的全部精神活动，决不应当是脱离了或歪曲了"物"来搞的一套主观妄为的把戏。

在《文赋》里，陆机毫不惮烦地指出，在进行形象思维时，引起作家种种思想感情的，是物：

> 遵四时以叹逝，瞻万物而思纷。

在作家的脑子里纷纷涌现的，是物：

> 情瞳眬而弥鲜，物昭晰而互进。

使作家要求在笔下描写出来的，是物：

> 笼天地于形内，挫万物于笔端。

使作家感到形形色色，千姿万态，不易描写，或难以写得恰到好处的，是物：

> 恒患意不称物，文不逮意。
>
> 体有万殊，物无一量，纷纭挥霍，形难为状。

使作家觉得应该用多种形式、风格来表现的依据，是物：

> 其为物也多姿，其为体也屡迁。

而使作家知难而进，想尽方法，一定要充分描写出来的，也还是物：

> 虽离方而遁员，期穷形而尽相。

接着，刘勰继承并发展了陆机这一基本观点。他说：

> 原夫登高之旨，盖睹物兴情。①
> 人禀七情，应物斯感。②
> 物色之动，心亦摇焉。③
> 情以物迁，辞以情发。④

这是说物引起了作家的感情。

> 岁有其物，物有其容。……诗人感物，联类不穷。
> ……体物为妙，功在密附。⑤

---

① 《文心雕龙·诠赋》。
② 《文心雕龙·明诗》。
③ 《文心雕龙·物色》。
④ 《文心雕龙·物色》。
⑤ 《文心雕龙·物色》。

> 诗人比兴，触物圆览。①

这是说事物繁多，物状变化无穷，把它们描绘出来，要仔细讲究方法，而诗人们常用的比兴之法，正是他们广泛接触客观事物，并经周密观察后摸索总结出来的。

> 情以物兴，故义必明雅；物以情观，故词必巧丽。②
> 物虽胡越，合则肝胆，拟容取心，断辞必敢。③
> 流连万象之际，沉吟视听之区。写气图貌，既随物以宛转；属采附声，亦与心而徘徊④。

这就不仅说明了物与情的主附关系，还指出了在"随物以宛转"，"期穷形而尽相"，进行惟妙惟肖的描写之后，进一步更应"拟容取心"写出事物的精神、本质。

南朝梁代的卓越诗论家钟嵘，在形象思维应该凭借客观事物这一点上，同陆机、刘勰的观点是一致的：

> 气之动物，物之感人，故摇荡性情，形诸舞咏。

接着他还对物作了分析，指出有自然界的物，如四候；有社会生活的物，如种种悲欢、离合、生死、成败：

---

① 《文心雕龙·比兴》。
② 《文心雕龙·明诗》。
③ 《文心雕龙·比兴》。
④ 《文心雕龙·物色》。

> 若乃春风春鸟，秋月秋蝉，夏云暑雨，冬月祁寒，斯四候之感诸诗者也。嘉会寄诗以亲，离群托诗以怨。至于楚臣去境，汉妾辞宫，或骨横朔野，魂逐飞蓬；或负戈外戍，杀气雄边；塞客衣单，孀闺泪尽；或士有解佩出朝，一去忘返；女有扬蛾入宠，再盼倾国。凡斯种种，感荡心灵，非陈诗何以展其义，非长歌何以骋其情？①

应该说，社会生活中的物，比起自然界的物来，在文艺创作中占有更重要的地位。只有寓情于景，情景交融，构成了某种具有社会内容的意境，自然描写才有较大价值。钟嵘所说面对种种不能使人平静的社会事件，特别是那种不公平的遭遇，"非陈诗何以展其义，非长歌何以骋其情"，既说明了包括诗歌在内的文艺作品所以产生的社会原因，也说明了文艺作品必须反映社会生活，干预生活中的重大问题，才能适应人民的要求。钟嵘这一观点，乃是刘勰"文变染乎世情，兴废系乎时序"②的进一步发挥。联系到齐、梁时代上层贵族文人一味在追求华丽词藻的环境，我们就会感到，他这观点是很有历史进步意义的。

文艺创作中的朴素唯物观点，古代不仅优秀的理论家有，优秀的作家也有。伟大诗人杜甫多次这样说过：

> 物微意不浅，感动一沉吟。③
> 物情尤可见，辞客未能忘。④

---

① 《诗品·总论》。
② 《文心雕龙·时序》。
③ 《钱注杜诗》卷十《病马》。
④ 《钱注杜诗》卷十《寄彭州高三十五使君适虢州岑二十七长史参三十韵》。

> 登临多物色，陶冶赖诗篇。①
> 浮生看物变，为恨与年深。②
> 英雄割据非天意，霸主并吞在物情。③

杜甫如此重物，多才多艺的苏轼也一样。苏轼说："夫昔之为文者，非能为之为工，乃不能不为之为工也，""凡耳目之所接者，杂然有触于中，而发于咏叹，""非勉强所为之文。"④ 也就是说，被客观事物激发，言之有物的文章，才可能是好文章。他又说：

> 求物之妙，如系风捕景，能使是物了然于心者，盖千万人而不一遇也，而况能使了然于口与手者乎？是之谓辞达。⑤
>
> 孔子曰："辞，达而已矣。"物固有是理，患不知之。知之，患不能达之于口与手。辞者，达是而已矣。⑥
>
> 吾文如万斛泉源，不择地皆可出。在平地滔滔汨汨，虽一日千里无难，及其与山石曲折，随物赋形，而不可知也。所可知者，常行于所当行，常止于不可不止，如是而已矣。其他，虽吾亦不能知也。⑦

这都是苏轼论文的著名观点。文章要写得好，既要言之有物，又要把物描绘得好。怎样才能把物写好？这就应该"随物赋形"，写出物

---

① 《钱注杜诗》卷十五《秋日夔府咏怀奉寄郑监李宾客一百韵》。
② 《钱注杜诗》卷十六《又示两儿》。
③ 《钱注杜诗》卷十四《夔州歌十绝句》。
④ 《苏东坡集》卷二十四《南行前集叙》。
⑤ 《苏东坡集后集》卷十四《答谢民师书》。
⑥ 《苏东坡集后集》卷十四《答虔倅俞括奉议书》。
⑦ 《东坡题跋》卷一《自评文》。

的固有之理,而要写出物理,不但应了然于心,还要求能了然于口与手,讲得来,写得出。苏轼的优秀作品,人称其嬉笑怒骂,皆成文章,千变万化,都有生动自然之致。他的秘密不是别的,就在写物,随物赋形,表达出客观事物的固有之理。这样不但言之有物,而且自然决不会千篇一律。

南宋著名诗论家严羽,其《沧浪诗话》着重讨论文艺作品的艺术特征,以"妙悟"说诗,主张作诗不能一味讲究文字,乱逞才学,大发议论,而应通过描绘能够使人看了自己悟出诗中的寓意。有人以为他主观唯心,他却曾如此指出:

> 黄初之后,惟阮籍《咏怀》之作,极为高古,有建安风骨。①
> 诗而入神,至矣尽矣,蔑以加矣,惟李、杜得之,他人得之盖寡也。②
> 唐人好诗,多是征戍、迁谪、行旅、离别之作。往往能感动激发人意。③

这表明,在严羽心目中,使人得以"妙悟"的好诗,主要还是指反映社会现实的作品。他不过是主张诗要用形象思维而已,透过现象看实质,他的主张基本还是朴素唯物的。

艺术创作一定要用形象思维,脱离、歪曲了社会生活就无法用形象来思维,塑造不出真实的形象。千篇一律,千人一面,味同嚼

---

① 《沧浪诗话·诗评》。
② 《沧浪诗话·诗辨》。
③ 《沧浪诗话·诗评》。

蜡的东西，正就是这样粗制滥造出来的。

三、即物达情，理随物显

文艺创作的源泉是物，不能离开物，但作家不能单纯写物，还要抒写出他对所反映事物的爱憎感情，这就是文艺作品的抒情特点，古代理论家每称之为"吟咏情性"。在这里，物与情的关系，如刘勰所说，就是"人禀七情，应物斯感，感物吟志，莫非自然"①。但文艺作品里的写物与抒情，又不能分为两橛，而应该尽可能做到后来王夫之所说的"即物达情"，抒情也不能脱离形象和形象思维的规律。

我国古代早期的议论，多说文艺作品是言志的。如：

> 诗言志。②
> 诗以言志。③
> 诗者，志之所之也，在心为志，发言为诗。④
> 诗以道志。⑤
> 诗言是其志也。⑥
> 推此志也，虽与日月争光可也。⑦

---

① 《文心雕龙·明诗》。
② 《尚书·虞书·舜典》。
③ 《左传·襄公二十七年》。
④ 《诗毛氏传疏》卷一。
⑤ 《庄子·天下》。
⑥ 《荀子·儒效》。
⑦ 《史记》卷八十四《屈原贾生列传》。

这些材料中所说的"志",大致指某种义理、怀抱。这样说的时候,有的是从文艺作品应该直接表达某种义理、怀抱的观点出发的,有的则是从读诗的角度,读完之后,感觉到其中确实含有某种义理、怀抱。这往往是两种不同的作品,其中都有着作家的志。但事实上有区别,前者直接表达,可能主要是抽象说理的东西,不是真正的文艺作品。后者寓志于情境、意象之中,义理、怀抱是从形象体系中间接显示出来的,可能作家的志并不完全正确、深刻,但确是文艺作品。笼统说文艺作品言志,不足以表明它的艺术特征。

随着文艺创作的发展,它的"抒中情"① 的特点愈来愈明显。《诗大序》不能不在依然说是"言志"的话头之后这样补充:

> 情动于中而形于言,言之不足故嗟叹之,嗟叹之不足故咏歌之,咏歌之不足,不知手之舞之,足之蹈之也。……国史明乎得失之迹,伤人伦之废,哀刑政之苛,吟咏情性,以风其上,达于事变而怀其旧俗者也。②

从笼统的"言志"到"吟咏情性",在古代文论的发展上是一大进步,表明人们对文艺作品的特点及其讽喻作用有了比较清楚的认识。这一观念,逐渐连保守思想严重的班固也不能不这样说了:

> 自孝武立乐府而采歌谣,于是有代、赵之讴,秦、楚之风。皆感于哀乐,缘事而发,亦可以观风俗、知薄厚云。③

---

① 庄忌《哀时命》。
② 《诗毛氏传疏》卷一。
③ 《汉书》卷三十《艺文志》。

班固这里所谓"皆感于哀乐,缘事而发",实际已为后人所说的"感物吟志","即物达情"作出了启发。不过文艺的这一特点,到陆机《文赋》里才以"诗缘情而绮靡"而被明白表述出来。这以后,虽然不断还有人说文艺作品要言志,主张直接说理,但屡起屡仆。而另有些言志的议论,如沈约所说:

> 民禀天地之灵,含五常之德。刚柔迭用,喜愠分情。夫志动于中,则歌咏外发。①

以及如刘勰所说的"感物吟志",他们所说的志,则不过沿用旧语,实质已成为"缘情"、抒情的代词了。

文艺作品的抒情特征,在此后的文论中,越来越得到人们的肯定。刘勰还说:

> 情者,文之经;辞者,理之纬。②
> 展端于始,则设情以位体。③
> 诗人什篇,为情而造文。……吟咏情性,以讽其上,此为情而造文也。④
> 物以情观,故词必巧丽。⑤
> 因情立体,即体成势。⑥

---

① 《宋书》卷六十七《谢灵运传论》。
② 《文心雕龙·情采》。
③ 《文心雕龙·熔裁》。
④ 《文心雕龙·情采》。
⑤ 《文心雕龙·诠赋》。
⑥ 《文心雕龙·定势》。

可见，刘勰论文理，论结构，论作用，论辞采，论体势，都是以"吟咏情性"为根本的。钟嵘也一样：

> 若乃经国文符，应资博古；撰德驳奏，宜穷往烈。至乎吟咏情性，亦何贵于用事。①

唐代大诗人白居易说：

> 诗者：根情，苗言，华声，实义。②

宋代严羽说：

> 诗者，吟咏情性也。③

他们都说文艺作品是"吟咏情性"的，是否就不要表达义理、思想？当然不是。在分成阶级的社会里，作家爱什么，憎什么，赞成什么，反对什么，尽管有时明显，有时不那么明显，感情深处总是蕴藏、体现出某种思想倾向和社会理想。归根到底，文艺作品的价值，总是离不开从它的思想倾向、社会理想如何、它在历史上起了什么作用来衡量。只是在优秀的文艺理论家看来，在文艺作品中，不但情应当是形象化了的情，即"即物达情"之情，理更应当是形象化了的理，是从感情倾向中显示出来的理，亦即"理随物显"之理。"即

---

① 《诗品·总论》。
② 《白氏长庆集》卷四十五《与元九书》。
③ 《沧浪诗话·诗辨》。

物达情","理随物显",八个字精确地表明了古代文论家对物、情、理三者在艺术表现中正确关系的认识,同时,这也正是文艺创作用形象思维的成果。

王夫之说:"《小雅·鹿鸣》之诗,全用比体,不道破一句,《三百篇》中创调也。要以俯仰物理,而咏叹之,用见理随物显,唯人所感,皆可类通。"① 诗人在这首诗里主张"举贤用滞",但他这主张是不露痕迹地用比体显示出来的,没有直接发议论,更没有进行抽象的说教。优秀的文艺作品,总是有所议论,总有深刻的思想包含在里面,作家应该用描绘,使读者领悟到这种思想。有经验的读者宁愿通过具体的形象自己去感觉、认识作家所要议论的东西,而不想听作家直接发一通议论。好的思想如果表现得不好,没有受到作家人格的印证,曾被别林斯基称为"不生产的资本"②,是有道理的。

情中有理,情理难于截然分开,所以虽说"吟咏情性",有时仍"情义""情理"并举:

> 古诗之赋,以情义为本。③
> 情理设位,文采行乎其中。④

这样合举是可以的,因为所重仍在情。如果专发议论,抽象说教,就不对了。文艺史上多次发生过这种斗争。钟嵘指出:

---

① 《姜斋诗话》卷二。
② 《别林斯基选集》,第二卷第430页。
③ 《艺文类聚》五十六引。
④ 《文心雕龙·熔裁》。

> 永嘉时,贵黄老,稍尚虚谈,于时篇什,理过其辞,淡乎寡味。爰及江表,微波尚传,孙绰、许询、桓、庾诸公诗,皆平典似《道德论》,建安风力尽矣。先是郭景纯用俊上之才,变迁其体;刘越石仗清刚之气,赞成厥美。然彼众我寡,未能动俗。①

沈约也论述了这次斗争和取得胜利的过程:

> 有晋中兴,玄风独振,为学穷于柱下,博物止乎七篇,驰骋文辞,义殚乎此。自建武暨乎义熙,历载将百,虽缀响联辞,波属云委,莫不寄言上德,托意玄珠,遒丽之辞,无闻焉尔。仲文始革孙、许之风,叔源大变太元之气。爰逮宋氏,颜、谢腾声,灵运之兴会标举,延年之体裁明密,并方轨前秀,垂范后昆。②

这就是说,除掉社会原因,在文艺创作范围里,是颜、谢二人"兴会标举""体裁明密"的作品,终于把"淡乎寡味"的玄言诗比了下去。具体的榜样发挥了大作用。但玄言诗比下去了,斗争却没有结束。梁代裴子野站在保卫"六艺"的立场上又起来反对"吟咏情性"之作,指责当时许多文艺作品"无被于管弦,非止乎礼义,深心主卉木,远致极风云,其兴浮,其志弱",是"乱代之征。"③ 裴子野的观点,在抨击晋宋以来日趋华靡,追求形式这一点上,有其

---

① 《诗品·总论》。
② 《宋书》卷六十七《谢灵运传论》。
③ 《全梁文》卷五十三《雕虫论》。

合理性，但他连"吟咏情性"、描写景物也要反对，显然不正确，也行不通。萧统不同意裴子野这种极端的看法，理论上提出：

> 踵其事而增华，变其本而加厉，物既有之，文亦宜然。①

他又根据"事出于沉思，义归乎翰藻"的标准来编了《文选》，作为一般学习的榜样。而萧纲则除直斥裴子野作品"了无篇什之美"、"质不宜慕"之外，还揭举具体的作家作品，对不满于"吟咏情性"的文风，进行反击：

> 比见京师文体，懦钝殊常，竞学浮疏，争为阐缓。玄冬修夜，思所不得。既殊比兴，正背风骚。若夫六典三礼，所施则有地；吉凶嘉宾，用之则有所。未闻吟咏情性，反拟《内则》之篇，操笔写志，更慕《酒诰》之作；迟迟春日，翻学《归藏》，湛湛江水，遂同《大传》。吾既拙于为文，不敢轻有掎摭。但以当世之作，历方古之才人，远则扬、马、曹、王，近则潘、陆、颜、谢，而观其遣辞用心，了不相似。若以今文为是，则古文为非；若昔贤可称，则今体宜弃。俱为盍各，则未之敢许。②

萧纲等人在文学创作上有轻靡绮艳的不良倾向，原是应该批判的。但他主张维护文艺创作"吟咏情性"，要用比、兴方法来写作的特点和规律，有其合理一面，不能一并抹杀。

---

① 《文选序》，《文选》卷首。
② 《全梁文》卷十一《与湘东王书》。

这两次斗争，一次从玄学来，一次从"儒学""良史之才"来，都要以"淡乎寡味"的说理或"质不宜慕"的不同于比兴的表现方法来排斥文艺创作的特殊规律，虽然也曾流行一时，结局很快风流云散了。

到了唐代，皎然论诗，主张"但见情性，不睹文字"①，后来元遗山把这一观点化成"情性之外，不知文字"②，"诗家圣处不离文字，不在文字"③，认为这样去写诗，就算已"得唐人为指归"。所谓"得唐人为指归"，其实就是"唐人规律"之意。唐人规律就是"诗要用形象思维"。文艺创作离不开文字，但又不能拘执在文字之表，专在文字上费气力。能够吸引，感染人的乃是饱含真实情性能够反映某些生活本质的鲜明形象，不是文字本身。没有形象，或形象不生动感人，靠文字堆砌雕琢，便无用。毛泽东同志说"韩愈以文为诗，有些人说他完全不知诗，则未免太过"，对韩愈诗的分歧看法作出了中肯的评价。韩愈的一部分诗议论说教多，字面工夫费得多。对他的这部分作品，宋代就有两种截然不同的评价。一种说：

退之诗，押韵之文耳，虽健美富赡，然终不是诗。④
学诗当以子美为师，有规矩，故可学。退之于诗本无解处，以才高而好耳。⑤

另一种说：

---

① 《诗式·重意诗例》。
② 《遗山先生文集》卷三十六《杨叔能小亨集引》。
③ 《遗山先生文集》卷三十七《陶然集诗序》。
④ 惠洪《冷斋诗话·馆中夜谈韩退之诗》引沈括语。
⑤ 《后山集》卷二十三《诗话》。

(退之)诗正当如是。吾谓诗人亦未有如退之者。①

平心而论,韩愈这部分诗,从艺术性看,至少不能算是好诗。诗的本色是什么?就是要有形象、有意境,要用形象思维。当然,我们也不应该把他的全部诗作都说成一概不好。像《琴操》诸篇,《闻梨花发赠刘师命》《戏题牡丹》《盆池》等,也是不失本色的。他的《雉带箭》诗中有这样两句:"将军欲以巧伏人,盘马弯弓惜不发",后来被很多文论家用来说明作文用笔之妙。② 这两句实际正是说的文艺创作要有形象性,思想议论应如箭在弦上,欲发不发,不要直言道破。

到宋代,出现了江西诗派,产生了很多理学家。他们之中的不少人,写诗又违背形象思维规律。唐人崔颢有首《长干行》:"君家何处住,妾住在横塘。停船暂借问,或恐是同乡。"王夫之称赞说:"墨气所射,四表无穷,无字处皆其意也","唯盛唐人能得其妙。"③ 所谓"无字处皆其意也",就指诗里含有丰富意味是从诗所提供的形象境界中体现出来的,虽未被用文字写出,读者却能够体会到。而宋人却多数不懂得这一规律。正是这种反形象思维的诗风引来了严羽下面一番著名的评论:

大抵禅道惟在妙悟,诗道亦在妙悟。且孟襄阳学力下韩退之远甚,而其诗独出退之之上者,一味妙悟而已,惟悟乃为当

---

① 《后山集》卷二十三《诗话》。
② 洪迈、顾嗣立、沈德潜、方东树诸家均有说。
③ 《姜斋诗话》卷二。

行，乃为本色。

诗有别材，非关书也；诗有别趣，非关理也。然非多读书，多穷理，则不能极其至。所谓不涉理路，不落言筌者，上也。

诗者，吟咏情性也。盛唐诸人，惟在兴趣，羚羊挂角，无迹可求。故其妙处透彻玲珑，不可凑泊。如空中之音，相中之色，水中之月，镜中之像，言有尽而意无穷。近代诸公，乃作奇特解会，遂以文字为诗，以才学为诗，以议论为诗。夫岂不工，终非古人之诗也。盖于一唱三叹之音，有所欠焉。

推原汉魏以来，而截然谓当以盛唐为法。虽获罪于世之君子，不辞也。①

诗有词理意兴。南朝人尚词而病于理，本朝人尚理而病于意兴，唐人尚意兴而理在其中，汉魏之诗，词理意兴，无迹可求。②

严羽这些话，部分虽然借用了不大好懂的禅道、禅语，有些也未必符合禅学的原意，但他想说明的道理，却是清楚的，并不玄虚。他的观点，大都可从过去强调艺术规律，重视形象思维的理论家作家的思想材料里找出渊源，但他说得如此分明、如此集中、如此坚决，而且针对当时不正的诗风，进行斗争，仍有他的重要贡献。诗的本色，就是要使读者看了作品得以自己悟透其中的含意，为此作家就得进行形象思维，写出形象，有意境。他认为盛唐的诗大都最符合这一要求，"尚意兴而理在其中"，才力主以盛唐为法。严羽这些话的中心意思，就是这样。

---

① 《沧浪诗话·诗辨》。
② 《沧浪诗话·诗评》。

理学家们侈谈心性,醉心讲学,有的根本排斥文艺,有的也写诗。例如邵雍有《伊川击壤集》二十卷,不妨举出一首来看看:"何故谓之诗?诗者言其志。既用言成章,遂道心中事。不止炼其辞,抑亦炼其意。炼辞得奇句,炼意得余味。"① 他说"炼意得余味",可是像他这样的诗,实际一点诗味都没有。当时除严羽外,刘克庄就已厌恶地指出:"近世贵理学而贱诗赋,间有篇咏,率是语录讲义之押韵者耳。"又说:"近世理学兴而诗律坏。"② 理学家的诗,宋代真德秀编有《文章正宗》,元代金履祥编有《濂洛风雅》两书。《四库全书总目提要》说:

> (两书)持论一准于理,而藏弃之家,但充插架,固无人起而攻之,亦无人嗜而习之。③
> 以濂洛之理责李、杜,李、杜不能争,天下亦不敢代为李、杜争。然而天下学为诗者,终宗李、杜,不宗濂洛也,此其故,可深长思矣。④

理学家也写诗,可是"无人嗜而习之","天下学为诗者,终宗李、杜,不宗濂洛",为什么呢?除掉内容的原因外,他们违背文艺创作规律,不用形象思维,一味抽象说理,也是一大原因。严羽所说的"近代诸公"中,理学家的"奇特解会"主要是"以议论为诗",江西诗派中人有的文字、才学、议论三者兼而有之,独缺诗味。当然,一般说来,江西诗派中人写的诗,也有颇好的,至少比起理学家们

---

① 《伊川击壤集》卷十一《论诗吟》。
② 《后村先生大全集》卷九十八《林子显诗序》。
③ 《四库全书总目》集部总集类五,《古文雅正》提要。
④ 《四库全书总目》集部总集类存目一,《濂洛风雅》提要。

的"诗"来,还是高明一些。

文艺作品反对抽象说教,但也不是要断然排斥议论,如果议论是同抒情、写景、描绘有机地融成一体的,同人物的性格刻画密切联系的,那么,由于它本身便是形象体系的一个组成部分,不但没有破坏形象,有时还像画龙点睛似的,加深了形象的表现作用,这当然可以。《离骚》多引喻,也有直言不讳的话,杜甫诗《北征》《自京赴奉先县咏怀五百字》中都有一些议论性的诗句,都不属抽象说教。

清代卓越的诗论家叶燮称引过别人这一段话:

> 诗之至处,妙在含蓄无垠,思致微渺,其寄托在可言不可言之间,其指归在可解不可解之会,言在此而意在彼,泯端倪而离形象,绝议论而穷思维,引人于冥漠恍惚之境,所以为至也。①

这段话虽然在文字上恰恰用了"形象"与"思维"两词,意思却跟我们今天所说的"形象思维"不同。"离形象"是不落痕迹,不是不要形象。"穷思维"是不作抽象说教,不是不要理性。因为没有形象,所谓"冥漠恍惚之境"就不会得到,没有理性,所谓"寄托""指归"就谈不上。虽然思致微妙,但因形象具体,所以仍可感可言,又因形象大于思想,所以对经历不同、经验多少有异的读者来说,免不了仍有不可尽言、不可尽解的感觉。这段话中"形象""思维"两词虽跟今天所说"形象思维"不同,这段话的基本精神却是符合"形象思维"规律,叶燮称它"深有得乎诗之旨",我以为是

---

① 《原诗》卷二。

对的。

"即物达情","理随物显",这一概括了形象思维主要内容的主张,无疑是我国古代文论对文艺创作规律进一步认识的结果。它来自实践,也是从斗争中取得的。

四、穷形尽相,拟容取心

文艺作品要达情,要显理,都离不开物。自然界与社会活动中的种种事物,总是具体、感性地存在的。为了达情、显理,必须把作为描写对象的某些物真实地、穷形尽相地表现出来。又不仅要穷其形,尽其相,在"拟容"之余,还要"取心",即透过形相反映事物的灵魂、某些本质,古代优秀文论家对此也有不断深化的认识。

在我国现存的文学作品里,《诗经》中已有很多富于形象性的作品,从理论说,在并非论文著作的《易传》里,可以看到形象思维的萌芽。如说:

> 圣人有以见天下之赜,而拟诸其形容,象其物宜,是故谓之象。
> 子曰:书不尽言,言不尽意。然则圣人之意,其不可见乎?子曰:圣人立象以尽意。①
> 易者,象也。象也者,像也。
> 夫易,彰往而察来,而微显阐幽,……其称名也小,其取

---

① 《易·系辞上》。

类也大。其旨远,其辞文,其言曲而中,其事肆而隐。①

这些话很值得注意。《易传》作者认为,象与形成于天地,天有日月星辰,地有山川草木。古人发现,事物蕴藏的某些道理,借助于形象描绘能够充分表现出来。圣人立象的目的在尽意,而象要由辞来表达,故又说:"圣人之情见乎辞。"② 苏轼解释这一观点:"象者,像也,像之言,似也。其实有不容言者,故以其似者告也。"③ "圣人非不欲正言也,以为有不可胜言者,惟象为能尽之","形象成,而变化自见矣。"④ 苏轼是一个文艺创作经验极为丰富的作家,他这解释更有意义。对"其称名也小,其取类也大"两句,韩康伯注:"托象以明义,因小以喻大。"⑤ 苏轼说:"夫名者,取众人之所知,以况其所不知。"⑥ 对"其旨远,其辞文,其言曲而中"三句,孔颖达《正义》这样说:"其旨远者,近道此事,远明彼事。……其辞文者,不直言所论之事,乃以义理明之,是其辞文饰也。其言曲而中者,变化无恒,不可为体例,其言随物屈曲,而各中其理也。"⑦

《易传》里这些话,不是在论文艺,但对后代文论家确有许多启发。唐代刘禹锡曾记述吴郡顾象读《易》告诉他的一段话:"古先圣人,知道之妙不可抟而得也,故设象以致意,梯有以取亡(无),取当其粗,用当其精。"⑧ 在文艺作品里,何尝不是"设象以致意,梯

---

① 《易·系辞下》。
② 《易·系辞下》。
③ 《苏氏易传》卷八。
④ 《苏氏易传》卷七。
⑤ 《周易注疏》。
⑥ 《苏氏易传》卷八。
⑦ 《周易正义》。
⑧ 《刘禹锡集》卷四十《绝编生墓表》。

有以取亡"？看来，"设象以致意""形象成，而变化自见"，是人类在长期生活实践中摸索到的一种很有效的认识事物反映事物的方法，文艺创作着重运用发展了这种方法。《周易》里这些话，对古代文论家探讨艺术规律无疑有不少启发。

另外，佛教传入中国后进行的各种"象教"，唐代最伟大的两位诗人李白和杜甫都谈到过。李白在一篇为佛寺所写的颂文中曾说：

乃再崇厥功，发挥象教。①

杜甫在一篇登佛寺塔的诗中曾说：

高标跨苍穹，烈风无时休。自非旷士怀，登兹翻百忧。方知象教力，足可追冥搜。②

他们所说"象教"，即指佛教徒经常用各种方式设立形象来向人宣教的方法。我国过去长期盛行佛教，除掉社会经济方面的原因，它散布了那么多具体通俗的佛教故事，塑造了那么多表现佛教思想的佛像，建立了那么多进行象教的寺庙，使许多看不懂或看不到佛教经典的普通人也接受了它的影响。这同他们运用"象教"方法有密切关系。佛教传入中国很早，"象教"在唐代以前早就盛行了，唐代还在盛行，以致李白、杜甫还在诗文中提到它的重大作用。中国文艺理论中的形象与形象思维观念，主要当然是古人在长期生活实践和以文艺作社会斗争长期运用中总结出的产物，《周易》等古籍中的有

---

① 《李太白集》卷二十八《崇明寺佛顶尊胜陁罗尼幢颂》。
② 《钱注杜诗》卷一《同诸公登慈恩寺塔》。

关思想材料、佛家"象教"方法的启发，也都是有影响的。清代汪师韩直接指出过"言诗"与"通《易》"的关系："其旨远，其辞文，其言曲而中，其事肆而隐，可与言诗，必也其通于《易》。"①

文艺作品的形象描写，对作家的抒情显理，作品的广泛传布，都十分必要。钟嵘指出五言诗比起四言诗来所以"居文词之要，是众作之有滋味者"，能"会于流俗"，就因为它"指事造形，穷情写物，最为详切"②。这些话表明，广大读者是喜闻乐见详切地指事造形、穷情写物之作的。苏轼说："夫诗者，不可以言语求而得，必将深观其意焉。故其讥刺是人也，不言其所为之恶，而言其爵位之尊，车服之美，而民疾之，以见其不堪也，'君子偕老，副笄六珈''赫赫师尹，民具尔瞻'是也。其颂美是人也，不言其所为之善，而言其冠佩之华，容貌之盛，而民安之，以见其无愧也，'缁衣之宜兮，敝予又改为兮''服其命服，朱芾斯皇'是也。"③苏轼这里所说的，就是通过形象描写来表情达意。联系前引他对《周易》的解释，所谓"有不可胜言者，惟象为能尽之"，"形象成，而变化自见矣"可见苏轼对文艺作品应该具有形象性已很清楚。明代李东阳说写诗要用比兴方法，因为："正言直述则易于穷尽而难于感发，惟有所寄托，形容摹写，反复讽咏，以俟人之自得。言有尽而意无穷，则神爽飞动，手舞足蹈而不自觉，此诗所贵情思而轻事实也。"④形容摹写，俟人自得，言有尽而意无穷，不但印象更深刻，也能使读者开展思维活动，由此及彼，联想到更多的东西。《水浒》这部书其宣扬投降是极大错误，许多地方写英雄人物仍是很吸引人的，令人深

---

① 《诗学纂闻·四美四失》。
② 《诗品·总论》。
③ 《苏东坡集后集》卷十《既醉备五福论》。
④ 《麓堂诗话》。

思的:

> 《水浒传》写一百八个人性格,真是一百八样。若别一部书,任他写一千个人,也只是一样。便只写得两个人,也只是一样。别一部书,看过一遍即休。独有《水浒传》,只是看不厌。无非为它把一百八个人性格,都写出来。①
>
> (耐庵)特不明言其所以然,仅从诡谲当中,尽力描写,以待斯人之自悟。充其意也,虽上智者少,积而久之,自能令人反复思量,得其本意,固文笔之曲而有直体者也。②

形象描绘能使人看不厌,使人感到津津有味而不是味同嚼蜡,使人自悟。自得而印象更深,作用更大。为此,古代文论家很早就已在探索如何把形象写好的方法。陆机提出,为了要求"穷形而尽相",就该"离方而遁员"③,即如果体规画圆,准方作矩,过于呆板拘执,反而不能穷尽事物的形相。刘勰提出,描绘形象应该"随物以宛转","巧言切状,如印之印泥,不加雕削,而曲写毫芥"④。唐代高仲武认为"工于形似"之语,应能"吟之未终,皎然在目"⑤。唐末司空图认为只有采用"离形得似"⑥ 的方法,才能把千变万状的事物形容恰当。"离形得似",同陆机"离方而遁员"才能"穷形而尽相"的看法一致。宋代诗人梅尧臣曾对欧阳修说:"必能状难写之

---

① 金圣叹《读第五才子书法》。
② 古月老人《寇荡志序》。
③ 《陆士衡集》卷一《文赋》。
④ 《文心雕龙·物色》。
⑤ 《中兴间气集》。
⑥ 《二十四诗品·形容》。

景如在目前,含不尽之意见于言外,然后为至矣。"① 清代许印芳说:"诗文所以足贵者,贵其善写情状。……情状不同,移步换形,中有真意。文人笔端有口,能就眼前真景,抒写成篇,即是绝妙好词,所患词不达意耳。"② 一说要"状难写之景如在目前",一说要写"移步换形"中的"眼前真景"。历代理论家作家如此重视探索形象描写的方法,就因如果不写形象,写不好形象,也就不成其为艺术。

但文艺创作并不是为形象而形象,并不是工于形似,善于形容,一定成好作品。还得看形象里表达的是什么一种感情,显示出多少健康、进步的理想。这是形象思维必然要遇到、要进一步解决的一个重要理论问题。古代理论家对此也是有所发现的。

当绮靡轻艳的文风开始露头的时候,晋代挚虞就这样提出:"文章者,所以宣上下之象,明人伦之叙,穷理尽性,以究万物之宜者也","假象过大,则与类相远。"③ 这是说,形象内部要蕴有理性,不能过于夸大失实。刘勰既主"拟容",又要求"取心"。④ 而他这看法,是同在他之前范晔所说"文患其事尽于形"⑤ 的意思一致的。钟嵘力主"指事造形,穷情写物",他把张华的作品列在中品,就因嫌他"兴托不奇",虽"巧用文字","犹恨其儿女情多,风云气少"⑥。梁代裴子野和隋代李谔,一个指责当时文学作品"弃指归而无执","深心主卉木,远致极风云","巧而不要,隐而不深"⑦,另一个指责"江左齐梁……连篇累牍,不出月露之形,积案盈箱,唯

---

① 《六一诗话》。
② 《诗法萃编》卷六下《〈与李生论诗书〉跋》。
③ 挚虞语,《艺术类聚》五十六引。
④ 《文心雕龙·比兴》。
⑤ 《宋书》卷六十九《范晔传》引。
⑥ 《诗品》卷中。
⑦ 《全梁文》卷五十三《雕虫论》。

是风云之状,……损本逐末,流遍华壤"①。他们排斥形象描写,反对吟咏情性,当然不对,他们主张的思想内容也不足取,但他们对形象描写中缺乏社会内容的指责,还是值得重视的。唐代陈子昂曾指责"齐梁间诗,采丽竞繁,而兴寄都绝,每以永叹。"② 李白也说:"梁、陈以来,艳薄斯极。"③ 杜甫则自称:"窃攀屈宋宜方驾,恐与齐梁作后尘。"④ 他们所以一般都鄙薄齐、梁、陈代之作,显然不是因为其中缺乏形象,而是因为中间大都缺乏有意义的讽谕、寄托。白居易后来阐发得更为明白:"至于梁、陈间,率不过嘲风雪,弄花草而已。噫!风雪花草之物,《三百篇》中岂舍之乎?顾所用何如耳。……丽则丽矣,吾不知其所讽焉,故仆所谓嘲风雪、弄花草而已。"⑤ 他以为应该通过风雪花草之物的描写,对国家大事、生民疾苦,有所讽谕。这个看法,显然比裴子野、李谔的完整、通达得远。单纯咏物的诗,即使刻画得很细致,也没有很多意义。梅尧臣诗:"愤世嫉俗意,寄在草木虫。"⑥ 则草木虫的描写就可能有不小的价值。王夫之说:

烟云泉石,花鸟苔林,金铺锦帐,寓意则灵。

咏物诗,齐、梁始多有之。其标格高下,犹画之有匠作,有士气。征故实,写色泽,广比譬,虽极镂绘之工,皆匠气也。又其卑者,饾凑成篇,谜也,非诗也。李峤称"大手笔",咏物

---

① 《隋书》卷六十六《李谔传》引。
② 《陈伯玉文集》卷一《与东方左史虬修竹篇序》。
③ 孟棨《本事诗·高逸第三》引。
④ 《钱注杜诗》卷十二《戏为六绝句》。
⑤ 《白氏长庆集》卷四十五《与元九书》。
⑥ 《宛陵集》卷二十七《答韩三子华、韩五持国、韩六至汝见赠述诗》。

尤其属意之作，裁剪整齐，而生意索然，亦匠笔耳。至盛唐以后，始有即物达情之作。①

王氏说盛唐后始有即物达情之作，未免过苛，表示即物达情之作才值得称颂，是很对的。

有生动的形象，又有较深的寓意，作品就有意境、境界。人们从这种境界中，既能得到美感享受，又可引起丰富的联想。文字没有直接写到，或者文字已经完了，作品的意义却仍踊跃不尽。对这种情况范晔称之为"事外远致"②。刘勰称之为"义生文外"③。钟嵘称之为"文已尽而意有余"④。刘禹锡称之为"境生于象外"⑤。司空图称之为"韵外之致"、"味外之旨"⑥，"象外之象"、"景外之景"，⑦"长于思与境偕，乃诗家之所尚者"⑧。苏轼称之为"妙在笔墨之外"⑨。郭熙称之为"景外意""意外妙"⑩。诗文也好，绘画也好，书法也好，古代优秀的理论家作家都要求作品具有尽可能深广的意境，否则，作品就缺乏深度，读者也不会满足，觉得不耐咀嚼，没有滋味。从"穷形尽相"到"拟容取心"，从艺术表现说是一种进步，在理论上亦是一个发展。

---

① 《姜斋诗话》卷二。
② 《文心雕龙·隐秀》。
③ 《文心雕龙·隐秀》。
④ 《诗品·总论》。
⑤ 《刘禹锡集》卷二《董氏武陵集纪》。
⑥ 《司空表圣文集》卷二《与李生论诗书》。
⑦ 《司空表圣文集》卷三《与极浦书》。
⑧ 《司空表圣文集》卷一《与王驾评诗书》。
⑨ 《苏东坡集后集》卷九《书黄子思诗集后》。
⑩ 《林泉高致集·山水训》。

五、凝神结想，从小见大

文艺创作要"穷形尽相""拟容取心"，更进一步，还要求高度概括，具有典型意义。作品中出现的形象虽然是个别的，它如能表现出同类事物所有个体的某些一般特征，就能使读者领会到许多带有普遍意义的、本质性的东西。我们现在说这是以个别反映一般，用古代理论家的话说，就是"以少总多""从小见大""以一驭万"，等等。古人不可能有今天这样明确的生活本质一类观念，也不能深刻反映社会生活的本质，但他们对文艺创作不满足于"形似"而要求"神似"，不满足于只能认识狭小的事物而要求"以少总多""从小见大""以一驭万"，这是很正当的，也是自然的。过去有人以为我国古代文论没有，也不可能提出概括化、典型化的问题，远非事实。

前面我们说《周易》里的"象"字值得注意，对形象思维问题来说，其中的"类"字也极可研究。古代文论每用"类"字来表达今天所说概括的意思。《周易》里有这样的话：

> 君子以类族辨物。①
> 触类而长之，天下之能事毕矣。②
> 其称名也小，其取类也大。③

---

① 《易·同人·象》。
② 《易·系辞上》。
③ 《易·系辞下》。

古籍里的"类"字，有种种解释，后来又有不少引申义。对上面这些话里的"类"字，我赞同作为"种类"，作为具有共同特征的个体的集合来理解。所谓"以类族辨物"，也意味着能以这一事物的特点同另一事物的相似特点来比较，根据一类事物的共同特征来辨别某一个体的本质。这比单从一个个体本身来分辨，既方便，也可靠得多。"其称名也小，其取类也大"，前引韩康伯、苏轼的解释有一定启发，意思是：通过具有高度概括意义的个别形象，因小以喻大。所谓"取众人之所知，以况其所不知"，看来即近于以经过概括的一个，帮助人们进而认识未必熟知的一般。最早运用这一观点来评论文艺创作的，是司马迁。他论述屈原《离骚》的重大成就，这样说："其文约，其辞微，其志洁，其行廉，其称文小，而其指极大，举类迩而见义远。"① 司马迁的意思，大概就是说：《离骚》描写的事物表面看很细小，作者托寓在里面的旨意却非常重大，关系到楚国的治乱、兴衰；里面所写的景物、游览等事很浅近，却能使人体会出深远的思想。显然，这不但是对《离骚》的高度评价，也表明司马迁是相当懂得艺术概括的要求和方法的。

这以后，古代文论中出现了许多要求概括、赞赏高度概括的意见。例如：

> 函绵邈于尺素，吐滂沛于寸心，言恢之而弥广，思按之而愈深。②
> 兴之托谕，婉而成章，称名也小，取类也大。③

---

① 《史记》卷八十四《屈原贾生列传》。
② 《陆士衡集》卷一《文赋》。
③ 《文心雕龙·比兴》。

> 辞约而旨丰，事近而喻远。①
> 以少总多，情貌无遗。②
> 言在耳目之内，情寄八荒之表。③
> 义有类。……类举则情见，情见则感易交。④
> 片言可以明百意，坐驰可以役万景，工于诗者能之。⑤

这些意见，共同点在于都要求高度概括，赞赏高度概括。古代作家不可能概括出阶级社会生活的本质，但某些优秀作家，在当时的可能范围内，多少受了要求高度概括这种理论的影响，的确也写出了不少较真实地反映社会生活面貌的作品。

在文艺创作中，概括就是在形象思维过程中完成的。概括究竟是如何进行的，如何完成的，如陆机所说，其间"随手之变，良难以辞逮"，"譬犹舞者赴节以投袂，歌者应弦而遣声，是盖轮扁所不得言，亦非华说之所能精"，⑥确有难于尽言之处，但毕竟不是不可知的，归纳起来——

第一，概括是始终在感性的材料中间，而且带着强烈的感情进行的：

> 情瞳眬而弥鲜，物昭晰而互进。⑦
> 吟咏之间，吐纳珠玉之声；眉睫之前，卷舒风云之

---

① 《文心雕龙》卷一《宗经》。
② 《文心雕龙》卷十《物色》。
③ 《诗品》卷上。
④ 《白氏长庆集》卷四十五《与元九书》。
⑤ 《刘禹锡集》卷十九《董氏武陵集纪》。
⑥ 《陆士衡集》卷一《文赋》。
⑦ 《陆士衡集》卷一《文赋》。

色。……独照之匠,窥意象而运斤。①

诗人感物,联类不穷,流连万象之际,沉吟视听之区。②

登山则情满于山,观海则意溢于海。③

莫不禀以生灵,迁乎爱嗜,机见殊门,赏悟纷杂。④

这里的"珠玉之声""风云之色""万象之际""视听之区""物昭晰而互进"云云,表明作家的创作活动是始终在丰富的感性材料中进行的,而作家的"联类""流连""沈吟",实质上也就是在概述作家在丰富感性材料中进行比较、提炼、综合、构想等一系列艺术概括的活动。"情瞳眬而弥鲜""情满于山""意溢于海""迁乎爱嗜"云云,则表明在概括过程中是洋溢着作家的激情的。

第二,概括是在对描写对象作了非常精细的观察,清楚掌握了对象的大量印象的情况下进行的:

与可画竹时,见竹不见人。岂独不见人,嗒然遗其身。其身与竹化,无穷出清新。庄周世无有,谁知此凝神。⑤

黄子久(公望)终日只在荒山乱石丛木深筱中坐,意态忽忽,人不测其为何。又每往泖中通海处,看急流轰浪,虽风雨骤至,水怪悲咤而不顾。噫,此大痴之笔,所以沉郁变化,几与造化争神奇哉!⑥

---

① 《文心雕龙·神思》。
② 《文心雕龙·物色》。
③ 《文心雕龙·神思》。
④ 《南齐书》卷五十二《文学传论》。
⑤ 《苏东坡集》卷十六《书晁补之所藏与可画竹三首》。
⑥ 《佩文斋书画谱》引李日华《紫桃轩又缀》。

文与可是北宋画竹的大师，苏轼这首诗写他画竹时，"其身与竹化"，不但忘记周围有别人，连自己的存在也忘了。黄公望（又号大痴道人）是元代山水画四大家之首，他的成功，主要即从写生得来。这段话记载了他深入描写对象中的情态，所谓"意态忽忽"，和文与可的"身与竹化"类似。如此深入对象，作家心目里必然会留下大量的印象，引起丰富的联想，得到各种启发。宋代画家郭熙说：

> 欲夺其造化，则莫神于好，莫精于勤，莫大于饱游饫看，历历罗列于胸中。而目不见绢素，手不知笔墨，磊磊磕磕，杳杳漠漠，莫非吾画，此怀素夜闻嘉陵江水声而草圣益佳，张颠见公孙大娘舞剑器而笔势益俊者也。①

这里所谓"历历罗列于胸中"的，就是各种客观事物的具体清晰的形象。"莫神于好"：作家热爱他的艺术工作，才能写得出色。莫精于勤：作家付出艰苦的劳动，才能体现精微。莫大于饱游饫看：作家的首要准备是生活经验丰富，阅历深广，这是进行艺术概括的必要条件。

第三，概括是在抓住对象的特点、选择出能够揭示事物特征的东西的努力中进行的：

> 凡人意思各有所在，或在眉目，或在鼻口。虎头云："颊上加三毛，觉精采殊胜。"则此人意思，盖在须颊间也。优孟学孙叔敖，抵掌谈笑，至使人谓死者复生，此岂能举体皆似耶？亦

---

① 《林泉高致集·山水训》。

得其意思所在而已。使画者悟此理，则人人可谓顾、陆。①

苏轼这段话，谈的是"传神"问题。所谓"意思所在"，就是一个人容貌上足以表现其神情特点的所在。抓住了这一点，不必"举体皆似"，也就能活活绘出这个人物来。在典型人物的塑造上，光有个性，未必就也是典型，但只有形象是具有个性的人物，才可能成为典型。又只有抓住某些特点，才能写出个性。

苏轼这段话谈画人，郭熙下面一段话谈画山水，道理一样：

千里之山，不能尽奇，万里之水，岂能尽秀。太行枕华夏，而面目者林虑，泰山占齐鲁，而胜绝者龙岩。一概画之，版图何异。凡此之类，咎在于所取之不精粹也。②

所谓"精粹"，也就是可以体现太行、泰山整座大山特点的地方。"精粹"的一斑，可以概窥全豹。绘画毕竟和绘制地图大不相同。

画人、画山水如此，记事写人也一样。方苞说：

志铭每事必详，乃近人之陋。古作者每就一端引申，以极其义类。③

这里虽未明言这"一端"应是怎样的一端，作者的意思显然是

---

① 《苏东坡集续集》卷十二《传神记》。
② 《林泉高致集·山水训》。
③ 《望溪先生集外文》卷五《与陈沧洲书》。

指最能表现出对象性格特征的那一端。

上面这些例子,虽多在讲画理,但文艺创作的规律是相通的。人的容貌各有其"意思所在"处,客观事物各有其"精粹"处,表现人的性格各有突出的"一端"。面面俱到,"一概画之","每事必详",不分主次轻重,反而得不到艺术概括的效果,这一点,在古代文论中,是深有认识的。

第四,概括化都有一个寂然凝虑,意象经营的过程,从陆机开始,很多作家、理论家都讲到这一点:

> 罄澄心以凝思,眇众虑而为言。①
> 寂然凝虑,思接千载;悄焉动容,视通万里。②

在这过程中,经过紧张、复杂的精神劳动,在各种感情材料、形象积累之间,作家们进行反复、细致的分析、比较、加工、提炼,使概括化的形象得以逐渐在他们心中清晰、成熟,涌现出来,终于达到"胸有成竹"的地步。

> 蕴思含毫,游心内运;放言落纸,气韵天成。③
> 竹之始生,一寸之萌耳,而节叶具焉。自蜩腹蛇蚹以至于剑拔十寻者,生而有之也,今画者乃节节而为之,叶叶而累之,岂复有竹乎?故画竹,必先得成竹于胸中,执笔熟视,乃见其所欲画者,急起从之,振笔直随,以追其所见,如兔起鹘落,

---

① 《陆士衡集》卷一《文赋》。
② 《文心雕龙·神思》。
③ 《南齐书》卷五十二《文学传论》。

少纵则逝矣。与可之教余如此,余不能然也,而心识其所以然。①

杜陵谓十日一石,五日一水者,非用笔十日、五日而成一石一水也。在画时意象经营,先具胸中邱壑,落墨自然神速。②

画竹而胸有成竹,画山水而胸中有形成的丘壑,只有准备到如此程度才能写出好作品。把这过程称为"意象经营"的过程,说明"经营"是在种种"意象"之间进行,并且也是为着经营出一个概括的,包含丰富意义的形象而进行的,这正体现了文艺创作"要用形象思维",要进行艺术概括,从小见大、以少总多的种种规律。鲁迅也肯定过:画家画人物,往往是"静观默察,烂熟于心,然后凝神结想,一挥而就"。③"一挥而就"乃是长期积累、苦心经营、水到渠成的自然结果。若是胡编乱造、草率成篇的顷刻而成,那就毫无价值了。

反映复杂社会生活的大部著作,如《红楼梦》,它是"曹雪芹于悼红轩中披阅十载,增删五次"的辛勤成果。在如此长期的经营过程中,作家"一一细考较去",总没有离开他"半世亲见亲闻的几个女子"。"闺阁中历历有人",她们的"事迹原委",一直在作家的心目中活活盘旋。④《红楼梦》也正是曹雪芹用形象思维进行艺术概括创作出来的。成功的文艺创作,都不能例外。

---

① 《苏东坡集》卷十二《文与可画筼筜谷偃竹记》。
② 方薰《山静居画论》上。
③ 鲁迅《〈出关〉的关》。
④ 《红楼梦》第一回。

六、委心逐辞，骈赘必多

用形象思维，经过概括，胸中有了成竹，对语言艺术来说，还有一个用文辞把它写出来的问题，并不是所有作家都能在胸有成竹之后，一挥即成情文俱茂的好作品。往往即使大体有了成竹，写下时还会有点变动。即使变动不大，如何表达得恰当、充分、动人，都仍需要着意寻找，不断改作。不但难免有辞不达意的地方，有时还会以辞害意，损害甚至破坏形象。只在用文辞把经过内心概括的形象很好地表现出来之后，形象思维的过程才算完成。古代优秀的理论家们总是把文辞、声律一类表现上的问题，包括在整个形象思维过程中来考虑，是极有见地的。"馨澄心以凝思，眇众虑而为言。笼天地于形内，挫万物于笔端。"在惨淡经营之后，还要仔细思考怎样用语言来表达，而表达的目标就是形象地写出种种客观事物的真相来。陆机这几句话指出了文辞在语言艺术中的重要作用和应当接受的制约。

文艺创作应有文辞之美。班固不承认屈原是"明智之器"，但看到《离骚》之文"弘博丽雅，为辞赋宗，后世莫不斟酌其英华，则象其从容"，还得肯定他是"妙才"。① 其实《离骚》何尝只有文辞之美。如果它的思想内容不美，文辞又怎么能单独使人感觉到是美的。当然，从文辞本身的演变来看，随着社会的发展，生活越来越丰富复杂，文学作品的语言从简单朴质，变为丰富多彩，是自然的

---

① 《楚辞章句》卷一《离骚序》。

趋势。理论上，曹丕先说"诗赋欲丽"①，陆机继倡"诗缘情而绮靡"②，葛洪复称，"古者事事醇素，今则莫不雕饰，时移世改，理自然也"，"何以独文章不及古也"③。所以到了刘勰他就清楚地知道，问题已不在于文辞应否仍归于质朴，而在于为了坚持文艺的吟咏情性和特殊的教化作用，应该把对文辞的重视，放在一个适当的位置上。他说：

情者，文之经；辞者，理之纬。经正而后纬成，理定而后辞畅，此立文之本源也。④ 昔诗人什篇，为情而造文；辞人赋颂，为文而造情。……为情者要约而写真，为文者淫丽而烦滥。⑤

草创鸿笔，先标三准：履端于始，则设情以位体；举正于中，则酌事以取类；归余于终，则撮辞以举要。

若术不素定而委心逐辞，异端丛至，骈赘必多。⑥

无论是一开始就一味追求文辞之美，离开了"为情而造文"的原则，还是在写定过程中重在文辞，变得以辞害意，在刘勰看来，都是舍本逐末。特别是后一情况，"术不素定，而委心逐辞"，半路上跑到邪道上去了。

文学史上，南朝形式主义追求文辞之美的风气是很盛的。雕琢

---

① 《文选》卷五十二《典论·论文》。
② 《陆士衡集》卷一《文赋》。
③ 《抱朴子外篇》卷三十《钧世》。
④ 《文心雕龙·情采》。
⑤ 《文心雕龙·情采》。
⑥ 《文心雕龙·熔裁》。

堆砌之文，繁采寡情，令人生厌。有些人过分讲究音韵，制造了很多清规戒律，也成为一种病态。对这种病态，古代文论中斗争不绝。

由于对象本身的需要，适当注意音韵与情意的谐合，有助于创造生动的形象，增强艺术的感染力。这原是形象思维过程中的应有之义。但如认为某些人工的规定非照办不可，宁愿削足适履，就会走向反面。实际生活中的人物，性格不同，遭遇不同，语调高低、说话快慢、表情方式也各不相同，为了活生生地写出这个人物，在形象思维过程中当然会想到如何利用音韵这个手段来达到艺术表现的目的。所谓"胸有成竹"的"成竹"，在语言艺术中，也包括着音韵的元素。熟悉描写对象而又富有艺术修养的作家，把他的胸中之竹写出来变成纸上之竹的时候，往往同时就能把这种音韵的元素一起带来。王夫之说得好：

> "池塘生春草"，"蝴蝶飞南园"，"明月照积雪"，皆心中目中与相融浃，一出语时，即得珠圆玉润。
>
> 含情而能达，会景而生心，体物而得神，则自有灵通之句，参化工之妙。若但于句求巧，性情先为外荡，生意索然矣。①

"即得珠圆玉润"，"参化工之妙"，当然就包括音韵的元素在内。这种自然的音韵正是在形象思维过程中被作家掌握到的。诗文的音韵问题，陆机已颇为重视了："暨音声之迭代，若五色之相宜"，"或寄辞于瘁音，言徒靡而弗华"②。但他并未加以强调。大概后来开始有人偏重音韵，所以范晔就这样加以指责："文患……韵移其

---

① 《姜斋诗话》卷二。
② 《陆士衡集》卷一《文赋》。

意",而赞美谢庄的"手笔差易,文不拘韵"①。当时文坛领袖沈约却非常强调音韵的作用,发为议论:"夫五色相宣,八音协畅,由乎玄黄律吕,各适物宜。欲使宫羽相变,低昂互节。若前有浮声,则后须切响。一简之内,音韵尽殊,两句之中,轻重悉异。妙达此旨,始可言文。"他还历举曹植等人的佳作为例,赞美其为"正以音律调韵,取高前式"②。对沈约这一主张,刘勰不但表示同意,还作了不少发挥。③ 沈约看到他的发挥后,曾赞许他"深得文理"。④ 不过在这个问题上,我以为倒是钟嵘的看法比他们通达得多。钟嵘说:

> 昔曹、刘殆文章之圣,陆、谢为体贰之才,锐精研思,千百年中而不闻宫商之辨、四声之论。或谓前达偶然不见,岂其然乎?尝试言之:古曰诗颂,皆被之金竹,故非调五音,无以谐会。若"置酒高堂上","明月照高楼",为韵之首。故三祖之词,文或不工,而韵入歌唱,此重音韵之义也,与世之言宫商异矣。今既不被管弦,亦何取于声律耶?……王元长(融)创其首,谢朓、沈约扬其波。三贤或贵公子孙,幼有文辩,于是士流景慕,务为精密,襞积细微,专相陵架,故使文多拘忌,伤其真美。余谓文制本须讽读,不可蹇碍,但令清浊通流,口吻调利,斯为足矣。至平上去入,则余病未能,蜂腰鹤膝,闾里已具。⑤

---

① 《宋书》卷六十九《范晔传》引《狱中与诸甥侄书》。
② 《宋书》卷六十七《谢灵运传论》。
③ 《文心雕龙·声律》。
④ 《南史·刘勰传》。
⑤ 《诗品·总论》。

钟嵘这里指出过分强调音韵，设置许多清规戒律，会"使文多拘忌，伤其真美"。"真美"指什么？就是形象地吟咏情性的美。真要按照沈约四声八病之类的清规戒律来避忌的话，必然只能削足适履，不但吟咏情性大受限制，刻画形象也很困难，不符合艺术思维的规律。这是"贵公子孙"们的偏嗜，不足为法的。

钟嵘以后，凡主张诗应"吟咏情性"，重视艺术规律的文论家，大都不赞成拘守声律。皎然说："沈休文酷裁八病，碎用四声，故风雅殆尽。后之才子，天机不高，为沈生弊法所媚，懵然随流，溺而不返。"① 殷璠说："齐梁陈隋，下品实繁，专事拘忌，弥损厥道。夫能文者，非谓四声尽要流美，八病咸须避之，纵不拈缀，未为深缺。……词有刚柔，调有高下，但令词与调合，首末相称，中间不败，便是知音。"② 皎然和殷璠的意见，大致可以代表用形象思维来写诗的唐人对音韵问题的看法。类似的意见也反映在严羽的诗论里，他指出"和韵最害人诗"③，又说："多务使事，不问兴致，用字必有来历，押韵必有出处，读之反覆终篇，不知着到何在。"④ 把拘忌于声韵提到妨碍情性，损害"兴致"——形象与形象思维的高度来认识，这是比较深刻，也符合事实的。

追求文辞的另一病态是专找些奇怪字、冷僻字入诗，似乎普通字写不出好诗。韩愈有些诗为了追求"字向纸上皆轩昂"⑤，好以险韵、奇字、古句、方言矜其铦镂之巧，实际"于心情、兴会一无所

---

① 《诗式·明四声》。
② 《河岳英灵集》《河岳英灵集集论》。
③ 《沧浪诗话·诗评》。
④ 《沧浪诗话·诗辨》。
⑤ 《韩昌黎诗系年集释》页三五六《卢郎中云夫寄示送盘谷子诗两章歌以和之》。

涉"。① 宋代黄庭坚写诗，也爱在文字上大费功夫，好奇务新，镕铸劙削，"欲与李、杜争能于一辞一字之顷"②，流弊不少。作诗作文，专重文字，必然会放松对情性与艺术规律的重视。文字上的新奇，绝不就是艺术的创新。江西诗派中某些人看到杜甫诗写得好，模仿杜诗，不去学习杜甫关心人民疾苦，反映现实生活的胸怀和技巧，而只看中了他诗中的一些字眼，亦步亦趋，当然不可能有多大成就。宋人叶少蕴指出："今人多取其（杜甫）已用字模仿用之，偃塞狭陋，尽成死法。不知意与境会，言中其节，凡字皆可用也。"③ "意与境会"，从方法上说是形象思维，其结果就构成了形象，没有杜诗的意境，而只袭用他的文字，自然只能是"死法"。严羽说这种"以文字为诗"的作品，"工"或者算得"工"了，致命伤在缺乏一唱三叹之音，没有艺术感染力。盛唐诸大家诗就不是这样。

坚持形象思维，一刻也不脱离形象，不忘记文艺创作应有"兴致""兴会""意与境会"的特征，作家就不会委心逐辞。委心逐辞，往往还会堕落到虚伪妄作，不可救药。"故有志深轩冕，而泛咏皋壤；心缠几务，而虚述人外"，很多形式主义以至虚假、反动的东西，就是这样造成的。

七、才为盟主，学为辅佐

用形象思维进行创作，应该具备哪些才能？古代优秀文论家对此作出过合理的回答。

---

① 《姜斋诗话》卷三。
② 《简斋诗集》卷首《简斋诗集序》。
③ 《石林诗话》。

陆机说："伫中区以玄览，颐情志于典坟"，"心懔懔以怀霜，志眇眇而临云。"① 这是说既要广泛地观察生活，从古籍中吸取营养，还要具备一种高尚的思想。刘勰在论"神思"时说："故思理为妙，神与物游，神居胸臆，而志气统其关键。"② 志气也就是思想。有好的思想为指导，才有可能写出好的作品。刘勰又说："是以属意立文，心与笔谋，才为盟主，学为辅佐。主佐合德，文采必霸，才学褊狭，虽美少功。"③ 他以为"才自内发，学以外成"，要"才富"，也要"学饱"，但才是主，学为辅。这"才"，亦是指思想的才能。

饱读前人好书，包括前人的优秀创作，可以丰富知识，吸收经验，学习技巧，对艺术创作是很有益处的。杜甫诗"读书破万卷，下笔如有神"④，果能取其精华，弃其糟粕，读与不读，少读与多读，都很不一样。但这却不等于说，单凭掉书袋，摆典故，炫博学，就能成好作品。沈约过分强调"音律调韵"是不对的，主张"直举胸情"，不"傍诗史"⑤，却有见地。钟嵘有段著名的议论：

> 夫属词比事，乃为通谈。若乃经国文符，应资博古，撰德表奏，宜穷往烈；至乎吟咏情性，亦何贵于用事。"思君如流水"，既是即目；"高台多悲风"，亦惟所见；"清晨登陇首"，羌无故实；"明月照积雪"，讵出经史。观古今胜语，多非补假，皆由直寻。颜延、谢庄，尤为繁密，于时化之。故大明、泰始中，文章殆同书钞。近任昉、王元长等，词不贵奇，竞须新事，

---

① 《陆士衡集》卷一《文赋》。
② 《文心雕龙·神思》。
③ 《文心雕龙·情采》。
④ 《钱注杜诗》卷一《奉赠韦左丞丈二十二韵》。
⑤ 《宋书》卷六十七《谢灵运传论》。

> 尔来作者,寖以成俗。遂乃句无虚语,语无虚字,拘挛补衲,蠹文已甚。但自然英旨,罕值其人。词既失高,则宜加事义,虽谢天才,且表学问,亦一理乎?①

钟嵘这段话,旗帜鲜明,通情达理,很有说服力。没有"自然英旨",不"吟咏情性",不靠真实思想而靠"殆同书钞"的文字、故实来充数,这怎么能不损害创作的价值!后来叶少蕴极赞这段话"简切、明白、易晓"②。唐代主张"天真"、"自然"的皎然,并未绝对排斥用事,所谓"虽用经史,而离书生"③,就是说,用事要不为事使,不要忘记创作的目的,不要违背艺术规律。

黄庭坚既爱以文字为诗,又爱以才学(具体表现为大量用事)为诗。他多次教人读书,好像诗文写得好不好,主要决定于有否读过千百卷书。如说:

> 经笥难窥底,词源幸汲深。……尊前八采句,窗下十年书。④ 文章六经来,汗漫十牛车。譬如观沧海,细大极龙虾。⑤
> 东坡道人在黄州时作。语意高妙,似非吃烟火食人语。非胸中有万卷书,笔下无一点尘俗气,孰能至此。⑥

后人读山谷诗,许多地方很难懂,就因他用的事,采自各种杂

---

① 《诗品·总论》。
② 《石林诗话》。
③ 《诗式·诗有四离》。
④ 《山谷全集》内集卷十六《次韵高子勉十首》。
⑤ 《山谷全集》外集卷九《代书》。
⑥ 《山谷题跋》卷二《跋东坡乐府缺月挂疏桐》。

书,这些书人们没有读过,一般也不必要读。南宋人许尹道出其中秘密:"其用事深密,杂以儒佛、虞初、稗官之说,隽永、鸿宝之书,牢笼渔猎,取诸左右,后生晚学,此秘未睹者,往往苦其难知。"① 山谷喜欢渔猎奇书,其实并非他的真本领,反是他的一大弱点。

正是针对这类不良的诗风,严羽才断然提出:"夫学诗者,以识为主,入门须正,立志须高。……行有未至,可加工力,路头一差,愈骛愈远,由入门之不正也。"② 他一方面标举"兴致""兴趣""意兴""妙悟",另一方面又提出"以识为主""立志须高",表明他所主张的形象思维,是在识的指导下进行,离不开高尚思想、健康世界观的指导。如果缺乏识别力,是非不明,高下莫辨,显然是不能作出正确、深刻的艺术概括的。

从事文艺创作,需要多方面的才能,除掉思想的才能,还有观察生活、驰骋想象、艺术描写、推陈出新等等各方面的才能,只有各方面的才能配合好了,才写得出好作品。但思想的才能确实是各种才能中的"盟主"。当然,作家的思想才能,跟科学家的思想才能相比有特殊的地方,即其中还含有艺术地表现思想的才能这一意义在内。这种才能仅仅因为过去还不能很科学地说明它的来源和成因,有时才被说成"天资",或"天才"。颜之推曾说:"钝学累功,不妨精熟,拙文研思,终归蚩鄙。但成学士,自足为人,必乏天才,勿强操笔。"③ 作家的思想才能,同样来源于生活实践和艺术实践,都是可以培养出来的。如果老是满足于死读书,不操笔,那自然就

---

① 《山谷诗集注》卷首《黄陈诗集注序》。
② 《沧浪诗话·诗辨》。
③ 《颜氏家训》卷上《文章篇》。

不能进行形象思维，塑造典型形象了。

八、诗人比兴，婉而成章

毛泽东同志说："诗要用形象思维，不能如散文那样直说，所以，比、兴两法是不能不用的。"① 用比、兴两法进行创作的过程，正就是形象思维的过程。古代文论家对此有很多的论述。

关于赋比兴，早在《论语》里，就谈到"兴于诗"②，"诗可以兴"③。《诗大序》说"诗有六义"④，《周礼》称有"六诗"⑤，赋、比、兴即各居其半。从古以来，除"赋"为"直陈其事"，"比"为譬喻的含义没有多少分歧外，关于"兴"，就有很多不同的甚至非常烦琐的说法。但总的说来，比兴都要附托外物，比显而兴隐。所以"比"实际就是形象性的明白的比喻，而"兴"则基本上是通过某种形象来进行寄托、隐喻。皎然论比兴，谓"取象曰比，取义曰兴，义即象下之意"⑥。所谓"象下之意"，也就是指形象中含有较为隐藏的喻意。唐代陈子昂、李白、白居易等所说"比、兴都绝"的"比兴"，以及殷璠所说的"都无比兴"⑦，则主要是从思想性的角度说作品缺乏讽谕的内容，只在一定程度上兼有表现方法的含义。

刘勰论文，特重兴体，有时兼举比兴。他以为比兴之法都是诗人在生活实践中对客观事物经过仔细观察，在艺术实践中根据表现

---

① 《给陈毅同志谈诗的一封信》。
② 《论语·泰伯》。
③ 《论语·阳货》。
④ 《诗毛氏传疏》卷一。
⑤ 《周礼·春官·大师》。
⑥ 《诗式·用事》。
⑦ 《全唐文》卷四三六《河岳英灵集序》。

的需要而悟得的,其间消长变化又和时代有关:

> 诗文弘奥,包韫六义,毛公述传,独标兴体。岂不以风通(异)而赋同,比显而兴隐哉。故比者,附也;兴者,起也。附理者,切类以指事,起情者,依微以拟议。起情,故兴体以立,附理,故比例以生。比则蓄愤以斥言,兴则环譬以记(托)讽。盖随时之义不一,故诗人之志有二也。

> 观夫兴之托谕,婉而成章。称名也小,取类也大。……楚襄信谗,而三闾忠烈,依诗制骚,讽兼比兴。炎汉虽盛,而辞人夸毗,诗刺道丧,故兴义销亡。于是赋颂先鸣,故比体云构,纷纭杂遝,信旧章矣。……

> 诗人比兴,触物圆览。物虽胡越,合则肝胆。拟容取心,断辞必敢。攒杂咏歌,如川之涣。①

刘勰认为在文艺创作中兴体最有表现力,因为这种方法与感性事物联系最密切,对文艺重在启发、感染的教育作用最有帮助。《诗经》中有不少用兴体写成的好诗,"兴于诗"的感受不是偶然的。后来楚辞又接受《诗经》的影响:"《离骚》之文,依《诗》取兴,引类譬喻。词不可径也,故有曲而达,情不可激也,故有譬而喻焉。"②古人确从艺术实践中领会到比兴之法的重要性。比、兴二体非常接近,不能截然划分。所以他有时兼举比、兴。他特重兴体,一是着眼于艺术规律,要求"婉而成章","称名也小,取类也大",二是不满很多汉赋过于夸张扬厉,"诗刺道丧"。应该说,这是很有见

---

① 《文心雕龙·比兴》。
② 魏源《诗比兴笺序》。

地的。

对此，钟嵘又进一步作了分析：

> 故诗有三义焉：一曰兴，二曰比，三曰赋。文已尽而意有余，兴也。因物喻志，比也。直书其事，寓言写物，赋也。宏斯三义，酌而用之，干之以风力，润之以丹采，使味之者无极，闻之者动心，是诗之至也。若专用比兴，患在意深，意深则词踬；若但用赋体，患在意浮，意浮则文散，嬉成流移，文无止泊，有芜漫之累矣。①

刘勰没有说赋体不可酌用。钟嵘也不是没有较重兴体，他对列在上品的谢灵运就称赞他"兴多才高"，对列在中品的张华就嫌他"兴托不奇"②，把"文已尽而意有余"的兴体放在第一位，而且他也兼言比、兴。他们的观点基本一致。但钟嵘有更细密、完整的地方：第一，他明白讲对赋比兴三体应"酌而用之"，有重点地结合运用，看到了三种方法可以相互为用，这是符合实际的。第二，他指出了"但用赋体"会使作品"意浮"的缺点，意浮，指直陈其事往往只能使意思停留在表面上，不能达到形象表现"曲尽其妙"的地步，也难于引起读者的深思，回味。第三，他也指出了"专用比兴"会使文意不够明朗的弱点。

杜甫诗里谈到"兴"的地方非常多。略举几例：

---

① 《诗品·总论》。
② 《诗品》卷中。

> 载闻大易义,讽兴诗家流。①
> 感激时将晚,苍茫兴有神。②
> 诗尽人间兴,兼须入海求。③
> 胜绝惊身老,情忘发兴奇。④

杜甫谈到的"兴",有的指诗兴,有的则是指"比兴体制,微婉顿挫之词"。⑤"微婉顿挫之词",同"婉而成章"实是一个意思,即指用形象思维,并非直说的文艺作品。

柳宗元曾分析两类作品即"著述者流"和"比兴者流"的不同之点:"文有二道:辞令褒贬,本乎著述者也。导扬讽谕,本乎比兴者也。著述者流,盖出于《书》之谟训,《易》之象、系,《春秋》之笔削,其要在于高壮广厚,词正而理备,谓宜藏于简册也。比、兴者流,盖出于虞、夏之咏歌,殷、周之风雅,其要在于丽则清越,言畅而意美,谓宜流于谣诵也。兹二者,考其旨义,乖离不合,故秉笔之士,恒偏胜独得,而罕有兼者焉。"⑥学术论著重在"辞令褒贬",分析辩证,把人说服,文艺创作重在"导扬讽谕",温柔敦厚,描写入微,使人自悟,而且产生美感。主要用比兴方法,进行导扬讽谕,这是文艺创作的特征。两类作品不仅作用不同,其思维方法也是显然有别的,著述要求"词正而理备",比兴要求"言畅而意美"。柳宗元可说已经大体看到了我们今天所讲逻辑思维与形象思维

---

① 《钱注杜诗》卷六《毒热寄简崔评事十六弟》。
② 《钱注杜诗》卷九《上韦左相二十韵》。
③ 《钱注杜诗》卷十四《西阁二首》。
④ 《钱注杜诗》卷十四《宴戎州杨使君东楼》。
⑤ 《钱注杜诗》卷七《同元使君舂陵行并序》。
⑥ 《柳河东集》卷二十一《杨评事文集后序》。

的区别。这是古代文论中有关这一问题的宝贵资料。

文艺创作中比兴体占到突出的地位,在文学史上往往是一个作家、一个流派或一代文学趋向成熟的标志。它说明作家们不但已能从某种社会理想,而且还能从内心感情上,通过具体形象来把握生活了。信念化入血液,情感融成境界,使人因感生悟,领会无穷的意味。崇高的思想如果没有被体现在艺术形象之中,力量就会被大大削弱。

历史上也有这种时候,即当人们初接触到一种新的社会理想,受到强烈吸引,亟愿加以传布,但暂时还缺少生活经验,因而难于从生活中提炼、表现新的主题,这时候,他们的作品还不大善于用比兴体来作出成熟的表现,而不免较多地运用赋体。这虽然仍是一种不成熟,却是前进中存在的问题,可以理解,也可以逐步克服的。

九、身历目见,是铁门限

进行形象思维,写出典型形象的才能,归根到底,它是从哪里来的?

南朝宋代的画家宗炳,曾提出这样的观点:"夫理绝于中古之上者,可意求于千载之下,旨微于言象之外者,可心取于书策之内。况乎身所盘桓,目所绸缪,以形写形,以色貌色也。"① 他相信任何事物都画得出来,只要它是自己身历目见,非常熟悉的。钟嵘认为诗人写得最能动人的,是他亲自经历过、体验最深刻的生活,他说李陵如"不遭辛苦,其文亦何能至此",说刘琨由于

---

① 《画山水叙》。

"罹厄运,故善叙丧乱,多感恨之词"。① 杜甫诗"朱门酒肉臭,路有冻死骨"② 的生活基础就是他自己的长期困顿和亲眼看到的广大人民痛苦、死亡的现实。即使像"细雨鱼儿出,微风燕子斜"③ 这样描写普通事物的诗句,若不是诗人稔知物理,也是写不出来的。叶少蕴评论这两句诗:"此十字殆无一字虚设。雨细著水面为沤,鱼常上浮而唼,若大雨,则伏而不出矣。燕体轻弱,风猛则不能胜,唯微风乃受以为势,故又有轻燕受风斜之语。"④ 细雨、微风、鱼儿、燕子,都是极普通的事物,但要写成如此形象生动的诗句,仍非有仔细的观察功夫不可。评论家不经仔细观察,也不能知道这两句诗美妙在何处。韩干是画马名手,苏轼称赞他"韩生画马真是马"⑤,意思是不仅画出了马的形,更画出了马的神态。韩干为什么能画得这样好?"君不见韩生自言无所学,厩马万匹皆吾师"⑥。他画马不是从概念出发的,不是概念的图解,而是观察了无数真马作出的艺术概括。苏轼有两篇广为传诵的名文:《石钟山记》写他"肯以小舟夜泊绝壁之下",作了一番实地调查,才取得了一点别人不清楚的知识,因而使他懂得"事不目见耳闻,而臆断其有无,可乎"⑦;《日喻》中写:"南方多没人,日与水居也,七岁而能涉,十岁而能浮,十五而能没矣。夫没者岂苟然哉,必将有得于水之道者,日与水居,则十五而得其道,生不识水,则虽壮见舟而畏之。"⑧ 苏

---

① 《诗品》卷上评李陵,卷中评刘琨。
② 《钱注杜诗》卷一《自京赴奉先县咏怀五百字》。
③ 《钱注杜诗》卷十二《水槛遣心二首》。
④ 《石林诗话》。
⑤ 《苏东坡集》卷八《韩干马十四匹》。
⑥ 《苏东坡集》卷十六《次韵子由书李伯时所藏韩干马》。
⑦ 《苏东坡集》卷三十三《石钟山记》。
⑧ 《苏东坡集》卷二十三《日喻》。

轼这种强调生活实践,从实践中精研物态,深识物理的思想,同他在文艺创作上重视写生,要求深入观察,抓住事物特点,不满足于形似而进一步要求传神的主张,是一脉相承的。

王夫之论盛唐诸大家,如"燕、许、高、岑、李、杜、储、王所传诗,皆仕宦后所作。阅物多,得景大,取精宏,寄意远,自非局促名场者所及。"① 这里面,"阅物多"是主要的原因,所以在另一条里他又开门见山地指出:

> 身之所历,目之所见,是铁门限。即极写大景,如"阴晴众壑殊","乾坤日夜浮",亦必不逾此限。非按舆地图,便可云"平野入青徐"也,抑登楼所得见者耳。隔垣听演杂剧,可闻其歌,不见其舞,更远则但闻鼓声,而可云所演何出乎?②

搞文艺创作,一定要用形象思维。而要用形象思维,只靠读书固然不行,靠道听途说,略知一鳞半爪也不行,一定要"阅物多",生活经验非常丰富,有足够的形象积累,又深思熟虑,精益求精,才可能取得成就。任何左道旁门,小路"捷径",都达不到正当的创作目的。"铁门限"!这是多么斩钉截铁、掷地有声的语言。

中国古代文论中有关形象和形象思维问题的思想资料是十分丰富的。许多优秀作家、理论家对这问题的认识和探索,符合文艺创作的规律,有些精义,对今天还颇有借鉴价值。以上所谈,不过作为一些例子,涉及的仅是大量资料中的极小一部分。但如他们所指出:"神思"是"驭文之首术,谋篇之大端",形象思维应该"随物

---

① 《姜斋诗话》卷二。
② 《姜斋诗话》卷二。

宛转",不能脱离、歪曲社会生活;形象思维的主要内容是"即物达情","理随物显",阐明了反映现实生活与抒情达理的辩证关系;形象描写既要"穷形尽相"又应进行艺术概括,以及关于在形象思维中进行概括的某些说明;总是把文辞、声律一类表现上的问题包括在整个形象思维过程中来考虑以防止陷入形式主义;提出思想的才能是用形象思维从事创作的各种才能中的"盟主";文艺创作对赋、比、兴三体应"酌而用之",三者可以相互为用,但应以兴——比、兴为主;以及"身历目见"是用形象思维进行文艺创作不可逾越的"铁门限",等等,我认为这些道理都还很有现实意义。

"四人帮"否定形象思维,也就是反对文艺创作的客观规律。他们否定作家要用形象思维,目的就是为了炮制阴谋文艺,为他们一伙提出的"主题先行",从"主题"出发"设计"人物和情节等等谬论制造理论根据。阴谋文艺里的所谓艺术形象,由于是脱离、歪曲了现实生活被捏造出来的,实际只是他们反革命概念的图解,反动思想的传声筒。他们不用形象思维,自然只能千篇一律,千人一面,雷同便成为阴谋文艺无法克服的致命伤。他们的作品,一味抽象说教,大言嚎叫,连徒存形相的"匠笔"都说不上,谈不到艺术概括。明明是反革命,却拼命装点一些革命的字句,借以骗人,伪学可救不了他们的命。"四人帮"反对文艺工作者深入生活,反真理而行,虽然猖獗一时,终被革命人民横扫到了他们应该去的历史的垃圾堆里,真是"尔曹身与名俱灭,不废江河万古流"!① 他们在文艺领域里的倒行逆施,胡作非为,不仅完全违反马克思主义的文艺原理,就是用古代文论中揭示出来的某些客观规律来看,其荒谬也是很显著的。

---

① 《钱注杜诗》卷十二《戏为六绝句》。

古代文论家不能对形象与形象思维问题作出系统、科学的分析,他们的形象思维论存在着地主阶级的种种局限。他们要求身历目见的,不是劳动人民的斗争生活,他们没有为劳动人民服务的思想。只在今天,用形象思维方法,反映阶级斗争、生产斗争与科学实验,才能真正成为文艺工作者行动的指针。而文艺作家必须深入到工农兵群众的火热斗争中去,又重新成为作家们努力前进的目标,坚决朝这目标前进,文艺创作园地百花盛开的美景一定就会到来!

(本文原载于社会科学战线编辑部编《形象思维问题论丛》论文集,1979年10月由吉林人民出版社出版,经修订后收入《古代文艺创作论集》,1985年8月由中国社会科学出版社出版。)

关于古代文论研究的一些问题

一

谈文艺的发展不能割断历史，历史的经验值得注意，值得学习。在四次文代会上，很多同志都谈到要很好地学习古代的文艺理论，认为古代文论对发展社会主义的创作，建立具有中国民族特点的、马克思主义的文艺理论很有帮助。就是从了解古代文学的角度，我们也很有必要来研究古代的文艺理论。因为古代文艺理论是当时创作经验的总结，对当时的文学发展有很大影响。我国古代的文艺理论，非常丰富，历史上产生过很多卓越的、杰出的文艺理论家批评家，他们发表了许多深刻、精辟的见解。批判地继承这一份遗产，对于建设我国的马克思主义文艺理论，有十分重要的意义，可以提供很宝贵、很丰富的养料。我们现在所要建立的文艺理论是马克思主义的，但也应该具有我国自己的特点。在这方面，过去做得还比较差。正像有的同志指出的：我们现在的文艺理论，有三个摊子。一个是古代文艺理论的摊子，一个是西方文艺理论的摊子，一个基本上是解放后苏联介绍过来的文艺理论的摊子。这三个摊子现在还没有很好地统一起来,有机地融成一体。我们现在所要建立的文艺理论,就是要把这三个摊子结合起来,建立具有中国民族特点的、马克思主义的文艺理论。因此,如果不很好地研究古代的文论,不从遗留下来的大量丰富的资料中间进行整理、研究,总结出具有规律性的东西,那就不可能。古代文艺理论、批评资料中间,确实保存着大量的艺术经验。我们现在讲现实主义、讲浪漫主义,实际上,古人早已谈及这种问题了。大家知道,刘勰的《文心雕龙》已经接触到这个问题,当然在这以前也有谈到的。《文心雕龙·辨骚》篇在探讨屈原作品的风格时讲道:"酌奇而不失其真,玩华而不坠其实。"这里就把理想和现实联系了起来。这就是说,早在一千五百年前,他就已对这种问题进行了探讨。过去既有这方面的理论,更多的是有这方面的具体作品。通过对这些作品的研究,以及对古代的某些理论家已经发挥的意见进行研究,我觉得对于我们今天研究创作方法,是有很大帮助的。

古代文艺理论为我们提供了很多值得探讨的问题。在大量的艺术经验里,如果我们用科学的方法进行研究,我相信,从中可以找出不少具有规律意义的东西。艺术表现规律、艺术技巧、艺术形式这些方面,我们同西方比,有不少独特的发现和创造。譬如西方的文艺作品,往往很强调背景描写、景物描写、环境描写,要求逼真。而在我国传统的一些创作里,以及因此影响到我们的理论中,却强调传神。关于这一点,鲁迅先生在谈到自己的早期创作时也指出过。他说他不愿写许多背景,认为不必要。鲁迅这个观点,符合我国文艺的创作传统,符合我们长久以来传神的美学。我们的传神美学不仅在绘画上,同时在文学创作上,也有很长的历史。我国许多大作家的文集里,都有些专门文章来谈传神问题。当时有些画家,给大作家画了一幅像,作家往往就写一篇文章送给画家,中间附带地谈到传神。苏东坡就有一篇文章专门谈传神，我看到许多作家的文集里，都有这一类文字。在这一类文章中，他们强调文学作品要传神，主要是写人，写人的个性，用现在的话来讲，就是人的精神面貌和个性特点。在这方面，表现的手段，文学和绘画不一样，和书法也不一样，但精神、要求是一致的。我国文艺的各个部门都强调传神，这一点和西方有所不同，当然不是截然不同，而是注意的程度、方式有所区别。这里不过举个例子说一下罢了。世界文艺理论的发展要求每个民族都提供它的一些特殊的、创造性的东西。因此，我们的文艺理论既要从当前实际出发，又要从历史实际出发，回顾历史、总结经验、探讨规律，把我们的研究提到理论的高度，这样就能把马克思主义文艺理论的普遍原理和我们理论的实际相结合，建立具有中国民族特点的、马克思主义的文艺科学。如果单单从当前的现实出发，完全把历史割裂开来，不把过去的东西联系起来探讨，我们就很难在文艺理论中间体现我们自己的一些民族特点。研究古代文论，不仅是整理了解一些古代的东西，更重要的是从古代文论中总结出一些有规律意义的东西，无论是外部规律，还是内部规律。这不仅可以使我们了解过去的文学，也可以使我们利用这些知识来促进、发展我们当前的社会主义新文学。因为既然是规律性的东西，在今天就仍然能起作用。我们古代有很多有价值的美学资料，但过去在这方面我们的工作做得很少，连搜集整理的工作都还做得很少。现在要进一步整理研究，这种整理、研究对促进我国文学艺术的发展，非常有益。离开这种努力，要提高艺术质量，提高欣赏水平，创造出为群众喜闻乐见的东西来，是不大可能的。夏衍同志在文代会上也谈到这一点。他说："我对本国文学的传统，包括从《诗经》起到唐诗、宋词、元曲，以及作为一个文艺工作者必不可少的本国文学的理论，如诗论、文论、剧论等等，在解放前，几乎是一无所知。我学习这些中国文学的珍贵财富,是在解放以后,因工作的逼迫而开始的。"周扬同志谈得更多一些。正是从这些方面考虑,对古代文论的研究,在当前是个很重要的课题,并不仅仅为了了解过去,主要是找出一些有规律性的东西来,促进、帮助发展马克思主义的文艺理论。

二

中国古代文论有哪些特点?首先是我们历史悠久,资料丰富。和西方文论比较,我们提出的问题往往比他们更早,并且提得比较完整。如早在《论语》中,就谈到了文艺的社会作用问题、艺术特点问题等等。由于历史悠久资料丰富,我们文论中发现了许多和西方文论相通的规律。有些东西他们没有接触到,或者接触得很少。我们有许多文学理论著作,不仅是文学理论,同时也是对当时社会的批评,或者对当时文化上的错误倾向的一种批评。譬如刘勰的《文心雕龙》,钟嵘的《诗品》,都是针对当时的错误文风,针对形式主义来进行批评的。钟嵘的较刘勰表现得更尖锐些。有些理论,除了文学本身的意义外,在当时,还具有现实的政治意义。如唐宋古文运动,韩愈、柳宗元、欧阳修、苏东坡他们的一些理论,在文学上主张"复古",实际上是以复古为革新,为解放。联系到他们要求改革政治的思想,那么他们在文学上一些主张的社会意义就更明显了。再拿严羽的《沧浪诗话》来讲吧,对这本书有许多不同的看法,有的说是形式主义的,有的说是唯美主义的,说他以禅喻诗,观点神秘。我看,这些意见不一定对。《沧浪诗话》里讲禅学的地方人家指出有许多错误,说明他并不很懂得禅学,这是对的。但从主要方面讲,这部书不仅在文学上是进步的,而且在当时政治上也是进步的。因为他所讲的什么诗有"别才""别趣",主张"妙悟",主要的精神还是针对当时文学上某些不良倾向,是从艺术角度来讲的。诗有"别才",无非是说不要掉书袋,不是说作诗的人不要读书。这是针对当时有些江西派诗人在诗中炫耀,搬弄才学,违反艺术特点而言的。"别趣",也是针对当时一部分道学家,以及一部分江西派诗人老在诗歌里说教。不是说诗歌里不要理想,而是说应该在抒情中说理。所谓"妙悟",无非是说,写诗不要用耳提面命的方式,给人讲一番大道理,应该用形象的、抒情的办法,使人读了作品后,自己懂得诗人所要表达的意思。悟,就是读者自己领会了诗人的意思。显然,这是强调文学艺术形象的特点。严羽的这些观点,在当时都是有所指的,是针对一些道学家,一些江西派诗人以议论为诗、以文字为诗、以才学为诗的弊病的。他的出发点就在这里。离开了这点,扩大开来,说他是什么唯美主义、形式主义,我不同意这样的看法。我们还可以结合他自己写的诗歌,以及他对一些作家作品的评价,看他赞美了哪些作家和作品。我们研究严羽的观点,不能只看他的《沧浪诗话》。就是看他的《沧浪诗话》,也应把他的诗论和他对具体作家、作品的看法联系起来,因为这本书有几个部分嘛!他对具体作家作品的评介,并不像有些人说的倾向于推崇王孟一派。他最佩服、他认为成就最高的还是李白、杜甫。他举的杜甫好诗,如"三吏"、"三别"、《北征》这一类的作品,都是杜甫作品中最富有人民性的东西。再联系他自己的创作,原来据说很多,现在流传下来的主要只有一些诗歌了。在这些诗歌里,他的政治倾向很明显。他的诗,往往写得激昂慷慨,具有忧国伤时的特点。南宋末年有许多投降派,他显然不属于这一派,这一点可以从他留传下来的一百多首诗中看得很清楚。所以我觉得,我们研究作家理论家的理论,要注意当时的历史条件,要看他的各个方面,要把他的理论和他自己所写的作品联系起来看。这里扯开来，无非是想说明，过去的许多理论批评作品，不仅在文学上有进步意义，放在当时的条件下看，在政治上也有进步意义。

我国古代文论又有一个特点：很多重要的作品都是著名作家自己写出来的，是他们的经验之谈。他们在创作上的成就可能不如理论上的成就大，比如司空图、严羽，写了不少作品，作品不如他们的理论高，但他们都有创作经验。刘勰、钟嵘写了没有？很可能写了一些，没有保留下来。很多理论家，从曹丕开始，还有曹植，是建安的重要作家，留下了一些理论著作。陆机是个重要诗人。到南朝，刘勰其他的创作我们看不到，他的《文心雕龙》用骈体的形式说理，本身就是艺术品。后来一些有专著的批评家，都有文集，都能创作。有些作家虽然没有专门著作，留下来的理论资料却非常丰富，非常精彩。如韩愈、柳宗元、欧阳修、苏东坡等。他们在创作上是大家，批评理论上并没有专门著作。欧阳修有一部《六一诗话》，并不重要，他的理论观点，在他写的一些序跋里讲得更多。我们的理论大多是作家们的经验之谈，甘苦之言，都以实践经验作为立论的基础，很多具有真知灼见，不是泛泛之谈。对艺术特征、写作技巧，提供了不少规律性的东西，特别是中间有不少艺术辩证法的观点，如清朝叶燮的《原诗》、刘熙载的《艺概》，表现得很突出。

古代文论还有这样的特点：形式非常多样。有专门著作，有散篇，有创作，有理论。创作就是以创作的形式来评论文学。譬如以诗歌的形式来论诗，像杜甫的《戏为六绝句》，到后来，像元遗山更有好几十首。还有别的形式，如曹雪芹的文学观点是通过《红楼梦》中的人物，而且不止一个人物来表白的。对《红楼梦》第一回，有些同志已作了很多研究。还有全集中的序、跋、书简、随笔、杂记等等。苏东坡就写了不少题跋。古代作家都写过这一类东西。还有评点、批注也较特殊。评点在宋朝已很多了，到后来还发展到评点小说、传奇，李卓吾、金圣叹留下不少东西。形式多样，很自由，很活泼。这些作品当然比较分散，但不能因为它分散，就说这里边没有系统性、规律性的东西。不能因为分散，就说它是不科学的，没有丰富、完整的体系，不能这样讲。这些作品，短小精悍，很少像我们现在这样长篇大论的，往往几十几百字一段，言之有物。当时写这些东西不是为了发表，很多是后人整理出来的，有些恐怕早已散失了。他有点心得，写这么一段，慢慢积累起来。有些贴在书上，有些贴在墙上，有的写了一点东西卷成一卷，隔了很久，拿出来整理一下。都是有所见，有那么一点真情实感，才写上这么一段。他们考虑名利比较少，用不着矫揉造作，或者无中生有。

古代文论还有个特殊的地方，古人搞理论研究，往往和搞其他东西结合起来。如一方面搞理论，一方面搞个选本。昭明太子有他的一套观点，他就根据自己的眼光、观点来选作品，编了一部《文选》。另外一种观点的则编了一部《玉台新咏》。后来最通俗的有《古文观止》《唐诗三百首》，编者并不有名，影响却很大，一直到现在。再如姚姬传搞了《古文辞类纂》，曾国藩也搞了《经史百家杂钞》，宋朝王安石、清朝王渔洋等都搞过这一类东西。编一套文选来体现他的主张，或作为自己主张的补充。因此，我们对有些理论家的观点，不仅要看他提出了哪些主张，而且还要看他编选的作品，要联系起来看。

我们古代的理论著作中并不都是议论，议论仅仅是其中一部分。有些是在作考证，有些在研究作品本事，有些作修辞学上的研究，有的搞注释，各式各样，内容很杂，各有其作用。我们则主要研究这些作品中讲理论的部分。这些部分，虽然比较分散，但都言之有物，虽然比较短小，但往往开门见山，而且往往出自大作家之手，所以特别有意义。这一点世界上也是共同的，许多最有启发、最能说服人的理论，往往出自大作家之手。如歌德、巴尔扎克、席勒、托尔斯泰、契诃夫、高尔基等，由于他们具有丰富的创作经验，写出来的理论著作或批评材料就更亲切，更有说服力。这一点和我们现在不一样，现在分工分得更细，有些同志专门写文艺批评，自己创作经验很少，这已成为一种局限。不是说专门搞理论没有优点，可能有另外的优点，但是有丰富创作经验的人谈理论，启发作用更大，因为他们懂得创作的甘苦，问题在哪里，可以对症下药，谈得比较中肯。

三

古代文论研究的重点应放在什么地方？我看这几个方面值得重视：一是研究理论、批评的历史。研究理论、批评的演变、斗争、发展的过程，较多地注意外部规律。这种研究当然有助于了解古代文学的发展。二是对古代作家作品的评价。古代文论总要接触到、谈到古代的作家作品，我们可以通过研究古人运用什么样的标准尺度来评价作家作品，从而来了解古人的文艺思想，同时这种研究也有助于我们了解古代的作家和作品。古人的文学理论著作，有些有整套理论，如刘勰就有一套理论，在阐述理论时，谈到一些作家、作品。钟嵘的《诗品》，主要是对作家作品的批评，钟嵘的文学观点，就在他对作家作品的评论中反映出来。三是创作经验的研究总结，这里较多的是研究艺术创作的内部规律。四是着重美学研究，找出审美规律。大体来讲，对古代文艺理论的研究，不外乎这四个方面。这四点不能截然划分，但重点显然有所不同。我们已经有了一些批评史的著作，这些作品都企图找出一条线索，理清楚文学批评以及文学发展的线索，尚待我们继续努力。究竟有多少东西对文论历史发展有不同程度的作用，过去不是很明确。理论上讲阶级斗争，但真只根据阶级斗争这一条线来写一部文学史或文学批评史，行不行？以批评史来讲，过去的一些不同观点，往往存在于封建文人之间，这里面体现了多少阶级斗争？唐宋古文运动，反对骈体文，主要恐怕与探讨文学内部规律问题有关，与改革有关，而并非与阶级斗争有密切联系。由于大量的艺术实践提供了许多经验，很多作家感觉到原来的一些东西太旧了，不够了，因此提出了一些新的看法，有些差异就属于这一类。过去常说要以阶级斗争为纲来写历史，但事实上许多文学史都只在序论里讲了些阶级斗争的话，正文里就看不出这一线索了，批评史也同样。

我们这样大的国家，古代文论的各个方面都要研究。但就具体的个人或一个小小的集体来讲，恐怕很难同时兼顾这几个方面。有的可侧重探讨它的外部规律，有的可侧重探讨它的内部规律，有的可侧重它的审美方面，有的可侧重古代文论对作家作品的一些历史评价。四个方面的研究，都有意义，有了创获，自然便会逐步综合起来。

可是目前重点应放在什么地方？恐怕应以第三方面作为研究重点，整理研究总结古代作家的创作经验。邓小平同志说："所有文艺工作者，都应当认真钻研、吸收、融化和发展古今中外艺术技巧中一切好的东西，创造出具有民族风格和时代特色的完美的艺术形式。"周扬同志也指出："我国有两千年来悠久的文艺理论批评的传统，出现过不少文论、剧论、乐论、画论、诗论、词话、评点小说传奇等著名论著，历代大作家、大诗人、大画家、大思想家、评论家都曾发表过许多关于文学艺术的精辟见解，这是我们民族的美学思想的珍贵资料，我们要以马克思主义的观点来整理研究和批判继承这些宝贵遗产，以利于发展我们自己的具有民族特色的马克思主义的文艺理论。"当前要提高艺术质量，提高创作水平，很需要从古代一些作家的创作经验里总结出一些东西来丰富提高我们当前的创作。

这四个方面，就是古代的理论专著也是有所侧重的。如《文心雕龙》主要是理论著作；《诗品》以作家作品的评价为主；司空图的《二十四诗品》着重审美研究；《沧浪诗话》《原诗》《艺概》这些作品当然各个方面都有，但主要谈的是艺术表现的规律。所以古人也有所侧重。鲁迅先生曾谈到"凡是作者和读者因缘愈远的，对读者就愈无害"，就是说作者所写的同我们关系比较远的作品，即使思想不大好，对现在的读者也不会有多大的害处。古代作品中的陈旧观念，大体已不能打动新的青年的心（自然也要有正确的指导），因为离开得远，大家比较容易识别它的落后性，看看这些作品倒还可以从中学习描叙的本领，作者的努力。鲁迅先生主张"拿来主义"，只要这个东西对我们确实有用，"不管三七二十一"，拿来了再讲。他这篇文章是针对当时的"害怕""不敢要"的。他认为，不要害怕，应该相信我们的读者。过去谈得多的是一些外部规律，我觉得关于外部规律的一些提法，现在的文艺理论比过去谈得清楚，作为历史的研究来弄清楚是有必要的，但要更多研究艺术规律，特别是结合中国民族艺术的特点。从这方面考虑，我觉得对我们今天，可以服务的东西更多些。所以我觉得从艺术规律，艺术技巧、形式等方面进行整理总结，应作为一个重点。这些资料是非常丰富的，而且这些艺术经验都是有成功的艺术实践作为证明的。长期以来，这些东西没有经过很好的整理，甚至于还没有认真地搜集，而一些已经出版的批评史著作，对这方面注意得比较少。把这些丰富的经验用科学的方法加以总结，那就会比任何个人的看法、个人的经验更带有规律性的意义。从古为今用的角度来看，像这一类工作，可以作为今天迫切需要提高艺术水平的一个借鉴。

古代文艺表现方面的知识，有相对独立性，跟当时的政治经济社会的变动，关系不怎么大，有的甚至没有什么关系。比如：如何运用比兴，人物怎样描写，怎样抓住人物的特点，这同社会政治的关系就很小。这方面的经验，越积累越丰富，一般不会随经济基础的改变而失掉它的意义。关于比兴的研究，实际上是关于形象和形象思维的研究，这方面越到后来越是完整，越是深刻。这对于提高创作水平，提高欣赏水平，进行美学的研究，有重要的意义。当然四个方面的研究都是有意义的，有些方面过去已有许多前辈做了不少的工作，而对于创作经验的整理研究，过去却连资料搜集的工作也不多，整理研究刚刚开始，现在又特别需要，在这方面是大有可为的。

四

下面谈谈怎样进行研究。自己也是开始在摸索，只谈一些体会。

目前来讲，首先要详细占有资料，这是一切研究工作的基础。调查研究，研究古代文论，当然主要只能从书本来调查。所谓详细占有资料，有的是理论原著，还有理论家的其他著作，如我们研究叶燮的《原诗》，是不是只看《原诗》就行了？我看是不够的，叶燮还写了许多其他的文章。每个理论家差不多都有这种情况，有理论专著，但还有全集。叶燮的文集里就有很重要的文章，可以同他的《原诗》作对照。要研究苏东坡的文论，他虽没有理论专著，他的全集就有几大本，全集里还有他的许多创作。有些文学观点可以在他的诗歌里反映出来，这种情况差不多每一个理论批评家都有。

有些只是在送人的诗歌里带上几句，也许一两句，也可以作为一种比较的材料，作为一种旁证。评论作家作品，如《诗品》里面谈到许多作家，把陶渊明放在中品，后来许多人很不满。研究这个问题，除了应研究当时文艺的风尚、潮流，为什么当时大家对陶渊明不重视，这就还要从时代、社会方面去找原因。有时不仅要研究理论家自己的全部作品，还要看看他谈到的作家。研究应否把陶渊明放在中品的问题，不研究陶渊明自己是不行的。

我们专门研究理论的人最容易犯的毛病，是对作家的创作看得太少，专门看一些理论著作，结果是对艺术创作缺乏一种敏感，缺乏一种艺术感觉。自己既没有多少创作经验，同时好的作品又看得太少，艺术感觉很差，很迟钝，在这种情况下搞理论，来研究评价过去的理论也很困难。要研究古代的一些好作品，不但有助于我们判断这个理论本身，同时也有助于培养一种较高的鉴赏能力，我看这对理论研究是必不可少的。

第二，注意一个时代的政治、经济以及文艺实践对理论批评的影响。要把理论批评放在当时的历史条件下去研究，不要孤立地研究。风韵、神采、性灵、格调、意境、境界、建安风骨、魏晋风度、盛唐气象……都有其具体的历史内容，不能孤立地研究这些概念。陶渊明在当时不受重视，有他当时的条件，不了解这一点，就会对钟嵘作过多的指责，因为当时一般人都不怎么欣赏他，而把陆机、潘岳等人放在重要地位。这一文学倾向同当时的社会条件有关系。我们可以为陶潜鸣不平，但要知道这不是钟嵘一个人的问题，刘勰在《文心雕龙》里也不提他的。

魏晋南北朝时文论为什么发达？有各方面的因素：政治的、经济的、思想的、文学创作方面的各种因素，要说明这个问题应该在当时的历史条件下来谈。研究文艺理论，一定要注意历史条件。严羽所以主张"别才""别趣",就因当时有不少人作诗违反艺术规律。但说宋人都不懂形象思维,恐怕也不妥。苏东坡是宋人。黄山谷也写过一些好诗,不能绝对化。但总的来讲,宋人确是议论为诗、才学为诗、文字为诗的比较多。而若"议论为诗",如有理趣,又当别论。

第三,要注意在马列主义一般原理指导之下,古今中外多作比较,对材料进行科学的分析、研究。老一点的同志过去没有机会接触到马列主义,较多还是传统的一些讲法。现在有了学习马列主义文论的条件,就应该尽量在这样的思想指导下,进行科学的分析、研究。既要科学地批判,又要大胆地继承。我们不能照搬古人,把古人所说都认为很对。古人讲的,有对的,有不对的,又有在一定历史条件下是对的,现在看来已不大对,都要进行具体的分析。譬如,古人说"穷而后工",一个人倒霉了,在仕途上不那样顺利了,文章就可以写得好一点。这句话可能有对的一面,不是达官贵人,社会地位较低,对下层人民了解较多,就可能写出好的作品来。但也不能说单有这个条件,就一定能写出好的作品来,还要看他究竟反映些什么,并且是如何反映的。古代有许多人穷了,就叹老嗟卑,那也可以写得很庸俗。我们也不能把古人讲得不那么差的、不完全差的东西讲成完全错了。譬如"温柔敦厚"。过去听到"温柔敦厚"恐怕都是要骂的,这是孔老二的东西呀!这是不要反映社会矛盾呀!一大套。"温柔敦厚"是否真是这么个东西?过去朱自清先生写过这方面的文章。又如对"中庸之道",过去也是骂的。"中庸之道"究竟有些道理没有?是否不能一分为二?苏东坡写了《中庸论》,上中下三篇。"中庸之道"固然有保守的一面,但中间包含了古代一些很精彩的辩证思想。过去却一直骂它是折中调和,和稀泥。原来的思想真全是这样?不是,乃是主张不走极端,"过"与"不及"都不妥当。

当然我们也不要把古人现代化。譬如司马迁努力"实录""不虚美",王充主张"绝虚妄",不为贤者讳,等等,这些精神是好的,但是否一定要把它夸大、提高为现实主义?也有人苛求古人,要求古人做他们明明做不到的事,因为做不到,就说他不对。整理研究这些资料,难免会犯些错误,但是应该努力避免或减少错误。不能照搬,不能冤枉古人,不能把古人现代化,也不能苛求古人。这就一定要有马列主义的基本观点作为指导。通过研究,引出正确的结论,把它系统化,概括为规律,上升到理论高度。这不容易,但我们应该有这么一个奋斗目标。

还有一点,我们的研究应该力求"古为今用"。当前古代文论研究的现状,罗列材料较多,"古为今用"方面考虑得不够。我们研究古代文论,不管能做到多少,确是应当有一个目的,就是尽可能把我们的研究与今天提出的新情况、新问题有所联系,能够为一些问题的解决提供一些资料,有所启发。譬如我国古代有许多材料谈要传神,要写出人物的个性面貌,写首诗,也要写出自己的个性来。这是我们的传统,应该说是符合个性化这一艺术规律的。长期以来公式化概念化的毛病很深,缺乏个性特征。清代王渔洋和赵执信在这个问题上展开了很多讨论。赵执信就认为作者的每首诗都应当显示出他自己的面貌,如果看不出这个面貌,就表明作品没有多少价值,是虚假的东西。应酬诗最容易千篇一律了,但就是写应酬诗,他以为也该有所不同。一般讲送行,你送他和别人在送他,应该有所不同,因为各人的关系、感情不同嘛。至于抒情诗,本在抒写自己的感受,更应该有自己的特点。古代文论中强调个人的特点,自己的面貌,传达精神、气质,这种资料多得很,确实是符合艺术规律的东西。整理出这些东西,就可以帮助批判公式化、概念化,也可以从某些角度探索一下公式化、概念化究竟怎么形成的。在我国古代文论中，主张独创，主张新变，主张不同风格流派自由发展等，资料也多得很。古代文论反对抽象说教，我们传统的理论都主张"诗言志"，但又都主张通过抒情来言志，不要直接言志，所以说"诗者，吟咏情性也"。通过抒情来说理，不是直接的说理。通过抒情来说理，就叫作有"理趣"，这同单纯的说教不一样。古代的合乎艺术规律的理论资料，可以作为今天创作的借鉴。研究总结古代的资料，找出规律，可以对今天创作的某些偏向提供一些历史经验。我觉得这是很有必要的。

五

我们这方面的研究，过去人很少，观点比较旧，影响也比较少。开始搞的时候，由于种种局限，不晓得唯物论、辩证法，也不晓得历史观点、阶级观点，比较偏重材料。逐渐地随着时代的改变，现在已不断地有进展。目前从事这方面研究的人多起来了，而且有了一个学会，办了刊物，初步学习运用了马列主义，用现代文论的科学方法来进行整理研究，过去文论研究同现实脱离的状况逐步有所改变。把文论研究同哲学的、史学的研究，心理学、经济学、宗教学等学科研究的联系逐步密切起来，视野也比较宽广。文论书籍的整理出版，也取得了成绩。郭绍虞先生主编的文论丛书出了不少。诗文之外，像词论、画论、小说理论、戏曲理论，也出了许多。许多书我们现在已容易得到，从前是很难得的。比如《清诗话》，1939年至1940年我在中山大学读研究院，专搞宋代的诗论时，想看看《清诗话》就找不到。两大本《宋诗话辑佚》，就是郭老那时寄给我的。这两大本，现在也已经出版了。找资料现在是方便多了。

研究工作中还存在一些问题，现在只能挑几个我认为重要的问题来谈一谈。

我觉得这些年来"左"的错误，后果是严重的。当年鲁迅先生大胆讲拿来，只要对我们有用。首先是拿来，不敢拿，你就是孱头。骂得很厉害。我看我们过去长期以来就是不让拿，不敢拿来。我们有好多说法：唯心主义的东西不好拿，封建主义的东西不好拿，形式主义的东西又不好拿，反正被标上了这三个主义的都不好拿，要求纯而又纯，你还拿什么？我们古代长期是封建社会，东西或多或少都带有封建性。你说有几个作家完全纯粹有唯物主义思想？你说哪一个作品不讲究些形式？不让拿，自然许多人就不敢拿了。其实呢，唯心的东西是不是完全不好啊？一部作品它的整个思想体系是唯心主义的，但中间有一些讨论具体问题的不一定是唯心主义。譬如庄子思想体系是唯心主义的，他的许多寓言，古代文论经常运用到的，如庖丁解牛、轮扁斫轮，作为中间的一部分，它们本身不属唯心主义。苏东坡多次用庄子寓言说明文学创作上的问题。庄子的不少寓言，对后来的文论起了很积极的作用。

最近有些文章开始讨论唯心主义的问题。列宁讲唯心主义中有种聪明的唯心主义。他举黑格尔的哲学为例，说黑格尔的哲学是唯心主义的，但它有辩证法，它看问题不那么死。他说黑格尔哲学的革命性就在于它否定了绝对真理，没有什么永远正确的教条，永远正确的理论。黑格尔哲学从唯心主义出发，在这一点上就很有点改革的意义。列宁称有"聪明的唯心主义"，还有批判的唯心主义，就是说这种唯心主义是进行批判的。如李卓吾的"童心说""生知说"，他就用这种唯心主义理论反对当时的道学家，用唯心主义批判道学家的唯心主义。列宁讲，用唯心主义批判唯心主义，往往对唯物主义很有利，因为揭露了某些反动落后的唯心主义，客观上有作用。过去听说这个作家是唯心主义的,这个理论是唯心主义的,大家就望而却步,不去搞它了,对形式主义也是如此。形式主义我们只是反对它的"主义",但讲形式,对形式加以探索,有什么不好?比如南朝沈约搞四声八病,限制太多,影响了内容的表达,当然不妥。但讲一点声调,有什么坏处呢?唐代的近体诗一方面抛弃了四声八病的过于拘束,一方面建立了它的近体诗的格律,我看无可非议。我看讲一点平仄,讲一点音韵,不要过分严整,押大体相近的韵,读起来就比较顺口,比较容易记。讲究一点形式,有什么不好呢?过去被称为形式主义的一些作品,究竟是不是形式主义的,也还可以讨论,当然也确实有形式主义的。就是在形式主义作品里面,它对于形式的研究,中间是否有一些合理的东西,是否需要因为它一成为形式主义,就离开得远远的,不必加以研究了?我看也不必。列宁称说过一部总的倾向很反动的书《插到革命背上的十二把刀子》,他说里面某些部分写得简直好极了,非常生动。是否真有艺术上极高明,思想内容极反动的东西?一个作品总的倾向可以是很反动的,中间一部分也可能写得不错,写出了某种真实,这局部写得好的东西,是否也可说是反动的呢?鲁迅先生不是讲过《荡寇志》,艺术上颇有写得很不差的地方么?后来就把它作为一个艺术性越高越要排斥的例子。许多同志讲文学概论,恐怕也用过这个例子。但究竟看过《荡寇志》没有?我很怀疑。因为这本书后来图书馆一般不出借了。总的倾向是反动的,局部可能也反映了真实,不能讲这写得好的部分也是反动的。一听见形式主义、唯心主义的东西就望而生畏,对总体和局部毫不加以区别,不考虑地点、条件、时间。这种学风无形中把许多可取的东西都卡在外头了。

还有一个问题,是所谓"封建性糟粕,民主性精华"。仔细想想,也有几个问题可以提出。古代的东西,是否可能分得那么清楚明确，两大类，不是民主性的精华就是封建性的糟粕。封建性糟粕究竟又是个什么东西呢？是否有封建性的东西就是糟粕？至少这句话是不够明确的。比如艺术规律性的东西，如形象、典型、不同风格流派，算不上是民主性精华，它符合科学的艺术规律，当然更不是封建性糟粕。过去我们只说民主性精华是好的，那么大量符合科学的，某种规律性的、真实的，艺术水平高的东西，把它们放到什么地位去呢？只讲民主性精华，对这些大量存在的东西却没有提，显然是一个很大的漏洞。关于封建性糟粕，是否带有封建性的就是封建糟粕？怕不能这样讲。封建社会时期很长，哪个东西不带有某些封建性？我们讲清官，讲犯颜直谏，为民请命的官吏，这种人虽然不多，但确是有的，他们中因此杀身破家的人也是有的。评价这些人时，他是封建官吏，一脑子封建思想，但他做的某些事情，发的某些言论，却不能因为它带有某些封建性就说它全是糟粕。我觉得这种概念至少要明确起来。符合科学规律性的东西，在这两类都放不进，过去不提它们，好像只有民主性的精华才可取。因为不提，人们对这些东西便不大去注意了。有人说有个"抽象继承法"。有些东西其实是符合规律性的，如"兴观群怨"。兴什么，观什么，每个时代的人提这个总有它的具体内容，这些具体内容说来都是为了维护封建统治。封建文人，当然是为封建统治服务的，想维护他们的长久利益。过去的具体内容不可取，而某种规律性的东西现在仍有用。因此，有人在这里面造出一个名称，叫"抽象继承法"，就是具体内容，今天不能接受，但它的抽象道理对今天还有用。规律性东西是否一定是抽象的东西？我看并不抽象。比如今天的文学作品，应该为广大人民服务，对革命政治有利。封建时代对文学也有它的具体要求。要求不同，规律还是要遵从。违反了就行不通，所以不能说规律性的东西是抽象的。文学作品总还是要同政治联系起来的，问题是怎样理解政治。把政治理解得很狭隘,是很有毛病的。但如走到另外一个极端,认为文学可以脱离政治也不好,其实想脱离政治也办不到。问题是怎样适当地掌握分寸,不能图解政策,一味要求为当前政策服务,以为这才是为政治服务。我们现在讲为四化,为无产阶级政治,为广大人民服务。不能把它缩小到为当前某些具体的政策服务,不然,就要产生毛病了。

研究中存在的问题还有不少,但这个问题最大:"不敢拿"。极"左"的干扰,框框太多,谁敢拿就要受批判,受打击。人为地划了许多禁区,这么多的限制,逼得大家都不敢碰,当然,就没有多少东西好拿了。一谈封建时代的作品就是散布封建的毒素,唯心主义那当然是反动阶级的世界观,大家都不敢沾边了。古代的合理东西都不是处在一种纯粹的状态之中,它总是带有这样那样的灰尘、错误的东西。问题是要看到它的主导方面,也看到它的合理部分,把它的灰尘拿掉,然后可以选择过来为我所用。鲁迅先生过去对这点谈得很多,他反复指出不敢拿来是不对的。1933 年在一篇文章里,他讲秦始皇烧书是为了统一思想,但他没有烧农书和医书,他收罗许多别国的客卿,并不专重秦的思想,倒是博采各种思想的。对焚书坑儒,鲁迅曾说这是为了统一思想,另外一个地方他又讲这是愚民政策。"四人帮"时代,愚民政策当然不提了。鲁迅讲博采各种思想,秦始皇倒还能这样干。他说只有那种很胆小,对自己缺乏信心的人,才不敢博采各种思想。所以,我以为不能把"兼收并蓄"看成一个坏字眼,文化要发展,恐怕就得来一个"兼收并蓄"、"集大成"。当然是有选择的,就是说凡对我们有用的,对建设社会主义文化有好处的,能够提高社会主义文艺创作水平、艺术质量的,我看就可以采取鲁迅先生的那个方法,"不管三七二十一",反正你只要对我有用,就拿来。这不是"实用主义",因为我们的条件,是对提高社会主义文化，提高写作能力，提高鉴赏水平有用。其实这类言论，列宁在《青年团的任务》中间早就反复强调过。他说全人类的文化我们都要批判继承，他并没有讲只能继承劳动人民的文化。劳动人民的文化，当然好，但地主、资产阶级创造出来的文化成就也可以要。历史证明地主、资产阶级也能发现规律性的东西，现在许多科学上的创造发明，不少是资产阶级学者搞出来的，这是事实。我们看的是这个东西本身是否符合科学，是否规律性的东西。如果是，那就不管是谁提出来的，对我们都有好处嘛，真理对大家都有用。过去限制太多，害怕太多，顾虑太多，是很大的障碍。从政治上讲，就是"左"在作祟。现在当然已大有改善了。今天我们从事这方面的研究，首要的还是继续解放思想，大胆地吸收前人一切对我们有用的知识。我相信只有这样，从理论方面讲，才能有助于创造一种具有中国民族特点的马克思主义文艺理论；从实践方面讲，才能有助于提高我们的艺术质量、艺术水平。

就简单地谈这么一些。这是我个人的不成熟意见，仅供讨论参考，请大家指正。

（据录音整理）

1980.3.18

（本文是1980年3月18日在《中国文学批评史》师训班的报告）

论苏轼"言必中当世之过"的创作思想

一、作文之要,在有意而言

苏轼是我国文学史上杰出的作家,大家知道他在诗、词、散文、书法甚至绘画上都有重要的贡献。其实他在文艺理论批评方面的表现也绝不逊色,古今中外的文学史上都有许多例证,说明最好的理论批评家往往就是大作家本人。在外国,歌德、巴尔扎克、福楼拜等都在他们的谈话、回忆录、书信或专题的论文中留下了大量的理论批评资料,正因为这些都是他们长年累月的甘苦、经验之谈,所以使后人特别感到珍贵、亲切。苏轼也就是这样一位名家,他并无专门的文论著作,但保留在他部分诗歌、散文,尤其序跋、书简中的文艺见解,的确是我们文艺宝库中一笔极有价值的财富。

这中间,"言必中当世之过",就是一种非常光辉的思想,对我们今天的创作仍能有不小启发。

在文学创作上,苏轼有个明确的思想,即"有意而言",认为这是"作文之要"。他说:"臣闻有意而言,意尽而言止者,天下之至言也。盖有以一言而兴邦者,有三日言而不辍者。一言而兴邦,不以为少而加之毫毛；三日言而不辍，不以为多而损之一辞。古之言者，尽意而不求于言，信己而不役乎人。"（《策总叙》）他告诉不远数千里去儋耳向他求教作文之法的葛延之："儋州虽数百家之聚，州人之所须，取之市而足，然不可徒得也。必有一物以摄之，然后为己用，所谓一物者，钱是也。作文亦然。天下之事，散在经、子、史中，不可徒使，必得一物摄之，然后为己用，所谓一物者，意是也。不得钱，不可以取物，不得意，不可以用事，此作文之要也。"（葛立方《韵语阳秋》卷三）

作文要"有意而言"，一般说，这种思想前人早已有过，不能算是独创。但苏轼把它郑重地提出来，在当时却有其重要意义。事实上这一主张针对当时的不良文风，体现着北宋时期诗文革新运动的精神，是有其现实斗争的意义的。他曾明白指出：

> 自昔五代之余，文教衰落，风俗靡靡，日以涂地。圣上慨然太息，思有以澄其源，疏其流，明诏天下，晓谕厥旨。于是招来雄俊魁伟敦厚朴直之士，罢去浮巧轻媚丛错采绣之文，将以追两汉之余，而渐复三代之故。士大夫不深明天子之心，用意过当，求深者或至于迂，务奇者怪僻而不可读。余风未殄，新弊复作。大者镂之金石，以传久远，小者转相模写，号称古文，纷纷肆行，莫之或禁。盖唐之古文，自韩愈始，其后学韩而不至者，为皇甫湜，学皇甫湜而不至者，为孙樵，自樵以降，无足观矣。（《谢欧阳内翰书》）

这就是说，同欧阳修一样，苏轼也是反对晚唐以来西昆体"浮巧轻媚、丛错采绣"的不良文风，而主张"复古"的，同时他对发展到了另一极端，流为迂奇怪僻的文风亦极为不满，认为这是一种"新弊"。原来，唐宋古文运动的倡导者们提出"复古"的目的不过是要求创作回到表现现实生活的正当道路上来，现在很多人"用意过当"，竟又把迂奇怪僻当作追求的目标。矫枉过正，依然走的邪道。旧弊也好，新弊也好，追求的都不是他认为应该追求、值得注意的东西，作者们尽写些浮文废话，在他看来，毛病即在其中没有"意"。没有"意"，就写不出好的作品，不能成为佳作。

"浮巧轻媚"与"迂奇怪僻"的东西其中是否没有任何意思呢？当然不是。纯然只有形式而无任何思想内容的诗文是不存在的。苏轼所讲的"意"，并非指随便什么意思，实有其特定的含义。看他自己所说：

> 今览所示议论，自东汉以下十篇，皆欲酌古御今，有意乎济世之实用。此正平生所望于朋友与凡学道之君子也。(《答俞括书》)
>
> 宋兴七十余年，民不知兵，富而教之，至天圣、景祐极矣，而斯文终有愧于古。士亦因陋守旧，论卑而气弱。自欧阳子出，天下争自濯磨，以通经学古为高，以救时行道为贤，以犯颜纳谏为忠。(《六一居士集叙》)
>
> 人才以智术为后，而以识度为先。文章以华采为末，而以体用为本。国之将兴也，贵其本而贱其末，道之将废也，取其后而弃其先。用舍之间，安危攸寄。故议论慷慨，则东汉多徇义之夫，学术夸浮，则西晋无可用之士。(《答乔舍人启》)

这几段话说得很明白，他赞赏的文章是那些能够通经学古、救时行道、犯颜纳谏的；是以华采为末，体用为本的；是能酌古御今，存心济世的。简言之，"救时"和"济世"，就是他对作文所要求的

"意"。文章中确有这样的思想内容,便是"有意而言",否则,便没有意义。"有意而言",有时他也称之"有为而作"。

苏轼为什么会主张这样的"意"呢?

他生长在号称"百年无事"的北宋中叶,当时社会表面上好像太平、繁荣,实际由于豪强兼并,边备松弛,官僚机构臃肿无能,人民生活异常困苦,积贫积弱的局面已经形成,内外危机就将爆发。出身于一个比较清寒的封建知识分子家庭,属于中小地主阶层的苏轼,对当时政治形势了解较多,比一般人较早看出了问题,同时由于所属阶层不免受到大地主兼并势力的排挤,也有改革的要求。对于具有这种识见和要求的苏轼来说,自然不会满意西昆体和迂奇怪僻的文风,而要求革新诗文,使文艺创作密切联系现实,在社会革新运动中发挥积极的作用。

苏轼自小就"奋厉有当世志"(苏辙《东坡先生墓志铭》),自称"早岁便怀齐物志,微官敢有济时心"(《和柳子玉过陈绝粮》)。如上所说,这都不是偶然的。当然,他所谓齐物,所谓济时,无非想为北宋王朝未雨绸缪,挽救危机。可是由于他毕竟不失为一个改革家,基本上是要求抑制大地主兼并势力的,在历任地方官时,在救灾救荒、粜粮施药、兴修水利、整饬军纪、免除赋税、发展生产等方面都做出过一定成绩。他"为君父惜民"(元祐七年六月十六日《再论积欠六事四事札子》)是实,对人民毕竟还是有所顾惜,同残民厚君者有明显区别,所以,他的"救时""济世"之"意",在当时历史条件下,具体地说,不可否认有一定的进步性。

苏轼以"有意而言"教人,也以"有意而言"自乐。他曾这样告诉刘景文:"某平生无快意事,惟作文章:意之所到,则笔力曲折,无不尽意。自谓世间乐事无逾此者。"(何薳《春渚纪闻》卷六引其语。)他的议论不一定都对,但确是侃侃而谈,非常慷慨,因为他说出了自己的心里话,而这些话又是要用来"救时""济世"的,这使他感到气壮,也觉得畅快。

二、言必中当世之过

作文要有"救时""济世"之意,当然不错,但究应说些什么话,才算有救时、济世的作用?苏轼牢牢记住了父亲苏洵告诉他的话:

> 昔吾先君,适京师与卿士大夫游,归以语轼曰:"自今以往,文章其日工,而道将散矣!士慕远而忽近,贵华而贱实,吾已见其兆矣!"以鲁人兔绎先生之诗文十余篇示轼曰:"小子识之,后数十年,天下无复为斯文者也。"先生之诗文,皆有为而作,精悍确苦,言必中当世之过,凿凿乎如五谷必可以疗饥,断断乎如药石必可以伐病。其游谈以为高,枝词以为观美者,先生无一言焉。其后二十余年,先君既没,而其言存。士之为文者,莫不超然出于形器之表,微言高论,既已鄙陋汉唐,而其反复论难,正言不讳,如先生之文者,世莫之贵矣。(《兔绎先生诗集叙》)

苏轼这里提出的"言必中当世之过",而且这种言还必须"凿凿乎如五谷必可以疗饥,断断乎如药石必可以伐病",确实可以作为他所说"救时""济世"的注脚。如果口上说要救时、济世,却未曾看准当世之过究在哪里,以致说得不中肯,或者看到了而不敢说,这怎么能救时、济世呢?如果想要救时、济世,当世之过究在哪里也说对了,但又只是抽象地、原则地"微言高论"一番,或者把国家社会、把别人埋怨痛骂一顿，而提不出确凿可以救饥治病的建设性意见或办法来，这又怎么就是救时、济世呢？

"言必中当世之过"实质上就是今天所说的作家应该干预生活，干预政治，对现实生活中的重大错误缺点不能熟视无睹，对种种不合理、不公平的现象不能不加批评、揭露。分明已经积贫积弱，危机四伏，还要人们高喊形势一派大好，北宋当时一些地主保守派是这样干的，过去林彪、"四人帮"一伙也是这样干的，他们都决不许人民揭露"当世之过"。讳疾忌医，自然只能使疾病加重，导致不可救药。这种搞法，根本谈不到什么救时、济世。

但"言必中当世之过"，也还需要进一步，通过"反复论难"，具体分析，找出切实可行，纠正过错的办法，才能包括救时、济世的全部工作。能够言必中当世之过，看到了症结所在，比之那种只知保全一身一家，问以国家大事，却四顾茫然，言不中肯，当然也是一种贡献。但揭露本身不应是终极目的，更重要的是把国家社会的毛病想法切实治好，使得人民大众真正幸福、高尚起来。客观上还没有得到治好了病的效果，是还不能说已尽了救时、济世之责的。联系当前我们自己的体会，就不难感到苏轼当时讲的这些话，不但合理、完整，而且也很深刻。

作文有救时、济世之心，还要通过艺术手段，表现出了切实有效的救时、济世之法，是否这样就一定能成为天下之至文了呢？光有某种正确的思想，某种正当的责任感和洞察力，是否就能取得强有力的艺术效果呢？还是不一定的。文学作品寓理于情，没有真理不行；光有真理而缺乏一股不得不发的激情，作品不动人，这也是没有多大效果的。

以屈原为例。他的《离骚》是怎样写出来的？司马迁说："屈平疾王听之不聪也，谗谄之蔽明也，邪曲之害公也，方正之不容也，故忧愁怨思而作《离骚》。""夫天者,人之始也;父母者,人之本也。人穷则反本,故劳苦倦极,未尝不呼天也;疾痛惨怛,未尝不呼父母也。屈平正道直行,竭忠尽智以事其君,谗人间之,可谓穷矣。信而见疑,忠而被谤,能无怨乎?屈平之作《离骚》,盖自怨生也。"(《史记·屈原贾生列传》)屈原的全部作品里都汹涌着一股强烈的激情,正是这股激情驱使他写出了他的作品。他不能不写,也不能不这样来写,他的作品是震撼人心的。

以司马迁为例。大家知道他是"发愤著书"说的先驱,他自己的《史记》也是发愤著成的。他说:"《诗》三百篇,大抵贤圣发愤之所为作也。此人皆意有所郁结,不得通其道也,故述往事,思来者。"(《史记·太史公自序》)他自己呢,在《史记》的草创过程中,触犯皇帝闯了大祸,所以能"隐忍苟活"、"就极刑而无愠色"、"函粪土之中而不辞",即因"恨私心有所不尽,鄙没世而文采不表于后"(《报任安书》),决心要写成这部巨著的迫切要求战胜了一切勉强活下去时必然会遭受到的耻辱与痛苦。

屈原、司马迁等在文学上的巨大成就说明一个问题,即除了进步思想、正直的品格、对事理的洞察与必要的艺术才能之外,作家本人的创作激情同样是必不可少的。某种正当的责任感有助于产生创作热情,但如果缺乏深刻的体验,没有某种大痛苦、大悲愤、可歌可泣的东西一直在震撼、激荡,甚至在撕裂着作者的心,没有不把他想要写的东西写出来便坐不住、躺不下,总觉太对不起人,会对时代和历史犯罪的迫切感,光凭一点正当的责任感还是不行的。

文学创作必须要有激情,屈原、司马迁以作品的巨大感染力量证明了这一点,东汉的王充在理论上也早已多少看到这一点。王充说:

> 精诚由中，故其文语感动人深。是故鲁连飞书，燕将自杀；邹阳上疏，梁孝开牢。书疏文义，夺于肝心，非徒博览者所能造，习熟者所能为也。(《论衡·超奇》)

这里说精诚由中而言，感动人深。光凭博览和习熟的人，写不出这种文章来。比起"发愤"而作来，仅仅"精诚由中"也许还起不了那么大的作用。"精诚由中"而又感觉非写不可的东西，人们读起来就更有力了。王充这段话，指出语不精诚便不能动人，只凭博览与习熟写不出夺人肝心的作品，是很有意义的。

前人的成功之作和符合艺术规律的议论，以及父亲苏洵对他的教育、启发，使苏轼在这个问题上也作出了进一步的总结。这就是他的文"非能为之为工，乃不能不为之为工也"说。

原来苏洵曾这样说过，大概苏轼从小在家里即常听到父亲这样一类的议论：

> 风行水上涣，此亦天下之至文也。然而此二物者，岂有求乎文哉。无意乎相求，不期而相遭，而文生焉。是其为文也，非水之文也，非风之文也；二物者，非能为文，而不能不为文也。物之相使，而文出于其间也。此天下之至文也。(《嘉祐集》卷十四《仲兄字文甫说》)

后来苏轼结合他自己的体验和认识加以发挥，这样说：

> 夫昔之为文者，非能为之为工，乃不能不为之为工也。山川之有云雾，草木之有华实，充满勃郁而见于外，夫虽欲无有，其可得耶？自少闻家君之论文，以为古之圣人，有所不能自已

而作者,故轼与弟辙为文至多,而未尝敢有作文之意。……凡耳目之所接者,杂然有触于中,而发于咏叹。……非勉强所为之文也。(《江行唱和集叙》)

比较一下,苏洵的话诚然不错,但他主要的意思在于说明不能为作文而作文的道理,"天下之至文"只能出于有激而抒和有感而发。而苏轼的话则更为明确,指出古人的好文章,都直接来自现实生活,作家有了深刻的感触,觉得"不能不为",不为就"不能自已",是在这样的情况下写出来的。好文章既不是脱离生活、挖空心思硬造出来的,也不是单凭一点文字底子、写作技术,就写得出来。

从"言必中当世之过",到寻求确凿可以疗治挽救的办法,再到具有"不能自已""不能不为"的激情,从而达到"救时""济世"的目的,可以说,苏轼的创作思想不但符合艺术规律,也是深深体现着古代现实主义精神的。在这种思想指导下,苏轼创作出来的作品,特别是那些反映现实社会矛盾,如《荔枝叹》一类,并包括那些曾被林彪、"四人帮"手下一批文痞指为反对王安石新法而全给抹杀的《吴中田妇叹》《山村五首》等在内,尽管他的倾向有时较为保守,有的看法并不全面,但他的作品确在不同程度上反映了现实,体现了"惜民"和要求改革的思想,是有助于认识当时的社会面貌的,并非虚假、勉强之作。他的很多抒情写景之作,也非无病呻吟,对后世读者另有其教育、审美等作用。

我们今天要写真实,文学创作既要干预生活,揭示社会的病态,决不能再搞瞒和骗,同时亦绝不能为揭露而揭露,使读者看不到光明的前途,以致产生不良的客观效果。瞒和骗是不真实,而不反映实有的光明和前途的大有希望,一样是不真实。我们今天的作家对社会主义文学事业也一定要迸发出"不能自已"的高涨激情,通过艺术方法表现出最强的政治责任感。苏轼虽然是封建社会产生的作家，从他这种创作思想我们还是可以借鉴到不少合理、有益的东西的。

三、不以一身祸福，易其忧国之心

苏轼要"言必中当世之过"，必然会触犯大地主当权派的忌讳，就像改革家王安石那样的当政者，由于阶级的局限，对他的公然反对自己，也未能释然于怀。事实上，在苏轼一生中，由于他始终坚持自己的改革主张，总要把自己认为的"当世之过"顽强地揭露出来，既受到新党的排挤打击，旧党也一点没有轻放过他。如他自己所说，旧党对他的迫害，有时甚至比新党当初对他的迫害更"崄毒"（参元祐三年十月《乞郡札子》）。真是"明知山有虎，偏向虎山行"。在种种排挤、打击的危险、痛苦面前，他不是没有畏惧、矛盾和动摇过，他说过一些懊悔的话，也向有些人表示过再不写诗作文讥诮时政了，然而他终于没有真这样做，他实在禁不住自己，还要这样说。尽管他所指摘的"当世之过"中有不全属实、理解片面的地方，但总的说是苦口婆心，想改善一点老百姓的不幸处境的。可是他的命运却是几番起落之后，垂老还被贬逐到遥远的海南岛，以后幸得生归，没多久便在凄凉的境遇中死了。陆游把他的一生只用四句话总结得颇好："公不以一身祸福，易其忧国之心。千载之下，生气凛然。"（《放翁题跋》卷四《跋东坡帖》）

苏轼所以能在创作上坚持"言必中当世之过"的现实主义进步思想，自然同他所处的阶级地位有关系，但同他具有比较远大的志向和不念念于一身穷达的正直品格也有密切关系。须知当时同他处于一样阶级地位的人，很多并没有或并未能坚持他这样的创作思想。

苏轼是北宋皇帝的臣子,他当然要做个忠臣,处处"为君"着想。但他想要做的忠臣,和别些人做成的完全奴才式的忠臣,是迥然有别的。他欣赏孟子所说的"我善养吾浩然之气",他说有了这种浩然之气,"则王、公失其贵,晋、楚失其富,良、平失其智,贲、育失其勇,仪、秦失其辩。"他认为具有浩然之气的人才真能在文学、政事上有所成就。他正是从这个角度上来称颂韩愈的功绩的:"文起八代之衰,道济天下之溺,忠犯人主之怒,而勇夺三军之帅,岂非参天地,关盛衰,浩然而独存者乎?"(《潮州修韩文公庙记》)韩愈在多大程度上当得起他这种称颂,可以讨论,苏轼论人的观点却是如此。他论孔北海,论诸葛孔明,称赞张安道,也可以看出他自己想做怎样一种人:

孔北海志大而论高,功烈不见于世,然英伟豪杰之气,自为一时所宗,其论盛孝章、郗鸿豫书,慨然有烈丈夫之风。诸葛孔明不以文章自名,而开物成务之资,综练名实之意,自见于言语,至《出师表》简而尽,直而不肆,大哉言乎,与《伊训》《说命》相表里,非秦汉以来以事君为悦者所能至也。……呜呼,士不以天下之重自任久矣!言语非不工也,政事文学非不敏且博也,然至于临大事,鲜不忘其故,失其守者,其器小也。公(按:指张安道,人称乐全先生)为布衣,则顾然已有公辅之望,自少出仕,至老而归,未尝以言徇物,以色假人,虽对人主,必同而后言,毁誉不动,得丧若一,真孔子所谓大臣以道事君者。世远道散,虽志士仁人,或少贬以求用,公独以迈往之气,行正大之言,曰:用之则行,舍之则藏,上不求合于人主,故虽贵而不用,用而不尽;下不求合于士大夫,故悦公者寡,不悦者众。然至言天下伟人,则以公为首。公尽性

如命,体乎自然,而行乎不得已,非靳以文字名世者也。(《乐全先生文集叙》)

在上面这段文字里,撇开对这些人物的评价是否恰如其分不谈,苏轼自己想做怎样一种人,岂不相当清楚吗?

他要做忠臣,但是"敢犯人主之怒"的忠臣;有"开物成务之资,综练名实之意",非"以事君为悦"的忠臣;"以道事君""不求合于人主"的忠臣,他要做忠臣,但同时决心保持是一个具有"浩然之气""烈丈夫之风";能"以天下之重自任",临大事不忘其故,不失其守,不以言徇物,不以色假人,"毁誉不动,得丧若一",不怕得罪人,而行乎不得已的人。总之,他一方面是个地主阶级的忠臣,另一方面又有"以天下之重自任"的抱负和他自己的做人原则、操守,这些抱负、原则和操守显然不能简单地斥为反动或顽固保守,而笼统予以否定、抹杀。

正因为他有着这样的抱负、做人原则和操守,所以他能先天下之忧而忧,即使这样做会得罪于皇帝,为自己带来祸患,也在所不惜。他说:

古之君子,必忧治世,而危明主。明主有绝人之资,而治世无可畏之防。夫有绝人之资,必轻其臣;无可畏之防,必易其民。此君子所甚惧也。方汉文时,刑措不用,兵革不试,而贾谊之言曰:天下有长太息者,有可流涕者,有可痛哭者。后世不以是少汉文,亦不以是甚贾谊。由此观之,君子之遇治世而事明主,法当如是也。(《田表圣奏议叙》)

但真要这样做了,他知道不一定有好结果,被杀的晁错就是一

个明显的例子:

> 天下之患,最不可为者,名为治平无事,而其实有不测之忧。坐观其变而不为之所,则恐至于不可救,起而强为之,则天下狃于治平之安而不吾信。惟仁人君子、豪杰之士,为能出身为天下犯大难,以求成大功,此固非勉强期月之间,而苟以求名者之所能也。(《晁错论》)

他之所以仍要"言必中当世之过",处"盛世"而作"危言",是知其不可而为之,果然出于"不得已"。毫无原则,随风使舵,见利而迁,因为害怕触犯人,连该说的话也不敢直说,他是引为深耻的。他说:读书人想做官,当然总想得点利益,"苟志于得而不以其道,视时上下而变其学",就无恶不作起来,这怎么可以呢?(《送进士诗叙》)他说:大臣要"可以托六尺之孤,可以寄百里之命","为社稷之卫",如果一味"与时上下,随人俯仰,虽或适用于一时",又何足称为大臣呢?(《叔孙通不能致二生》)他说:"士大夫砥砺名节,正色立朝,不务雷同以固禄位,非独人臣之私义,乃天下国家所恃以安者也。若名节一衰,忠言不闻,乱亡随之,捷如影响。"对那些只知"持禄保妻子",胆小怕事,不敢讲话的人,他非常鄙视。(《张九龄不肯用张守珪牛仙客》)王安石掌权的时候,决意变法,苏轼明知自己"若少加附会,进用可必",可是由于政见不同,改革想法有异,觉得很多新法以及具体办法已经成为"当世之过",他就"上疏六千余言,极论新法不便",以致得罪下狱。(《杭州召还乞郡状》)司马光上台后,不顾一切废新法,苏轼这时从一贬再贬中骤迁回京,做了大官,可是由于他从民间实践中看到新法的某些方面确比旧法利多弊少,而采取了有所维护的态度,认为原来

"交契最厚"的司马光一些极端做法又成了"当世之过",又不惜与之力争,惹得司马光大怒,终于再被旧党排斥了下去。他曾自白:

> 昔之君子,惟荆(指王安石)是师;今之君子,惟温(指司马光)是随。所随不同,其为随一也。老弟与温相知至深,始终无间,然多不随耳。(《与杨元素》)

可见,他不但厌恶别人随风倒,自己在这种关系身家性命的紧要关头,首先就是坚持了一向的抱负、做人原则和操守的。"四人帮"手下罗思鼎、梁效这伙文痞,竟说苏轼是"典型的投机派","有一套适应形势的两面派手法"等等,全是违背历史的诬蔑不实之辞。诚如王夫之所说,北宋由于新旧党争剧烈,当时的风派人物是很多的:"士竞习于浮言,揣摩当世之务,希合风尚之归,以颠倒于其笔舌。"(《宋论》)而苏轼前后的议论虽也有过变化,却是实践对他的影响,是事实教育了他的结果,绝不同于风派人物的随风倒。刘安世倒是早就看到了这一点:"东坡立朝大节极可观,才意迈峻,惟己之是信,在元丰则不容于元丰,在元祐则与老先生(指司马光)议论亦有不合处,非随时上下人也。"(《元城语录》)我们今天也应该看到苏轼的局限和缺点错误,但凡尊重事实的人,当不会辱骂他是投机分子。

文如其人,论文也必如其论人。苏轼对欧阳修非常尊敬,欧阳修的文论对苏轼影响很深。欧阳修过去曾对苏轼说:"我所谓文,必与道俱,见利而迁,则非我徒。"苏轼后来在祭文里向欧阳表白:对这种"言如皎日"的教训,自己将信从到底,"有死无易"。(《祭欧阳文忠公文》)他说自己作诗不考虑穷达:"诗能穷人,所从来尚矣,而于轼特甚。……人生如朝露,意所乐则为之,何暇计议穷达,云能穷人者固谬,云不能穷人者,亦未免有意于畏穷也。"(《答陈师仲书》)创作畏穷、求达,那就只好随时上下,见利而迁了。而他是决不愿为世俗营营的思虑所缚,凡有不能自已,不得不吐的议论,宁愿一吐为快,连要触怒于人,甚至犯大难亦不顾:

> 嗟夫,余天下之无思虑者也。遇事则发,不暇思也。未发而思之则未至,已发而思之则无及。以此终身,不知所思。言发于心而冲余口,吐之则逆人,茹之则逆余,以为宁逆人也,故卒吐之。君子之于善也如好好色,其于不善也,如恶恶臭,岂复临事而后思,计议其美恶,而避就之哉!是故临义而思利,则义必不果,临战思生,则战必不力。若夫穷达得丧,死生祸福,则吾有命矣。(《思堂记》)

这段话讲得非常直率、坚强、有味。后来他在《录陶渊明诗》中重述了"言发于心"这些话,认为他这种思想与陶诗"清晨闻扣门"这首诗中的意思"不谋而合"。

苏轼是这样想,这样做,就在受了多年苦难之后也还是这样深信不疑的。弟弟苏辙最了解东坡的为人,后来他这样给东坡作传:

> 初公既补外,见事有不便于民者,不敢言亦不敢默视也,缘诗人之义,托事以讽,庶几有补于国。言者从而媒蘖之。……
> 其于人,见善称之如恐不及,见不善斥之如恐不尽,见义勇于敢为而不顾其害。用此数困于世,然终不以为恨。(《东坡先生墓志铭》)

我以为这是实录,并非弟弟对兄长的虚誉。因为就在送交皇帝的待罪劄子里,苏轼自己就这样坦然承认过:

> 臣愚蠢无状,常不自揆,窃怀忧国爱民之意。自为小官,即好僭议朝政,屡以此获罪。然受性于天,不能尽改。(《辩贾易弹奏得罪札子》)

而在给家人的书信里,他甚至还以为从遭罪的窜逐中,收获到了不少东西:

> 独立不惧者,惟司马君实与叔兄弟耳。万事委命,直道而行,纵以此窜逐,所获多矣。(《与千之侄》)

这真是一个多么自信、多么坚强的人。苏轼当初"屡上书论天下事,退而与宾客言,亦多以时事为讥",谨慎怕事的文与可料到他会闯祸,"极以为不然,每苦口力戒之,子瞻不能听也。"后来他出为杭州通判,文与可写诗为他送行,中有"北客若来休问事,西湖虽好莫吟诗"(《叶少蕴《石林诗话》卷中》)之句。东坡不久就有黄州之谪,被人称为不幸而言中。这是指他对新法的讥诮,其实以后他对极端顽固派的态度何尝不是如此,亲友中一定仍有不断向他苦口力戒的吧。然而"子瞻不能听也",因为面对他认为的"当世之过",他实在不能沉默,不敢沉默啊!

生活在正趋衰落的北宋社会里,内外矛盾如此复杂尖锐,有着这样抱负、做人原则和操守的苏轼,不消说是不可能左右逢源,爬上宰相的高位的。但这样一位独特的人物,却可以成为一个杰出的文学家,他的确具有一个杰出文学家必须具备的各种品质。从这点来说，未能爬上宰相高位，无论对他或对我们后人，倒都是一件幸事，他到底赢得了脍炙人口的历史荣誉，而中国文学史上也增加了一位杰出的作家。《宋史》作者论他道："呜呼，轼不得相，又岂非幸欤？或谓轼稍自韬戢，虽不获柄用，亦当免祸。虽然，假令轼以是而易其所为，尚得为轼哉！"（《宋史》本传）真的，如果苏轼为了免祸，或者为了求相，而变成了一个畏首畏尾，甚至首鼠两端的庸人，那又怎么还能成为一个脍炙人口，传名千古的杰出作家呢？

我们所以要论述苏轼究竟是怎样一个人，无非是想表明，一个在文学创作上身体力行，坚主"言必中当世之过"，虽然屡遭文字之祸，到老还写出了《荔枝叹》这类作品的作家，他这种思想是如何产生的，力量来自哪里。看来除了他的阶级地位这一重要因素，个人抱负、做人原则和操守也不容忽视。简单化的解释说明不了具体问题。真正的文学创作怎么能不干预生活，避开"当世之过"不谈呢？对人民之敌造成的"当世之过"要无情揭露，目的是打倒他们，从政治上消灭他们，为人民造福；对人民内部由于种种原因造成的"当世之过"，只要真是重大的缺点和过错，作家们当然也得讲话，也必要批评指出，目的是疗治、改善，一样为人民造福。我们今天幸而已经有了较好的环境，然而像苏轼那样的抱负、做人原则和操守，或者说像苏轼那样的"见义勇于敢为而不顾其害"的精神，确实还是有其值得借鉴之处的。今天，没有革命者的见义勇为和自我牺牲精神，过多地怪罪客观，即使知道了"言必中当世之过"的重要性，恐怕也还是要大打折扣甚至落空的吧。

四、论儒者之病，多空文而少实用

附带说一说，苏轼既然主张"言必中当世之过"，为什么后来又尝悔其少作?他的态度前后有无矛盾?

苏轼的确不止一次懊悔过他的少作:

> 某少时好议论古人,既老,涉世更变,往往悔其言之过,故乐以此告君也。儒者之病,多空文而少实用,贾谊、陆贽之学,殆不传于世。老病且死,独欲教子弟,岂意姻亲中乃有王郎乎?(《答王庠书》)

> 轼少年时,读书作文,专为应举而已。既及进士第,贪得不已,又举制策,其实何所有,而其科号为直言极谏,故每纷然诵说古今,考论是非,以应其名耳。……妄论利害,搀说得失,此正制科人习气。(《答李端叔书》)

苏轼还曾懊悔过当初对新法的种种偏见:

> 吾侪新法之初,辄守偏见,至有异同之论。虽此心耿耿,归于忧国,而所言差谬,少有中理者。今圣德日新,众化大成,回视向之所执,益觉疏矣。若变志易守以求进取,固所不敢,若诡诡不已,则忧患愈深。(《与滕达道书》)

可以看出,苏轼所懊悔的乃在少作中的"空文而少实用"处,议论的"妄"处,以及反对新法时的那些"少有中理"的"偏见"。空文、妄论、偏见,当然都谈不上"言必中当世之过",能起救时、济世的实用,而这些却正是他竭力主张、提倡的。所以,很明白,他悔其少作,不但并不与他"言必中当世之过"的创作思想矛盾,反而还可以证明,他是始终坚持着这种思想的。关于这一点,另一个具体证据是他自己说的:

> 凡人为文，至老多有所悔，仆尝悔其少矣。然著成一家之言，则不容有所悔。当且博观而约取，如富人之筑大第，储其材用，既足而后成之，然后为得也。(《答张嘉父》)

我认为这里开头几句多少谦词，表示自己所著未足成一家之言。少作如何才能做到以后看了可以不悔或少悔？他提出应该"博观而约取"，"既足而后成之"，就是说应该广泛观察，在大量事实的基础上进行研究，思考成熟了才下结论，不要随便下断语。前面不是已经引过他所说的"涉世更变，往往悔其言之过"么？见得多，识得广了，较多地看到了实践的结果，据以立论，以后看了就可以不悔或少悔些了。苏轼自悔少作，自悔当初偏见的态度，以及他提出的避免或减少后悔的办法，我以为也是相当实事求是，难能可贵的。

(原载《社会科学战线》1980 年第 3 期)

鲁迅文艺论评的科学性与战斗性

一

鲁迅先生不但是伟大的文学家，也是伟大的思想家和革命家。他在战斗的一生中，写了不少小说和大量杂文，亦给我们留下很多锋利透辟的文艺论评文章。特别是他后期所写的论评，由于很好地学会了辩证法，更觉深刻有力。他针对当时文艺界存在的各种片面或错误的思想，通过科学分析，进行说理斗争，取得了能令同志和朋友心悦诚服、迫使敌人无法反驳的显著效果，大力推动了革命文艺在正确道路上的发展。

鲁迅是最勇敢、最坚决的战士，对当时文艺界存在的各种片面或错误的思想，不管属于同志、朋友还是敌人的，用不同方式都进行了斗争。但他是怎样进行斗争的呢？是靠什么进行斗争的呢？当时很多人以为辱骂和恐吓也是战斗，诬陷、造谣、发脾气、随意给对方下判决，甚至乱要人性命，都算战斗，鲁迅坚决反对自己方面的人也这样做，指出这些做法都决不是战斗，是"极不对"的：

中国历来的文坛上,常见的是诬陷,造谣,恐吓,辱骂,翻一翻大部的历史,就往往可以遇见这样的文章,直到现在,还在应用,而且更加厉害。但我想,这一份遗产,还是都让给叭儿狗文艺家去承受罢,我们的作家倘不竭力的抛弃了它,是会和他们成为"一丘之貉"的。(《南腔北调集·辱骂和恐吓决不是战斗》)

他主张"战斗的作者应该注重于'论争'"。"况且即是笔战,就也如别的兵战和拳头一样,不妨伺隙乘虚,以一击制敌人的死命,如果一味鼓噪,已是《三国志演义》式战法,至于骂一句爹娘,扬长而去,还自以为胜利,那简直是'阿Q'式的战法了。"(同上)他一再指出:"我想,辩论事情,威吓和诬陷,是没有用处的。用笔的人,一来就发你的脾气,要我的性命,更其可笑得很。"(《花边文学·玩笑只当它玩笑〔上〕》)很明显,鲁迅所斥责这些做法决不是战斗,因为这样做无论对同志朋友还是敌人,都没有用处。既说不服同志和朋友,也驳不倒敌人,徒然显出自己的鄙俗、可笑、无力而已。

那么,应该靠什么来进行"论争"、战斗呢?他认为应该靠科学、靠客观固有而非主观臆造出来的规律、真理。实事求是,摆事实,讲道理,这样最有说服力。他说:

只会"辱骂"、"恐吓"甚至于"判决",而不肯具体地切实地运用科学所求得的公式,去解释每天的新的事实,新的现象,而只抄一通公式,往一切事实上乱凑,这也是一种八股。(《伪自由书·透底》)

这就更进一步，不但应靠科学，还应具体地切实地活用科学真理，而不能抄个公式到处乱套。因为公式即使不错，如果到处乱套，而不问事实、现象是否有了新的变化，那仍旧会作不出令人信服的解释，取得斗争的胜利。

鲁迅的许多文艺论评正是靠了科学和活用科学真理才取得了辉煌的战斗成果。科学性总是与革命性、战斗性统一的。恩格斯说过：

> 科学愈是毫无顾忌和大公无私，它就愈加符合于工人的利益和愿望。①

鲁迅的许多文艺论评所以在过了将近半个世纪之后的今天读来还是非常有力，还是可以用来帮助我们拨乱反正，肃清"左"的流毒，就在于它具有无比丰富的科学性。同鲁迅的许多文艺论评相对照，二十多年来"左"的路线下应运而生的那些文艺论评，尽管集了辱骂、恐吓、诬陷、造谣、判决，甚至害死人之大成，可以猖獗一时而终究逃脱不了过街老鼠一般的命运，其原因便可想见了。

下面就人物描写、题材选择、遗产继承这三个问题来略谈鲁迅有关论评的科学性与战斗性。

二

文学是人学。不论哪一种文学作品，都应该写人的思想感情，人的性格，特别在小说、戏剧里，要塑造人物形象。活生生的真实的人物是文学作品的生命。很多作品中虽然写了人，但并不都是真

---

① 《马克思恩格斯选集》，第4卷，第254页。

的人物，乃是作者主观观念的化身。这样的作品因为人物不真实，不能使读者信服，尽管作者的动机不错，作品还是起不了好作用。这样的作品当然不成为艺术。

怎样才能写出真的人物来？这是一个可以从多方面来谈的问题，但最重要的一点，则是要如实描写，即令有所夸张，也仍不能脱离真实。早在一九二四年，鲁迅就这样地指出《红楼梦》在人物描写上的空前成就了：

> 至于说到《红楼梦》的价值，可是在中国底小说中实在是不可多得的。其要点在敢于如实描写，并无讳饰，和从前的小说叙好人完全是好，坏人完全是坏的，大不相同，所以其中所叙的人物，都是真的人物。总之，自有《红楼梦》出来以后，传统的思想和写法都打破了——它那文章的旖旎和缠绵，倒是还在其次的事。（《中国小说史略·中国小说的历史的变迁·第六讲》）

所谓"叙好人完全是好，坏人完全是坏"，其实就是旧戏中流行的脸谱式的写法，从前的小说写人的确大都这个样子。鲁迅认为《三国演义》虽有写得有声有色的地方，但总的说，比不上《红楼梦》，一个重要缺点在：

> 描写过实。写好的人，简直一点坏处都没有；而写不好的人，又是一点好处都没有。其实这在事实上是不对的，因为一个人不能事事全好，也不能事事全坏。譬如曹操他在政治上也有他的好处；而刘备、关羽等，也不能说毫无可议，但是作者并不管它，只是任主观方面写去，往往成为出乎情理之外的人。

(《中国小说史略·中国小说的历史的变迁·第四讲》)

至于写人，亦颇有失，以致欲显刘备之长厚而似伪，状诸葛之多智而近妖。(《中国小说史略·元明传来之讲史〔上〕》)

鲁迅这种观点，好就好在他是从"事实"出发的。事实上没有事事全好、事事全坏的人。硬要把好人坏人写成这个样子，因为"出乎情理之外"，读者便不相信。好人坏人本来是客观存在的，写出真的好人原可以教人学好，写出真的坏人原可以教人恨坏，只为这样一写，教育作用便会丧尽，至少不免大打折扣了。

鲁迅自己描写人物就是始终"敢于如实描写，并无讳饰"的。阿Q是他非常同情的人物，阿Q当时不是勇猛战斗的农民英雄，而且阿Q的确也有革命的要求，但鲁迅就敢于写出阿Q的精神胜利法，即阿Q式的战法，以及阿Q的其他不少弱点。因为阿Q只能是这样的人，如果把他写成了勇猛善战的农民英雄，就绝不是阿Q了。祥林嫂亦类似。前些年月，若是别人也这样写了贫雇农和劳动妇女，不管你如何申明这是在写过去特定环境中的人物，早就会被加上"歪曲劳动人民形象、在他们脸上抹黑"，甚至"恶毒攻击"什么什么的可怕罪名了。

我们知道，三十年代就已出现了要求把革命写得很完美、把革命者和工人、农民写得完全是好、事事皆好的议论。尽管这是出于宣传和赞美革命与人民的好心，但因为这并不符合事实，而且这种好心并不能有好的结果，所以鲁迅无比清醒地还是坚持了他过去的观点。"革命是痛苦，其中也必然混有污秽和血，决不是如诗人所想象的那般有趣，那般完美；革命尤其是现实的事，需要各种卑贱的，麻烦的工作，决不如诗人所想象的那般浪漫。"(《二心集·对于左翼作家联盟的意见》) 如果真的把艰苦的革命写得如此有趣、完美，而在实际参加时发觉远不是这样,这种虚假的描写反而会使有些人失望,甚至堕落。鲁迅深知,就是革命者和工农,也绝非"完人",革命英雄是在斗争实践中逐步锻炼成长起来的。"世界上根本没有神人一般的先驱。"(《译文序跋集·〈毁灭〉后记》)针对当时这一类理论和体现了这种理论的作品,他多次指出:

> 我以为画普罗列塔利亚应该是写实的,照工人原来的面貌,并不须画得拳头比脑袋还要大。(《二心集·上海文艺之一瞥》)
>
> 而别一派,则以为凡革命艺术,都应该大刀阔斧,乱砍乱劈,凶眼睛,大拳头,不然,即是贵族。(《致郑振铎》,1934年6月2日)
>
> 艺术应该真实,作者故意把对象歪曲,是不应该的。故对于任何事物,必要观察准确,透彻,才好下笔。农民是纯厚的,假若偏要把他们涂上满面血污,那是矫揉造作,与事实不符。(《鲁迅全集补遗续编·第二次全国木刻联合流动展览会上的讲话》)

这些作者大概以为拳头大、眼睛凶或满面血污的工农才是真正的革命者,非此不足以显示其革命。其实,反动的暴徒也可以是这种样子。而外表斯文、比较瘦小的人,亦完全可能成为真正的革命者。既然革命者也是人,有时他当然会烦恼、痛苦、悲伤,甚至哭泣,难道写了这些就一定会损害他作为革命者的形象?破坏了他的性格真实?这中间或者有他的弱点、失误,或者是普通人常有的感情,只要他的行动终于证明他确实是一个了不起的革命者,为什么写了他的一些弱点、失误,以及普通人常有的感情就会不成革命者,性格就不真实了呢?如果说,这些好像与革命者的主导性格毫无关系的东西不过是枝叶，必须芟夷这些枝叶完全不写，那么鲁迅的名言却是：

> 我们所注意的是特别的精华，毫不在枝叶。给名人作传的人，也大抵一味铺张其特点，李白怎样做诗，怎样耍颠，拿破仑怎样打仗，怎样不睡觉，却不说他们怎样不耍颠，要睡觉。其实，一生中专门耍颠或不睡觉，是一定活不下去的，人之有时能耍颠和不睡觉，就因为倒是有时不耍颠和也睡觉的缘故。然而人们以为这些平凡的都是生活的渣滓，一看也不看。……删夷枝叶的人，决定得不到花果。（《且介亭杂文末编·"这也是生活"……》）

这里所谓"花果"，指的正是活生生的完整的革命者形象。一点缺点都没有的革命者，每时每刻都在革命的人，事实上不存在。把革命者写成这样的人，倒是要把人物的性格真实断送光的。

革命者不是天神，反动者也未必个个青面獠牙、獐头鼠目。如果公式化、一刀切的写法合理、管用，那么识别反动派以及同他们斗争，就是非常轻易的事了。其实最需要认真对付的反面人物，决不是那种一望而知的流氓、瘪三，他们中尽多相貌堂堂、衣冠楚楚、温文尔雅、也具有某些人情、道德的人，只是在关键时刻，他们才终于露出其凶残本相和丑恶灵魂来罢了。试想曹雪芹笔下的薛宝钗、王熙凤，何尝是或何尝总是凶神恶煞？《雷雨》中的周朴园，在侍萍真的到来之前，对旧情显得多么虔诚、恋念，颇像真心有所忏悔的正人，写出这一点，何尝妨碍了作者要揭露他的伪君子的目的？如果不这样写，倒反而不能揭露得如此生动、深刻，周朴园这个人物形象就活不起来了。

鲁迅的观点是科学的，因为符合客观事实，可惜很多口口声声称赞鲁迅、表示愿意向他学习的人也并未真正利用他的思想宝库。多少年来，我们这里"人学"几乎变成了"神学"。一定得把好的人、好的事写成"完美无缺"，稍写缺点、错误，原想引起注意，帮助改正，却就棍棒齐来，叫作品、作者都生命难保。造神运动、现代迷信、讳疾忌医，影响到文艺论评，就是越来越"左"，别有用心者还一直发展到"三突出"，拼命要求"高大全"，心安理得地听由瞒和骗来摧残文艺以至国家民族的生命。目前，文艺论评中"左"的流毒远未肃清，重新发扬鲁迅在人物塑造上"其要点在敢于如实描写，并无讳饰"的主张，显然仍有巨大的战斗价值。

三

在题材选择问题上，在"左"的路线干扰下，三十年来我们又几经折腾，好像真是个异常复杂，难于正确解决的问题。其实在长期的创作实践和马克思主义文艺理论的探索中，鲁迅也早已辩证地提出了他的科学观点。他早已给我们提交了可以开这把锁的钥匙，"左"的论评却偏要自己去另造一个钥匙，结果把这个问题搞得一度非常混乱，阻碍了创作的发展。

鲁迅一贯主张题材应该丰富、多样。因为社会生活是非常丰富、多样的，要如实反映出丰富、多样的社会生活，题材便不能单一、狭隘，不管某种题材是多么重大。丰富、多样的题材既是反映社会生活的需要，也是争取更多读者，扩大文艺作品的教育影响、社会效果的需要。读者是各种各样的，他们的需要、爱好、审美趣味各不相同，单一、狭隘的题材会把许多读者拒绝在文艺作品的门外。他们未必反对写某种题材，但若你老是只给这种题材的作品让他们看，他们就不要看了。

同样也是在三十年代就已有了类似后来"题材决定论"的论调。这种论调一出来就遭到鲁迅的有力反对。当时全国人民都要求抗日，作家当然应该写抗日的作品，于是就有人单纯强调抗战题材，不论是谁，不管是否熟悉抗日斗争，都被要求去写义勇军在前线英勇杀敌、写学生请愿示威……仿佛写了这种题材的是好作品，不写这种题材便无从表现抗日的思想感情，或者就不能对抗日有利。对此，鲁迅都作过非常有说服力的论析。

鲁迅是肯定题材有轻重之别的，但他既不赞同局限于重大题材、把题材的重要意义绝对化，从而排斥较为轻小的题材，也不认为写了重大题材的就自然能够成为好作品。他说：

> 所以我想现在应当特别注意这点：民族革命战争的大众文学决不是只局限于写义勇军打仗，学生请愿示威……等等的作品。这些当然是最好的，但不应这样狭窄。它广泛得多，广泛到包括描写现在中国各种生活和斗争的意识的一切文学。因为现在中国最大的问题，人人所共的问题，是民族生存的问题。所有一切生活（包括吃饭睡觉）都与这问题相关；例如吃饭可以和恋爱不相干，但目前中国人的吃饭和恋爱却都和日本侵略者多少有些关系，这是看一看满洲和华北的情形就可以明白的。（《且介亭杂文末编·论现在我们的文学运动》）

在当时，写义勇军打仗之类，当然最好，但如因为没有这种经验和知识，而写当时别种生活和斗争，由于它们都和日本侵略者有关系，也仍可能表现抗日的主题。鲁迅又说：

倘不在什么旋涡中,那么,只表现些所见的平常的社会状态也好。日本的浮世绘,何尝有什么大题目,但它的艺术价值却在的。(《致李桦》,1935年2月4日)

两位是可以各就自己现在能写的题材,动手来写的,不过选材要严,开掘要深,不可将一点琐屑的没有意思的事故,便填成一篇,以创作丰富自乐。(《二心集·关于小说题材的通信》)

单是题材好,是没有用的,还是要技术。更不好的是内容并不怎样有力,却只有一个可怕的外表,先将普通的读者吓退。(《致陈烟桥》,1934年4月19日)

鲁迅说的完全符合事实。既应承认题材有轻重之别,同时也应承认题材重大并不能决定作品一定成功,题材比较轻小也并不会注定作品一定渺小。题材基本相同而成就大不一样乃是经常可见的现象。原因就在决定作品成功的因素不止一个,主要因素乃是对所写生活的熟悉、思想感情的先进、开掘得深,而且有高明的艺术表现能力。选材虽然也有点关系,毕竟不是很大。真要作品取得成功,鲁迅以为"根本问题是在作者可是一个'革命人',倘是的,则无论写的是什么事件,用的是什么材料,即都是'革命文学'。从喷泉里出来的都是水,从血管里出来的都是血。'赋得革命,五言八韵',是只能骗骗盲试官的"(《而已集·革命文学》)。同样的道理,只要作者是个抗日志士,而又开掘得深,那么他无论写什么都可能对抗日斗争有利。在题材选择问题上,鲁迅的一段总结性的话是这样说的:

总之,我的意思是:现在能写什么,就写什么,不必趋时,自然更不必硬造一个突变式的革命英雄,自称"革命文学";但也不可苟安于这一点,没有改革,以致沉没了自己——也就是消灭了对于时代的助力和贡献。(《二心集·关于小说题材的通信》)

这"不必趋时"和"不可苟安",真正是科学态度和革命精神的辩证统一,科学性与战斗性的完整结合。文艺作品是要塑造人物,反映生活的,如果你不熟悉所想写的人物,不懂得所想反映的生活,不管你所想写的题材多么重大,你如果硬要去胡编乱造,肯定写不出好作品,甚至反而会在客观上变成歪曲,那为什么要趋时呢?另一方面,如果你有先进的思想,为人民服务的热情,配合上其他条件,你尽可以在自己能写的范围内选择题材,仍能写出对人民、对革命有利的作品来,你也不必趋时。但题材是有轻重之别的,题材选择得不当,多少会影响到作品,而且比如在全民族都奋起抗日的时候,你如果安于狭小的生活圈子,即使写出来的东西有其意义,"对于时代的助力和贡献"难免会受限制,这样自然也需改变。所谓"不可苟安",就是不可原地踏步,止足不前,满足于比较狭隘的经验,应该尽可能扩大生活的领域,去熟悉应该熟悉的某些(当然不可能是全部)重大题材。鲁迅这些观点,既是实事求是,从实际出发的,也是看到了发展的需要的。他的出发点,是作者的实际情况,是作品的实际效果,同时,又是文艺创作的客观规律。他的观点都是他多年创作经验和理论探索的结晶。

对照鲁迅这些科学观点,分明可以看出,多年来在我们这里几次掀起的"题材决定论""大写十三年""三突出"之类的叫嚷,是多么主观、片面、荒唐。为什么有些老作家解放前写出了很好的作品,后来却写不出同样好的作品来了?鲁迅坚决反对过的类似"出题目做八股"的办法有没有对这些老作家起了严重的束缚作用？我看不能否认这一点。解放后我们新的社会制度给文艺工作者提供了许多过去不能设想的优越写作条件，可是"左"的路线却不断制造出一些拦阻作家们得以充分发挥其才智的绳索，把他们捆得紧紧的，以致某些优越的写作条件并未能真正促进文艺生产力，写出较多经得起实践检验的好作品。在题材选择问题上，历史教训同样不少，现在应当坚决回到鲁迅当年开辟出的正确道路上来了。

四

重温鲁迅关于正确对待文艺遗产的精辟论评，不能不使我们感到，他的观点是多么全面、辩证、深刻。一切的国粹主义者、民族虚无主义者、崇洋媚外者、排外主义者、形而上学者、形式主义者、各色各样的孱头、昏蛋和废物，都曾被他锋利的匕首和投枪重创过。我们今天也还可以运用他的科学观点，继续对后来又不断泛起的沉渣进行驳斥。

针对军阀政府强令人们"尊孔读经"、封建顽固文人鼓吹"国粹主义"的歪风，鲁迅确实在一九二五年讲过："我以为要少——或者竟不——看中国书，多看外国书。"(《华盖集·青年必读书》)难道这是鲁迅的民族虚无主义？绝对不是。只要看一看事实：鲁迅写了《中国小说史略》和《汉文学史纲要》，一生对文艺遗产做了多少精细的辑佚、编选、校勘、评论、分析的工作！而且他还曾庄严地宣告过："历史的巨轮，是决不因帮闲们的不满而停运的；我已经确切的相信：将来的光明，必将证明我们不但是文艺上的遗产的保存者，而且也是开拓者和建设者。"(《集外集拾遗·〈引玉集〉后记》)文艺遗产不但有值得"保存"的东西，还可借以"开拓"，进一步有助于"建设",鲁迅的气魄多大,眼光多远!

鲁迅说的"保存",是说一定要批判继承遗产,不能简单化地误解为全盘继承、无批判的兼收并蓄。"保存"是为了"择取",他主张"择取"遗产中那些能够"保存我们"而不是败坏、腐蚀我们,能够有助于"开拓""建设"我们新事业的"精粹"。凡是不利于我们前进的东西,不能使我们聪明而只能使我们更蠢笨的东西,遗产中的糟粕也好,眼前的垃圾也好,"无论新旧,都应当扫荡"(《伪自由书·透底》)。鲁迅痛斥国粹主义者的全盘继承,这些人连不能"保存我们"的糟粕也视若神明,欣然接受,无疑是一些"废物"。鲁迅也嘲笑另外一种的"孱头",他们唯恐被遗产染污,徘徊瞻顾,什么都不敢择取。而对那些认为遗产一无用处,要"放一把火烧光,算是保存自己的清白"的家伙,则鲁迅还怒骂之为"昏蛋"了。(《且介亭杂文·拿来主义》)

对中国遗产是这个态度,对外国遗产也是这个态度。崇洋媚外,妄说"全盘西化",当然可耻,闭关锁国,一味排外,鲁迅认为亦愚不可及。对外国文艺中值得我们择取的东西,也应当敢于选择利用。他说:

> 比如我们吃东西,吃就吃,若是左思右想,吃牛肉怕不消化,喝茶时又要怀疑,那就不行了,——老年人才是如此;有力量,有自信力的人是不至于此的。虽是西洋文明罢,我们能吸收时,就是西洋文明也变成我们自己的了。好象吃牛肉一样,决不会吃了牛肉自己也即变成牛肉的。(《壁下译丛·关于知识阶级》)

即使并非中国所固有的罢,只要是优点,我们也应该学习。即使那老师是我们的仇敌罢,我们也应该向他学习。(《且介亭

杂文·从孩子的照相说起》）

其实，由我看来，所谓"洋气"之中，有不少是优点，也是中国人性质中所本有的，但因了历朝的压抑，已经萎缩了下去，现在就连自己也莫名其妙，统统送给洋人了。这是必须拿它回来——恢复过来的。（同上）

外国的优点也应择取，即使它是我们的仇敌也应学习其优点；有些外国的优点，原为我们所本有，只因自己不争气落后了，现在必须拿回来。历史上我们有过非常具有自信力的时代，为什么现在要顾虑重重呢？

鲁迅的"开拓"，我想是指根据时代的需要，发掘遗产中不是属于过去而是属于未来的东西，作出科学的解释，使之有利于满足人民的精神文化需要，有助于提高人类的精神文明、文化素养和道德情操等等，自然，也可以包括吸收、借鉴中外文化遗产中的艺术经验，使自己的作品有所丰富，有所增益，别开生面，引起变革：

采用外国的良规，加以发挥，使我们的作品更加丰满是一条路；择取中国的遗产，融合新机，使将来的作品别开生面也是一条路。（《且介亭杂文·木刻纪程·小引》）

旧形式的采取，必有所删除，既有删除，必有所增益，这结果是新形式的出现，也就是变革。（《且介亭杂文·论"旧形式的采用"》）

鲁迅的"建设"，指择取了遗产中的优点，消化运用之后，有助于建设无产阶级的新文化：

因为新的阶级及其文化,并非突然从天而降,大抵是发达于对于旧支配者及其文化的反抗中,亦即发达于和旧者的对立中,所以新文化仍然有所承传,于旧文化也仍然有所择取。(《集外集拾遗·浮士德与城·后记》)

这就是无产阶级的文化建设不割断、也不应割断历史的观点。这个观点完全符合列宁1920年《青年团的任务》一文中所提出的:"如果认为无产阶级文化是从天上掉下来的,是那些自命为无产阶级文化专家的人杜撰出来的,这完全是胡说。无产阶级文化应当是人类在资本主义社会、地主社会和官僚社会压迫下创造出来的全部知识发展的必然结果。"林彪、"四人帮"一伙,口口声声相信马列主义,尊重鲁迅,他们的实际行动却处处背叛革命真理,他们对中外文艺遗产的荒谬口号就是要"彻底扫荡"。在他们胡作非为的一段日子里,他们确实"彻底扫荡"掉了遗产中的许多优点,而对其中的糟粕,例如封建专制主义、残酷迫害无辜、荒淫无耻之类的东西,却不但欣赏于密室,还公然实现于行动。口头上极"左",行为上极"右",确实充分暴露了这伙反革命分子的本相。

多少年来,我们这里流行过"破字当头""大批判开路"的观点。在遗产继承上,也照搬过这样做法。毛泽东同志反对无批判地兼收并蓄的观点是非常正确的,对遗产中的糟粕,一切落后、错误,以及已经过时的东西,当然要批判,必要时还应该加以"毁灭",但怎么能"破字当头"呢?"四人帮"搬用这一观点就造出了"彻底扫荡"论,就烧掉了无数书籍和文物珍品,残害了数以万计的知识分子,这样倒行逆施,"破字当头"实际就等于一破到底,把"批判继承"遗产的重要任务全部取消了。经过这场浩劫,回过头来再听听鲁迅的话:

> 我想，首先是不管三七二十一，"拿来"！（《且介亭杂文·拿来主义》）

真是多么科学的卓见。你要"破"，拿来了再破不迟嘛！如果像鲁迅怒骂的"昏蛋"那样，先放一把火烧光了，把"反动学术权威"们一个一个都整死整垮了，连分析、研究的对象都没有，连大可以用来从事这一工作的人都极少，你还怎么去破呢？鲁迅说的："总之，我们要拿来。"拿来之后，经过分析、研究，于是"或使用，或存放，或毁灭"，这才真是切实有效的办法。如果一定要用一个字来当头，肯定不应是"破"字，而必须是"拿"字，即"拿字当头"。"拿字当头"，凡属中外文艺遗产中的优点，对我们现在发展革命文艺有用的，都应该敢于拿来。所以，无批判的兼收并蓄应坚决反对，有批判的兼收并蓄应支持鼓励。鲁迅说：

> 我们有艺术史，而且生在中国，即必须翻开中国的艺术史来。采取什么呢？我想，唐以前的真迹，我们无从目睹了，但还能知道大抵以故事为题材，这是可以取法的；在唐，可取佛画的灿烂，线画的空实和明快，宋的院画，萎靡柔媚之处当舍，周密不苟之处是可取的，米点山水，则毫无用处。后来的写意画（文人画）有无用处，我此刻不敢确说，恐怕也许还有可用之处的罢。（《且介亭杂文·论"旧形式的采用"》）
> 所以我的意思，是以为倘参酌汉代的石刻画像，明清的书籍插画，并且留心民间所赏玩的所谓"年画"，和欧洲的新法融合起来，许能够创出一种更好的版画。（《致李桦》，1935年2月4日）

这是在论美术,道理当然可以通用于整个文学艺术。这里不但提到了汉、唐、宋、明、清、民间和欧洲的东西,还提到了过去往往被某些人一笔抹杀的佛画、院画、文人画,认为其中都有些可取的东西。鲁迅指出,这样博采众长,当然"并非断片的古董的杂陈,必须溶化于新作品中,那是不必赘说的事"。

鲁迅这种博采众长的主张,亦即有批判的兼收并蓄,在我国其实是源远流长的。那就是集大成的思想。不论来自何代何方何人,只要真是优点我就拿来,溶化在自己的作品中,杜甫、韩愈、柳宗元、苏轼这些大家,他们都这样做,因而也这样主张的。事实证明,这是文艺发展的一条规律。

鲁迅许多文艺论评所以具有巨大的战斗威力,根本的一点就因它有丰富、深刻的科学性。它是从实际出发、有事实根据、实事求是,经得起实践检验的。我们从事文艺论评工作的同志,纪念鲁迅的最好办法,就是老老实实,向鲁迅学习科学知识、科学态度、科学方法,为人民、为社会主义服务。

(原载《文艺理论研究》1981年第2期)

论顾炎武的文学思想

明清之际的思想家、学者、民族志士顾炎武（1613—1682），同时也是在文学史上有影响的著名诗文作家，他的"文须有益于天下"的主张，是我国古代文艺理论传统中非常精辟而至今仍有积极意义的一种光辉思想。在艺术规律方面，他也有许多很好的见解，绝不是"政治唯一"论者。他的文学思想，同他的社会、历史、政治见解以至治学观点密切联系着，是他整个世界观的一个有机组成部分。值此纪念这位先贤逝世三百七十年之际，以他的文学思想为重点，略加论述，谨就正于读者。

一、"能文不为文人"

顾炎武也是著名的诗文作家，但在他的著作里，多次表达了对"文人"的鄙薄之意。他自称："予素不工文辞"（《日知录集释》卷十九"文人求古之病"条）。这里有他自谦的成分，不过他对"文人"确是向不恭维的。"能文不为文人"（《顾亭林诗文集·与人书二十三》，以下简称《诗文集》）这句语，说明了他不是反对"能文"，而只反对成为某种"文人"。他鄙薄、反对的某种"文人"是怎样的一些人呢？一种是"不识经术，不通古今"的无识之徒。他说："唐宋以下，何文人之多也。固有不识经术，不通古今，而自命为文人者矣。"他很欣赏唐代韩愈《符读书城南》诗中的议论："文章岂不贵，经训乃菑畬。潢潦无根源，朝满夕已除。人不通古今，马牛而襟裾。行身陷不义，况望多名誉。"（《日知录集释》卷十九"文人之多"条）他以为经术是一个人立身处世的应有根底，不识经术至少不能成为一个正派人。读书为文，对古今都一无真知，或记诵了一些死东西，对古今治乱之理一窍不通，一筹莫展，白吃干饭，这样的文人对天下后世有什么益处，还不是越多越有害？这样的文人，可能"文辞"会有一点，可是"徒以诗文而已，所谓'雕虫篆刻'，亦何益哉"（《诗文集·与人书二十五》）。他曾把自己放在里面，坦白自责："炎武自中年以前，不过从诸文士之后，注虫鱼、吟风月而已"（同上《与黄太冲书》）。后来他就非常自觉，坚决不愿堕于这样的文人了。在他看来，工于文辞而"不识经术，不通古今"，这种文人只能写出"华而少实"之文，这种人很难成为有益的"令器"。他举了两个例子："张昌龄举进士，与王公治齐名，皆为考功员外郎王师旦所绌。太宗问其故，对曰：'昌龄等华而少实，其文浮靡，非令器也，取之则后生劝慕，乱陛下风雅。'帝然之。温庭筠苦心砚席，尤长于诗赋，初举进士至京师，人士翕然推重，然士行尘杂，不修边幅，能逐弦吹之音，为侧艳之词，公卿家无赖子弟裴诚、令狐滈之徒，相与蒲饮，酣醉终日，由是累年不第"（《日知录集释》卷十七"糊名"条）。这里所举两人，批评是否过苛，缺乏一分为二的精神，可以讨论，但文格华而不实或少实，确与人品大有关系。这样的文人确是写不出"有益于天下"的文章的。

一种是追名逐利，只知为一己一家打算的小人。"吾见近日之为文人、为讲师者，其意皆欲以文名、以讲名者也"（《诗文集·与人书二十三》)。目的在以文求名,进而逐利,则凡可以求名的任何邪门歪道,他们都乐于去走。譬如生员都束经史之书不观,而竞学时文,"今以书坊所刻之义,谓之时文,舍圣人之经典,先儒之注疏与前代之史不读,而读其所谓时文,时文之出,每科一变,五尺童子能诵数十篇而小变其文,即可以取功名"(《诗文集·生员论中》)。"其中小有才华者,颇好为诗,而今日之诗,亦可以不学而作。吾行天下,见诗与语录之刻,堆几积案,殆于'瓦釜雷鸣',而叩以二《南》《雅》《颂》之义,不能说也。"(同上《与友人论门人书》)"凡今之所以为学者,为利而已,科举是也。其进于此,而为文辞、著书一切可传之事者,为名而已,有明三百年之文人是也。"追名逐利而为文,他以为其病即在未"立其本"(同上《与潘次耕札》)。"君子之为学"也,非利己而已也,有明道淑人之心,有拨乱反正之事,知天下之势何以流极而至于此,则思起而有以救之,而小人则根本不足以语此。既不足以语此,所以小人之文,轻薄者有之,务求悦人者有之。他举例说:

> 侯景数梁武帝十失,谓皇太子吐言止于轻薄,赋咏不出桑中。张说论阎朝隐之文,如丽服靓妆,燕歌赵舞,观者忘疲。若类之风雅,则罪人矣。今之词人,率同此病,淫辞艳曲,传布国门。有如北齐阳俊之所作六言歌辞,名为阳五伴侣,写而卖之,在市不绝者,诱惑后生,伤败风化(《日知录集释》卷十三"重厚"条)。

> 诗云:"巧言如簧,颜之厚矣。"而孔子亦曰:"巧言令色,鲜矣仁。"又曰:"巧言乱德。"夫巧言不但言语,凡今人所作诗赋碑状,足以悦人之文,皆巧言之类也。

> 天下不仁之人有二。……一为巧言令色之人。……自胁肩

谄笑,未同而言,以至于苟患失之,无所不至,皆巧言令色之推也(同上,卷十九"巧言"条)。

顾炎武攻讦淫辞艳曲,伤败风化,虽有点卫道意味,但梁代确多此类诗文,对社会进步是不利的。"胁肩谄笑,未同而言",言不由衷,患得患失,看风向说话,毫无原则,这种人,这种文,的确卑鄙可耻。他自己一向反对持论"执一不化",但"某虽学问浅陋,而胸中磊磊,绝无阉然媚世之习,贵郡之人见之,得无适适然惊也?"(《诗文集·与人书十一》)可见当时"阉然媚世"之人、之文已颇成风气了。

这两种文人,显然都是顾炎武所鄙视、不屑为的。他们的病根在哪里?即在其无"器识",至少"器识"极差。他非常重视宋朝刘挚对其子孙的这一教训:"宋刘挚之训子孙,每曰:'士当以器识为先,一命为文人,无足观矣。'然则以文人名于世。焉足重哉"(《日知录集释》卷十九"文人之多"条)。在《与人书十八》里,他还自述过读到刘挚这几句话后深受教益,立即自觉警惕,唯恐沦陷为这种文人的一件事,并顺带对他一向甚为尊重的韩愈也做了些批评:"宋史言刘忠肃每戒子弟曰:'士当以器识为先,一命为文人,无足观矣。'仆自一读此言,便绝应酬文字,所以养其器识而不堕于文人也。悬牌在室,以拒来请,人所共见,足下尚不知耶?抑将谓随俗为之,而无伤于器识耶?中孚为其先妣求传再三,终已辞之。盖止为一人一家之事,而无关于经术政理之大,则不作也。韩文公文起八代之衰,若但作《原道》《原毁》《争臣论》《平淮西碑》《张中丞传后序》诸篇,而一切铭状概为谢绝,则诚近代之泰山北斗矣,今犹未敢许也。此非仆之言,当日刘叉已讥之。"(《诗文集》)在这个原则问题上,他律己严,责人亦严,对尊者的弱点,同样不讳言。

顾氏的这些议论，对不对呢？我认为，其基本精神是好的，是合理的。

他所讲的"经术"，当然指先秦所谓儒家经典，封建时代的产物。"经术"中不消说有很多封建性糟粕，但其间无疑亦有合理、至今值得吸收、借鉴的东西。不能因为出于"儒家"之手，便统统抹杀。顾氏说："孔子之删述六经，即伊尹、太公救民于水火之心，而今之注虫鱼、命草木者，皆不足以语此也。"他赞赏"载之空言，不如见诸行事"的主张，表明自己为文的宗旨是"凡文之不关于六经之指，当世之务者，一切不为"（《诗文集·与人书三》）。"经术"是否全有"救民于水火之心"，或虽有此心是否属于正道，有无实现的可能，这都大可议论，自然也不必苛求。而"救民于水火之心"，在顾氏自己，确是非常真诚、可贵的。这种思想，这种迫切愿望，在他的各种著作里到处可见。可能他真从"经术"里发现了这种思想而进行由衷的赞赏，但若他自己并无这一迫切愿望，他的赞赏和共鸣即不会发生。主要关键还在他自己目击时艰，确有"救民于水火之心"才这样说的。应该承认这是存心济世，志士仁人之言。比起当时那些专事华辞、空谈心性的无识文人来，顾氏有此志识，有此文章著述，的确高明得多了。

文人须有器识，须有高尚的品德，刘挚之前就早有人说过了，虽远不是顾氏的创见，但他当时提出来仍很有意义，因为他所推重的器识，还非"洁身自好""穷则独善其身"之类的"小器"，而是救民、救天下的大器。他曾称赞一位名叫方月斯的诗人："方子生于楚，长于吴，以绝群之姿，遭离困厄，发而为言，磊块历落，自其所宜。余独喜方子之诗，在楚无楚人剽悍之气，在吴无吴人浮靡之风。不独诗也，其人亦然。夫方子以妙年轶才，当天下有事之日，明习掌故,往往为设方略,可见之行,岂独区区称能言之士哉。子曰:'诵诗三百,授之以政,不达;使于四方,不能专对,虽多,亦奚以为!'若方子者,吾望其能从政继先公为名臣矣。"(《诗文集·方月斯诗草序》)这位诗人成就不必论,从中却可看出,顾氏于"能言"之外,对一个文人是更要求其有"见诸行事"、救民救天下的实际本领,而且应该在困难环境中也仍保持这种雄心壮志和勇气。"通古今"的目的,即在要"引古筹今"。"救民救天下",当官为民办好事是一条路,写出"有益于天下"的诗文,也是一条路。这都非有大器识不可。而当时有这种大器识的文人的确太少。无疑他的议论是针对时弊,志切恢复的。

没有"救民于水火"之心,没有深究时弊所以会造成的原因,没有拨乱反正的大智大勇,缺乏这种"大器识",却一味为一己一家追名逐利,务求悦人,当风派,这种"文人",今天也必然会被群众鄙视,耻与为伍的吧。从顾氏上面这些议论中,我确实感到了古代优秀文论的生命力仍在流动,仍能对我们有所教育、有所促进。不能说这些议论、这种传统,对今天已没有什么价值了。

二、有志天下

我们都知道鲁迅曾指出陶渊明也有其"金刚怒目"的一面,并非纯然静穆的隐士。韦应物呢,向来对他的评价亦是擅写田园风物,清远简淡。顾炎武却还看到了他们的另外一面,并举出了例证:"陶征士、韦苏州,非直狷介,实有志天下者。陶诗'惜哉剑术疏,奇功遂不成',韦诗'秋郊细柳道,走马一夕还',何等感慨,何等豪宕!至于《逢杨开府》一诗,则少年之才气,与中年之底厉,大略可见矣。大凡伉爽高迈之人,易与入道。夫子言狂者进取,正谓此也。"(《菰中随笔》)陶、韦有隐士、田园诗人的静穆、清淡一面,这是事实,但并非他们的全人。必须看到他们还有狂狷、进取、伉爽高迈,甚至"有志天下"一面,才识其真。顾氏可谓明于知人,更重要的是他提出了"有志天下"的新见解。

"文须有益于天下"(《日知录集释》卷十九),这是顾氏传诵于世的名言。或以为"天下"即指明朝的江山、百姓,诚然,他是十分忠于明朝,并为当时的统治危机和生民疾苦焦虑之至的,但实际上他所说的"天下"要比这一理解还高远。他有辨云:

> 有亡国,有亡天下。亡国与亡天下奚辨?曰:易姓改号,谓之亡国。仁义充塞,而至于率兽食人,人将相食,谓之亡天下。……是故知保天下,然后知保其国。保国者,其君其臣,肉食者谋之。保天下者,匹夫之贱,与有责焉耳矣(同上,卷十三"正始"条)。

这段话,就是"天下兴亡,匹夫有责"二语的根据。这里他把"亡国"和"亡天下"区别开来。"易姓改号","亡国"了,诚然可悲,但这主要是那些当权的"肉食者"的责任。而"率兽食人,人将相食"这种"亡天下"的局面,则更可痛,对此他以为即以"匹夫之贱",到底再也不能不负起责任来力求保全了。保天下也就是保全匹夫们自己,否则生路还在哪里?原来整段的意思中诚有斥责"无父无君"这种封建观念在内,可是他能把两者加以区别,认为"亡天下"比"亡国"更严重,"肉食者"需要"保国","匹夫"则更需要"保天下"。"天下"比"国",对老百姓来讲,更重要。尽管满口仁义道德,实际是在"率兽食人",食什么人?还不是无钱无势的低贱"匹夫"们!我觉得,尽管顾氏的封建观念仍不少,其间却仍蕴藏着某种为民说话、提醒人民的成分。说到底，仍是有"救民于水火"的一份赤心在。并不仅仅着眼在明朝的江山。他似乎坚信"天下"应该有一派正气，即应该有老百姓们的一条生路在，如果连这点权利都受到侵犯，老百姓们就有权有责起来保卫它。无疑这是一种很难得的，很闪光的思想。明乎此，对他下面这段话，也许就能更清楚理解他的用意了：

> 文之不可绝于天地间者，曰明道也，纪政事也，察民隐也，乐道人之善也。若此者，有益于天下，有益于将来，多一篇，多一篇之益矣。若夫怪力乱神之事，无稽之言，剿袭之说，谀佞之文，若此者，有损于己，无益于人，多一篇，多一篇之损矣。（《日知录集释》卷十九"文须有益于天下"条）

试看他说的有益之文，是"有益于天下，有益于将来"之文，并不只指有益于当前。正面提倡的"明道""纪政事"，"察民隐、乐道人之善"，反面指斥的"怪力乱神""无稽""剿袭""谀佞"，大体继承发扬了孔子"兴、观、群、怨"以及"情欲信"，不语怪力乱神、反对巧言利口之类文论传统中的合理因素。他的文学损益观，我觉得确是既着眼于当前，却又并不是局限于当前，而注意到了某种比较普遍的价值规律的。就我所知，在他之前，还极少有人如此明确地提出过这一问题："有益于天下，有益于将来"，即凡对当时人民真正有益的好文章，对后世必定仍会有益；纵然在程度上并不一样。

有志于天下，其实就是为文应力求有益于天下。顾氏生当乱世，风俗败坏，他所措意的，务在"拨乱反正，移风易俗，以驯致乎治平之用"（《诗文集·答友人论学书》）。虽然他曾说过"一切诗赋铭颂赞诔序记之文，皆谓之巧言，而不以措笔"（同上），实践上并未真正完全排斥文学作品。前面谈到的所谓"能文不为文人"，即并未对"能文"也一并指责。他鄙视"文人"，乃因他们是无耻之徒，"士而不先言耻，则为无本之人"（《诗文集·与友人论学书》），而能文之士并不都是"无本之人"。他鄙视不能"明道""救人"的"巧言"，而文学作品并不都是"巧言"。写诗作文，也是"立言"方式之一种，他重在行事，可是很多人根本没有施展的机会，在这种情况下，"立言"未始不是"有益于天下"的工作。"呜呼，天下之事，有其识者，不必遭其时，而当其时者，或无其识。然则开物之功，立言之用，其可少哉！"（《日知录集释》卷十九"立言不为一时"条）他所以鄙视"文人""巧言"，而仍肯定某些文学作品、文学作者，并且自己仍写了不少诗文，就由于有这样的认识。因此也是他，又有"文章非小技"，应"善于修辞"之说：

> 典谟爻象，此二帝三王之言也。《论语》《孝经》，此夫子之言也。文章在是，性与天道亦不外乎是。故曰："有德者必有言。"善乎游定夫之言曰：不能文章，而欲闻性与天道，譬犹筑数仞之墙，而浮埃聚沫以为基，无是理矣。后之君子，于下学之初，即谈性道，乃以文章为小技而不必用力，然则夫子不曰"其旨远，其辞文"乎？不曰"言之无文，行而不远"乎？曾子曰："出辞气，斯远鄙倍矣。"尝见今讲学先生，从语录入门者，多不善于修辞，或乃反曾子之言以讥之曰：夫子之言性与天道，可得而闻，夫子之文章，不可得而闻也！（《日知录集释》卷十九"修辞"条）

可见，他认为"能文"不但无害，还有必要。"不能不足以为通人，夫惟能之而不为，乃天下之大勇也。"（同上，"巧言"条）能文，却决不做那种务求悦人、随风倒的文章，确是需要有点勇气的，甚至还需要作出牺牲，所以他说是"天下之大勇"。

顾氏实际是充分看到了文章的重要作用的。他绝没有鄙视、排斥一切文学，只是大声疾呼、坚决主张文章必须有益于天下，而绝不应有损于天下，用现代的语言来说，他同样是非常注意文学的社会效果的，而且重点亦在"拨乱反正，移风易俗，以驯致乎治平"，似乎也体现了某种规律性在里面。

三、作诗之旨

《日知录》里有条"作诗之旨"，说是"作诗之旨"，其实在谈"立言之旨"，是包括写诗、作文、著书、立说都在内的。但从中的确可以了解到，顾炎武虽然主要是学者，主要注意明道、济世、救人等问题，其文学思想，却是很通达、懂得许多艺术规律的，绝不是"政治唯一"论者。他说：

> 舜曰：诗言志。此诗之本也。王制，命太师陈诗，以观民风，此诗之用也。荀子论《小雅》曰：疾今之政，以思往者，其言有文焉，其声有哀焉。此诗之情也。故诗者，王者之迹也。建安以下，洎乎齐梁，所谓"辞人之赋丽以淫"，而于作诗之旨，失之远矣。
>
> 唐白居易《与元微之书》曰：年齿渐长，阅事渐多，多询事务。每读书史，多求理道。始知文章合为时而著，歌诗合为事而作。又自叙其诗，关于美刺者，谓之讽谕诗，自比于梁鸿《五噫》之作，邓鲂、唐衢俱死，吾与足下又困踬，岂六义四始

之风,天将破坏不可支持耶?又不知天意不欲使下人病苦闻于上耶?嗟乎,可谓知立言之旨者矣。

晋葛洪《抱朴子》曰:古诗刺过失,故有益而贵,今诗纯虚誉,故有损而贱(卷二十一)。

一条分这三节,可以互相补充。再联系他在别处所说的话,就更清楚了。

先说"诗之本"。诗应言志,即表达某种思想倾向,这是根本。"辞人之赋丽以淫",一味追求华辞,违背了作诗之本,所以应该反对。重在形式,就是舍本逐末。这是从内容与形式、思想与技巧的关系这一点上来说的。说是"本",无非表明这是根本、主导方面,并非不要"末",不要非主导的方面了。前引所谓离开了"明道""救世"的志,"徒以诗文而已"的诗文便是"雕虫篆刻",即是此意。本此主张,他论诗的用韵,即有"诗以义为主,音从之"之说。有些人以音为主,以义为从,宁可削足适履,牺牲意义,他则反是:"必尽一韵无可用之字,然后旁通他韵。又不得于他韵,则宁无韵。苟其义之至当,而不可以他字易,则无韵不害。汉以上往往有之。"他举例:"'暮投石壕村,有吏夜捉人',两韵也,至当不可易。下句云:'老翁踰墙走,老妇出门看',则无韵矣,亦至当不可易"(《日知录集释》卷二十一"诗有无韵之句"条)。作诗需要讲究一点用韵,有好处,但拘忌太多,反伤真美,就走向反面去了,钟嵘《诗品》早已看出这种毛病,顾炎武也坚持这种正确的观点。"诗主性情,不贵奇巧。唐以下人,有强用一韵中字几尽者,有用险韵者,有次人韵者,皆是立意以此见巧,便非诗之正格"(同上,"古人用韵无过十字"条)。诗中的"志",要从"性情"的表现中传达出来,不是径直说理,所以"诗主性情"之说,与"诗言志"不悖。

如以"奇巧"为贵,一味在用韵上求胜,就陷入形式主义了。"凡诗不束于韵而能尽其意,胜于为韵束而意不尽",类此观点,在上书同卷"次韵"条中还有不少发挥。本此主张,他论图画,不满意后代的白描山水:"古人图画,皆指事为之,使观者可法可戒。……自实体难工,空摹易善,于是白描山水之画兴,而古人之画亡矣"(同上,"画"条)。以为白描山水毫无意义,未免偏激,但他认为图画应"使观者可法可戒"的精神还是可取的,尽管所指之事,不能像他所举那些画例一般狭隘,而且带着不少封建社会色彩。

次说"诗之用",他特别强调了"观民风"。只有从反映了民间的生活,人民的疾苦、哀乐、爱憎、呼声等等的文学作品才能观出民风。"观民风"的目的当然还在知了得失、向背之后有所补救,为封建统治者的长远利益打算。他赞赏白居易"文章合为时而著,歌诗合为事而作",为时为事,把生民疾苦写出来让皇帝知道,赶快想办法缓和一下危机。其动机与立足点是很清楚的。故以为"白傅讽谕",乃"大雅之音"(《诗文集·又与颜修来手札》)。如果谁要"犯上作乱",他就坚决不同意了。但客观上,只要真是比较实际地反映出了当时人民的疾苦和愿望,这样的文学作品还是对人民有益的,我们至今都没有因为白居易写作讽谕诗的目的在维护唐王朝统治就抹杀了他这些作品的历史功绩。在这个问题上,我以为既要看到他反对"犯上作乱"这一面,也还要看到他赞成"民吾同胞"这一面。"张子有云:民吾同胞。今日之民,吾与达而在上位者之所共也。救民以事,此达而在上位者之责也。救民以言,此亦穷而在下位者之责也"(《日知录集释》卷十九"直言"条)。把陷在水深火热中的老百姓也看作"同胞",即使"穷而在下位",却不主"独善其身",而认为仍应负起"以言""救民"的责任,这比以前的许多士大夫只认为达而在上位者才有"兼济天下"之责的思想境界,高大得多了。这也是他把"亡国"与"亡天下"加以区别,"文须有益于天下"精义的又一表现。他自己即为此实践了一生的。

再次说"诗之情"。在这个问题上,他根据荀子论《小雅》之说,分为"疾今之政,以思往者""其言有文焉""其声有哀焉"三点。既名其条目为"作诗之旨",他当认为这不仅可论于《小雅》,也可论于一般的诗文。

"诗之情",我以为他主要在说诗文应有的内容,同时也提及了这种内容应当是如何表现出来的。"疾今之政"就是他所引述《抱朴子》中的"刺过失",即把当前政治中的缺点、错误批判地揭示出来。孔子讲诗有兴、观、群、怨等作用,他这里着重的是"怨"字。在文学史上,古代的志士仁人都极看重这种内容。也因为在事实上,绝大多数作品之所以被公认为优秀,就因高度艺术地表现出了这种内容。司马迁论《离骚》,便认为它是"自怨生"的:

> 屈平疾王听之不聪也,谗谄之蔽明也,邪曲之害公也,方正之不容也,故忧愁幽思,而作《离骚》。"离骚"者,犹离忧也。夫天者,人之始也,父母者,人之本也。人穷则反本,故劳苦倦极,未尝不呼天也,疾痛惨怛,未尝不呼父母也。屈平正道直行,竭忠尽智,以事其君,谗人间之,可谓穷矣。信而见疑,忠而被谤,能无怨乎?屈平之作《离骚》,盖自怨生也。《国风》好色而不淫,《小雅》怨诽而不乱,若《离骚》者,可谓兼之矣(《史记·屈原列传》)。

《诗品·总论》中举出的"非陈诗何以展其义,非长歌何以骋其情"的事例中,如"楚臣去境,汉妾辞宫;或骨横朔野,或魂逐飞蓬;或负戈外戍,杀气雄边;塞客衣单,孀闺泪尽;或士有解佩出朝,一去忘返;女有扬蛾入宠,再盼倾国",这里面难道不是绝大多数都离不开"怨"字?不公平、不合理,诗人就要"鸣",鸣出来往往就成了脍炙人口的好作品。钟嵘把李陵列入上品,说他的作品"原出于楚辞,文多凄怆怨者之流",说"陵名家子,有殊才,生命不谐,声颓身丧。使陵不遭辛苦,其文亦何能至此"。班姬"其原出于李陵……怨深文绮,得匹妇之致"。曹植"情兼雅怨",王粲"原出于李陵,发愀怆之词",阮籍"其原出于《小雅》,无雕虫之巧","颇多感慨之词"(均见《诗品》卷上)。这些诗人都被列入上品,其中都有"怨"字。过去"美""刺"并列,实际上歌功颂德的东西极少被人重视,"赞美"的作品优秀者极少,因怨生刺的作品却优秀者很多,虽然大都还是"怨诽而不乱"的,其后宋朝的苏轼,也遵循其父苏洵的教训,倡导"有为而作"之诗文,这种文章"精悍确苦,言必中当世之过,凿凿乎如五谷必可以疗饥,断断乎如药石必可以伐病"(《凫绎先生诗集叙》)。顾炎武这里表示了同样的见解:刺过失才有益而贵,纯虚誉便有损而贱。"纯虚誉",瞒和骗,当然只有害处。他赞同葛洪这句话,并没有对值得称誉的东西一笔抹杀,还是有分寸的。但"疾今之政","刺过失","言必中当世之过",确已成为过去文学所以取得优秀成果,受到群众欢迎的主要原因,是否已可算是一条创作的规律?过去人民群众总是被压迫者,被剥削者,对剥削阶级的统治当然不满,当然欢迎这样的作品,而且即使"怨诽而不乱",客观上还是有助于社会的改革、前进的。在新的历史条件下,值得歌颂的当然应该歌颂,只要确还有过失,看来"如五谷必可以疗饥","如药石必可以伐病"的"疾""刺"之作,对社会不断还要发展的形势来说固然仍是不可少也不会少的,对人民不断还将增进其应享权利的要求来说,也是仍会受到高度重视的吧。顾炎武所以特别重视这一点,既有其当时政治显著腐败的背景，也是在剥削阶级长期统治的历史条件下，以及文学发展的历史经验启示下造成的。

所谓"其言有文焉"，即是说"疾今之政"的内容，是通过文学手段，艺术地、有感染力地表现出来的。前面已经谈过顾炎武虽鄙视某些"文人"，却并不反对"能文"。"言之无文，行而不远"，他既力主经世致用，就不会反对"能文"。他引孔子的话："辞，达而已矣。"他自己说："辞主乎达，不论其繁与简也，繁简之论兴，而文亡矣。"他以孟子"齐人有一妻一妾而处室者"和"有馈生鱼于郑子产"两段为例，说孟子文章之妙，正在于两段中有那些重叠句子，因为"此必须重叠，而情事乃尽。"如果一味主简，情事不尽，就不能算"达"了（《日知录集释》卷十九"文章繁简"条）。他说："昔人之论，谓如风行水上，自然成文。若不出于自然，而有意于繁简，则失之矣。"这个所谓"昔人"，就是苏轼，谁都知道东坡是文艺领域的多面手，在艺术表现上非常杰出的。

所谓"其声有哀焉"，是说诗文不但要讲究一点声韵，而且这声韵应该与所要表达的内容协调，起充分表达内容的作用。内容是"疾今之政"，情绪必然是悲愤、哀怨，对受苦的人民充满怜悯与同情的。这不但应当从"言"中表现出来，也应当从"声"中协助表现出来。《小雅·鸿雁》："哀此鳏寡，""鸿雁于飞，哀鸣嗷嗷。"就是既从"言"中，也从"声"中表现出了诗人对痛苦、流离、失所的人民——"哀鸿"之深切哀伤、悲悯感情的例子。

因此，顾氏所标的"作诗之旨"，其中实际也包括了应如何掌握艺术特点，来表达思想内容的见解。

不过"作诗之旨"，本来是可以分成若干方面、层次的。上述三节，还不能包括顾氏在这个重大问题上的所有重要意见。此外，至少还可以举出四点：

第一，他也主张温柔敦厚，但不废直言斥责。"温柔敦厚"之教，并不像过去不少人理解的那样简单，仿佛全是反动谬论，实际其中至少有一部分是指出文学有其特点，即一般地不可直陈、说教，而应通过形象体系，婉曲地来表现和显示。他说："真希元《文章正宗》，其所选诗，一埽千古之陋，归之正旨，然病其以理为宗，不得诗人之趣。"又说："六代浮华，固当芟落，使徐、庾不得为人，陈、隋不得为代，无乃太甚，岂非执理之过乎？"（《日知录集释》三，"孔子删诗"条）宋代理学家除朱熹外，几乎都不懂"诗人之趣"。严羽"诗有别趣，非关理也"（《沧浪诗话·诗辨》），也是针对理学家们说的。写诗、选诗，而几乎同于理学讲义，实是诗之一厄。顾炎武论《史记》，看出它有一个后代史家鲜知的妙法："古人作史，有不待论断，而于序事之中，即见其指者，惟太史公能之。……后人知此法者鲜矣"（《日知录集释》二十六，"史记于序事中寓论断"条）。作史须如此，作诗文就更应如此在描写中言志了。在这一点上，他认为班固远不如司马迁："班孟坚为书，束于成格而不得变化。且如《史记·淮阴侯传》末，载蒯通事，令人读之，感慨有余味，《淮南王传》中伍被与王答问语，情态横出，文亦工妙，今悉删之，……不堪读矣。"（同上，"《汉书》不如《史记》"条）赞赏"不待论断""情态横出""有余味"，就显出了他的文学眼光。不过，"诗之为教，虽主于温柔敦厚，然亦有直斥其人而不讳者。如曰：'赫赫师尹，不平谓何'；如曰：'赫赫宗周，褒姒灭之'。……"（《日知录集释》卷十九"直言"条）。这种例子，后代优秀作品中也不少。这要具体分析，绝对化地在文学作品中排斥任何直接的议论，本来是不必的。这都表明顾氏对文学的特点，有合理的认识。

第二，他主张真实，反对虚伪。前引"怪力乱神之事，无稽之言",他反对。非"皆出于其本心"的一言一动,他反对(《日知录集释》卷十九"巧言"条)。"朝赋采薇之篇,而夕有捧檄之喜者"(同上,"文辞欺人"条),他反对。所以反对,就因其虚伪。他论诗"主性情,不贵奇巧"(同上,卷二十一"古人用韵无过十字"条)。论为观民风而选诗,应"有善有不善,兼而存之,……正以二者之并陈,故可以观,可以听"(同上,卷三"孔子删诗"条)。论纂修实录之法,赞同"据事直书,则是非互见"(同上,卷十八"三朝要典"条)。论作诗,以为不能"失其所以为我"(同上,卷二十一"诗体代降"条)。论某些作品之所以好:"黍离之大夫,始而摇摇,中而如噎,既而如醉,无可奈何,而付之苍天者,真也;汨罗之宗臣,言之重,辞之复,心烦意乱,而其词不能以次者,真也;栗里之征士,淡然若忘于世,而感愤之怀,有时不能自止,而微见其情者,真也。"(同上,卷十九"文辞欺人"条)凡此,所以得其赞同、得其肯定,就因其真实。真实的东西,不一定都好,但不真实的作品,就根本谈不到好了。他对地名、官名、年号等为求古雅而不如实书写的陋习,也是极为不满的。

第三,他主张创新,反对模拟。前面说过,他对"剿袭之说",是认为"多一篇,多一篇之损"的。他说:"近代文章之病,全在模仿,即使逼肖古人,已非极诣,况遗其神理而得其皮毛者乎?""效《楚辞》者,必不如《楚辞》;效《七发》者,必不如《七发》,益其意中先有一人在前,既恐失之,而其笔力复不能自遂,此寿陵余子学步邯郸之说也。""《曲礼》之训,毋剿说,毋雷同,此古人立言之本"。(同上,"文人模仿之病"条)他指出依傍之病:"君诗之病在于有杜,君文之病在于有韩、欧。有此蹊径于胸中,便终身不脱依傍二字,断不能登峰造极"(《诗文集·与人书十七》)有人要师法他的诗,他谢道:"区区何足相师,惟自出己意,乃敢许为知音者耳"。(同上,《与人书十六》)张宗泰指出:"先生诗落落自将,略不依傍前人"。(《鲁岩所学集》卷十二《读亭林先生诗集》)他这样主张,也这样实践。他向往于陆机《文赋》所论的"谢朝华于已披,启夕秀于未振"(同前,"文人模仿之病"条)。认为韩愈作樊宗师墓铭中所说:"维古于词必己出,降而不能乃剽贼,后皆指前公相袭,从汉迄今用一律","此极中今人之病"(同前,"文章繁简"条)。他赞赏"子书自孟、荀之外,如老、庄、管、商、申、韩,皆自成一家言","其必古人之所未及就,后世之所不可无,而后为之,庶乎其传也与"(《日知录集释》卷十九"著书之难"条)。他既向往自成一家之言,并以此为贵,故又有"文无定格"之说:"文无定格,立一格而后为文,其文不足言矣。……以程文格式为之,故日趋而下。晁、董、公孙之对,所以独出千古者,以其无程文格式也。欲振今日之文,在毋拘之以格式,而俊异之才出矣。"(《日知录集释》卷十六"程文"条)"使枚乘相如而习今日之经义,则必不能发其文章。"(同上,卷九"人材"条)这就是反对公式化、八股化的作文法,并以此和扼杀人才的恶果联系了起来,深有所见。

第四,他尊重客观形势,反对任意师心。"诗文之所以代变,有不得不变者。一代之文,沿袭已久,不容人人皆道此语。"他虽然没有也不能正确说明不得不变的根本原因,却是深信这种变化的形势不是哪个人能凭主观阻挡得住的。诗体代降,这是"势也,用一代之体,则必似一代之文,而后为合格"(同上,卷二十一"诗体代降"条)。他主张应该适应这种客观形势的要求。他论画,赞成宋徽宗崇宁间立画学时考画的办法,"以不仿前人,而物之情态形色俱若自然,笔韵高简为工"。对某些人"草草下笔"、不考订、不研究清楚对象情况,"任意师心,鲁莽灭裂,动辄托之为写意而止"的创作的做法,同样非常不满(同上,"画"条)。他可称是反对"主题先行论"的先锋,因为他说过:"古人之诗,有诗而后有题。今人之诗,有题而后有诗。有诗而后有题者,其诗本乎情,有题而后有诗者,其诗徇乎物"(《日知录集释》卷二十一"诗题"条)。"本乎情",情是客观存在物所引起的,有诗而后有题,乃尊重客观之论。"徇乎物",这里的"物",却不是客观存在之物,而是指主观的某些物质要求,如名利、地位之类,也包括某些"任意师心",想当然的东西。凭着这种东西来写作,即使有"情",也是"为文造情",而非"本乎情"的"为情造文"。这种"情",似是而非,尽管豪言壮语,不过是虚张声势的假、大、空。"主题先行"的货色,我们都还记忆犹新,想不到顾炎武比刘勰更明确地针对这一现象,在我们之前早加指斥过了。

姑举以上各点,可见顾炎武对作诗之旨,对文艺创作各个方面、层次的规律,是认识得相当丰富的。这里有他自己的许多经验之谈,也有他对各种文艺现象所作的理论概括。我认为他的不少见解对我们今天的文艺创作仍能起积极的作用。

四、为学之方

顾炎武的文学思想,是他整个世界观、治学思想的一个组成部分。论文评艺,自有其本身的特点,但总的要求、倾向,同他在其他问题上的表现,是一致的。

他曾自述自己摸索前进的道路,并曾以此经验劝告过别人:"炎武自中年以前,不过从诸文士之后,注虫鱼,吟风月而已。积以岁月,穷探古今,然后知后海先河,为山覆篑,而于圣贤六经之指,国家治乱之源,生民根本之计,渐有所窥,未得就正有道。"(《诗文集·与黄太冲书》)"鄙俗学而求六经,舍春华而食秋实,则为山覆簣，当加进往之功，祭海先河，尤务本原之学。"（同上，《与周籀书书》）所谓"本原之学"，我以为不妨稍谅其每言"六经"，关键乃在他着眼的是"国家治乱之源，生民根本之计"。他关心国家、生民的前途和命运，为学的目的即在探索解决现实社会中危机四伏的国计、民生问题。

他目击时艰，志切兼济，越来越明确自己作为一个虽然"穷而在下位者"也应负起的庄严责任，那就是：

> 明学术，正人心，拨乱世，以兴太平。（《诗文集·初刻日知录自序》）
>
> 今日者，拯斯人于涂炭，为万世开太平，此吾辈之任也。（同上，《病起与蓟门当事书》）
>
> 引古筹今，亦吾儒经世之用。（同上，《与人书八》）
>
> "以格物为多识于鸟兽草木之名则末矣，智者无不知也（按指没有不该知道的），当务之为急。"（《日知录集释》卷六"致知"条）

所谓"当务之为急"，意指通晓当世之务，最为紧急。为学也当分缓急、轻重，先来设法帮助解决当前的紧急问题。他是非常反对搞"空虚之学"的：

> 窃叹夫百余年以来之为学者，往往言心言性，而茫乎不得其解也。命与仁，夫子之所以罕言也，性与天道，子贡之所未得闻也。性命之理，著之《易传》，未尝数以语人。其答问士也，则曰："行己有耻"，其为学，则曰"好古敏求"，其与门弟子言，举尧舜相传所谓危微精一之说一切不道，而但曰："允

> 厥执中,四海困穷,天禄永终。"呜呼,圣人之所以为学者,何其平易而可循也。故曰:"下学而上达。"……今之君子则不然,聚宾客门人之学者数十百人,"譬诸草木,区以别矣",而一皆与之言心言性,舍多学而识,以求一贯之方,置四海之困穷不言,而终日讲危微精一之说,是必其道之高于夫子,而其门弟子之贤于子贡,跳东鲁而直接二帝之心传者也,我弗敢知也。……呜呼,士而不先言耻,则为无本之人,非好古而多闻,则为空虚之学。以无本之人而讲空虚之学,吾见其日从事于圣人而去之弥远也。(《诗文集·与友人论学书》)

这里他一味用孔子及其门弟子的圣贤言语、名望来驳对方,并不可取,但他指斥道学家们"置四海之困穷不言,而终日讲危微精一之说",对"拨乱反正,移风易俗,以驯致乎治平"的现实迫切需要毫无益处,因而称之为"空虚之学",确是一针见血、入木三分的中肯之论。

正因为他要做的是志切兼济,必求有益于天下的学问,而这种学问不可能单靠死读书、或个人冥思苦想得来,所以他是非常重视实地调查研究,并博学审问的。他自述:"及至北方,十有五载,流览山川,周行边塞,粗得古人之陈迹"(《诗文集·与黄太冲书》)。说是"粗得",可见他并未自满。"人之为学,不日进则日退。独学无友,则孤陋而难成,久处一方,则习染而不自觉。不幸而在穷僻之域,无车马之资,犹当博学审问,古人与稽,以求其是非之所在,庶几可得十之五六。若既不出户,又不读书,则是面墙之士,虽子羔、原宪之贤,终无济于天下。子曰:'十室之邑,必有忠信如丘者焉,不如丘之好学也。'夫以孔子之圣,犹须好学,今人可不勉乎?"(《诗文集·与人书一》)他的这种好学精神和好学方法,无疑因为他有了"济天下"的赤心。

因是"济天下"而学,故凡确信能济天下的意见,他一定坚持。张宗泰曾称他"持论宁是非好恶不谐于俗,而决不肯稍回其所见以徇物"(《所学集·读顾亭林先生文集》)。但他却决不是一个一味自以为是、自满自足、执一不化的人。潘耒记其潜心古学:"九经诸史,略能背诵"。记其尤留心当世之故:"实录奏报,手自钞节,经世要务,一一讲求。……事关民生、国命者,必穷源溯本,讨论其所以然。"记其足迹:"半天下,所至交其贤豪长者,考其山川、风俗、疾苦、利病,如指诸掌。"记其勤学力索:"精力绝人,无他嗜好,自少至老,未尝一日废书,出必载书数簏自随。旅店少休,披寻搜讨,曾无倦色。有一疑义,反覆参考,必归于至当。有一独见,援古证今,必畅其说而后止。"以此"天下无贤不肖,皆知先生为通儒也"(《日知录序》)。这些话代表了后人对顾氏治学有显著成绩的评价。不过顾炎武自己对其著述,却是不断在修改,从未以为已能把道理说尽,或全都正确了。即以其素负盛名的《日知录》为例,他自己就多次这样说明:

> 愚自少读书,有所得,辄记之,其有不合,时复改定。(《日知录》卷前语)。

> 炎武所著《日知录》,……历今六七年,老而益进,始悔向日学之不博,见之不卓,其中疏漏,往往而有。……渐次增改,……而犹未敢自以为定。……盖天下之理无穷,而君子之志于道也,不成章不达,故昔日之得,不足以为矜,后日之成,不容以自限。(《初刻日知录自序》)

可见,他只是坚持他确信为完善的,而对疏漏、不合之处,不但不断在增改，不敢轻以为定论，而且对尚未发现失误的，也以为根本不应稍有自矜之心。可以设想，他的疏漏、不合之处，有些会是人们向他指出，是他乐于接受了人们的意见，斟酌增改的。

因为他曾议论到这样的问题，深感"学者之患，莫甚乎执一而不化。"而"君子之学"，则应"廓然而大公，物来而顺应。故闻一善言，见一善行，若决江湖，沛然莫之能御，而无熏心之厉矣"（《日知录集释》卷一"艮其限"条）。既然是为"大公""有益于天下"而治学，那就必然会欢迎人们的指正。他主张为政应如此："天下有道，则庶人不议，然则政教风俗，苟非尽善，即许庶人之议矣"（同上，卷十九"直言"条）。哪有为学可以不如此之理呢？

顾氏论学，又有不可"自小"与"自大"之说，自小就是看轻自己，自大就是夸大自己。其说甚精：

> 人之为学，不可自小，又不可自大。得百里之地而君之，皆足以朝诸侯、有天下，不敢自小也。附之以韩、魏之家，如其自视欿然，则过人远矣，不敢自大也。予将以斯道觉斯民也，思天下之民，匹夫匹妇，有不被尧舜之泽者，若己推而内之沟中，则可谓不自小矣。自耕稼陶渔以至为帝，无非取于人者，则可谓不自大矣。故自小，小也，自大，亦小也。今之学者，非自小则自大，吾见其同为小人之归而已（《日知录集释》卷七"自视欿然"条）。

顾氏自己的确就是既不"自小"，也不"自大"的。坚持"文须有益于天下"，坚持天下兴亡，匹夫有责，坚决反对无裨于国计民生，出民于水火的"空虚之学"，这些就是他的不"自小"处。认为治学必须"博学审问"，"独学无友，则孤陋而难成"，"天下之理无穷","昔日之得,不足以为矜",这些就是他的不"自大"处。潘耒说他"当明末年,奋欲有所自树,而迄不得试,穷约以老,然忧天悯人之志,未尝少衰"(《日知录序》)。赞他人非一世之人,书非一世之书,而可以流芳百世,并非过誉之辞。

顾炎武是距今三百年前的历史人物,不消说,局限性是很多的。他反对犯上作乱,反对农民起义,念念不忘故主,为学是要为天子分治。在文学上,他指责李贽是自古以来,小人之最无忌惮者,因李竟敢背叛圣人,以孔子之是非为不足据(《日知录集释》卷十八"李贽"条)。他不明白为什么"虽奉严旨,而其书之行于人间自若也"的缘故,当然他是不能明白的。他对民间的通俗的文学颇为轻视,他对文学可能起的积极作用,也看得过于狭隘。确实,从今天看来,他的议论中还存在不少疏漏、偏见。但通体而论,应该承认他的议论很多是有卓识的,在当时是非常难能可贵的。《四库全书》在《日知录》的提要中,仅称赞顾氏"学有本原,博赡而能通贯,每一事必详其始末,参以证佐,而后笔之于书,故引据浩繁,而牴牾者少",而对顾氏的立言大旨,反加讥评,说什么"惟炎武生于明末,喜谈经世之务,激于时事,慨然以复古为志,其说或迂而难行,或愎而过锐",认为潘耒"盛称其经济,而以考据精详为末务,殆非笃论",忽视了顾氏立言的根本精神,倒正反映了站在清朝立场,馆臣存心贬低民族志士的政治偏见。

我认为,像我在前面谈到的顾炎武的为学之方以及他的很多文学思想,是至今还有着生命力,值得我们借鉴、发扬的。

1983年10月17日

《文心雕龙》"见异,唯知音耳"说

一

《文心雕龙·知音》篇中有云:

> 昔屈平有言:"文质疏内,众不知余之异采。"见异,唯知音耳。

很多研究者对屈原这句话作出了自己的解释,解释虽不尽相同,甚至差距颇远,但都表现了对这问题的重视。因为刘勰紧接屈原这句话后面所说的"见异,唯知音耳",涉及要作为一个名副其实的"知音"者必须具有的眼力——"见异"。当时人们不了解、看不到屈原的"异采",也就是没有"见"出他的"异"来,所以未能成为他的"知音"。在批评、鉴赏中,"见异"既如此重要,那么,"异采"究应如何解释?怎样才能具有"见异"的眼力?刘勰书中有没有这样可以给人启发的例子?当然都会引起人们极大的兴趣。

但刘永济《文心雕龙校释》却这样说:

> 按两"异"字应作"奥"。后人据误本《楚辞》改此文耳。观下文"深识鉴奥"可知。详见《序志》篇。

刘氏所说两"异"字,即指"异采""见异"中这两个"异"字。他以为应改正作"奥采"和"见奥"。"异"改成"奥",虽只一字之改,意义却距离不小。异,这里是卓异、独特的意思;奥,这里是深秘不易窥见的意思,两字之意有联系,却并不相同。如果应该改"异"为"奥",当然也可以进行研究,问题便比较单纯,而且终究是另一个问题了。

"异"字一作"奥"的问题,其实在后汉王逸的《楚辞章句》里已提出来了。他还是依"异"字来注解的,"异采"乃"异艺之文采也"。不过他附记道:"徐广曰:'异',一作'奥'"。宋洪兴祖《补注》无此说。朱熹《楚辞集注》也注明了"'异',一作'奥'",不过同样地,他并未采用"奥"字,说"异采"乃"殊异之文采"。王、朱二人笔下的"一作",到刘氏笔下变成了"应作"。究竟据"误本"改"奥"为"异"的后人是谁?"误本"究竟误不误?为什么过去的注家和现当代的许多注者或译者绝大多数仍用"异"字?当代个别译者虽也采用"奥"字,为什么仍把"采"译成含糊笼统的"高贵品质"?

看来,过去当曾有过这种本子,其《九章·怀沙》中这句作"奥采"。但为什么作"奥采"的定是正本,而作"异采"的定是误本?我不知道刘氏是否另有考证,单这样下判断,而不考虑长期以来绝大多数学者采用的情况,总觉得没有说服力。"一作"是承认有此异文,可备思考,"应作"便以"异采"为错误了。刘氏之说并不可靠。

因为：第一，为什么说两"异"字应作"奥"？"异采"是屈原的文字，"见异"是刘勰所写。所谓"后人据误本《楚辞》改此文耳"，充其量也只能说"异采"中这一个"异"字是错了，难道刘勰所写的"见异"中这个"异"字，也是后人把"奥"字改成的？"误本"楚辞，按理说应与正本《文心雕龙》无关。刘氏说两"异"字均应作"奥"，那是连带把刘勰的原文也给改了。刘勰这里所以写为"见异"，必然同所据《楚辞》本子"异采"一致，至少他遵从并信用的是作"异采"的这种本子。须知在《文心雕龙》中，刘勰在自己的文字中，还曾两次用过"异采"字样：

壮丽者，高论宏裁，卓烁异采者也。①
若气无奇类，文乏异采，碌碌丽辞，则昏睡耳目。②

这里所用的"异采"，同屈原句中"异采"的意思基本一致。而且在《辨骚》中，刘勰也正是用这样的语言来描写屈原的"异采"的：

观其骨鲠所树，肌肤所附，虽取熔经意，亦自铸伟辞，故《骚经》《九章》，朗丽以哀志；《九歌》《九辩》，绮靡以伤情；《远游》《天问》，瑰诡而惠巧；《招魂》《招隐》，耀艳而深华；《卜居》标放言之致，《渔父》寄独往之才。故能气往轹古，辞来切今，惊采绝艳，难与并能矣。

不有屈原，岂见《离骚》？惊才风逸，壮志烟高。

---

① 《文心雕龙·体性》。
② 《文心雕龙·丽辞》。

所谓"自铸伟词""放言之致""独往之才",所谓"惊采绝艳""惊才风逸",以及"难与并能""壮志烟高"等等,难道不都是明显地在赞赏他的"异采"?这里显然并不是在描写屈原的什么"奥采"。是否"惊采""惊才"两个"惊"字,也得改为"奥"字呢?尽管刘勰也讲了些不同意楚辞的话,总体来说他确是屈原的知音,他是"见"到了屈原的出众之处——"异"的。不仅两个"惊"字不能改,两个"异"字也都不应改。

第二,刘氏所谓"观下文'深识鉴奥'可知",这也不成理由,反倒可以证明前文"异采"是对的。因为下文原是这样的:

夫唯深识鉴奥,必欢然内怿,譬春台之熙众人,乐饵之止过客。盖闻兰为国香,服媚弥芬;书亦国华,玩绎方美。知音君子,其垂意焉。①

这是说如要成为作者的知音,必须具有深刻的识力,看到其人其文一般难以悟解的奥处,必须反复研究玩味,才能发现其人其文的卓异出众之处。这里用"奥"字是对的,"深识鉴奥"、再三"玩绎"之后,才得见其异,知其美。所以,我认为在这里"可知"的,并非前面两"异"字应作"奥",却是这里的"奥"字用得对,它为前面"见异"提出了必须具备的条件。

第三,刘氏所谓"详见《序志》篇",好像从《序志》篇里,可以更详地找到"两'异'字应作'奥'"的证据。反复阅读《序志》,不知刘氏所谓"详见",究何所指。刘勰自序作书之志:

---

① 《文心雕龙·知音》。

> 有同乎旧谈者,非雷同也,势自不可异也;有异乎前论者,非苟异也,理自不可同也。同之与异,不屑古今,擘肌分理,唯务折衷。①

这段话说得极好。总的精神是反对雷同,期于独得。同乎旧谈者既非雷同,异乎前论者亦由对理有了深识。"同之与异,不屑古今",刘勰其人其书之"异采"跃然纸上。可以"详见"的我觉得正在于此。

总之,刘氏提出的这些见解,个人认为并不足以影响我们对刘勰所说"见异,唯知音耳"这一命题的极大兴趣。

二

对屈原所说"文质疏内,众不知余之异采"这句话,历来注释颇多歧义,今译也很少完全相同。关于"文质疏内",古人如王逸注作"言己能文能质,内以疏达";宋洪兴祖《补注》作"疏,疏通也,内,木讷也";朱熹《集注》作"文质,其文不艳也,疏,迂阔也,内,木讷也";清王夫之《楚辞通释》作"疏内,内通而外不炫也";戴震《屈原赋注》作"言文不过乎质,望之似疏,又且内藏也。"今人如郭沫若《屈原赋今译》作"我文质彬彬,表里通达";谭戒甫《屈赋新编》作"文疏通而质木讷"。关于"异采",古人如王逸作"异艺之文采",朱熹作"殊异之文采";今人如郭沫若作"出众",还有分别译成"卓越光采""内在的美""高贵品质"

---

① 《文心雕龙·序志》。

"出众的才能""独特的文采""作品的特异之点""作品的独创性"等等的。比较起来，再结合屈原的创作和个性看，"文质疏内"作为"他文章通达，个性朴直、坚执"来理解，似恰切些。文虽通达，朴直坚执的个性却容易触犯人，而且难于得人理解。所以他的出众的品格、才能和特异的文采便不能为人们所知，甚至还遭受一些人的群起而攻。这对屈原诚然是一大打击，一种不幸，但对有志于成为作者的"知音"的批评者、鉴赏者来说，却深刻地提出了一个要求，即必须能够看出这种作者及其作品的与众不同、特异之处来。"异采"不仅指文采，必然也应包括通过他的作品所表现出来的品格与才能。《辨骚》称屈原之作"奇文郁起""词赋之英杰""自铸伟词""惊才绝艳"，是赞其文采；"楚人之多才""独往之才""惊才风逸"，是赞其才能；"蝉蜕秽浊之中，浮游尘埃之外，皭然涅而不缁，虽与日月争光可也"，便是赞其非常的品格了。

刘勰在这里所讲的"异"，诚然大致兼指作者的品格、才能与文采。但是否批评、鉴赏者仅仅见到了这些"异"就已尽"知音"之能事了呢？我认为在刘勰的整个文论体系里，另外还有一些重要的内容不可忽视。

整部《文心雕龙》里，出现"异"字多达六十多处。仅就这个出现次数看，即可知道刘勰对这问题之重视。当然，在出现的这许多"异"字中，不少只是表达了相对于"同"的"不同"含义，对这种情况可以不论。值得注意的在于：

第一，刘勰见出了各家作品之"异"处，承认其中有些"异"处实际正是其出众、不凡处，即使整个作品仍存在某种不足，他还是兼容并包的。如：

> 观夫荀结隐语，事数自环；宋发夸谈，实始淫丽；枚乘

>《苑囿》，举要以会新；相如《上林》，繁类以成艳；贾谊《鵩鸟》，致辨于情理；子渊《洞箫》，穷变于声貌；孟坚《两都》，明绚以雅赡；张衡《二京》，迅发以宏富；子云《甘泉》，构深玮之风；延寿《灵光》，含飞动之势。凡此十家，并辞赋之英杰也。①
>
> 至于文举之荐祢衡，气扬采飞；孔明之辞后主，志尽文畅，虽华实异旨，并表之英也。②
>
> 张衡通赡，蔡邕精雅，文史彬彬，隔世相望。是则竹柏异心而同贞，金玉殊质而皆宝也。③

刘勰对某些作家作品，既指出其长处也指明其短处。如论司马相如："相如好书，师范屈、宋，洞入夸艳，致名辞宗；然覆取精意，理不胜辞，故扬子以为文丽用寡者长卿，诚哉是言也。"④

他对陆机也是如此。褒贬各有轻重，但从不轻易一笔抹杀。而对"分歧异派⑤的作家作品，只要真有贡献，各具特色，便一概予以承认。"知多偏好，人莫圆该。慷慨者逆声而击节，酝藉者见密而高蹈，浮慧者观绮而跃心，爱奇者闻诡而惊听。会己则嗟讽，异我则沮弃"，⑥ 这种以我为主的主观主义批评只能造成"东向而望，不见西墙"的结果。他有意追求的正是"无私于轻重，不偏于憎爱"的客观分析态度。

---

① 《文心雕龙·诠赋》。
② 《文心雕龙·章表》。
③ 《文心雕龙·才略》。
④ 《文心雕龙·才略》。
⑤ 《文心雕龙·诠赋》。
⑥ 《文心雕龙·知音》。

第二，刘勰"见"出了各家作品之"异"处，并非与其间的"同"处绝无联系，"异""同"往往密切联系，而且随时变通，相资相适。他看到某种文体的作品，如"子云之表充国，孟坚之序戴侯，武仲之美显宗，史岑之述熹后；或拟清庙，或范駉那，虽浅深不同，详略各异，其褒德显容，典章一也。"① 在共同的要求下尽可写出各异的作品，作品虽各异却仍未离开共同的要求。另有些文体名目虽异，要求基本相同，但同中又须有异，需要细辨。如"箴诵于官，铭题于器，名目虽异，而警戒实同。箴全御过，故文资确切；铭兼褒赞，故体贵宏润。其取事也必核以辨，其擒文也必简而深，此其大要也。"② 有些作家作品风格不同，写法亦异，但给人的印象却同样深刻，因为它们中间流露出来的思想感情及其艺术造诣同样感人。如"嵇康师心以遣论，阮籍使气以命诗，殊声而合响，异翮而同飞。"③ 刘勰所讲的"同"，往往即指各类事物包括各类文艺创作的几个层次的一般原理、规律、要求；他所讲的"异"，往往即指作家作品中体现出来独自的、特异的风格、个性和富有创造性的思想才能、艺术才能。共同规律应该遵循，如何体现如何运用却完全可以听由各人自由发挥、自由创造。强调共同规律不等于"雷同"，千篇一律、千人一面地来模仿、写作，这才是"雷同"。刘勰是最反对"俗情抑扬，雷同一响"④、"后人雷同，混之一贯"⑤。的。正因为"同"与"异"是一般与特殊、共性与个性的关系，所以刘勰也深深感觉到两者常常联结着、互相渗透着。例如讲到文章，"或简言

---

① 《文心雕龙·颂赞》。
② 《文心雕龙·铭箴》。
③ 《文心雕龙·才略》。
④ 《文心雕龙·才略》。
⑤ 《文心雕龙·程器》

以达旨,或博文以该情,或明理以立体,或隐义以藏用",写得各不相同;"《易》称辨物正言,断辞则备;《书》云辞尚体要,弗惟好异",正言与体要是共同要求。要求虽然是共同的,写起来却尽可以各不相同,可以各有特点。对前者,他指出:"故知繁略殊形,隐显异术,抑引随时,变通会适",各不相同的写法可以适应不同的需要和情况。对后者,他又指出:"虽精义曲隐,无伤其正言;微辞婉晦,不害其体要。体要与微辞偕通,正言共精义并用。"① 共同的要求完全可以用各具特色的方法方式来表现,原不必拘守一律。"同"与"异"既有区别又有联系,所以写作文章,必须"离合同异,以尽厥能"②,要求全面考虑,适当配合。从某种角度看,写作文章正是"同"与"异"的统一,批评鉴赏,亦当在此着眼。如果能做到这一点,"撮举同异,而纲领之要可明矣"③。在批评鉴赏中,见不到、说不出此作家作品与彼作家作品之异同,不能说明所以形成这种异同的原因,显然算不得已成知音。

第三,刘勰并不认为任何"异"处都好,他不赞成好奇尚异。他鄙弃"莫顾实理"的"弃同即异,穿凿旁说"④;他指责有些"苟异者以失体成怪"⑤;他提醒人"若术不素定,而委心逐辞,异端丛至,骈赘必多"⑥;他反对用字诡异,"今一字诡异,则群句震惊,三人弗识,则将成字妖矣"⑦。他既见到某些"异"处的积极作用,也见到另外一些"异"处的消极作用。见到这些问题,无疑也很有

---

① 上引均见《文心雕龙·征圣》。
② 《文心雕龙·章句》。
③ 《文心雕龙·明诗》。
④ 《文心雕龙·史传》。
⑤ 《文心雕龙·定势》。
⑥ 《文心雕龙·镕裁》。
⑦ 《文心雕龙·练字》。

利于培养批评鉴赏者成为知音的识力。当然,"异"处究起什么样的作用,还要根据实践来检验,不能单凭批评、鉴赏者的判断。刘勰对《离骚》"异乎经典"的诡异之辞、谲怪之谈、狷狭之志、荒淫之意等四事的批评,就因自己思想还受有经典、风雅的束缚,并不全符实际。

三

批评、鉴赏者需要从作家作品中"见异"。"异"是怎样形成的呢?对此,刘勰的观察相当全面。

第一,这是由于各人的思想感情有异,而人的思想感情又是从客观存在的事物引起的。"人禀七情,应物斯感,感物吟志,莫非自然。"① 客观事物多种多样,而且不断在变化之中,人的思想感情必然也是如此。思想感情不仅因物而是,也因时因事因人因体而异,这就需要摸索、创造出种种不同的表现方法。所以说:"情致异区,文变殊术"②,"时运交移,质文代变"③,"情数诡杂,体变迁贸",④"文术多门,各适所好"。⑤ 创作有其客观规律、一定之理;同中有异,不落套,虽层次有别,其实也是一种规律。"各适所好",对客观事物,对创作主体,也对各色各样的读者,都可以这样说。是必然的,也是需要的。

第二,这是由于各人的才性有异。"人之禀才,迟速异分。""骏

---

① 《文心雕龙·明诗》。
② 《文心雕龙·定势》。
③ 《文心雕龙·时序》。
④ 《文心雕龙·神思》。
⑤ 《文心雕龙·风骨》。

发之士,心总要术,敏在虑前,应机立断;覃思之人,情饶歧路,鉴在疑后,研虑方定。机敏,故造次而成功;虑疑,故愈久而致绩。"① 这是人的才能表现有迟有速。"是以贾生俊发,故文洁而体清;长卿傲诞,故理侈而辞溢;子云沉寂,故志隐而味深;子政简易,故趣昭而事博;孟坚雅懿,故裁密而思靡;平子淹通,故虑周而藻密……"② 这是人的个性有别,"性各异禀"。③ 才性不同,对同一事物所生的思想感情也会在表现上产生差异。这些差异只会使创作显得丰富而多样,没有什么坏处。

第三,这是由于各人的学识有异。有人能看到事物的深际,看到现象背后的本质,有人能把对象描写得很形似逼真,提供不少细节的真实,却未必蕴有深意。创作上如此,批评鉴赏上亦有这种情况。"岂成篇之足深,患识照之自浅耳"。④ 自己见多识广,博观约取,"目瞭则形无不分,心敏而理无不达",⑤ 就能深识鉴奥,成为作者的知音。如果只是看到一点零碎浮浅的现象,缺乏认识生活、评价生活的能力,写出的作品深废浅售,可能骗得过流俗的眼光,却决难逃过精鉴之士的指摘。

第四,这是由于各人的所习有异。"桓谭称'文家各有所慕,或好浮华而不知实核,或美众多而不见要约';陈思亦云:'世之作者,或好烦文博采,深沉其旨者;或好离言辨白,分毫析厘者;所习不同,所务各异'。"⑥ 所习有异,所写自然不同。所习未必都好,一

---

① 《文心雕龙·神思》。
② 《文心雕龙·体性》。
③ 《文心雕龙·才略》。
④ 《文心雕龙·知音》。
⑤ 《文心雕龙·知音》。
⑥ 《文心雕龙·定势》。

旦走了错路，回来就难了，"故童子雕琢，必先雅制，沿根讨叶，思转自圆"。①

"异"的造成，如上所说，从《明诗》的"人禀七情，应物斯感"，《时序》的"时运交移，质文代变"，到《体性》的"才有庸俊，气有刚柔，学有浅深，习有雅郑"，刘勰大体已指出来了。创作上存在着这么多的"异"处，是好事还是坏事？刘勰的回答很清楚："是以笔区云谲，文苑波诡者矣。"② 即是说这样就使文坛上风云变幻，波浪拍天，蔚为大观了。总的说，是好事。因为庸俊、刚柔、浅深、雅郑之类，区别总会有，怎样去评定，却并不是很简单的、一目了然的事情，而且读者的需要也不同。容许不同的东西都放出来，能让大家来比较判断，经过实践的检验，千姿百态比之整齐一律，无论从繁荣创作还是提高批评质量讲，都要好得多。刘勰自然有他自己的审美理想，但他并不想定于一尊，而承认"各师成心，其异如面"③ 的局面，我觉得是明智的。"华实异用，唯才所安"，这是一面，"随性适分，鲜能通圆"④ 这是另一面。"故宜摹体以定习，因性以练才"，⑤ 这是他揭示努力方向之一端。"凭情以会通，负气以适变"，⑥ 则是其另一端。《通变》篇的赞语："文律运周，日新其业，变则其久，通则不乏。趋时必果，乘机无怯，望今制奇，参古定法。"这段话不妨看作他对创作发展规律的极好总结：过去的经验应该参考，优异的作品还得根据当前的趋势来创造，这样做必

---

① 《文心雕龙·体性》。
② 《文心雕龙·体性》。
③ 《文心雕龙·体性》。
④ 《文心雕龙·明诗》。
⑤ 《文心雕龙·体性》。
⑥ 《文心雕龙·通变》。

须要果断,要有勇气;创作的发展需要不断创新,继承有利于创新,但只有善于变化才能使创新得以保持长久的生命。创新是不断改革,推陈,冲破旧观念、旧框框的结果。刘勰虽然说过不少"征圣""宗经"的话头,其实他并没有成为"圣""经"的驯服的奴隶,很大程度上只是利用它们的招牌来讲他当时条件下自己论文的主张罢了。即如对屈原的《离骚》,尽管曾指出了它的"异乎经典"的地方,可是对屈原与《离骚》之"奇文""多才""英杰""惊采"的赞赏,岂非情见乎辞,千百年来鲜与伦比吗?他对一切优异的表现,明显地表示了欢迎。他对一切不同意见的争论,只要言之成理,持之有故的,都不一笔抹杀。像"议"与"对"这种文章,就是专用来争论的,"赵灵胡服,而季父争论;商鞅变法,而甘龙交辨;虽宪章无算,而同异足观。"如非"迂缓之高谈""刻薄之伪论",各执异见,互相辩难,正可以"大明治道"。① 政治上如此,文学创作上何尝不是一样。千篇一律之作,哪有什么作用可言。

"见异,唯知音耳","知音"是怎样"见异"的?"良书盈箧,妙鉴乃订",需要高妙的鉴赏能力。刘勰标出的"六观"之法,可以参考。关键要做到"深识鉴奥",而在此之前,则"务先博观",操千曲而后晓声,观千剑而后识器,通过公平、周密的比较研究,"阅乔岳以形培,酌沧波以喻畎浍"②,作品的高下大小,有没有或有多少优异创新的地方,自然就明白了。鉴而精,玩而核,且有"变则其久"的新眼光来看待,作家作品的"异采"就一定能被"见"出来。

"见异,唯知音耳"是刘勰提出的一个极为精彩的命题。对我们

---

① 《文心雕龙·议对》。
② 《文心雕龙·知音》。

今天研究作家、作品，开创文艺理论研究的新局面，也有积极的现实意义。我们必须从长期不利于探索文学创作的特殊规律、不利于肯定作家作品某些优异的创造、新的尝试——这种"左"倾思想和个人崇拜的老框框的束缚中解放出来。共同规律和特殊规律，共同要求和特殊表现，都是应该研究的。同中有异，异中有同，分析与综合，辩证统一，有利于认清文学艺术的全貌、奥蕴。一味讲同，不能讲异，一见异就先抹杀、排斥，视"见异"者为异端，以为必定有碍于求同，有损于同，这是不合实际，也不科学的。当前，我们正在进行社会主义"四化"建设，为了发展生产力，不仅在现代化物质文明方面需要对外开放，在社会主义精神文明方面也不能继续闭关自守，有待于吸收同我们固有的东西存在差异，但却有益，是人类创造出来的现代化的养料。求同存异，求同取异，对繁荣创作，深化理论研究，都有益处。刘勰在这方面的理论遗产，值得我们重视、探讨。

1984 年 11 月 3 日

（原载《古代文学理论研究》丛刊第 11 辑，1984 年）

简论中国文论的民族特色

要在一篇文章里全面讨论中国文论的民族特色是不可能的,这里我只想简单地提出其中的四点。所谓民族特色,我认为也不能说它是其他民族一定没有的东西,不过是说,这些东西在我们民族的文论里,占有显著的地位,而且往往具有本民族所特有的表现方式,所以相对而言,成了我们的民族特色。

特色之一,是尚用。孔子以来,尚用的议论千千万,本来,文艺原是有多方面的作用的,会出现这么许多议论,毫不足怪。大至经邦济国,为时为事,小至娱乐身心,传之后世,全谈到了。值得注意的是"兴观群怨"中这个"怨"字,"怨刺上政",成了历代进步文艺家创作的崇高目标,评论家赞赏的准则。歌功颂德的应制文字,大致都可列入庙堂文学之列,这种作者当时能捞到点好处,但文学史上从无他们的地位。大作家们也难免会写些这种文字,但他们之所以成为大作家,决不是由于有了这种文字,而是他们写的那些关怀民生疾苦、忧国伤时、要求革新弊政的作品在起主要作用。不仅歌功颂德之作得不到大家的欢迎,就是表现欢愉之情的诗文也难得好评。所谓"穷苦之辞易好,欢愉之辞难工",其中道理尽可细细分析,但"穷苦之辞"中有"怨"在,而"欢愉之辞"中则当然没有，这是一个重要差别。对"怨"字，古代文论也曾加以分析，有"为民请命"式的怨，也有个人"叹老嗟卑"式的怨，前者受重视，得共鸣，后者有时也能引起同情，但有识之士则以为品格不高。真才实学而不得展其抱负的人的确各代皆有，可是"叹老嗟卑"的人却并非真的都有才学，很多无非出于一己之私利未得如愿满足而已。不过比之卑躬屈膝、无耻捧场的东西，人们对"叹老嗟卑"之作的反感毕竟还是少一些。为什么呢？因为其中有时多少反映出了一些封建社会中的不公道现象，而那时的绝大多数人，的确都不同程度受到这种压抑的。"怨刺上政"对不对？只要"上政"真有弊病，害国祸民，加以"怨刺"，用今天的话来说就是批评和讽刺，当然对，有什么不对呢？尽管"怨刺"的动机绝大多数确实不过是希望稍稍改良一下，不要把老百姓逼到走投无路，去铤而走险的地步，"水能载舟，亦能覆舟"啊！应该说对封建皇帝仍是忠臣，他倒看到了这个王朝的危机和比较长期的利益。可是难道可以因为他仍是封建皇帝的忠臣，就连他对客观存在的时弊的批判也可一笔抹煞？毕竟是一种有益的批判嘛！把这种批判放在民族历史发展的长河里来考察，还是有些教育，启发作用的。而若某个比较开明的皇帝因此多少作了一点改良，客观上使老百姓稍为减轻了一些痛苦，那也并不总是坏事。过去有人说这会麻痹人民的斗志，延缓甚至取消革命，我很怀疑这种高调，按此推论，昏君赃官以及一切坏人越多，倒都可以促进革命了，历史行程难道可以据此来决定的吗？

"发愤著书""不平则鸣""穷而后工"，我看这些话都同"怨"的需要和作用有密切关系。主张"文须有益于天下"的顾炎武揭批了当时社会的许多弊端，而不能自已地提出了这个鲜明主张。尚用而着重在"怨"，固有长期封建社会专制统治的历史为其背景，但只要社会总需无止境的前进，批判精神将永远值得肯定，当然出发点应该是为了前进而决不应是后退。随着批判对象的不同，方式方法也要讲究，务求产生实效。我们今天强调批评与自我批评，未始不包含有"怨"中的合理因素。

特色之二，是求真。古代文论讲"信"、讲"实"、讲"诚"，意思和"真"差不多。求真有两个方面：反映客体要真，抒写主体也要真。似乎并不象后人设有那么多清规戒律，崇拜统一的模式。即使象主张"宗经""征圣"的刘勰，在这方面也颇开明。他对屈原的《离骚》不无微辞，但对它的"惊采绝艳"，还是赞叹不止的，因为它做到了"酌奇而不失其真，玩华而不坠其实"。孔子早提出"情欲信"，后来欧阳修也指出"事信"的重要。人们称《史记》为实录，老杜诗为"诗史"，都包括了主客体两方面的真实这一根本要求在内。修辞要立诚，作文要不得已而言，苏轼指出文章的成功，"非能为之为工，乃不能不为之为工也。"觉得非写不可，不写出来对不起人，有这么一股创造的激情在，文章就必然有内容，必然不虚假。写出客体的真，当然也不限于表象。过去每多以镜之照物来比喻反映客体的真，刘熙载就不同意，他说得很有道理："镜能照外而不能照内，能照有形而不能照无形，能照目前现在而不能照万里之外，亿载之后。"① 客观事物怎能单凭写出它的外表，可以照见的部分和眼前的静止状态就算已描写得很真了呢？主观很真诚，不说假话，当然很好，但还远远不够，真话并不一定合理、属实、有益。把客体写得很真了，把主体的感受、心灵世界也写得很真了，而且具有极大的艺术感染力，能鼓励人们积极向上，这才是好作品。融真实、真情、直理于一炉，"真"还是最重要的基础。这一主张自然要涉及主体的人品。古人常说"道德文章"，"士先器识而后文艺"，

---

① 刘熙载：《持志塾言》下。

所以都把"道德""器识"放在前面，有其深意。即认为无德无品或品德卑下的人是写不出真正好的文章来的。"一为文人，便无足观"，这里所说的"文人"，即指能掉掉笔杆却品德低下或很平庸，只爱雕章琢句、以花俏自赏一类的人。这样说的人倒并不真在抹杀文学的作用，否定一切的文人。人品更重于文品，或者也可算古代文论的特色之一，我认为它便是从求真这一特点派生、延伸出来的。鲁迅有"革命人"才能写出革命文学的谠论，我觉得同古代文论中这一观点有联系。

特色之三，是重情。孔子早就说："情欲信，辞欲巧。"情由人生，重情也就是重人。刘熙载直截了当地指出："文，心学也。"①。这样的意思至少在宋代已有些文论家表达出来了。所谓"心学"，无异说文学是表现人心的学问。古人也常说"言志"，先秦同样有，"情""志"其实很难分清楚，言志怎能毫不流露感情？抒情怎能毫不反映思想？"情志"后来往往就被联合在一起运用了，同"情性""性情""性灵"成了差不多的观念。为了有别于某些说教式的东西，在谈及文学时当然用抒情、言情这些词明确些。古人早就看出文学有潜移默化、感发读者志意的特殊作用，这作用就从情的感染产生的，不是耳提面命的教训，比这种教训的作用要深广得多。当然也不是说文学作品里不能直接说点理，但那是带着强烈感情的说理，是蕴含在感情表现中的说理，枯燥说教而有着文学形式的东西也有，如某些道学家写的诗，却被称为有韵的语录，至于鸟名诗、药名诗之类，则更只能算文字游戏了。古代文论重情，难道不重理？不，也很重理。苏轼说事物都有一定之理，诗文如果表现不出这一定之理，不能把它充分表现出来，就说不上已到了"辞达"的高境

---

① 刘熙载：《游艺约言》，见《古桐书屋续刻三种》。

界。我们民族的确有重视理性的传统。严羽说得好:"诗有别趣,非关理也。然非多读书,多穷理,则不能极其至,所谓不涉理路,不落言筌者,上也。诗者,吟咏情性也。"① 这段话有什么错?却被很多人攻讦了几百年,真冤枉,他的意思不是很明白吗?文学的特点就该寓理于情,直露了没有味道,就不能吸引人。说理要说得有趣味,不是排斥理性。情若写得丝丝入扣,人就活了,作品就真有生命力了,文学的各种作用就自然发挥出来了,这是单靠华丽的词句、离奇曲折的情节或故作惊人之笔等都不能真正达到的。社会生活当然是源泉,客观存在的事物当然是基础,文学乃是通过刻画性格,描写人情来反映、评价这些事物,否则事物具在,为什么人们对之并不能像读了优秀作品后那样激动、那样爱憎,那样萦回于心、久久无法忘怀?这说明重情既非主观主义,也非唯心主义,更不是非理性主义。

特色之四,是重简。爱好要言不烦,能使人举一反三,厌恶唠叨不完,以艰深文浅陋。刚读到一篇文章,提出现在要发展马克思主义的文学批评,这当然很需要;但对文学批评家目前在文学界的地位所以很低,"其中很重要的一个原因",却说是"我们民族的理论思维的薄弱,不像德意志民族孕育出了黑格尔、马克思那样的理论巨人。"觉得非常奇怪。黑格尔的美学体系庞大,有许多深刻见解,马克思是无产阶级革命导师,更是理论巨人,对此,我们谁也不会有异议。马克思且不谈,难道因为有黑格尔,今天德国文学批评家的地位就特别高了?用黑格尔的著作,就能断言我们民族理论思维的薄弱?部头大,有明显的系统,艰深难懂,这些便可证明理论思维的高强?我毫无意思贬低黑格尔的重大贡献,但对这种脱离历史、文化、民族心理习惯等等要素的比较实在无法苟同。我们无

---

① 《沧浪诗话·诗辨(五)》。

权干涉黑格尔的思维习惯和文风，却有权说我们无须如此跪倒在外国人的脚下，尽管他确有某种权威性。难道刘勰就不是当时世界上的文学理论权威吗？他比黑格尔早了多少年？尽管我们可以不同意宋明理学家们的观点，可是他们的思辨能力并不差。薄弱或不薄弱，不能看外表形式，主要应该看探索的深广度，理论发挥出的力量，对各自的文学发展历史起了多么大的实际作用。德国同样也是巨人的歌德对黑格尔式的理论思维就多次表示并不恭维。老实说，我也绝不认为黑格尔那样的表达方式就是唯一最好的方式。黑格尔当然绝不是"以艰深文浅陋"，但他不能算是一个存心想把理论交给群众的人。"通道必简"，我相信没有一种真理不能用通俗平易的方式充分表达出来。在我们这里，象蹩脚翻译文字那样把并不深奥的问题搞得尽是名词概念，玄之又玄，以示思辨能力高强的东西确已出现不少了，许多读者啧有烦言是正当的。在这个时候说说我们民族文论崇尚要言不烦的特色也许颇有好处。

我们民族向来主张"辞尚体要"。这倒未必因为古代书写、纸张刻印都十分困难的缘故。刘知几称《左传》"其言简而要，其事详而博"，在简要中见详博，贯多以少，举少见多，后来纸张印刷方便之后仍被奉为著述的信条，论文谈艺亦不例外。高明之士，每以为有些话是不必谈的，有些话是暂时可以意会尚难确切言传的，有些话是多说了仍难免挂一漏万的，他们认为那些唠叨不休的话中，有的是不说别人也能知晓、悟出的，有的是粗迹、糟粕，有的是欲益反损，反而阻碍了别人思路。刘勰《文心雕龙》谓圣人之文："虽精义曲隐，无伤其正言，微辞婉晦，不害其体要。体要与微辞偕通，正言共精义并用"[①]，在《论说》篇中，他说"通人恶烦，羞学章句。"

---

① 刘勰：《文心雕龙·征圣》。

《风骨》篇中,他说:"文术多门,各适所好,明者弗授,学者弗师。"分明是"文约为美"的意思。"体大思精"的《文心雕龙》才两万多字,却以史论评相结合,成为不朽名作。难道它理论不深,分析不精,没有体系?韩、柳、欧、苏,都无理论批评专书(《六一诗话》远不如欧公集中诸文重要),卓绝之论岂少?难道不成系统?诗话,词话,虽零碎而作用甚广,娓娓道来,亲切有味者不少,何尝不如堆砌名词概念、生造字句动辄数十万言之作?各民族互有短长,各有所适,倒决不想尽煞别人志气,一味长自己威风,乃是要求实事求是,有点科学态度和历史唯物主义精神。刘熙载解释他为什么要把著书称为《艺概》:"艺者,道之形也。……顾或谓艺之条绪綦繁,言艺者非至详不足以备道。虽然,欲极其详,详有极乎?若举此以概乎彼,举少以概乎多,亦何必殚及无余,始足以明指要乎?是故余平昔言艺,好言其概。"[①] 我认为我们民族论文谈艺的这一文风特色是今天也还值得发扬光大的。当然,尽可以多样化,但认为这种文风竟成了什么障碍,实在太不公平了。

余论。以上所谈,粗略之至。此外还想补充一个感受,即中国古代文论中还有极多的宝贵东西可供挖掘,对贯通中外古今,进行比较,找出各种普遍的规律,肯定大有作用。宋代陈郁《藏一话腴》所谓"盖写其形,必传其神,必写其心"之说;清代沈德潜《说诗晬语》卷下所谓"性情面目,人人各具,……倘词可馈贫、工同鏖锐,而性情面目,隐而不见,何以使尚友古人者读其书想见其为人乎?"明代钟惺、谭元春《古诗归》卷十所谓"退寻",即作品当境成篇,往往不佳,退而寻之,却易出佳作,锺惺又有诗为"活物"之说,因是活物,所以读者尽可各就所识所感,各自为说,虽不必

[①] 《艺概·自序》。

皆有当作者之意，而无不可以有助于对生活与诗的理解，实际分析了"诗无达诂"这个聚讼纷纷的问题。稍稍一想，古人这些议论，未始不同目前人们常在谈论的国外文艺理论"文学是人学""距离说""接受美学"等有相当的联系。至于像叶燮所说："曰理、曰事、曰情三语，大而乾坤以之定位，日月以之运行，以至一草一木一飞一走，三者缺一，则不成物。文章者，所以表天地万物之情状也；然具是三者，又有总而持之，条而贯之者，曰气。事、理、情之所为用，气为之用也。……得是三者，而气鼓行于其间，絪缊磅礴，随其自然，所至即为法，此天地万象之至文也。"① 刘熙载所说："描头画角，是词之低品，盖词有全体，宜无失其全，词有内蕴，宜无失其蕴。"② 是否这里也已接触到了当前正在广泛谈论的"系统论"？分析不妨从细，即所谓微观，而分析之后尚须综合、宏观，看到子系统上面的高一级系统。这里所借的理、事、情三者与总持、条贯其上的生气或生命的关系，细部与全体、外表与内蕴的关系，是否不妨看为古人多少也感知到了这个问题对创作与评论实践的一些体验？我完全没有意思说当代这些新说在古代文论中早已有之，贬低一切新探索的价值。不过表明很多问题，往往在各国各民族的思维、经验中都存在着承传的关系，了解过去，既可以接过前贤的薪火，至少利用它的微光余热，还可表明，并非一切人们尚不明白尚不习惯的新说全是奇谈怪论。所以我补上这一笔，或者还可得些"以复古为解放"之益，并不仅仅借此显示古代文论内容极其丰富而已。

(原载《文史知识》1985年第10期)

---

① 叶燮：《原诗》卷一。
② 刘熙载：《艺概·词曲概》。

现代意识与文化传统

我们现在常能读到不少谈论现代意识的文章。生而为现代人，自然应有现代意识，不是生活在真空中，也不可能毫无一点现代意识。但现代意识毕竟是一个相当含糊笼统的观念，在谈论这个问题的不少文章中，要找出若干明确的共同之点来倒也不那么简单。例如：究竟哪些意识是现代的？是否现代意识即流行、时髦的意识？如何判定现代意识的价值？现代意识与文化传统的关系如何？等等。这种情况，在文艺理论研究领域中，同样地存在着。我认为这些都是很值得大家共同来探讨的问题。这里我只想就现代意识与文化传统的关系问题粗略地谈点看法。

一

在我看来，并不是存在于任何现代人脑子里的意识都可称为现代意识。人们虽都生活在现代的土壤上，仍还是各色各样的，不仅个性有异，思想感情亦不尽同，或大同小异，或大异小同。各色各样的人中可能都有一点可称为现代意识的东西，但或已成为他意识的主流，或不过只是某种情况下他意识中的或隐或显或刹那的闪念。

例如民主意识，当无问题能被公认为现代意识的一种，有些人确已具有这种意识，并提高到社会主义民主的水平，不但能身体力行，且能大声疾呼，影响全社会；有些人则虽也表示赞成，口头上也常这样宣讲，但遇到某些具体问题，特别当触犯到自己私利的时候，却就原地踏步，甚至向后转了。又如改革意识，也存在这种情况，有的真正要求改革一切陈腐、过时、妨碍社会进步的东西，有的虽然也说要改革，实际并不热心，甚至还会加以阻碍。"大锅饭""终身制""庸俗社会学""机械唯物论""几十年一贯的老讲义""习惯模式"，毕竟都比凭新知识、真本领、紧张工作来竞争省事、省力、靠得住得多。

以上所说，只是想表明两点：第一，现代意识应指对现代社会、现代广大人民具有改革、进步、发展意义的意识，而不是随便什么只要现代人具有的意识。现代人具有的意识中既有些是极其陈旧的封建意识或其变相的观念，亦有些是资产阶级极端个人主义的东西。不能只看这种意识是否出现或流行于现代，要看这种意识是否符合现代社会、现代广大人民改革、进步、发展的共同需要。第二，有否或有多少现代意识，主要应根据人们的实际行动、客观效果来判定，不能只根据他们的说话和自我标榜。

正因为这样，我认为把传统文化看成与现代意识相对立的主张是不合事实，不科学的。持这种主张的人认为传统文化完全是创新的障碍物，学习或重视传统文化便是"向后看""倒退"，对传统文化虽未再用"彻底扫荡"这样威风凛凛的字眼，骨子里的意思其实差不多。海外有人写了一本《丑陋的中国人》，把中国人说得丑陋不堪，丑陋的原因何在呢？据说就因为"中国传统文化有一种过滤性病毒，使我们子子孙孙受了感染，到今天都不能痊愈"。他认定今日中国的艰难是传统文化罪恶深重所致，中国悠久文化不仅一团漆黑，而且祸延子孙直到今天还在发生作用。这位作者，对中国传统文化批判到如此地步，是否太偏激，不够实事求是？中国传统文化中也有很合理的东西。

　　我的意见是现代意识不但并不总与文化传统对立，往往还是文化传统中合理部分的延伸和发展。现代意识并不只是一个限于现代时间的观念，更重要的是一个随着历史的发展而不断有所发展、充实的观念。譬如称日、月是终古常新的，古人这样认识时可称为当时的时代意识，现代人这样认识时仍不失为目前的现代意识，因为这样的意识符合科学，当然今天对日、月的科学认识比过去是更进一步，更丰富精密些了。在自然科学领域里有这种情况，在人文、社会科学领域里也存在着一些类似的情况。把现代意识与文化传统完全对立起来，把人为地割断与文化传统的联系当作一种有价值的现代意识来提倡，我认为有害无益。不消说，由于已经历过好几个社会发展阶段，而我们今天又已在向一个更有生命力的新社会迈进，我们从没有向文化传统膜拜或照单全收的意思，我们不过是主张择善运用，而可以择善运用的宝贵遗产应该承认确实不少。下面可举几个小例子来谈谈。

二

　　"天下同归而殊途，一致而百虑。"这是古老的《周易·系辞下》中的两句话。这两句话在《易传》中的原意有不同解释，可存而不论。朱熹《周易本义》把它作为一般原理，这样注释："言理本无二，而殊途百虑，莫非自然，何以思虑为哉！必思而从，则所从者亦狭矣。"朱熹这一解释我看有一定道理：真理只有一个，而到达这个真理的途径可以是不同的，也必然会有不同；许多不同的思考意见，似乎南辕北辙，分歧错杂，但因其可能互相补充，所谓真理愈辩愈明，反而有利于取得一致。"同归"与殊途"，"一致"与"百虑"，似乎对立，其实是矛盾统一的关系。不许有不同的道路、不同的思考，脱离了实际情况而想用非科学、不自然的方法达到"同归"与"一致"的目标，反而是不可能的。真理总离不开实际，实际既有比较稳定的因素，更多由于时间、地点、条件的改变而不断在发展、呈现出差异，真理本身有的会演变，有的需要从不同的途径去探索才能把握，这都是很自然的事情。硬凭主观甚至想尽方法强制人们只能循这一条道路、这个样子去思考，往往不仅达不到"同归"与"一致"的目的，反而会产生相反的结果，至少会白走许多弯路。只要方向对头，目标明确，不是"条条大路通罗马"吗？广开言路，鼓励大家勇于作多样化的试验，从多方面来对问题进行探索，应该倾听各种不同的建议，扩大社会主义民主不正是一种非常重要的现代意识吗？在这个意义上，孔子的"毋意，毋必，毋固，毋我"[1]，"三人行，必有我师焉：择其善者而从之，其不善者而改之"[2]，也未必对现在没有借鉴意义。主观、拘执，自以为是，目空一切，古人如孔子也已知其不对，有现代意识的人当更应知其非是了。

开放、搞活当然是我们的一种重要现代意识。再也不能重复闭关锁国、夜郎自大那一套只能束缚自己进步的东西了。凡是能为人民服务、为社会主义服务的文化，能有利于我们发展进步的，不管是古代的、外国的谁发明创造的，都需要采取"拿来主义"的态度。这就得"兼收并蓄""兼容并包"，否则凭什么来"古为今用""洋

---

[1] 《论语·子罕》。
[2] 《论语·述而》。

为中用"！或谓"兼收""兼容"要有原则，不错，不过实际上若未患神经病，从来都不是毫无原则，尽管原则不尽相同。捡破烂、收废品的人，也绝非任何东西都拣都收的，总还看到了它多少值点钱。只要目的明确，并不会成什么问题。诚然，我们历史上有不少"独尊"的议论，但"兼收""兼容"的主张亦从未间断，实际上我们的历史并非在"独尊"中发展，而是在"兼收""兼容"中发展的。荀子在《非相》中就已有"兼术"之说："故君子贤而能容罢（疲），知（智）而能容愚，博而能容浅，粹而能容杂。夫是之谓兼术。"韩愈在《进学解》中说：牛溲马勃，败鼓之皮，俱收并蓄，待用无遗者，医师之良也。"荀子以贤、知、博、粹兼容罢、愚、浅、杂，并不一概抹杀或踢开后者，当以为后者可资比较或其中亦有些一得之见吧，"兼听则明"，自然是一种较好的方法。韩愈以为良医之所以能为良医，就在懂得即使像牛溲马勃、败鼓之皮这类通常视为贱物的东西在医疗上有其作用，平时知道俱收并蓄，必要时就可随宜运用。与"兼收""兼容"有密切关系的一个传统观念是"集大成"。孟子称赞孔子为"圣之时者也。孔子之谓集大成"[1]，认为孔子所以比伯夷、伊尹、柳下惠还高明，即因他能集先圣之大道，以成己之圣德，融合了前人的各种优点长处，自己得以随时灵活运用。在文学史上，例如最伟大的诗人杜甫，就也是一位类似的人物。在诗歌理论上，他从不割断历史，对文学遗产，他有自己的评论原则，即使对他并不赞赏的齐梁诗风，也总是有所分析，区别对待，绝未采取全盘否定、猛烈攻击的态度。他在《戏为六绝句》中所说的"窃攀屈宋宜方驾，恐与齐梁作后尘"；"别裁伪体亲风雅，转益多师是汝师""不薄今人爱古人，清词丽句必为邻""王杨卢骆当时

---

[1] 《孟子·万章下》。

体，轻薄为文哂未休。尔曹身与名俱灭，不废江河万古流"等名句，就充满着一种既有其主见却又"兼容""集大成"的精神。正因为他有了这种开阔的视野，从文学发展中吸取到了这种宝贵的经验，加上他自己在创作实践上的艰苦努力，所以他的成就几乎也是无与伦比、绝无仅有的。他在诗歌创作上的成就，用一句话来概括，便是集了古典诗歌艺术的大成，是以被目为"诗圣"。元稹称赞他："上薄风骚，下该沈宋，言夺苏李，气吞曹刘，掩颜谢之孤高，杂徐庾之流丽，尽得古今之体势，而兼人人之所独专矣。"[①] 后来《新唐书·文艺传》也这样论他："开元间，稍裁以雅正。然恃华者质反，好丽者壮违，人得一概，皆自名所长。至甫浑涵汪茫，千汇万状，兼古今而有之。"这两段议论基本一致，历来也得到公认，是确评。杜甫当时没有条件接触到中土以外的文学作品，他"集大成"的范围当然受到限制。但从他的议论和创作实绩所表现出来的意识，可以使我们感到，不仅在当时是很合理的，事实证明也符合现代的需要。"不薄今人爱古人"，"转益多师是汝师"，不论今人古人，国人洋人，凡能对现代中国的社会主义建设有益的东西我们都要拿来，都值得好好研究学习。难道我们的文化传统中在这方面缺少可以发扬光大的瑰宝？

现代人都要求有独立自主的权利，不愿俯仰随人，鄙视为了一己私利不惜随风倒的小人。在封建专制统治下，做到这一点很不容易。不过在舆论上、理想上，许多志士仁人的意识并不与专制统治者的要求一致。为此而杀身成仁或坎坷一生的人并不少，说明人们为维护其自身应有权利和人格尊严的斗争并不是没有长期的历史渊源的。历史不容割断，在这一点上同样可以找到证据。富贵不能淫，

---

① 《唐故工部员外郎杜君墓系铭并序》，见《元氏长庆集》卷五十六。

贫贱不能移，威武不能屈，这是多么了不起的一种独立自主精神！难道这不是我们过去许多人虽不能至，却心向往之的精神？古人论学，多主深造、自得。孟子早就提出："君子深造之以道，欲其自得之也。自得之，则居之安；居之安，则资之深；资之深，则取之左右逢其源。故君子欲其自得之也。"① 经过深造，有了自得之见，便不大会随风起哄了。自得之见自然未必都对，但在学习上，总比俯仰随人较能作出贡献，在人格上，不致"顺口接屁"，自甘下流，要高尚得多。在文艺理论批评上也有很显著的例子，如将近两千年前的王充，他对"世书俗说，多所不安，幽处独居，考论实虚"，便想深造自得。他写出来的《论衡》一书，因多自得之见，"违诡于俗"，不合众人心意，有人因此指责他。他凛然回答："盖独是之语，高士不舍，俗夫不好；惑众之书，愚者欣颂，贤者逃顿。"② 他宁愿坚持独是之语，决不迎合媚俗。刘勰著《文心雕龙》，把史、论、评融为一体，然后上升为体大思精的理论专著，他感到过去一些论文著作"并未能振叶以寻根，观澜而索源"，所以便决心自出手眼来另写成这一部书。《序志》篇中他这样自述立论的宗旨："同之与异，不屑古今，擘肌分理，唯务折衷。"这就是说，他的议论，都凭自己的研究所得，道理是怎样，就怎样讲说，绝非因袭得来。议论难免与古人今人有不谋而合处，那是道理如此，非故意求同；有相异之处，亦是凭的道理，非存心立异；他是不屑与任何古人今人雷同、苟异的。严羽是另一位极能独立自主地提出见解的诗论家，倡为著名的"诗有别材，非关书也，诗有别趣，非关理也"等说。他对自己的所评所辩，非常自信："吾评之非僭也，辩之非妄也。天下有可

---

① 《孟子·离娄下》。
② 《论衡·自纪》。

废之人,无可废之言。诗道如是也。若以为不然,则是见诗之不广,参诗之不熟耳。"① 又说:"仆之《诗辨》,乃断千百年公案,诚惊世绝俗之谈,至当归一之论。其间说江西诗病,真取心肝刽子手。以禅喻诗,莫此亲切。是自家实证实悟者,是自家闭门凿破此片田地,即非傍人篱壁、拾人涕唾得来者。李杜复生,不易吾言矣。""本意但欲说得诗透彻,初无意于为文,其合文人儒者之言与否,不问也。""辨白是非,定其宗旨,正当明目张胆而言,使其词说沉着痛快,深切著明,显然易见,所谓不直则道不见,虽得罪于世之君子,不辞也。"② 严羽的诗论,确有见地,虽不尽是他的创见,但他的议论,确出于他自家的实证实悟,乃独立自主地研究出来的。王充、刘勰、严羽这样既能深造自得,又敢于直陈己见,不愿随人脚跟的人,文化学术史上并不在少。无疑现代也非常需要这样的人才。

上面简略地举出几个小例子的意思,不过想表明,现代意识与文化传统并不总是对立的,有些现代意识其实乃是文化传统中优秀部分的延伸和发展。某些意识虽然久已产生,只要它经得起实践的检验,证明在今天仍保有强大的生命力,则它虽是历史的也仍可以是现代的。全盘否定文化传统,甚至无所不至地污蔑文化传统,我以为实在倒是缺乏科学的现代意识的表现。

1987 年 3 月 5 日

(原载《上海文论》1987 年第 2 期)

---

① 《沧浪诗话·诗辨》。
② 《答出继叔临安吴景仙书》,见《沧浪诗话·附录》。

重印《刘熙载论艺六种》序论

一

刘熙载字伯简,号融齐,晚号寤崖子,以清嘉庆十八年(1813)出生于江苏兴化县。道光十九年(1839)中举,二十四年中进士,改授翰林院庶吉士,留馆学习三年后授翰林院编修,从此正式踏上仕途,是年三十五岁。此后供职于京城约十年,未得升迁。咸丰七年(1857)请假到山东禹城开馆授徒,于九年底回京,仍为翰林编修。十一年,受湖北巡抚胡林翼之请,前往武昌任江汉书院主讲。及至,正值太平天国西征,大军迫近武昌,生员星散,便复折回,沿原路北上,经河北,过太行,入山西,浪迹汾水一带,同治即位,受诏回京,初任国子监司业,后出为广东学政,是年五十二岁。在广东任期未满,便去职回到故乡兴化。翌年起,受聘为上海龙门书院主讲达十四年之久,于光绪七年(1881)病逝于兴化,终年六十九岁。

作为一个封建社会的知识分子,刘熙载受到传统儒家思想的长久熏陶;又由于他生活在那样一个时代,也受到封建后期盛行的

"新儒学"即宋明理学的影响。比较起来，陆、王心学对他的影响似乎更大些。在文艺思想方面，他吸收并发挥了传统儒学和宋明理学的一些合理因素，加以自己的体察揣摩，提出不少启人心智的真知灼见。自然，其历史的局限与矛盾也是显而易见的。

刘熙载的著作，现存《古桐书屋六种》（又称《刘氏六种》）及《古桐书屋续刻三种》。前者系作者生前自定，内含《持志塾言》上下卷，是他"随笔而存之"的教学笔记，采用语录体；《艺概》六卷，分论文、诗、赋、词曲、书法、经义；《昨非集》四卷，系创作集；另外是《四音定切》《说文双声》《说文叠韵》三部音韵学专著。《续刻三种》是作者死后由其弟子编成，内含《古桐书屋札记》，内容与《持志塾言》相类；《游艺约言》，内容与《艺概》相类；《制艺书存》，原系《昨非集》之一卷而未刊入者。

上述九种中，《艺概》被多次重刻重印，且富有灼见，故流传最广，影响最大，成为刘熙载的代表作。传统所说的"艺"，指与"道"相对的具体技艺，与现在所说的"艺术"、"文艺"内涵不尽相同，但有交叉。《艺概》基本上是一部文艺理论著作，刘熙载过去也素以文艺理论与文艺批评家名世。但是，我们对文艺理论、文艺思想的观念现在应有广阔的理解。《艺概》《游艺约言》直接谈文论艺，自然是我们了解刘熙载文艺思想的主要依据；《持志塾言》《古桐书屋札记》虽多在谈论性命义理，阐发作者的宇宙观、人生观，其实也极有助于从根本思想上理解刘熙载文艺观的来龙去脉，何况其中还有许多内容与其文艺之道直接相通，或可以互相参照。正如我们现在了解与研究结构主义美学不能离开结构主义的哲学、了解与研究阐释美学不能离开哲学阐释学一样，了解与研究刘熙载的文艺思想也决不能离开他的整个思想体系。刘熙载对于文艺之道的具体评论，没有也不可能脱离其思想体系的规定、制约与笼盖。离开其总的思想体系而只孤立地研究他的文艺理论，势必难于从总体上阐明他有关文艺的概念、范畴与命题的特定内涵与底蕴。另外，《昨非集》《制艺书存》两种所收的作品，是他在《艺概》中所论及的各种文艺形式的具体创作实践，理当把它们作为准确把握其文艺思想的实证材料和参照系统。更为可贵的是，其中还有不少以文艺创作的形式直接论及文艺问题的作品，很有些精到的见解，可补《艺概》之缺。这几种书，长期未见重刻，流传极少，一般读者甚至不知他还有这些重要著作。有鉴于此，我们将这些著作加以标点，合印成书，命之为《刘熙载论艺六种》。我们深信，这对全面深入地研究已日益受到国内外重视的刘熙载的文艺思想，科学地评价他的学术贡献，发扬光大他在我国文化、思想、文艺评论史上的灿烂业绩，是能够提供便利而值得略尽绵力的。

二

刘熙载的论艺之作，多是语录体或随笔式的，表面上片断、零散，没有什么体系，其实只要较细研读，就可看出他的看法是很有系统的，而且逻辑至为严密。他喜欢这种自由自在、点到即止的写法，更认为应当这样来写，举一反三，比毫无余味的啰唆说教好得多。这意思在《艺概》自序中有明确表白。《艺概》虽集中谈艺，却并不是一部舍弃各具体艺术门类的个别特征而只抽取其一般原理的"文艺概论"。它分论各体，始终不脱离个别艺术形式的具体问题，并有大量对作家作品的品评分析，同时，文艺的一般规律即丰富地体现在他的各种具体分析议论之中。他的理论体系的核心与出发点是什么？《艺概》叙说："艺者，道之形也。学者兼通六艺，尚矣。次则文章名类，各举一端，莫不为艺，即莫不当根极于道。"

《游艺约言》也说:"文章书画皆道。"刘熙载用"道"来规范"艺",概括"艺",把"道"当作各种"艺"的普遍依据和终极原因。"原道"是荀子、扬雄、刘勰以来不少人谈过的传统观念,不过各人所谈的"道"其实并不相同,至少不尽相同。刘熙载所重的"道",虽与儒道有一定联系,却主要是指客观事物本身固有的发展规律和本质形态。他认为,文艺就应当是这种"道"的感性、形象的体现。他承认存在着贯道之艺和离道之艺,后者当然不如前者。他对这种"道"的强调,实际上是主张文艺应当反映客观真实生活。

对文艺创作来说,"道"是客体。刘熙载也从不忽略从主体方面看问题,故常用"心"来规范文艺,甚至多次明白地称文艺为"心学"。如:

> 文,心学也。(《游艺约言》,下简称《约言》。)
> 言语,亦心学也。(《文概》,即《艺概·文概》,下同。)
> 书也者,心学也。(《书概》,即《艺概·书概》,下同。)
> 赋家之心,其小无内,其大无垠,故能随其所值,赋象班形。(《赋概》即《艺概·赋概》,下同。)

用"心"来规范文艺,同他重视"道"的主张并不矛盾。"道"不会自己表现出来,必须由人去观察、探究。没有人,也就不会有"艺"。"心学"与现代提出的"文学是人学"不但非常接近,甚至可说早已进了一步。刘熙载的文艺思想体系的核心与出发点,正是在客观存在基础上的这两个方面的统一,即主体与客体的辩证统一。用刘熙载本人的说法,就是"诗为天人之合",这个命题见于《艺概·诗概》:

> 《诗纬含神雾》曰："诗者，天地之心。"《文中子》曰："诗者，民之性情也。"此可见诗为天人之合。

这里说的虽只是诗，但也包括各种文艺形式，即所谓"艺"。"天地之心"的"心"，在汉代纬书那里有其特定的内涵，指天理、天道。理学家认为"心统性情"，所以"民之性情"也就是"民（人）之心"。"艺"是"天心"（道）与人心的结合，通过人心体现出"天心"。

"天"是什么？刘熙载说："天地有理，有气，有形。其实道与器本不相离。"（《持志塾言》，下简称《塾言》。）一方面它是抽象的，无形的，是"道"；另一方面又是通过具体事物可以感知、认识的，是"器"。"天道至诚无息"，它其实便是万古常新的大自然运动不息的现象世界，是春去秋来、花开草长、风雨晦明的满目生气的"天机"。

"天人之合"的"人"当然指"心"即人心。刘熙载说"心之所以为大体者，以能以义理为主，而不听血气用事"（《塾言》），"我有义理之我，有气质之我"（《古桐书屋札记》，下简称《札记》）。一方面是理性的义理之心，一方面又是感性的气质之心。无论是义理之心还是气质之心，在尊重客观的前提下，都有可能体认、体现、感受与观照诸如四季递遭、万汇荣枯等"天道"，其中当然也包括人的喜怒哀乐、七情六欲。

"天"、"心"的这种相互结合、融贯，便是"艺"生成的契机。由此出发，构成了刘熙载片断、零散形式的评论中的内在逻辑体系。

三

"诗为天人之合"的命题赋予作品的品格，或者说对作品提出的要求，首先体现在思想内容方面。既然"人之本心，与天无间"、"人与天地相感应，只为原来是一个"（《塾言》），那么"心"作为主体，就可能体认客体的"道"，并将"道"的内容艺术地体现在作品中。"心"是通过"志"与"天"感应、沟通与合一的，因为"志"是"心"的实现。《说文》："志，意也，从心之。""志"就是"心之所之"。《春秋繁露》释"意"字，也正是以"心之所之谓意"。另一方面，"在心为志，发言为诗"（《毛诗序》），体现"道"的"心"成为诗也要通过"志"。"志"既是"人生之大主意"（《塾言》），又是"文之总持"（《文概》），它具体地沟通着"道""心""艺"三者。

先看向上的一路，"志"是怎样达于"道"的。刘熙载说：

> 气主于志，志则须主于义，孟子"动心"章，"义"字最重。（《塾言》）行义以达其道。（《礼记》）

"志"在达于"道"的历程中，首先要"主于义""行义"。《孟子·公孙丑上》说：那充溢于天地之间的"至大至刚"的"浩然之气"，是"集义之所生"的。"义"与私、利相对举，是可以为之杀身而不惜的处理人际关系的崇高原则。如果有志于"义"，并努力在行动中实现"义"，"志"便会生出浩然正气。这便是所谓"气主于志"。"气"又会生出"勇"。《持志塾言》说："勇生于养气。"在刘熙载看来，"勇"就是不随俗，不媚众，能够"特立独行""独立不惧"的独立人格。"勇"可能使人成为"狂狷",却不会成为"乡愿"。刘熙载十分憎厌"乡愿",而宁愿称道"狂狷",因为"大抵狂狷异于乡愿,惟能不为利害压住"(《塾言》)。"狂狷"不顾个人利害,敢于直言,敢于坚持原则,"可为社稷之臣,可为直谅之友";"乡愿"则没有独立人格,没有操守,迎合媚俗,虚伪卑鄙。

"行义"方能"达其道","义"是由"志"到"道"的不可超越的阶梯。"道"即天道、天理,它有多方面的内容与规定性,而刘熙载特别强调的是:

道须有益于生人之用,乃与自私自利有别。昌黎《原道》,大抵括于一"公"字。(《塾言》)

这里所说的"公",当然在特定时代有其具体的以至于阶级的内容,但把"公"看作是"有益于生人之用",却有普遍的进步性,是应予以重视的。正是由这点出发,刘熙载赞扬了那些"志不在温饱""以天下为己任"的志士仁人。

"志于道,则艺亦道也"(《塾言》)。"诗言志",一切"艺"都"言志"。当被"道"(包括由它所派生出的义、气、勇等)所充满、贯注的"志"发而为"艺"时,这"艺"也就会同样充满着、贯注着"道"的精神,这就是所谓"诗为天人之合",也便是刘熙载"诗品出于人品"的著名命题提出的依据之一。基于此,刘熙载提出自己对于"艺"的具体主张与要求,主要是:

第一,从"至大至刚""浩然正气"的崇高人格论出发,他主张作品要有"高""大""厚""深"的气韵与格调,而反对轻薄之气和柔靡之音。他在《虞美人》一词中写道:"好词好在须眉气,怕杀香奁体。……刚肠似铁经百炼,肯作游丝罥?"根据这种审美标准,在评论作家作品时,他称赏屈原作品的"雷填风飒之音",嵇康、郭璞作品的"激烈悲愤",鲍照的"慷慨任气,磊落使才",李白《忆秦娥》词的"声情悲壮",苏轼词的"一洗绮罗香泽之态,摆脱绸缪宛转之度……逸怀豪气,超乎尘埃之表",辛弃疾词的"英雄本色"(均见《艺概》),等等。

第二,从称道"狂狷"、反对"乡愿"的独立人格论出发,他主张文艺创作要勇于独创,要"有我",而鄙薄迎合流俗的"乡愿之文"。《文概》写道:

> 周、秦间诸子之文,虽纯驳不同,皆有个自家在内。后世为文者,于彼于此,左顾右盼,以求当众人之意,宜亦诸子所深耻与!

在《游艺约言》中谈到书法时,他主张:"古人之书不学可,但要书中有个我。""有我"、"有自家",就是要在思想感情方面敢于"独抒己见,思力绝人",显示出正直、鲜明、强烈的个性,如王充《论衡》那样;在形式上也有自己独特的艺术风貌,"无一语随人笑叹"。他所说的"左顾右盼,以求当众人之意",就是指"乡愿之文",这种作品"以悦人与以夸人为心,品格何在?"(《诗概》)

第三,从"道须有益于生人之用""吉凶与民同患""己富而能济人之贫"(《塾言》)的济世拯物的民本思想出发,他赞赏那些反映民生疾苦的作品,如赞扬杜甫、元结、白居易的"代匹夫匹妇语",表现他们"饥寒劳困之苦"的诗篇,等等。

显然,刘熙载看重主体性。心、志的作用,都有其前提,并非任何人的"心"、任何样的"志",都能体现"天道",创作出优秀的文艺作品来。

四

刘熙载"诗为天人之合"命题所赋予作品的面貌与品格的另一方面,体现在艺术风格上。在这里,"天"是一个朴素、实在的现象世界。"书当造乎自然……此立天定人"(《约言》),"天"就是大自然。"有为……非天也"(《约言》),这里,天不再是通常理解的"道"、"理",而是永恒地自在运动的客观外界。"人"(心)对大自然采取审美的、观照的亲切态度,他凝神倾听那"喓喓草虫"等大自然的声音,凝目细察那"趯趯阜螽"等大自然的景象,如实地描绘大自然的景观。"赋取穷物之变,如山川草木,虽各具本等意态,而随时异观,则存乎阴阳晦明风雨也",这就是"随其所值,赋象班形"(《赋概》),人与大自然都不是神圣、玄虚、抽象的东西,而是感性的、充满生气与灵性的观照焦点。

大自然本身就无限奇丽,它气象万千,姿态横生,"艺"只要如实、集中加以体现,写出大自然的奇丽性情,便可达到高超的艺术境界。例如,屈原作品是脍炙人口的,他不过是"取诸六气,故有晦明变化、风雨迷离之意"而已(《赋概》);张志和的一曲"西塞山前白鹭飞","风流千古",也不过是因为"妙通造化",即艺术地反映了大自然里固有的情景。"高山深林,望之无极,探之无尽,书不臻此境,未善也"(《约言》)。换句话说,书法,如能表现到"高深"之境,就可令人称善。在这里,不需要故求玄虚,着意做作,大自然本身就给艺术提供了无限深广的范本。

联结于这有声有色的自然之天与有血有肉的气质之心的纽带,虽仍然是"志",却是"志"的更偏重于"人欲"方面的表现,即活跃的"情":"词有前景后情,有前情后景,或情景齐到"《词曲概》,"在外者物色,在我者生意,二者相摩相荡而赋出焉"《赋概》。这个"情",可以是哀怨,可以是愉悦,可以是悲凉,可以是慷慨,可以是发生在日常平凡生活中司空见惯的离情别绪,骨子里却都与一定的"道""义"相关。"道""义"、哲理、思辨力,渗透、溶化在各种各样的再现或表现之中,有时甚至可以"不着一字,尽得风流"。露骨的说教,一泄无余的倾倒,反会使人感到乏味,虽收潜移默化之效。

在这种"天人之合"即"心"与大自然的关系上,刘熙载自然而深刻地提出进一步的要求。一是不能满足于"按实肖像",即肤浅、形似地描绘客观外界,还要善于"凭虚构象",发挥"心"即主体的能动性,展开想象的翅膀,描绘出虚构但却是艺术真实的客体景观。形似要进一步达到神似,写出对象的生命、精神、本质状貌。二是在"升高能赋"的时候要具有"别眼",善于在寻常的现象中悟出其中含有的深意,或敏感到某种别样的情趣,开阔视野,深思熟察,就没有什么"不足赋"的景象(《赋概》)。三是要有寄托,不能为写景而写景,而要"因寄所托",把自己坚定的信念与激情灌注其中。为此,就要参用赋、比、兴特别是"兴"的艺术手法,"以言内之实事,写言外之重旨"(《赋概》),否则作品就难有最能动人的灵性。

"天人之合"既是人与大自然的融合,既是人的活泼的心灵与客观世界勃勃生机、"天机"的密切融合,刘熙载因而也就特别推重"自然""本色"的艺术风格。《文概》说:"品居极上之文,只是本色。"他把"本色"看作是文艺的"极品"。"本色",他又称作"真色""天真""天籁"。这要求在描写对象时"天然去雕饰",像"桃花流水"那样"发天机"而"非人为";在抒情言志时要自然真诚而没有一丝矫饰做作之态,像江上渔父那随随意意的一曲"欸乃"

的棹歌。但"本色"又绝不是不要艺术技巧,不要人工。外表上的"不炼"乃"极炼"的结果,"天籁"还要归结于"人籁"即人的巧妙的艺术功夫,"本色"也正是极其"出色"的绝妙境界。刘熙载称此为"人以复天",即以高超的人工艺术再现出奇妙而自然的"天机"。本色、真相,都要人的精细观察、体验去发现,而发现之后如何巧夺天工地描摹出来,仍需要人的极大努力。刘熙载还主张这种作品要"无我",就是要达到"内不见己外不见人"(《约言》)。他称赞司马迁的文章"其秘要在于无我,而以万物为我也"(《文概》)。这其实就是既要运用比兴的手法,把"我"深深地隐藏在景物、场面或事件的背后,虽然时时感觉到"我"的存在,感受到"我"的心灵,却看不到"我"的踪迹;更要避免主观的随意生造,以致把客体的真相扭曲、掩盖了。

五

刘熙载的文艺思想体系内包含着丰富的艺术辩证法。他继承并发展了刘勰《文心雕龙》在这方面的成绩。他一方面极重"天道",另方面又重视人心;在创作上,他一方面主张体现抽象的"天理",另方面又主张表现具体事物的性情;在艺术风格上,他一方面主张把思想倾向鲜明地显示出来,"有我";另方面又主张一般应把感情深寓于物,"无我";在艺术鉴赏上,他一方面称道慷慨激越的格调,另方面又激赏平淡恬静的情趣。比如,他对"屈子辞,雷填风飒之音;陶公辞,木荣泉流之趣"都同样叫好。表面上好像自相矛盾,其实都是辩证地、比较全面地看问题,并从事物自身的多样化而得出的应该支持多样风格自行发展,不要局于一隅、偏爱一格的诸如此类合理观点的表现。这正是刘熙载文艺思想的一个新的显著的贡献。

刘熙载文艺思想中自然也有着矛盾和局限，这种矛盾和局限对古人来说是难以克服的。例如他时常过分强调学习"六经"的作用，还有些迂腐之见如"名教之中自有乐地，儒雅之内自有风流"（《词曲概》）之类。我们今天应当看到但不必苛责他理论体系中的这类弱点，重要的是发扬古人久被忽视或远未得到足够阐释与评价，而实际上对今人还非常有用的东西。须知即使在他局限性比较明显的方面，他主要强调的还是封建社会中比较合理、进步、正直的道德、人品、胸襟等等方面的因素，他着重赞美了那些对历史发展、社会进步、人民生活有利的人格品质，肯定了那些理应肯定的作品与文风。

还值得特别注意到，刘熙载十分注重主体性的"心"。"心声""心书"之说虽然在他之前早就有不少人讲过，但像他这样明白而且再三强调文艺是"心学"，的确是空前的卓见。他虽然把"心"分为义理之心与气质之心，但即使在他讲义理之心的时候，由于他特别强调忧国忧民、见义勇为、慷慨豪迈等优良品质与行为，而这些品质与行为实际上是气血，是情感，因而所谓义理之心就会向气质之心转化，趋于统一，其间并无不可逾越的鸿沟。另外，也很重要的是，由于他十分重视文艺的"诚"（内容上）、"真"（艺术上），尽管"诚"基本属于心性修养方面，但常青的生活之树往往比枯燥陈旧的理论更有影响力，所以就合乎逻辑地使他虽身为封建文人却仍能常常称赏下层人民，如在"道"的方面，他说"自矜学术"的"士大夫"转不如质野之民（《札记》）；在"艺"的方面，他说"试听山童与野叟，歌声动与天机俱"（《昨非集·游山与友人论诗》），比无病呻吟的文人之作高明得多。生活实践会使旧的世界观有所转变，评论实践也会冲破以往文学理论的规范与框架，刘熙载正是在当时历史条件下表现了这种变化的人物。

刘熙载文艺思想中有许多值得我们重视、探索、吸收的东西，如他提出的"有我"与"无我"、"有法"与"无法"、"工"与"不工"、"饰"与"不饰"、"本色"与"出色"、"天籁"与"人籁"等等对立的范畴，都充满了深刻的艺术辩证法。短短一段绝无烦琐之累的谈论，经常一语便中肯要，耐人深思。理论的思考和表达到了如此高超的境界，真不易得。阐论他在这方面的思想和成就，足够写一本专著的。试看他这几句："齐梁小赋，唐末小诗，五代小辞，虽小却好，虽好却小，盖所谓'儿女情多，风云气少'也。"(《辞曲概》)包括多少内容，足供多少发挥，抵得多少烦文！

六

真理是一条不断地在被发现、发展的长河，任何经过长期的洗练、得到古今中外大量文艺实践检验并被客观证明的规律性知识，都有终古常新的生命力，这也是不以人们的意志为转移的。有些东西，虽然多次被某些人声称一定要打倒而仍未打倒，即因这些具有强大生命力的东西原不该胡言打倒，也终究打不倒。我们传统文化、文学理论遗产中蕴藏很多这样的精华。刘熙载论艺著作中就有不少这样的精华。

在历史、社会迅速发展前进的今天，人类对各种事物包括文学在内都有了更丰富、新颖的认识，观念和方法随着人类整个认识过程的更加深广而正在引起许多变革，这是非常自然、可喜的现象。应该欢迎、支持这种变革，绝无理由也不可能再搞闭关锁国，抱残守缺，这是毫无问题的。在这种形势下，倒要防止另一种极端之见，即认为一切传统既然已是过去的东西，就该让它彻底死掉，因为它对今天的事业已没有益处可言了。不管出于什么动机，打的什么旗号,这种"沉渣"不时还有所泛起。之所以稍稍严重些称之为"沉渣",至少因为它是不符事实、不科学的。

文艺创作或评论中提出的问题,经常可以发现,并不都受时空限制,它们被古今中外的作家评论家不约而同地反反复复提出,而对这些问题所作出的回答或因而产生的议论,有时存在惊人的类似。文学的历史也是螺旋形发展的。因此不仅前人对文学的一般规律性发现对后人同样有用,就是他们对某些具体问题的高明见解,对当前仍有不同程度的参照价值甚至还极富启发意义。须知绝不是现代人在所有领域里把前人的重大贡献、创造发明都已把握、吃透了,在这方面我们大家都还很需要有"甘当小学生"的精神。在人类长期进行文艺实践的类似过程中,会产生类似的现象,提出非常接近的问题,引起各不相同却又反复出现的议论,仔细想来,其实并非怪事。因为虽然有种种不可避免的差异,毕竟都是人类,社会历史生活也是在连续中逐渐演变过来的,变化之中毕竟仍有若干普遍的共同的因素存在着、联系着。有人认为现代西方文艺理论中提出的问题和见解都全属崭新,还深刻得不得了,其实还不是这么回事。择其善者而从之,既要勇于吸收,又要能勇于抛弃,我们还是要自己放出眼光来抉择,拜古拜洋都不对,应当尊重、服从的只能是科学真理,是对人民、对实现人类社会进步理想确实有利的东西。对于刘熙载的文艺思想和具体论述,我们也应取这种态度。

刘熙载深知诗、文、书、画之类在文艺领域中各有特点,即所谓"一物有一理",但他更深知各种文艺形式的内部又有共通的原理,即所谓"万物共一理"。同中有异,异中有同,用现代话说岂非便是特殊规律与普遍规律!他知道这种区别和关系。前引其书诀云:"古人之书不学可,但要书中有个我。我之本色若不高,脱尽凡俗方证果。"不仅重视个性,还要求它是非常真实、高明、脱俗的。他自信这种看法"不惟书也",即对其他艺术创作也完全适合。又说:"文之理法通于诗,诗之情志通于文。作诗必诗,作文必文,非知诗文者也。"指出理法、情志在诗文中相通,只知两者之"末异"而不知其间之"本同",是非真懂文艺之理。因此,他自己评价各种文艺的尺度也是统一的,即所谓"劲气、坚骨、深情、雅韵四者,诗文书画不可缺一"(以上均见《约言》),并未因其间之"末异"而不从"本同"上来考虑它们的高下得失。不能不承认,刘熙载对文艺已具有某种系统的观念。

刘氏有很多见解,似乎是针对当前文艺上某些争议中的问题而发,这一点特别令我们感兴趣。他当然绝不是什么预言家,但也并非歪打正着,出于偶然。

例如现在颇有人赞赏"偏激",甚至认为偏激就是真理,或真理即在偏激之中。自然另有人表示不同意。刘氏是这样说的:"王充《论衡》独抒己见,思力绝人,虽时有激而近僻者,然不掩其卓诣"(《约言》)。并未因有些偏激之见便一笔抹杀全书,反而在整体上给了褒词。仅此还不足为其卓见。其《昨非集》自序中有云:"非与是,不容偏掩者也。是中有非,非中亦岂必无是?狂言圣择,理或同欤?且即未必有是,然存之以著其非,庶得以及时趋是,而不至……过时而悔。"这就更进一层了。说整个体系中是中有非,就不致一味膜拜而盲从;说整个体系中非中未必无是,就不改以偏概全,连合理的因素也忽视、抛弃;即使确实错了,错了的东西还可作为总结经验、汲取教训的材料,有助于以后的探索真理,根本不可以一把火烧光为快。这些话充分体现了刘氏智慧、宽容的精神与科学态度。

现在大家都知倡导风格、技巧、方法等多样化的益处了。新的说法称这种作用为"互补"。刘勰《文心雕龙》中早就有这种思想,融会在他的各篇论述之中。刘熙载也一样，曾具体举例："沈约《宋书·谢灵运传论》谓灵运'兴会标举'，延年'体裁明密'，所以示学两家者，当相济有功，不必如惠休上人好分优劣。""陶诗醇厚，东坡和之以清劲，如宫商之奏，各自为宫，其美正自不相掩也。"（均见《诗概》）刘氏未必没有他自己最爱好的东西，不过理论上他从未张扬自己的独嗜，而认为尽可多样化，多样化有"相济"之功，其美可各不相掩，有独自的价值，而不必轻率地妄分优劣。"互补"岂不就是"相济"？"互补"虽较通俗，"相济"更含深意。

"荒诞""魔幻"作品现在也从西方引进来了，因多望文生义，褒贬不一。刘氏很赞赏庄子的文章，说"庄子寓真于诞，寓实于玄，于此见寓言之妙。""庄子看似胡说乱说，骨里却尽有分数。彼因自谓猖狂妄行而蹈乎大方也，学者何不从蹈大方处求之"？（均见《文概》）又说嵇康、郭璞皆亮节之士，"虽《秋胡行》贵玄默之致，《游仙诗》假栖遁之言，而激烈悲愤，自在言外，乃知识曲宜听其真也"（《诗概》）。他出于一贯思想，并未一见玄诞、游仙之诗便痛心疾首，斥为离经叛道，而是对具体作家具体作品进行研究分析，不拘泥于形式，却从他们的"蹈乎大方处"、"真"处作出评论，以为脱离生活、违反真实的玄诞（他称之为"仙障"）才不足取，有些作品在玄诞的外表下寓有真实不但是可能的，而且不失为好作品。他主张看作品要能看其实质、主流。这种评论方法不是相当公允吗？

还有关于写丑的问题。现实中丑恶的东西能在文艺中被写成具有美学价值的东西吗？很多人是直摇头的。可能想不到刘氏对此也有所论及："怪石以丑为美，丑到极处，便是美到极处。一'丑'字中丘壑未易尽言。"（《书概》）这是承认在艺术作品中"丑"可能转化为美。"昌黎往往以丑为美，然此但宜施之古体，若用之近体则不受矣，是以言各有当也"（《诗概》）。这是表明以丑为美，言各有当,一定条件下要受制约。"俗书非务为妍美,则故托丑拙。美丑不同,其为人之见一也"(《书概》),这是指出自然之丑可能在艺术中转化为美,而故意做作出来哗众取宠的丑则只能愈见其丑。他这些意见,分析是否都对,可以商榷,但绝非没有见地,更可证明这一问题的提出决不是西方现代派的什么新创造、新发现。

再说朦胧、空灵。他说:"凡诗迷离者要不间。""诗中固须有微妙语,然语语微妙,便不微妙。须是一路坦易中,忽然触着,乃足令人神远"(均见《诗概》)。苏轼《水龙吟》起云:"似花还似非花"。他说"此句可作全词评语,盖不离不即也"(《词曲概》)。"迷离""微妙",大致即相当于现在有些人爱讲的"朦胧"。他不反对迷离,倒积极指点这种诗应做到"不间",不要语语追求微妙,以致反而因不"一路坦易"而拒大多数读者于门外,达不到"令人神远"的艺术效果。"间"就是"隔"或"离",迷离惝恍,自己尚不清楚,读者更不清楚。直露太"即",天马行空太"离",须不离不即。朦胧诗要取得生命力,对他这些指点值得深思。空灵呢,古人倒早就讲得颇多了,刘氏主张"空灵"须与"结实"结合,不能空而无实,"清空"中必须包含着"沈厚",才见本领,而"清厚要必本于心行",又与高尚的人品、胸襟、怀抱密切相关。他这种主张在《艺概》各部分中多次反复论到。归根结底,他从未在理论上排斥多样化的风格、技巧、方法,只要作品对社会、民生有利有益,他都赞成各自发挥其"相济"之用。他的时代意识感不见得比当代人差多少,比有些当代人实际还强一些。

最后让我们再举一个突出的例子,说明刘氏文艺观点的可惊的敏锐性和显著的现实意义。有人曾以镜子比喻圣人之用心或人们的本心,他不同意这种狭隘、不当的比喻,理由是:"镜能照外而不能照内,能照有形而不能照无形,能照目前而不能照万里之外、亿载之后。乃知以镜喻圣人之用心,殊未之尽。"又说:"人之本心喻以镜,不如喻以日。日能长养万物,镜但能照而已。用异则体可知矣。"(均见《塾言》)刘氏是把文艺称为"心学"的。以镜子喻人心的作用,包括现代人每以镜子喻文学的作用,同样是狭隘、不当的。文学不只是镜子,镜子主要只能作平面、当时、机械的反映,优秀文学创作的确还待人心、主体发挥其科学认识后的改造世界作用,所谓"日能长养万物"。刘氏已多少感觉到文学还有这"长养万物"、发展丰富、革新创造世界的作用。没有物固然不会有文学,没有心同样也不会有文学,更不会有能起"长养万物"作用的文学。这个问题岂不是至今仍在纷纷议论之中?古人何尝没有提出现代人还在提出的问题?古人的某些回答难道都已过时,没有参照价值以至现实意义了?刘勰说过:"岂成篇之足深,患识照之自浅耳"(《文心雕龙·知音》)。对古代文化遗产的评价,如果对其缺乏起码的了解和知识,那是无论怎样的大言高谈,都无法中肯的。

刘熙载是一位已因《艺概》一书的流传而广被中外所知的近代中国杰出的文艺理论家,对他的研究虽已有所开展,但还未深入和普及。我们相信,这部《论艺六种》出版之后,由于研究资料的大为丰富,将能把对他的理论的研究水平显著提高一步,有利于更向深广方面发展。我们期望着略尽绵力后能看到文艺研究界出现可喜的收获。

1987 年 11 月于华东师范大学
(原载《社会科学战线》1988 年第 4 期)

附注:此文与萧华荣合著。

中国近代文学理论的发展

一、变与不变

中国历史的近代概念,起于1840年的鸦片战争。战争的失败,使古老的中国开始沦为世界殖民主义、帝国主义的半殖民地。这条历史分界线诚然是较清楚的,但不是说清朝统治者的种种腐朽、落后弊病,只在这时才开始。实际上战败乃是早已产生的种种弊病的第一个结果。没落的封建统治加上清朝统治者的特别愚蠢、残暴和无能,使它再也无法既狂妄得可笑,又衰弱无比地继续安然维持下去。很多开始对西方国家和世界潮流有点知识,热爱自己国家民族的有志之士对此早已有些觉察,而且深怀忧虑,感到再也不能盲目听从统治者的胡言,一切仍照陈规旧法生活下去而无所变革。这种有志之士的代表人物便是龚自珍(定庵)和魏源(默深)。

龚自珍卒于1841年,魏源卒于1857年。特别是龚自珍,可算鸦片战争以前的人物。但无论在当时或后来,谈到近代思想和文学的变革,绝大多数论者都首先推源于他们两人,而站在保守立场或抱有某些保守观点的人也同样总先集矢于他们两人。龚、魏最主要最可贵的观点和精神，就是面对当时的危局，要求必须变革，许多方面都要变革，其中当然包括文学。不消说，他们要求的变革只能是一种改良，所论也不是都好都对。后来梁启超已看到这一点，认为龚、魏所说，到他那时亦已大都过时，"顾定庵生百年前而乃有此，未可以少年喜谤前辈也。"①梁氏在当时就有历史主义的看法，很难能可贵。

龚、魏两人的文学理论，大要是：主于逆，小如谣俗、风土，大如运会，都格格不入，持反对态度。就是要变革。龚欣赏感慨之作，魏高度评价有"发愤"作用的作品。专取藻翰、专诂名象、专揣于音节风调而不问诗文所言何志的作品，不能反映"一代数代之天下所言"，不贵人心，不崇民智，虚而无物，实无心得的东西，都不是他们所容忍的。这就是他们对许多脱离现实、心中没有天下人、对启发当时民智没有益处的传统文学的批判。这些批判针对着汉学家、选学家、桐城派，很有不怕树敌的勇气。②

前人最理解并给予龚、魏两人极高评价的是梁启超。梁称龚氏"于专制政体，疾之滋甚"，"又颇明社会主义"，"其察微之识，举世莫能及"，"语近世思想自由之向导，必数定庵"。称魏氏"一家之言，不可诬"，"数新思想之萌蘖，其因缘固不得不远溯龚、魏"。龚、魏所治的今文学虽与新思想并无密切关系，但他们作为对旧社会旧思想的怀疑派，却无疑对产生新思想有间接的推动作用。怀疑派只要持之有故，言之成理，即使不必都是真理，一旦怀疑成风，辩难成风，真理就会逐渐出现，就会导致学界革命。

---

① 梁启超《论中国学术思想变迁之大势·最近世》。
② 参看魏源《诗比兴笺序》《国朝古文类钞序》《定庵文录序》；龚自珍《定庵八箴·文体箴》。

龚、魏也是经学家,他们借治经之名来讲当时的经世之术,即变革、改良之术。①

历来主张变革的有志之士在当时总会受到各种保守派的攻讦。尽管近代以来作文者多师龚、魏,影响很大,这个事实反对者无法抹杀,但或从选学家角度贬斥他们,如刘师培说魏氏之文"刻意求新"以骇俗流,说龚氏之文"文气佶聱,不可卒读",师从者不过由于贪图他们的文章"文不中律,便于放言"。② 号称革命派反对清朝统治的小学专家章炳麟(太炎)后来竟攻讦得最为厉害,说龚、魏之文是"伪体""不学",诳耀后生少年,"将汉种灭亡之妖"。不满清廷的腐败统治,要求有所变革,这是龚、魏的大节所在,原可与章氏的种族革命思想相通,朴学观点不足以尽明文学的体用等复杂问题,章当时委实也缺乏时代意识和群众观点了。③ 梁启超并不是没有看到龚、魏的某些不足,但总是看主流,根据他们实际产生的作用来进行评价,所以就公允得多。王国维仅据龚氏一首诗比较艳丽便认为"何必考厥平生,而后知其邪辟哉"。④ 都是脱离了作家作品的思想主流和当时社会生活实际,就文论文,主观轻下断语,并不实事求是的,这同他们并没有,或变革思想不多不深,有密切关系。直到1924年,胡适在其回顾性的文章中仍只看到了龚氏文章的"怪僻",⑤ 反远不如钱穆能看到龚氏的"一反当时经学家媚古之习","盱衡世局而首唱变法之论"。⑥ 其实正就是龚、魏,已认为积极主

---

① 参看梁启超《变法通议·论不变法之害》。
② 刘师培《论近世文学之变迁》。
③ 章炳麟《校文士》。
④ 王国维《人间词话》。
⑤ 胡适《五十年来的中国之文学》。
⑥ 钱穆《龚定庵思想之分析》。

动的变革比消极被动的变革为好。从他们作为代表人物开始,变革的潮流虽然曲曲折折,在中国古老的大地上终究是一发而不可收了。

二、历史、社会、文化背景

清政府在鸦片战争中惨遭失败后,一些有识之士开始感到对世界各国的实际情况了解太少,自己没有坚船利炮,应该学习西方的科学技术。1851至1864年间洪秀全领导的太平天国虽仍失败了,但又严重打击和削弱了它的统治力量。其间1860年与英法联军作战再次迅即惨败,对侵略者的认识基本上还是停留在武器不如他们这一原因上。所以会称伙同镇压太平军、以美英侵略分子为统领的中外混合军"洋枪队"为"常胜军"。为了要大"练军实",也追求船坚炮利,1861年成立了"总理各国事务衙门",管办"洋务",包括外交、通商、购买军火、制造枪械、训练新军等多个方面,下设同文馆,派遣留学生,还聘西人为教习,教授英、法、德、俄四国文字和若干应用科学课程,组织翻译外国有关书籍。这就是"采西学""大兴西学""办洋务"的一些措施。虽仍认为自己的传统文化精粹得很,毕竟不能认为自己全很高明了。魏源受林则徐嘱托整理编写成的《海国图志》除介绍各国情况外,明确主张"师夷之长技以制夷"。师其"长技"而非短处,师的目的是自己有了他们的长技就能抵制它再来侵犯,没有全盘西化和崇洋膜拜的意思。当然,"长技"主要还是指其船坚炮利以及有关的应用科技知识。这个论点对后来办洋务、求维新,仍在摸索改良道路的人起了重要的有益的影响,还得到了补充和发展。但这方面的争论亦一直未断。

变革需要新的人才,具有比较开阔的视野和重视民权的思想境界,应设立学校来培养这种人才。科举制废掉了,八股文没用了,传统的汉学啦，宋学啦，性理之说啦，风花雪月、雕章琢句的辞章啦，在比较激进的变革家眼里一时都成了不实、无用的东西。以学习"格致"即应用科技为中心的"西学"被推到最重要的地位。翻译逐渐增多，对科学有了较深广的认识，增添了哲学社会科学方面的书，接着政治小说大起作用，再后便是更多的各种文学作品了。文学终于被认为是对社会实行全面变革、培养新民颇有作用的一大势力，而肯定如能用白话文来写作，使大众都能看懂，连不识字的人也能听懂，那么文学的各种教育、陶养、怡情作用必然会更多更大。这个发展演进过程在翻译和创作两方面稍有前后都表现了出来。戊戌变法时期新党人物蒋智由已感觉到这种形势："工商之世，而政治不与之相宜，则工商不可兴，故不得不变政。变政而人心风俗不与之相宜，则政治不可行，故不得不改人心风俗。人群之事，复沓连贯，不变则已，变则变甲必变乙，变乙必变丙者，其势然也。"①其间有曲折、有争论，但大势所趋，总是一直在进步，顽固保守的思想力量，总在挣扎却也总继续缩小。如果没有1840年以来，特别是戊戌政变后形势的发展与各种努力和准备，就不可能有1919年文学革命的胜利。后者实际是瓜熟蒂落、近代文学发展由量到质的飞跃和结果。任何胜利都不可能是没来由地突然飞来，从天而降的。

改科举，废弃以八股文取士是有识之士占压倒优势的呼声。严复激切陈词："天下理之最明而势所必至者，如今日中国不变法则必亡是已。然则变将何先？曰：莫亟于废八股。夫八股非自能害国也，害在使天下无人才。"他指出八股取士的大害有三，即："锢智慧""坏心术""滋游手"。他认为如果没有人才，"虽练军实，讲通商，

---

① 蒋智由语，见蔡元培编《文变·风俗篇》。

亦无益也。"① 康有为根据他自己的体验，痛陈废弃八股的必要，认为八股陷举国才智于盲瞽，唯恐其稍为有用之学，救时之才，"中国之割地败兵，非他为之，而八股致之也"。作为暂时过渡之法，他建议先废八股，改用策论，一待学校尽开，除废科举，就可教以科学。② 黄遵宪、蔡元培比康氏更坚决，说开制策科其弊无异于八股。③ 张之洞开始仍主张老办法④，但大势所趋，到1905年，张自己也不得不参加申请，把科举制废掉了。不过张还是想用"中体西用"来约束、局限学生思想，这在变革过程中看来也是难免的。

改科举，废弃八股，设学堂，学科学，都为大讲西学进一步减少障碍，创造了现实条件。严复、梁启超等继续在舆论上大力推动。严复昌言救亡之道即在"痛除八比而大讲西学"，"东海可以回流，吾言必不可易也"。他所讲的西学，主要指西学中的"格致"，即应用的科技知识。中国前代人也讲格致，实即所谓性理之学，他认为如"陆、王之学，质而言之，直师心自用而已"，而西学格致，则是实证的、客观的，严格按探索到的规律办事的，所以确实有用，可以救亡图强。他举出练兵、裕财、制船炮等事，当时所以一直尚无什么成效，并不是因为已经学了西学格致无用，实因根本还未按西学格致之道办事。北洋海军号称强大，何以在同日本侵略者作战中一败涂地？他指出这乃因在实际上"自明眼人观之，则北洋实无一事焉师行西法"，乃"盗西法之虚声，而沿中土之实弊"所致。因此既绝不可以前人的格致之说等同于西学格致，也决不能以学了一点皮毛，甚至外表在学、骨子里仍沿老一套的虚假现象误认为已经真

---

① 严复《救亡决论》。
② 康有为《请废八股试帖楷法试士改用策论折》。
③ 参看黄遵宪《杂感》、蔡元培《文变序》。
④ 参看张之洞《哀六朝》。

正学了西学,以致视再谈学习西学格致为迂途,无补于解救当前的危亡形势。救亡之道、自强之谋均在讲西学,"早一日变计,早一日转机,若尚因循,行将无及。"①

严氏在这篇充满爱国忧危精神的文章中,也直接谈到了传统文学在国家濒临危亡紧急关头的作用问题。他的基本观点是,文学在这时是"无用"的,"其事繁于西学而无用,无救于危亡"。不过他并未说绝,还补了句"非真无用也,凡此皆富强而后物阜民康以为怡情遣兴之用,而非今日救弱救贫之切用也。"他说"辞章一道,本与经济殊科,不妨放达,故虽极蜃楼海市,惝恍迷离,皆足怡情遣意",表明他并非全不理解文学的特性,但他笔锋一转之后,却仍把两者紧紧捆在一起了,还把从事辞章者说成好像都是"苟务悦人"以求利禄声华的无行文人,以致"重辞章"成了中土的一大"不幸"。② 严氏急于救亡的迫切心情可以理解,他对西学格致的精神与作用之认识,显然比对进步文学的精神与作用之认识要高明得多。

严氏所讲的西学,随着形势的发展,学习的逐步深入,仍遭挫败的教训,讲求的范围扩大了,应用科技之外,也扩及哲学、社会科学方面。严氏自己先后译出的《天演论》《自由论》《名学》《群学肄言》《原富》《法意》《社会通诠》《名学浅说》《中国教育议》九书,就放开了原来认识上只重应用科技的局限。由于人们看到了欧洲以及日本等国的某些文学作品在同外敌斗争中起了很大的救国、复兴因而富强起来的作用,对文学特别是某些政治小说发生极大兴趣,翻译文学作品的风气也形成,而且越来越多了。这个过程同整个变革向深广发展的需求相一致。比之开头时只重应用科技,大讲

---

① 严复《救亡决论》。
② 严复《救亡决论》。

西学确是达到了一个新阶段。

　　文学再也不像严复说过的那样，是对变革无用的东西了。康有为有所区别，说试帖风云月露之词是无用的，但有助于维新变革的文学不可少①。梁启超指出国之存亡，端在能嗣续优良的国民性，而文学则是嗣读、传播发扬优良国民性的枢机②。陶曾佑畅论文学势力之伟大，能胜过禽兽、武装、宗教、独裁政体之君主等各种势力，用之于善，足以正俗扶风，造百年幸福，用之于不善，足以灭国绝种，伏长远病根，谓"俯视千春，横眺六极，无文学不足以立国，无文学不足以新民，此吾敢断言者也"。③ 在那样一个首要救亡图强的时代，也由于看到、知道了好些国家变革成败的历史事实，先从"新民"爱国这类政治角度来重视强调文学作品的作用，各个历史时期在这种情况下都这样。能起这种作用的必然受欢迎，对其艺术质量不会提很高要求，因为暂时还来不及提这种要求。情况有些改变后，不仅会对艺术质量提出高要求，而且还会要求满足对文学的各种不同的需要。所以从对政治小说的重视开始，不同倾向、风格、流派的文学作品也逐渐盛行起来了。这一变化当然也会在理论上反映出来。其主要代表便是王国维。王氏认为：当时输入我国的，都是泰西的物质文明，严复所奉的，只是英国功利论和进化论哲学，不在纯粹哲学，所以他的学风不能感动我国的思想界。文学上也没有重视文学自身的价值，只看为政治、教育的手段，是亵渎了文学的神圣。文学家如果自己忘掉了神圣的位置，但求合当世之用，就会失掉价值。文学所追求的，乃天下万世之真理而非一时之真理。

---

① 康有为《请废八股试帖楷法试士改用策论折》。
② 梁启超《丽韩十家文钞序》。
③ 陶曾佑《论文学之势力及其关系》。

历代诗人多托于忠君、爱国、劝善、惩恶以自用，纯文学作品往往受到迫害，他以为这就是我国文学不发达的一个重要原因。他说美的性质，是可爱玩而不可利用的，美物有时也可供人们利用，但人们在进行审美时，决不计及它的可以利用之点。价值存在于美本身，不存在于别的什么地方。① 王氏这类观点尚多。这类观点我国前人虽亦已有些表现，但远不这样系统、明白，并且说得如此气壮。他的观点深受叔本华、尼采等西方文化思想影响，而又能联系本国某些文学作家作品的实际，所以能令并不同意或不全同意其观点的人亦须深思。重视文学的政治、教育、感化作用，以是否胸怀大志，关心生民疾苦，忧时爱国，以及在何种程度上感动读者引起同情为评价作家作品的金科玉律或主要准绳确是事实，现在他却提出了极新鲜、极大胆的主张。他的主张引起了人们的注意，得到过一些人的同情，开拓了理论界的思路，但并未产生多少实际影响。他有精微处、透辟处、也有自相矛盾、未能自圆其说处，违反历史事实、时代要求、大众愿望处。国家民族仍在贫弱交困、急待救亡疗治的时刻，他这些理论大体只可供思考，起到免于走向极端功利而尽失文学特性的作用。鲁迅论文，谓"主美者，以为美术目的，即在美术，其于他事，更无关系。诚言目的，此其正解。然主用者，则以为美术必有利于世，倘其不尔，即不足存。顾实则美术诚谛，固在发扬真美，以娱人情，比其见利致用，乃不期之成果，沾沾于用，甚嫌执持。惟……颇合于今日国人之公意"。② 鲁迅虽认为王氏之论有其合理的因素，终仍以"今日国人之公意"为重，指明了美术有"表

---

① 参看王国维《教育偶感·文学与教育》《论近年之学术界》《论哲学家与美术家之天职》《文学小言》《古雅之在美学上之位置》诸文。

② 鲁迅《拟播布美术意见书》。

见文化""辅翼道德""救援经济"三种功利,他自己后来创作也分明有着要"新民"、治疗国族之弊病的动机。王氏精微有余,正视现实生活不足,理想成分多,鲁迅精微、切实,故能拥有巨大影响。

文学理论上的上述演化当然不是直线递进,而是有些回环反复的,但基本上对西学的认识讲求以及所受影响,已经越来越扩大深化了。如何估价这种现象?如果说西学已经无从抗拒,那么究应把它放在怎样一种位置上才合适?哪是"体"?哪是"用"?要不要截然划分"体"与"用"、"中"与"西"?这些问题会不断冒出来,引起争议,提出各自的回答,必不可免。每一个大变革、大转折的时期都会出现这种议论纷纷的局面,人类社会的很多进步就是在实践中经过争论得到推动而逐渐取得的。

大讲西学,其极端便是全盘西化,认为一切都是西方的好,西学最高。另一极端则相反,认为还是本国的学问最神圣、高明,大声疾呼应保持"国粹",其实他们所谓国粹是包括最腐朽东西在内的一切固有物。两种人都自称旨在热爱宗邦。这两种极端之见在近代反复出现过,最鲜明的对立可以1895年(光绪己未)发生在湖南《湘报》上樊锥与苏舆两人的一场激烈争论文字为代表。当时湖南新派得势,梁启超、黄遵宪、唐才常、谭嗣同等人的思想影响很大,樊锥倾向新派,苏舆则是最受保守思想代表人物王先谦赏识的马前卒。樊锥指出二千年的封建统治,愚弄、压迫、践踏人民,使人民像牛马一样生活在苦海地狱之中,梏梦桎魂,毫无主权。今宜"洗旧习,从公道,则一切繁礼细故,猥尊鄙贵,文武各场,恶例劣范,铨选档册,谬条乱章,大政鸿法,普宪均律,四民学校,风情土俗,一革从前,搜索无尽,惟泰西者是效,用孔子纪年"。苏舆一一反驳,完全站在统治者的立场上,不但大捧清廷盛德,还骂樊锥不知祖宗,目无千古,贵人人有自主之权是想使国家散无统征,亡且益速,变为泰西民主之国乃真汉奸之尤:"尊卑贵贱,有一定之分,法律条例,有不易之经,樊锥公然敢以猥鄙恶劣谬乱字样诋毁我列圣典章制度,毫无顾忌,其狂悖实千古未有。"① 樊、苏两人在近代史上均未著名,持论却都有各自的社会思想背景,反映出变革过程中对大讲西学涉及民权这个核心问题时的剧烈斗争。两种论调都非真能救亡之策,而以苏舆之极端顽固守旧为尤甚。比较起来,樊锥太简单、粗暴,但还是反对封建专制、主张民权,坚主大讲西学的,不可把他们两人完全混为一谈。

樊、苏的各趋极端没有涉及文学问题,辜鸿铭、胡蕴玉就不同了。辜氏假托两人问答,实则表明自己之意,谓"西人之学,其礼教则以凶德为正,其行政则以权利为率,其制器则以暴物为用,是其学之为害亦甚矣"。为什么他又"言其学不可不知"？原来他是想说"不知西人之学,亦无以知吾周孔之道大且极矣"。② 胡蕴玉叹息近代文学及所受日本影响,谓"近岁以来,作者咸师龚、魏,放言倡论,冒为经世之谈,袭貌遗神,流为偏僻之论。文学之衰,至于极地。日本文法,因以输入。……观往时之盛,抚今日之衰,不独文字之感,亦多世运之悲矣"。③

在另一方面,包括胡适、陈独秀在内,首先举起"文学革命"的大旗是很有功绩的,但过了头的话亦不少。如陈独秀称明前后七子及归、方、刘、姚等为"十八妖魔","直无一字有存在之价值","与其时之社会进化无丝毫关系"。④ 胡适谓"二千年的文人所做的

---

① 两人围绕樊作《开诚篇》进行的争论。语从杨世骥《樊锥与苏舆》一文中转录。
② 辜鸿铭《广学解》。
③ 胡蕴玉《中国文学史序》。
④ 陈独秀《文学革命论》。

文学都是死的，都是用已经死了的语言文字做的。死文学决不能产出活文学，所以中国这二千年只有些死文学，只有些没有价值的死文学。"① 他们当时是有意如此矫枉过正地讲话的，毕竟并不科学。现在不能因为他们有举旗"革命"之功，便说类此缺乏分析，不能以理服人的极端之论在当时也是完全对的。

"过"犹"不及"。我国古代文论家意识到每一历史时代都有它自己的一个适中点、恰当处，"过"了或"不及"都站不住，缺乏生命力。故常说唯其"当"、唯其"宜"、唯其"是"。此中蕴含着时代观念，历史经验，经过实践的验证。在大讲西学这个问题上，大势所趋，是西学不能不讲，中学也不得抛弃。继起的问题便是哪个为"体"、哪个为"用"？为"体"大致即为本、为主之意，为"用"大致即服务于"体"，只居补充、利用的地位。"中体西用"说后来一般多以稍后的张之洞为其代表人物，实际上这种思想从曾国藩、李鸿章等主张采用西法，译西书"专择有裨制造之书、详细繙出"，又奏请选派学生出洋留学"习艺"时已经有了。② 这时清廷和这些大员为了维护自己的统治也想有所改革，但看到的只是列强的一些外貌，即船坚炮利，即制造这些的声、光、电三学、驾驶操纵之术，以为只要学到了西人这唯一长处，"吾惟日夕皇皇练兵制械，终有横绝地球之日"。③ 所以有此幼稚的幻想，便因自我感觉仍非常好，可赖以富强的数千年文明以及一切"形上之学"仍在我们这里，"彼夷人瞠乎后矣"。曾国藩一面提倡西学，一面仍维护学行继程、朱之后，文章在韩、欧之间的桐城派，成为加上了点"经济"

---

① 胡适《建设的文学革命论》。
② 曾国藩《轮船工竣并陈机器局情形疏》《拟选聪颖子弟出洋习艺疏》。
③ 刘谦《支那近日党派说略》。

的湘乡派主帅，骨子里难道不已是有了"中体西用"的思想？"中体西用"说后来所以每以张之洞为代表，不仅因为他也主张讲点西学，也办洋务，主要是由于他把这种思想表达得更明白了。他认为："今欲中国存中学，则不得不讲西学，然不先以中学固其根柢，端其识趣，则强者为乱首，弱者为人奴，其祸更烈于不通西学者矣。"他盛赞孔门之学"集千圣，等百王，参天地，赞化育"，今日学者必先通经考史、涉猎子集以通我中国之学术文章，"然后择西学之可以补吾阙者用之，西政之可以起吾疾者取之，斯有益而无其害"。① 讲西学是被迫的，目的是为了存中学，中学是根柢，绝不可违离。在他的思想里，"中学为体，西学为用"分明可见。

张之洞的这种主张很合一般被迫"不得不讲西学"者的胃口，但后来相距不远的有识之士虽也主张不可抛弃中学却都和他的议论不同。严复的《救亡决论》中涉及这个问题，几乎都像在逐条批驳张的意见，很有说服力。如严氏说："从事西学之后，平心察理，然后知中国从来政教之少是而多非，即吾圣人之精意微言，亦必既通西学之后，以归求反观，而后有以窥其精微，而服其为不可易也。"②

稍后梁启超既提出了不应以大讲西学为耻，又指出不可照搬西法，当"神明其法，而损益其制"。当时有人顾虑大讲西学会使国学消灭，梁氏说他不怕这点，反以为"但使外学之输入果昌，则其间接之影响，必使吾国学别添活气，吾敢断言也"。③ 严、梁此论，非同"中体西用"，乃可互补。

对这当时成为争论热点提出另种回答的是王国维。他深研西学，

---

① 张之洞《劝学篇·循序》。
② 严复《救亡决论》。
③ 梁启超《论中国学术思想变迁之大势·最近世》。

又精中学,还是当时罕有的文学理论家,他以"当破中外之见"的主张,实际对"中学为体"和"惟泰西者是效"两个极端都不赞成。他说:"知力人人之所同有,宇宙人生之问题,人人之所不得解也。其有能解释此问题之一部分者,无论其出于本国或出于外国,其偿我知识上之要求,而慰我怀疑之苦痛者,则一也。……学术之所争,只有是非真伪之别耳,于是非真伪之别外,而以国家、人种、宗教之见杂之,则以学术为一手段,而非以为一目的也,未有不视学术为一目的而能发达者。"① 王氏这一主张,为大讲西学起了减少些阻力的作用。他的这一卓识,逐渐成为共识,② "中体西用"之别,以其脱离实际,无助变革,后来大家也就很少再谈了。

中国近代文学理论大致就是这样经过斗争发展而来,其历史、社会文化背景若果大致如是,则可知《摩罗诗力说》渊源有自,是这一历史时期文学理论的总结,又是这一时期文学理论发展的最贵结晶,明显地起着承前启后的作用。鲁迅在此文中不废怀古之功,但更要求审己、知人:"欲扬宗邦之真大,首在审己,亦必知人,比较既周,爰生自觉,每响必中于人心,清晰昭明,不同凡响。"这就是指出:一味自我欣赏而不审视自己的阙失,前途必无光明,有了改进的自觉,才有希望。为此,他坚决主张"别求新声于异邦"。异邦有诸如"立意在反抗,指归在动作","争天拒俗",争取"独立、自由、人道","说真理"等类新声,都还是我们自己非常缺少却极需要的。对异邦行而有效的东西,认为虽应学习,"亦非吾邦民可活剥",应学其"内质",即真精神才是。

---

① 王国维《论近年之学术界》。
② 吴汝纶《答严几道》、黄人《清文汇序》、陶曾佑《论文学之势力及其关系》都有类似见解。

鲁迅分析了过去闭关的恶果,孤立自是,精神沦亡,以致维新了二十年仍无甚成效。他呼吁文学界有志之士都要做"精神界之战士",为国族尽最大努力。"家国荒矣,而赋最末哀歌,以诉天下贻后人之耶利米,且未之有也!"①

鲁迅凭其热爱国族的赤忱和高瞻远瞩的目光,其认识达到了当时思想界文学理论界的最高峰。别方面的实践条件也已有所准备,进入中国现代历史时期的五四新文学运动远不是从天而降的了。

三、近代文学理论上的主要问题

近代文学理论上的主要问题,这里只谈三方面,即:文体从以文言为正宗到以白话为正宗;内容从国粹主义到反封建,争自由;当时对几个新问题的回答。

1. 文体的由古奥日趋简易,由难懂到要明白晓畅,这在近代以前,早已开始。这是历史发展,社会进化,人们自然的要求,而在急需变革之际,由于更加需要取得广大人民的理解与支持,这个过程就会更快。很多古书上的文字,本是或很接近当时人们的口语,时久语改,于是古书对后人来说,文、言便越拉开距离,使后人读古文非常困难。如不加速改变这种文体,对变革很不利。近代变革之初就提出这个问题,戊戌前后这样的议论更多,而且目的鲜明,即变革者在有意的提倡白话,并且有的还已在有意的开始用白话试作文学,如黄遵宪便是。他分明预感到:"余乌知夫他日者,不又变一字体为愈趋于简,愈趋于便者乎?……余又乌知夫他日者不有孳生之字,为古所未见、今所未闻者乎?……余又乌知知他日者,不

---

① 鲁迅《摩罗诗力说》。

更变一文体为适用于今,通行于俗者乎?嗟乎,欲令天下之农、工、商、贾、妇女、幼稚,皆能通文字之用,其不得不于此求一简易之法哉!"① 黄氏还用诗歌形式,既是实践也是理论,宣扬"我手写我口,古岂能拘牵?即今流俗语,我若登简编。五千年后人,惊为古斓斑"。② 此外他还写过九首《山歌》,全用的白话。

文廷式从世变之亟感到,改文体以归简易是大势所趋,求工求雅,是文言文之大病。③

张鹤龄指出文字艰深,政学人才必然都受其蔽,民智也难开。他还从各国文字的比较中,提出了汉字拼音化的设想。④

蔡元培所编《文变》一书中,收有阙名者一文,指出"死语"不能写"活事":天下物类日繁,事端日滋,想用几千年前有限的死语,写今天无数活事,怎能完全中肯?⑤

裘廷梁更畅论白话为维新之本。他说,文与言判然为二,实为二千年来文字一大厄,使许多人不能为有用之学。人之求通文字,"将驱遣之为我用乎?抑将穷老尽气,受役于文字,以人为文字之奴隶乎?"他指出白话之益有八:省日力、除骄气、免枉读、保圣教、便初学、练心力、少弃才、便贫民。所论大都切于实用,便于群众。他的结论是:"愚天下之具,莫文言若;智天下之具,莫白话若。……文言兴而后实学废,白话行而后实学兴;实学不兴,是谓无民。"⑥

---

① 黄遵宪《日本国志学术志·文学》。
② 黄遵宪《杂感》。
③ 文廷式《罗霄山人醉语》。
④ 张鹤龄《文敝篇》。
⑤ 阙名《论中国文章首宜变革》。
⑥ 裘廷梁《论白话为维新之本》。

同时王照历观前代,参以日本经验,也痛论文、言不一致给读者带来的困难,对国家进步造成的危害。为此,他还为北方不识字的同胞试制了便于学习的字母。①

梁启超也说:"文学之进化有一大关键,即由古语之文学,变为俗语之文学是也。各国文学史之开展,靡不循此规道。中国先秦之文,殆皆用俗语。"②

不消说,这期间继续反对白话和以白话为文的人还不少,有名的如林纾《致蔡鹤卿书》中的反对"行用土语为文字",否则"凡京津之稗贩,均可用为教授矣"。③ 但由于文学革命的声势不可阻挡,思想革新的重要已为极大多数人所认识,反对的议论虽不绝如缕,显然已越来越难成气候,溃不成军了。

从上所说,可知胡适、陈独秀等所据白话文学的史实固早已是客观存在,其提出的论点甚至所用某些字句,也已在前人文章中出现过。此前早已有人开始在有意的主张白话文学。蔡元培所说"白话与文言,形式不同而已,内容一也"。④ 此说不尽确,文体变革必然会带来思想内容的一定变化,有利于科学精神与民主精神的发扬。不过他们立说之初,如胡、陈两文,用的仍是文言文,虽已很平易。立论也未周密,不尽合实际,如说白话文学"为中国文学之正宗","中国这二千年只有些死文学,只有些没有价值的死文学",⑤ 等等。陈独秀当时持的竟是这种态度:"鄙意容纳异议,自由讨论,固为学术发达之原则,然而改良中国文学当以白话为文学正宗之说,其是

---

① 王照《官话合声字母原序》。
② 梁启超《小说丛话》。
③ 林纾《致蔡鹤卿书》。
④ 蔡元培《致公言报并答林琴南书》。
⑤ 胡适《建设的文学革命论》。

非甚明，必不容反对者有讨论之余地，必以吾辈所主张者为绝对之是而不容他人之匡正也。"① 胡适态度原较持重，而亦终于赞赏陈的这种精神为"勇气"，则难道在这种时刻，科学与民主就应当靠边站了才对？"改良中国文学当以白话为文学正宗"是对的，说白话文学过去也已"为中国文学之正宗"，显然不合事实。矫枉过了"正"，终究仍得再费力矫过来，而若还频频折腾，总是过正的时候多，而"正"的时候少了，有什么益处呢？

2. 近代文学理论在新旧交替、救亡图强的大变革世运中，对充满封建专制思想内容的旧文学传统进行了很多批判，这是要求改良、变革的一种进步表现。这时非常需要发挥文学能有的新民作用，不批判揭出旧文学的种种弊病就不行。不过总的说来，一味否定、完全抹杀过去的很少，认为凡有好的作品及优良传统，对当时现实变革能起积极作用的都应尽量吸收，却较多。陶曾佑即认为"国度何判东西，时代不分今昔"，只要是好的东西就应继承发扬，是坏的东西即应舍弃。他指责"经则详于私德，略于公益，为个人主义之伥；史则重于君统，轻于民权，开奴隶舞台之幕；子则鄙夷浅显，注重高深，耗学者之心思脑力；集则记载简单，篇章骈俪，种文坛之夸大浮哗"。② 虽嫌笼统，未加区别，仍可感到他有眼光。

完成于1907年的鲁迅的《摩罗诗力说》是一篇对中国传统文学既有批判亦未一概抹杀，还对其未来充满希望，并提出变革的目标主要在反对封建、争取自由，充满爱国激情和抗争精神的巨著。在他之前，近代文学理论中固已不乏与欧美、日本文学相比较，开始从中汲取通过变革取得国族复兴经验的论述，开辟了中外比较文学

---

① 陈独秀答胡适书中语，见胡适著《五十年来中国之文学》。
② 陶曾佑《论文学之势力及其关系》。

研究的新路，但都未能像他这样论述得系统、扼要，充满时代精神与现实意义。

鲁迅肯定中国古代有先进的文明，并有自己的民族特色："夫中国之立于亚洲也，文明先进，四邻莫之与伦，蹇视高步，因益为特别之发达。及今日虽雕零，而犹与西欧对立，此其幸也。"他作了分析，中国古代文明的"得"处在于"以文化不受影响于异邦，自具特异之色彩，近虽中衰，亦世希有"。没有因近之中衰而完全抹杀过去确有的成就。

鲁迅分析中国古代文明中衰的原因，在于闭关自守，不能与世界大势相接，使思想日趋于新。他当然主张变革，但清醒地看到苍黄变革还远未取得应有的成效。"失"处在"以孤立自是"，不遇比较，终至堕落而乏实利，抵不住新力量的打击。用习惯的旧眼光观察一切，当然得不出正确的理解，所以讲维新虽已二十年，新声却至今未曾起来。国粹主义者闭目塞聪，抱残守阙，毫无反省之心，不明新变之必要，必然会没落下去。只有懂得了这种道理，即有了变革的自觉，那么真正优良的传统文明，才能永远不死地承传下去。鲁迅是平心静气地讲道理的。

为了要与世界大势相接，鲁迅力主"别求新声于异邦"。当时欧美、日本确多进步的新声。追求新声于异邦的动因在于"怀古"，即热爱我们国族，维护我真正优良的传统文明。异邦的新声不止一端，我们应先选求其对我国的变革事业最有帮助的，于是他提出了摩罗诗派。摩罗诗派及其代表人物裴伦（拜仑）和修黎（雪莱）等的具体活动以及向往自由民主、对封建专制压迫的坚决反抗精神正是我们当时最需要的新声。鲁迅具体指出，他们的这些声音和表现：

　　立意在反抗，指归在动作。

> 超脱古范,直抒所信,其文章无不函刚健、抗拒、破坏、挑战之声。
>
> 重独立而爱自由,苟奴隶立其前,必衷悲而疾视,衷悲所以哀其不幸,疾视所以怒其不争。
>
> 所遇常抗,所向必动,贵力而尚强,尊己而好战,其战复不如野兽,为独立、自由、人道也。
>
> 旧习既破,何物斯存?则惟改革之新精神而已。①

所有这些称述,难道不果然是当时我国最缺少的新声?讲维新已二十年,这样的新声确还未曾振起。大讲西学固然不错,但多年来介绍过来的,不过是"治饼饵、守囹圄之术"这类细物,如仍这样下去,中国将只能"永续其萧条"。鲁迅大声呼喊:"今索诸中国,为精神界之战士者安在?有作至诚之声,致吾人于善美刚健者乎?有作温煦之声,援吾人出于荒寒者乎?"他迫切希望精神界应有更多的勇猛战士。对此他虽然焦虑,显然仍抱希望:"顾即维新矣,而希望亦与偕始",第一次维新未成,"第二维新,亦将再举,盖可准前事而无疑者矣"。失望而仍满怀希望,慨叹而仍保持着对国家人民的坚定信念,始终毫无畏惧,绝不放松地进行艰苦的斗争,这就是伟大的精神界之战士鲁迅的光辉的一生!

鲁迅当时有进化论思想,向往资产阶级革命的理想,但在当时历史条件下,他已勇敢地作出了他能做的一切,站在为国族命运而战斗的最前列。在批判继承发扬光大人类优良文化传统这一重要理论问题上,他的观点至今仍有现实意义。

3. 在近代文学随着时代发展而进行的变革活动中,必然会产生

---

① 鲁迅《摩罗诗力说》。

很多新的问题,做出各种不同的探讨和回答。回顾一下不仅有趣,也可作为借鉴。

①文学与政治、事功的关系问题:

中国古代文学理论一向非常重视文学的社会作用,从孔子开始,历经曹丕、陆机、刘勰、钟嵘等等,绝大多数论家莫不如此。平时如此,在国族危急存亡之秋,忧国伤时,大声疾呼,号召起而卫国保民,向被视为文学家的天职,这样的作品也确能发挥重大作用。近代严复说过文学在这种关头"无用",因远水不救近火,但承认在承平时期它能"怡情遣兴"。"尚用"可说是中国文学理论长期通行的准则。王国维对文学作品所持的价值观念却跟过去大异。

王氏认为文学一旦成为政治教育的手段而不重视它本身的价值,就没有价值。文学以忠君爱国、劝善惩恶为目的,求以合当世之用,就不是纯文学,就是无独立价值的表现。他认为:"餔餟的"与"文绣的"文学都决非真正的文学,文学乃游戏的事业。① 蔡元培和鲁迅有一些近似王氏的见解,② 但实际则大不相同。无论就立论之大体及他们的具体实践说,都如此。王氏主张及行事比较一贯,他的学术研究比较精微,但他同生活在其中的大变革时代确实极少关系,在他的作品里很难感到有当时时代精神。他对文学持这种价值观念深受西方某些学者的影响,虽言之凿凿,往往自己亦难能贯彻。如他在诗人中最称赞屈原、陶潜、杜甫、苏轼四人,说他们既都有文学天才,人格亦足千古,学问德性都好,故能写出真正的大文字。但这四人难道都是独立于政治、事功之外的?屈原执着恋念故国,陶

---

① 参看王国维《教育偶感·文学与教育》《论近年之学术界》《论哲学家与美术家之天职》《文学小言》《古雅之在美学上之位置》诸文。

② 参看蔡元培《以美育代宗教说》、鲁迅《摩罗诗力说》。

潜有金刚怒目一面，杜甫穷年哀黎元，苏轼言必中当世之过，他们的作品所以传颂千古，能艺术地表现这些思想内容无疑是主要原因。社会是复杂的，文学家的思想观念会随时代与个人遭遇的变化而变化，矛盾而矛盾，不同时代不同读者的需要也有不同，所以并无急功近利的文学，只要具有真、善、美的一定品质，仍能具有长远、深广的作用。用处不同，用有大小，如果什么用处都没有，作品即无从产生。"无用之用""不用之用"，到底还是有用。昌言所谓"纯"文学，所谓文学应有其"独立之位置"，文学本身就是目的，云云，或出于不满当前的政治、事功，或出于如鲁迅说过的人们时有变化的某种心境，揆之实际，殊非普遍性真理。王氏未能自圆其说，不是理论能力问题，乃由于与事实不合。

②文学是心学：

高尔基有"文学是人学"之说，我国有文学是心学之说。心指人心，人学与心学并不冲突，但前者较泛，后者较实，更便于说明文学表现人们思想感情的特点。文学是心学这种体认，在先秦古籍中已可找到不少资料，但讲得最直接明白的，要推近代文论大家刘熙载。他反复指出：

> 《易·系传》谓"易其心而后语"，扬子云谓"言为心声"，可知言语亦心学也。况文之为物，尤言语之精者乎！①
> 文，心学也。②
> 书也者，心学也。③

---

① 刘熙载《艺概·文概》。
② 刘熙载《游艺约言》。
③ 刘熙载《艺概·诗概》。

刘氏用"心"来规范文艺,同他重"道"并不矛盾。"道"不会自己表现出来,必须由人去观察、探究出来,古人早已指出"心之官则思",离开了"心",道无从体现。单用一般的言语把道表现出来,可以成为别的作品,要成为文学,还要讲究巧妙的语言艺术。语言艺术不只是技术,同对客观事物本身固有发展规律的认识分不开。故归根到底言语亦是心学。心是客观存在的能动反映,艺术需要用心,艺术是为净化、美化、提高人心而创作的,需要人心的接受和沟通才起作用。无论从观察、探究、表现、争取接受和沟通,作者和读者都始终离不开心的活动,思想感情便是心灵活动的产物和成果。明确提出文学是心学,可以认为刘氏对文学本质认识上的一大进步。更有深意的是,刘氏还说:"《诗纬·含神雾》曰:'诗者,天地之心。'《文中子》曰:'诗者,民之性情。'此可见诗为天人之合。"① 从中我们有理由还能探索出他的文艺为主客观的辩证统一,文学创作既离不开客体也离不开主体的文学思想来。而且"心"还重在"民之性情",刘氏诚不愧为近代文论家中大有贡献的人物。

③翻译文体与输入新名词的争议:

严复和林纾是近代翻译工作上影响最大,贡献最多的两人。严是介绍西洋近世思想的第一人,林是介绍西洋近世文学的第一人,两人翻译所用的文体都是文言文。严氏首先提出"信、达、雅"标准。严在翻译过程中,深感面对西方踵出的新理,极难从固有的中文里找到恰当文字对译,需要自己衡量定名,如"物竞""天择""储能""效实"等名,都是由他开始使用的,"一名之立,旬月踟蹰。我罪我知,是在明哲"。② 充分表达出了辛勤负责,自信却不以

---

① 刘熙载《艺概·诗概》。
② 严复《天演论译例言》。

为自己必是的坦诚精神。

严氏译书用文言,吴汝纶称赞"其书乃骎骎与晚周诸子相上下"。① 他这样求雅,一因觉得"用汉以前字法句法,则为达易",二因他是想给多读中国古书之人看的,不这样译他们就不要看,那时许多读书人还看不起近俗应用文字。但吴氏也看到了这样译法太不通俗,而且不赞成严氏的大变原书体制,主张易其辞而仍其体。② 他也不赞成严氏在译书中把原书所引西方古书古事改用中事、中人。③ 吴氏基本倾向直译,关心到了译书不能忽视社会效果问题。

章炳麟对严氏文章表示不满,谓"于声音节奏之间,犹未离于帖括,……盖俯仰于桐城之道左,而未趋其庭庑者也"。④ 章氏仅就一己所好,论其文章,实未中肯。

黄遵宪则不同,认为"译书一事,以通彼我之怀,阐新旧之学,实为要务"。他希望严氏能登高一呼,把翻译文体加以改革,"至于人人遵用之乐观之",这至少也是文界的一种维新表现。⑤ 黄的出发点同章炳麟显然不一样。

对严氏的翻译,在《新民丛报》上曾引起一场辩论。该报记者在介绍《原富》时,指出严氏"文笔太务渊雅,刻意模仿先秦文体,非多读古书之人,一缮殆难索解。……非以流畅锐达之笔行之,安能使学僮受其益乎?著译之业,将以播文明思想于国民也,非为藏山不朽之名誉也"。⑥ 严氏答辩提出两点,一为当时译人尚无统一的

---

① 吴汝纶《天演论序》。
② 吴汝纶《答严几道》。
③ 吴汝纶《答严幼陵》。
④ 章炳麟《太炎文录·别录·社会通诠商兑》。
⑤ 黄遵宪《与严又陵书》。
⑥ 见《新民丛报·介绍新著〈原富〉》。

"律令名义"可据，直译读者仍难悉解，二为他译此书"原非以饷学童而望其受益也"。① 记者的评论正大，表现了时代要求，虽还未能提出应以白话来翻译。严氏答辩属实，但并不能否认其译文太雅的弱点。鲁迅看出，严氏"后来的译本，看得'信'比'达'、'雅'，都重一些"了。②

林纾不懂西文，全据别人口述，用文言文翻译西洋小说达156种。在清末民初，产生了广泛影响。他自己亦深苦不通西文。批评他译文的人很多，李详谓其所译小说，重在言情，"纤秾巧靡，淫思古意，三十年来，胥天下后生，尽驱入猥薄无行，终以亡国。"③ 章炳麟说他的文章比严复更下，"自以为妍，而只益其丑也。"④ 这些苛论反映了他们自己的封建思想和不全懂得文艺作品的真谛。林译任意删减原文，却不避新名词和外来语。他以文言文意译长篇言情小说，不但在中国文学史上是创举，也为近代小说开了生面。他对近代中国文学的发展是有贡献的。鲁迅、周作人译的《域外小说集》继起，由于直接了解外文，思想进步，选择的作品对改革更有利，自然都超过了林译，不过也还是用文言文译的。这是过渡时期必经的过程。后来改用白话翻译，胡适称这是文言文的失败，其实乃是文言文已经过时，新陈代谢，笼统说成"失败"，并不恰切。

在译书过程中必会遇到的另一问题是面对西学中许多新知新事新理，在中国固有文字中找不到适当的来表达，怎么办？于是就有用音译的，如"赛因斯""德谟克拉西"；有据意自创的，如"物竞""天择"；有借用日本以汉字造成已流行的，如"手段""手

---

① 严复《与〈新民丛报〉记者论所译〈原富〉》。
② 鲁迅《二人心集·关于翻译的通信》。
③ 李详《再答钱子泉书》。
④ 章炳麟《太炎文录·与人论文书》。

续"。翻译家好不容易创造或输入了一些新学语、新名词,妥当与否且不论,首先就会受到旧派文士的攻讦。梁启超自我解放,打破古文义法,务为平易畅达,时杂以俚语及外国语法,虽新文体,学者竞效之,老辈则诋为野狐。① 连他的老师康有为都不满意这种文体,叶德辉、刘师培、胡蕴玉等纷纷大肆讥斥。如从日本输入的"手段""手续""取消""取缔""打消""打击""崇拜""价值""社会""绝对""唯一""要素""经济""人格""谈判""运动""双方""起点"等等我们早已常用的词语,当时竟都是他们攻讦的例子。② 外国新学语、新名词的输入,不可避免同时会输入一些新的思想。反对新文体、新学语、新名词的人,不少就是反对新思想,反对变革的人。

王国维在这个问题上的观点非常通达。他认为翻译时创新名是必需的,输入也是应该欢迎的,采取日本译语既比自创便利,而且有利两国学术交流。他认为新学语应使大多数读者了解;好奇者滥用新名词、泥古者唾弃新名词都不对。③ 谭嗣同、夏曾佑、梁启超都曾滥用过新名词,"颇喜掊扯新词以自表异",别人看不懂。梁启超后来回想此事时说:"今日观之,可笑实甚也。"④ "过渡时代,必有革命。然革命者当革其精神,非革其形式。吾党近好言诗界革命,虽然,若以堆积满纸新名词为革命,是又满清政府变法维新之类也。"⑤ 这一反省是深刻的。

---

① 梁启超《清代学术概论》。
② 康有为《中国颠危误在于全法欧美而尽弃国粹说》、叶德辉《郋园书札·答人书》、刘师培《论近世文学之变迁》、胡蕴玉《中国文学史序》。
③ 王国维《论新学语之输入》。
④ 梁启超《夏威夷游记》。
⑤ 梁启超《饮冰室诗话》。

翻译文体宜用洁净明畅的白话，直译为主而亦不过于拘执，要力求保存原著的艺术品质与风格特色。严复的"信、达、雅"标准若不全按他的做法，还是值得重视的。输入新名词，或创或借，不仅在所难免，且为发展学术、文艺所必需，新的学语、名词必然随着新的思想以俱来。创词要认真负责，借用要慎重选择。唾弃新名词是愚蠢，也抗拒不了；滥用新名词是幼稚，也长不了。新名词经过实践检验、时间考验，有生命力的即能站住，没有生命力的自会被淘汰。所以视"新名词的爆炸"为大祸将临，殊不必如此张皇其事。大变革时期这样的例子是很多的。

四、近代文学理论的发展

1. 散文理论

桐城派散文原是清代散文正宗，影响最大的姚鼐虽在1815年已去世，进入近代后因他的弟子、追随者众多，开头还颇有声势。他们相互间不无小异，基本都反对汉学，恪守桐城"义法"，即主张"学行继程、朱之后，文章在韩、欧之间"的道统与文统，认为义理、辞章、考据三者都是学问，"异趋而同为不可废"。这种主张当然能得到清代统治者的欢迎，让他们去大讲其"神理、气味、格律、声色"，为统治者鼓吹休明。朴学家认为姚氏于考据为门外汉，用他们的眼光看桐城文，自然会斥其空疏，言之无物。桐城派反对骈体，文选派祖述昭明太子"沉思翰藻始得为文"之旨，主于俪语，认为桐城派文不是"文"只是"笔"。反对理学的人不满桐城派高谈程、朱，对宋学真有研究的人又以为姚氏并未得到宋儒的精微处。桐城派大弟子无法应付这种复杂局面，追随者末流愈下，模仿成习，成了变相八股。虽余响未灭,终即凋零。桐城派文章有些清通简朴,不能笼统抹杀。病在思想落后,未跟上时代。

阮元为首的文选派,尽管打击了桐城派,但这时还要来倡议以骈俪为正宗,离时代更远,当然不能如愿。较有力量的是沿桐城而起以曾国藩为首的湘乡派。他扩大了散文的范围,在姚氏"义理、辞章、考据"之外又添上一项"经济",他可能认为这样一来,既兼取了汉学宋学之长,又不贬低文辞的作用,还可借"经济"以求应世之实用,真可挈揽众长,得大家拥护了。湘乡派一度有过崛起的声势,不久便低沉下去了,关键仍在骨子里他的思想即"中体西用",传统的封建思想使他不可能再进一步。文学必须随时代的变化而变化,湘乡派在大变革真的到来时就会很快失去影响,也是必然的。

接着就是新党改良派文学主将梁启超"时务文"新体的盛行。他既有先进的变革思想,又笔锋常带爱国图强的激情,自觉冲破一切家法,非桐城,非六朝,务为平易畅达,时杂以俚语、韵语及外国语法,受到大众热烈欢迎,顽固派守旧派则都视他为洪水猛兽。这种新文体实际已开白话文之先河,是"文界革命"的一种先行产物。章炳麟讥其"洋洋洒洒,即实不过数语",后还有人责其"堆床叠架"、"浮夸不实",未免过涉苛细。章氏是小学专家,不甚了然这种新文体的政论性质与鼓动力量,没有看到它在当时力求变革中所起的巨大作用。梁氏新文体后来逐渐减少,已完成了它作为过渡到白话文的历史任务。

在近代散文文学理论的发展中,自然总有不少支流、回流。即使在南社作家中,仍有不少复古之论。章炳麟在辛亥革命时期鼓吹民族主义,论文却主回到魏晋,有时又以疏证之文为最佳文学作品。其他形形色色都有,影响均极小。

在散文评论上，刘熙载《艺概·文概》论多精辟，富于辩证法。对历来散文作家作品中关心民瘼，有忧国伤时内容的评价特高，表现出他的理论之时代特色。他谈"为文者将以益人"，先要自己"言之真能自知自信"，"农之言耕作，工之言朴斫"，他们是能自知自信的，商贾靠不住，巫卜更不可靠，所以他说："昔人称为文宜师圣贤，吾谓若吾人者，且师农工也可。"①。重在实践，真是一个难得的卓见。

随笔、札记、日记都是散文体，近代这类著作甚多，有不少精品。亲切有味，言之有物，又短小精悍，人多爱读。诗话、词话等也属这类著作。《艺概》《饮冰室诗话》、《人间词话》等以具象思维方式，往往几句话就谈出了精微的道理，思辨即寓于鲜活的比喻之中，是我们民族特有的理论形式，不可妄自菲薄。

2. 诗歌理论

近代诗歌理论也应从龚自珍、魏源谈起。龚氏论诗，一如其论文，中心充满郁怒、悲慨，而又只能以奥奇、怪僻出之。身历其境，忧国伤时，使他论诗对豪情侠骨特别赞赏。他极重表现真实的内心，即使不得不曲折其辞，仍能和盘托出，使人理解，最为好诗。他主张诗人应有广泛的见闻、博涉的学识，再来写"泄天下之拗怒"的诗歌。魏源论诗，明白出于"忧患天下来世"及"改作"之心，要求诗人发愤图强，敢于"改作"，即变革。谭嗣同称龚、魏"皆能独往独来，不因人热，其余则章摹句效，终身役于古人而已"。②

龚、魏论诗的精神，得黄遵宪而有了大张旗鼓、理直气壮的发

---

① 刘熙载《昨非集》二。
② 谭嗣同《论艺绝句六首》注中语。

扬。他主张"诗之外有事,诗之中有人。今之世异于古,今之人亦何必与古同"。他的诗境理想,是"其述事也,举今日之官书、会典、方言、俗谚,以及古人未有之物,未辟之境,耳目所历,皆笔而书之","不名一格,不专一体,要不失乎为我之诗"。① 为此他提出"我手写我口,古岂能拘牵"。② 这就是要为变革而作,要写自己的亲身经历,要创新,要用白话写诗。他很重视民间文学中的山歌,不但广为搜录,叹为大才,自己也学着创作。他被誉为诗界的哥伦布,像发现了新大陆一样发现了一个诗的新世界。

继他而起的又有丘逢甲,亦是诗界革命巨子。他决心为诗界革命而战斗,不拘一格一体,力主开拓新意境、新题材,横绝九州海外,诗语要通俗,以俚语甚至西洋史事入诗。黄、丘两人的诗及诗论,都受到梁启超的支持、赞赏。

梁启超论诗,认为诗歌应为国民大众服务,向他们"报恩";要对世运发展有影响;不可薄今厚古;革命应革其精神;作诗要有新意境、新语句。都对。认为古来辞章家都是"鹦鹉名士",儿女子语便与世运无关,又未提对作品的艺术要求,便不免笼统、片面、褊狭。认为新体诗仍须入以古人风格,否则就不像诗了,旧观念仍起作用。这是过渡期理论难免的局限。梁氏给黄氏的评价极高,对丘氏亦然。反映了时代和群众的要求。③

近代诗论中,其他正当、合理的观点当然亦有不少。但创见不多。吴敏树、刘熙载、刘毓崧都有重视民间文艺及语言极有助于诗

---

① 黄遵宪《人境庐诗草自序》。
② 黄遵宪《杂感》。
③ 参看梁氏《饮冰室诗话》《夏威夷日记》《人境庐诗草跋》。

作的议论,很难得。① 经史学家、书法家何绍基用白话写了《与汪菊士论诗》十九则,比梁启超的时务文还显明,亦多合理语,是理论专著中罕见的先例。

近代旧派诗人成家成派在历史上值得一记的只有"宋诗派"。这个诗派的成员大都是些书生或专于诗道的人,很少参加政治活动,自觉远离变革大事,追求这种宁静而得以在诗艺上有所成就的生活。但其中有些人学江西派的,掉书袋,爱用典,重模拟,自然不能有新意境、新语言,不能反映时代精神,对轰轰烈烈的变革袖手旁观,似乎超脱,实同逃世。宋诗派除掉在他们自己这个小圈子里有兴趣,有点影响,很多人并未重视他们,几乎无甚影响。南社诗人不少,除反对满清统治的种族革命思想外,多数未能随历史发展前进,旧意识还保存得很多,艺术上有成就的亦少。同"诗界革命"诸家比,旧诗人瞠乎其后了。

3. 词学理论

近代文学发展过程中,文界、诗界、小说界都提出过"革命"口号,词界却没有。常州派、浙派词人不少,论词专著有名作,还崛起了王国维及其《人间词话》,但词人几都囿于传统的见解、习惯,缘情婉约,香草美人,忧生念乱、伤时感事而又志切变革的极少。大都只是在传统词的范围里斟酌音律词句,发点小议论,属风格、技巧、表现问题的为多,虽也谈及比兴、寄托、雅正,很少时代精神,面临艰危动荡的世局,依然温存、和平得很,实际近于麻木。词论受西学影响,王国维似属绝无仅有,对世局同样淡漠。

---

① 吴敏树《书毛西坦黔苗竹枝词后》,刘熙载《昨非集·游山与友人论诗》、《艺概·诗概》,刘毓崧《古谣谚序》。

文廷式也看到这种危机:"迩来作者虽众,然论韵遵律,辄胜前人,而照天腾渊之才,溯古涵今之思,磅礴八极之志,甄综八代之怀,非寡若囚拘者所可语也。"① 王鹏运论南宋四名臣词,称他们能"悲天运,悯人穷,当变风云时,自托尔小雅之才,而词作焉"。称他们乃"真洞然大人也"。② 可惜近代却极少这种志士雄才。冯煦论词,虽对陈亮、辛弃疾、陆游都有好评,却又称姜夔乃南渡第一人,"千秋论定,无俟扬榷"。③ 他称道的"忠愤之气",同他在辛亥革命后以遗老自居的事实相比照,真意立见。丁绍仪《听秋声馆词话》收录《水烟、鼻烟、鸦片烟词》,似颇感慨;谢章铤《赌棋山庄词话》亦录着一篇《海警散曲》,写鸦片战争时事,对殖民主义侵略之恨几乎一点未写,反有埋怨反击徒遭涂炭的至少非常糊涂的用意,正合失败后可责罪于主战者的统治集团心意。陈廷焯《白雨斋词话》自谓词学一道其失有六,所论有见,而他的主张,却仍不过是"温厚以为本,沉郁以为用",仍是常州词派张惠言的那些诗教,并无新意。况周颐《蕙风词话》略有发展,谓"重、拙、大"是"作词三要",主张不晦不琢,以吾言写吾心,但仍要规橅两宋。辛亥革命后他也仍恋恋清室。

王国维的《人间词话》在形式上是传统的,思想上已受西学影响。他以"境界"、隔与不隔、有我与无我、造境与写境、入乎其内与出乎其外、忧生与忧世、赤子之心、血书、真景物与真感情等论词,多发前人所未发,其理论影响早已兼及一般文学。境界说最是他论词的核心,以为"能写真景物、真感情者,谓之有境界"。境界

---

① 文廷式《云起轩词序》。
② 王鹏运《南宋四名臣词序》。
③ 冯煦《蒿庵论词》。

越深,作品的"格"也就越高。但王氏说有"无我之境"是否真有?词人如何能无我地"以物写物"?王氏说李后主"生于深宫之中,长于妇人之手"是他为人君的短处,亦即为词人所长处,又说"主观之诗人不必多阅世,阅世愈浅,则性情愈真,李后主是也",都不切合事实。李后主身受亡国之辱,阅世还浅?他的最好词作,难道不是这种阅历促成的?阅历深了,一定会使性情失真?如果真只是"赤子",大眼界深意境能从哪里来?说李后主"俨有释伽、基督担荷人类罪恶之意",简直把一己之所爱,拔高到天上去了。王氏有很高的艺术鉴赏力,也有把自己的学术见解大胆提出来的理论勇气。但他的不少著名观点至少仍是大可商榷的。

刘熙载论词精敏不凡,如谓"齐梁小赋,唐末小诗,五代小词,虽小却好,虽好却小,盖所谓儿女情多,风云气少也"。① 诸如此类,仍有时代精神蕴含其中。谭献说词体"固不必与庄语也,而后侧出其言,旁通其情,触类以感,充类以尽。甚且作者之用心未必然,而读者之用心何必不然"。② 这已是名言,是今所称"接受美学"的大好资料,不可以不记。

4. 小说理论

中国之有小说,历史悠久。但对它做研究的极少,在公开场合还表示得很轻视、鄙视。直到近代,由于变革、新民的需要,发现大可运用它的教化作用来作帮助,才逐渐有人对它注意起来。古代文人心理,多视小说为游戏文章,或博弈视之,俳优视之,甚至鸩毒视之,妖孽视之,动辄被科以诲淫诲盗的罪名。所以无论好学深

---

① 刘熙载《艺概·词概》。
② 谭献《复堂词录序》。

思、洁身自好，或明哲保身的士大夫，虽心里爱好却都吐弃不肯从事。现在形势变了，渐知外情，译进了不少外国小说，知道外国富强颇得政治小说的帮助，很受彼邦朝野重视，西哲恒言的"小说者，实学术进步之导火线也，社会文明之发光线也，个人卫生之新空气也，国家发达之大基础也"①。这类理论的传入，无疑使有志于研究小说的人增加了知识与勇气。

林纾在长期译述过程中不断作中西文学思想及艺术的比较，细致平允，往往很通达，较少保守观念。他赞赏迭更司能专写下等社会家常之事为不可及，又不以西学一昌古文之光焰即燼燼之说为正确，同时认为欧人并不尽胜于亚洲人，反对"心醉西风"，在当时都应属异常有识之论。林氏思想难免矛盾，不见其全即统加诋諆，不是实事求是的态度。他极推重《石头记》《水浒》的成就，比较之后指出它们的不足处，如说《石头记》"终竟雅多俗寡，人意不专属于是"，未若迭更司"扫荡名士美人之局，专为下等社会写照"；说《水浒》开头"点染数十人咸历落有致，至于后来，则如一群之貉，不复分疏其人，意索才尽，亦精神未能持久而周遍之故"，都持之有故，言之成理，决非国粹主义者的口吻。②

当时于小说何以能对群众有巨大吸引力的原因，汇合中外小说艺术创作和欣赏的体验而综合为论的代表，当推梁启超。他称"小说为文学之最上乘"；能常导人游于各种境界，开拓思路；小说之支配人道，有熏、浸、刺、提等四种力，此四力所最易寄的，只有小说。小说有这样大的吸引力，但我国小说中确也存在着很多状元宰

---

① 陶曾佑《论文学之势力及其关系》。
② 参看林纾《译斐洲烟水愁城录序》《译洪罕女郎传跋语》《译孝女耐儿传序》《译块肉余生述序》。

相、才子佳人、江湖盗贼、妖巫狐鬼等思想内容,又无人进行教诲,小说便成了"吾中国群治腐败之总根源"。故谓"今日欲改良群治,必自小说界革命始;欲新民,必自新小说始"。① 梁氏把当时的群治腐败之总根源推到小说头上,太夸大其词,表明他当时对社会腐败的总根源尚未认清。但这文在当时确仍起了振聋发聩的作用。小说的巨大作用得到确认后,反思本国小说中确还存在不少缺点,应该改革,这是一个进步。

此后很多议论,即多集中到对旧小说应革些什么,怎样去革,革命目标怎样提,以及该为小说界革命做哪些准备工作等这些题目上去了。革命的目标,即要新民。为了新民;道德、宗教、政治、学艺、人心、人格都要新。蠡勺居士指出旧小说有导淫、诲盗、纵奸、好乱四弊须除。吴沃尧强调小说在此道德沦亡的时刻,要负起挽回颓风的责任。陶曾佑要求小说鼓舞爱国热忱。沈瓶庵主张小说要振作个人志气,有高尚理想,祛社会习染,输荡新机,救旧小说之流弊。严复、夏曾佑联名析论有些书易传、另有些书不易传的原因,给改良小说提供了写作经验。夏氏强调写小说必须有长期生活经验做基础,再辅以识见和勇气。

当时黑幕小说一度盛行,曾深受欢迎。赞之者誉为可作贪官污吏之龟鉴,摘奸发核之笔证,学校以外之教科书,诋之者则以为足"贻毒于青年","罪恶最深","真不知道他们戒于何有"。两个极端,都不全面。其实上焉者确有批判腐败统治,不良风气的作用,下焉者诚有"劝百惩一"的害处,应具体分析。

写小说要塑造人物,署名"蛮"一文中主张人物当被描写出来,妍媸好丑令读者自知,最忌搀入作者论断,又不要把人物写成完人,

---

① 梁启超《小说与群治的关系》。

生活中没有全知全能的人，这样写反令人味同嚼蜡。读小说也要讲方法，读新小说就应有新眼光、新脑筋，而且须有广博的知识。小说大抵有寄托而无指摘，有人动辄诬为影射，没有道理。有人如存心影射，则殊无聊，全无益处，应有足够证据，才能判定。这些意见都很好。他如论小说创作与社会生活的相互关系、需要鼓励评论，因而很多人对金圣叹非常赞赏。谈历史小说的创作方法、中西小说之比较、创作小说与翻译小说之相辅、要求扩大小说描写的范围、输入国外的小说创作理论等，也都有些值得重视、参考的见解。①

王国维评论《红楼梦》，别具见解，认为"美术之务，在描写人生之苦痛与其解脱之道，而使吾侪冯生之徒，于此桎梏之世界中，离此生活之欲之争斗，而得其暂时之平和，此一切美术之目的也"，谓此书即是"以解脱为理想者"。② 其说甚新，颇受叔本华哲学的影响，他的理论主张大率类此，备一格可矣。小说理论的发展，近代称盛，进展显然，实仍方兴未艾，无有穷期。

5. 戏剧理论

近代文学的戏剧理论发展较散文、诗、词、小说略晚，待到发现戏剧的新民作用比小说更大，于是改变过去轻视戏剧的议论蜂起，研究戏剧作用、写法、演技等的学者亦增多，"戏剧改良"的口号也提出了。中国早有戏剧，观众听众虽多，由于大多数本子文字粗俚，少数又太古雅，知音者少，在士大夫文人中，总的说还是玩乐则可，内心重视则否的。近代以来，刘熙载《艺概·词曲概》中提出剧中有"本色、当家处"的问题，以为戏曲之妙，乃在"借俗写雅，面

---

① 蛮《小说小话》。
② 王国维《红楼梦评论》。

子疑于放倒,骨子弥复认真"。① 刘氏认为君子当为益风化、关劝诫的戏曲,"以正声感人",但如不知戏剧有此本色、当家处,便不能吸引人。俞樾引管子语"论卑易行"谈戏剧最易动人耳目、最易入人之心的原因,主要即在它的通俗。鄙俚无文,直拙可笑,贻笑大雅者在此,流布梨园者亦在此。戏剧观众听众大都是平民百姓,脱离了群众的接受能力和欣赏习惯,再高雅的东西也起不了作用。新文学运动初胡适、傅斯年、钱玄同等都对戏曲文辞粗鄙这一点大加指责,几欲据此完全否定传统戏曲,他们未知在他们之前,早有人对此作出一定回答了。

梁启超发现广义的"曲本之诗"所以优于他体之诗,在于歌白相间,可淋漓尽致;主伴多达数十人,可各尽其情;每诗折数、调数多少可惟作者所欲,极自由之乐;曲本可任意缀合诸调,别为新调,较词更为自由。所以他认为曲本实为中国韵文中的巨擘。②

这时论说戏曲大有利于种族革命、振兴中华、开发民智、喊醒国民的文章发表很多,国外运用戏曲力量得到富强的信息、例子亦不断传来。陈去病说戏曲、评话发舒民族主义奏效之速"必有过于劳心焦思,孜孜矻矻以作《革民军》《驳康书》《黄帝魂》《落花梦》《自由血》者,殆千万倍"。③ 戏剧成了比小说效力更大的文体,一时成为共识。

近代戏剧理论的发展,亦得力于专门研究家的总结历史经验,指出努力途径。王国维《宋元戏曲考》和吴梅《顾曲麈谈》起了有益作用。王氏研究创获甚丰。他发现元曲的佳处,在其自然。作者

---

① 刘熙载《艺概·词曲概》。
② 梁启超《论桃花扇》。
③ 陈去病《论戏剧之有益》。

但摹写其胸中的感想与时代情状，真挚之理与秀杰之气就时时流露于其间了。元代还有悲剧，如《窦娥冤》《赵氏孤儿》等，是主人翁自愿赴汤蹈火，可以列入世界的大悲剧中。元剧有意境，"写情则沁人心脾，写景则在人耳目，述事则如其口出"。王氏论剧，着眼在文章的真切自然，即使关目拙劣、人物矛盾，甚至思想卑陋，也仍可给以极高评价。这里也反映了他的"非功利"、"纯文学"的美学观。其实作者思想卑陋，文章即使很自然，不可能就成公认的杰作，这是很普遍的情况。

吴梅也是治曲专家，所论作剧法，主旨所在："曰真、曰趣。……真所以补风化，趣所以动观听。而其唯一之宗旨，则尤在美之一字。此其大概也。"至其紧要，他在作法上又详作说明，可供参考。

近代戏剧理论发展至此，便进入了一个如何改进的阶段。有些人主张全盘否定旧剧，多数人主改良，禁阻不如改善，改善又须渐改，容许有过渡时期、过渡形式，同时赶快培养具有较高文化修养的各种戏剧人才，写出高水平的新剧本、创出新的剧种来。张厚载写文指出旧戏有三样好处：一是把一切事情和物件都用抽象的方法表现出来，二是无论文戏武戏，旧戏都有一定的规律，三中国旧戏向来跟音乐有密切关系，唱工是旧戏中最重要的一部分。他的这种主张曾遭到《新青年》多人强烈的反驳，以为张说的"中国旧戏是中国历史社会的产物，也是中国文学美术的结晶，可以完全保存"，这一意见完全不对。张回答：说中国旧戏不好，只能说它用假象用规律、用音乐的地方太多，不能说它有这几件就是不好。① 现在看来，张的说法有夸大处，大体有其理由。后来还是陈独秀比较持重，

---

① 张厚载《我的中国旧戏观》。

仍主改良。那时已提出创造不用唱工的新戏问题，可是现在话剧并不景气。旧戏虽有些改良，封建内容依然不少。创新和改良都未真抓紧。这些工作还得继续用力做下去。

近代文学理论的发展，涉及面广，头绪多，以上不过择要谈个轮廓罢了。

（本文是为《中国近代文学大系·理论卷》作的序，1990年上海书店出版，又载《社会科学战线》1992年第1期）

附录一

徐中玉学术年谱①

一、学习、工作、经历简况

1915年2月15日：生于江苏省江阴县华士镇。

1920年8月至1924年7月：毕业于华士镇积谷仓初级小学。

1924年8月至1926年7月：毕业于华士镇昭忠祠县立第六高级小学。

1926年8月至1929年7月：毕业于江阴县杨舍镇（今属张家港市）梁丰初级中学。

1929年8月至1932年7月：毕业于无锡省立无锡中学高中师范科。其间遭遇九一八事变，参加无锡学生赴京（南京）请愿坚决抗日运动。开始爱好文学，订阅《现代》杂志，及邹韬奋编《生活周刊》。在校印刊物及江阴县报副刊上发表习作。

---

① 本年谱大部分录自1994年徐中玉先生自述《忧患深深八十年——我与中国二十世纪》，略有删改。1994年至2019年学术年谱情况由陈丹执笔。

1932年8月至1934年7月：经学校介绍去江阴县立澄南小学担任五、六两个年级的语文教师。当时规定必须服务两年期满，才得凭服务证明报考费用较少的国立大学。

1934年8月至1937年11月：考入青岛国立山东大学中文系学习。开始专注读书，爱好习作，也需靠稿费维持自己学业，文章多在北平《世界日报》、天津《益世报》、上海《晨报》等副刊发表。以后在上海《论语》《人间世》《宇宙风》《逸经》《大风》等刊物发表。天津《益世报》来约主编"益世小品"周刊，每次半版，老舍、洪深、王统照、吴伯箫等赐稿，编约半年因忙辞去。任山大文学社社长。为青岛《民报》编《新地》周刊，与同学蔡天心共同负责，约一年。后即改为天津《国闻周报》，上海《东方杂志》《申报文艺周刊》《中学生》《光明》等刊物写稿。也为北平《独立评论》《文学导报》等刊物写过稿。以散文、杂感、论文为主，也发表过几篇小说。华北事变后，受救亡形势和进步同学影响，思想逐渐变化，参加一二·九学生运动，下乡宣传抗日救亡，参加"民族解放先锋队"。卢沟桥事变后，从家乡赶回青岛参加有关活动。山大奉命迁校安徽，任学生会负责人之一，率队和同学们一起离青。鲁迅逝世后，青岛隆重举行的追悼会就是由山大文学社组织召开的，叶石荪、施畸、台静农、颜实甫四位教授发了言。

1937年11月至1939年2月：山大迁校目的地先是安徽芜湖，十多天后即改去安庆，南京紧张后再去武汉待命。一个月后命迁四川万县。随迁同学越走越少。到万县后不久即也离开自去成都，在四川大学借读。两个月后，教育部正式决定将山大暂时并入重庆沙坪坝的国立中央大学。因重庆熟人较多，就去了重庆。旅途辗转费时，1938年3月到中央大学时，只得先读四年级第二学期的课程，然后再补读第一学期的课程，讲明1939年2月读完可先离校。毕业年月只能算是1939年的7月，比原在山大时的预定毕业时间迟了一年。

在沙坪坝中央大学学习的一年中，继续为抗战文艺写作，在《抗战文艺》《七月》《抗到底》《全民抗战》《自由中国》《国讯》《大公报》《时事新报》《国民公报》《新蜀报》等刊物和报纸写了很多文章，以论文为主。任中大文学会主席、校学生会研究部长、系学生会主席。得老舍推荐参加了"中华全国文艺界抗敌协会"，多次参加文学界的一些座谈。先后以中大文学会名义，请来郭沫若、老舍、胡风三位新文学大家到中央大学作报告，在当时的重庆以及保持传统古学的中大，都引起了轰动和争议。

1939年2月至1939年7月：毕业课程读完后，离渝仍去成都，任四川省立教育科学馆研究员，要求研究语文教学问题。机构原在成都，因空袭迁去附近的郫县。这份工作可以保障生活，但缺乏兴趣。恰逢已迁在云南澂江的中山大学研究院文科研究所到成都来招考，觉得还是搞早已有兴趣的文学理论研究工作为好，就应了考。两个月后，山大教授颜实甫新任设在重庆磁器口的四川省立教育学院院长，邀徐中玉去担任秘书，兼教点课。于是徐中玉又回到重庆。刚回去就收到中山大学研究院的录取通知。颜实甫慨然支持徐中玉的计划。不久即经昆明南下，8月到达澂江。

1939年8月至1941年7月：中山大学迁滇后，广东要求仍返粤北坪石。1940年8月决计迁回。研究院同学组成学术考察团，推徐中玉负责，一路在昆明、贵阳、柳州、桂林停留访谈，写成的报告后在桂林、香港《大公报》连载。1941年7月，研究院毕业。论文题为《两宋诗论研究》，主要导师冯沅君先生，先后参加指导的还有李笠、陆侃如、康白情、穆木天诸先生。

1941年8月至1946年7月：受聘留校任中山大学文学院中文系

讲师、副教授。1944年湘桂抗战失利，中山大学决定迁往梅县一带。仓皇离开坪石去赣州暂避。应泰和中正大学之聘任师专科副教授，两月后泰和危急，随迁宁都。到宁都后，知中山大学已迁到梅县，即回中山大学工作。1945年8月抗战胜利后，即由兴宁循水路搭船抵惠阳返广州石牌参加复校的中山大学。直到1946年7月，因久别思乡，又喜爱青岛自然环境，接受母校山东大学的聘约，告别了生活七年之久的中山大学。在此时期，除教学外，徐中玉写的论文大都发表在东南各地的《新建设》《时代中国》《艺文集刊》《中山大学学报》《当代文艺》《文坛》《民族文化》《收获》《中山日报》《正气日报》《青年报》《东南日报》《幹报》等报刊上。到广州后，与黄药眠等一起参加文协港粤分会的活动，支持中山大学学生的进步活动，在《文艺生活》等报刊上发表文章。

1946年8月至1948年7月：应聘回母校山东大学中文系任副教授。当时青岛实际已成解放军三面包围下的孤岛，只剩海上与空中交通。去后，先后应约为济南《山东新报》编《文学周刊》（一整版），为青岛《民言报》编《每周文学》（半版）。王统照、臧云远、骆宾基、许幸之等大力支持。在山大学生发动组织的"反内战反饥饿"大运动中，徐中玉公开表示同情支持。与王、臧两位筹组全国文协青岛分会。被《民言晚报》虽未点名但明显指为"奸匪"。开始残酷镇压后，学生多人被捕、开除。徐中玉编的上述两个周刊即被勒停。山大在已送给下年度聘书的情况下，接到国民党政府部长朱家骅据青岛警备总司令丁治磐报徐中玉有"奸匪嫌疑"而命校方必须将徐中玉解聘的密令。赵太侔校长将密令给徐中玉看，表示无奈。徐中玉随后回上海写文为生，并在一所私立中学兼了半年课。这段时期写了不少文章，主要发表在《观察》《世纪评论》《文讯》《展望》《时与文》《国文月刊》《远风》《民主世界》《东南日报》

《中国新报》等报刊上。

1948年8月至1952年7月：应聘任沪江大学中文系教授。其间曾兼任同济大学中文系教授一年，复旦大学中文系教授一学期。参加进步组织"上海大学教授联谊会"（"大教联"）。在沪江大学参加"革新会"，协助接收。1950年在北京参加中国民主同盟。历兼校务委员，校图书馆长，民盟市委委员、校民盟分部主任，校工会副主席。解放前夕，应邀与姚雪垠共同主编《报告》周刊，创刊号出版后即被禁，第二期编就不得付印，几遭不测，不久上海解放，创刊号才得在街头出现。1952年高校进行院系调整，中文系教授六人，朱东润、余上沅去复旦，章靳以去上海市作家协会，施蛰存、徐中玉去华东师大，朱维之去南开大学。

1952年8月至1994年7月：分配任华东师范大学中文系教授。历兼教研室主任，中文系副主任、主任，文学研究所所长，校务委员会副主任；中国民主同盟华东师大支部委员，委员会主任，市委委员、常委；原教育部学科评议会中文组成员（两届）；上海市教授职称评议会中文组组长（三届）；国家教委全国高教自学考试指导委员兼中文专业委员会主任；创办全国大学语文研究会，出任会长；创办中国文艺理论学会，历任副会长、会长；创办中国古代文学理论学会，出任执行副会长；上海外国语学院、同济大学顾问教授；中国作家协会首批会员；上海作家协会第四届副主席、第五届主席；《语文教学》主编；创办《文艺理论研究》，历任副主编、主编；创办《古代文学理论研究》，出任主编；上海文学发展基金会副会长；上海炎黄文化研究会副会长；上海市文联、文化基金会、语文委员会、高教自学考试委员会、艺术教育委员会、古籍整理规划小组等机构的委员、理事、顾问等。1984年应邀去美国斯坦福大学、内布拉斯加州立大学讲学。同年加入中国共产党。多次参加在新加坡、香港及内地举办的国际学术会议。1957年,应邀为《文艺报》《光明日报》《文汇报》写了文章,参加市宣传会议,1958年被定为右派分子,受撤职降薪去图书馆整理卡片的处分。1958年冬通知参加所谓"市级右派分子学习",先赴颛桥劳动学习两个月,接着参加上海市社会主义学院第一期高教班学习六个月。结业后奉派借调去《辞海》编辑所编写语词部分辞条两年。1960年初宣布摘去右派分子帽子。回系担任教学工作。"文革"开始,首批被投入"监改"。"清队"之初,被关押在学生宿舍一个月,长期在学生宿舍内外清扫。抄家五次,书稿都被封存,部分散失。1971年初宣布"解放",即派赴苏北大丰县海边参加师大干校劳动学习一年。1973年回系为工农兵学员教课,上下于工厂农村之间。"四人帮"覆灭后,首批获得彻底平反昭雪。1978年起,陆续恢复并新任了前述一些职务。

1994年8月至2019年6月25日:从1994年8月至2011年3月,上述职务大都在连任中。2011年后,因年事已高,徐中玉陆续转交相关事务,近十年来大多数职务为名誉性质,包括中国民主同盟市委及师大委员会顾问,华东师范大学终身教授、中文系名誉主任,中国作家协会全国委员会名誉委员,全国大学语文研究会、中国文艺理论学会、中国古代文学理论学会名誉会长,《文艺理论研究》《古代文学理论研究》名誉顾问等。2009年,获上海市第九届哲学社会科学优秀成果学术贡献奖。2013年,向华东师大捐赠100万元人民币和近5万册藏书,设立"中玉教育基金"用于资助贫困学生。2016年,获第六届"上海文学艺术奖"终身成就奖。

2019年6月25日,因病于华山医院逝世,享年105岁。

二、写作、编著出版简况

(一) 专著

《抗战中的文学》(1941年1月,重庆国民图书出版社)

《学术研究与国家建设》(1942年1月,重庆国民图书出版社)

《民族文学论文初集》(1944年2月,重庆国民图书出版社)

《文艺学习论》(1948年1月,香港文化供应社)

《鲁迅生平思想及其代表作研究》(1954年1月,上海自由出版社)

《论文艺教学和语文问题》(1954年6月,上海东方书店)

《写作和语言》(1955年11月,上海东方书店及新知识出版社)

《文学作品的阅读和写作》(1955年12月,上海东方书店)

《文学概论讲稿》(1956年7月,华东师范大学函授部)

《关于鲁迅的小说、杂文及其他》(1957年6月,上海新文艺出版社)

《论苏轼的创作经验》(1981年9月,华东师范大学出版社)

《鲁迅遗产探索》(1983年8月,上海文艺出版社)

《学习语文的经验和方法》(1984年3月,浙江人民出版社)

《写作与语言》(修订本1984年10月,上海教育出版社)

《古代文艺创作论集》(1985年8月,北京中国社会科学出版社)

《美国印象》(1985年12月,上海社会科学院出版社)

《现代意识与文化传统》(1987年10月,河南大学出版社)

《激流中的探索:徐中玉论文自选集》(1996年6月,华东师范大学出版社)

《徐中玉自选集》(上海著名学者文集)(1999年11月,重庆出版社)

《徐中玉文论自选集》(2009年11月,上海文艺出版社)
《徐中玉文集》(2013年7月,华东师范大学出版社)

(二) 主编高校通用教材、中小学教材

《大学语文》(自1981年7月以来,已出版"通行本""自学读本""组编本"三种本子,屡经修订改版,至2018年已出版十一版,都由华东师大出版社出版,在全国发行,累计已达三千余万册)

《中国古代文学作品选》共四册(1987年8月,上海古籍出版社)

《文学概论精解》(1990年3月,上海文艺出版社)

上海新编中小学语文教材H本(试用本,与徐振维共同主编,上海教育出版社)

《大学语文》(自学考试专科用统编本,华东师范大学出版社)

《大学语文》(高等学校教材,2000年,高等教育出版社)

《大学语文》(全国成人高等教育规划教材,1999年,广东高等教育出版社)

《应用文写作》(高等学校教材,2000年,高等教育出版社)

《大学语文》(第7版)(普通高等教育"九五"国家级重点教材,2001年,华东师范大学出版社)

《大学语文》(第8版)(普通高等教育"十五"国家级重点教材,2005年,华东师范大学出版社)

《大学语文》(第9版)(普通高等教育"十一五"国家级重点教材,2007年,华东师范大学出版社)

《大学语文》(第10版)(普通高等教育"十二五"国家级重点教材,2013年,华东师范大学出版社)

《大学语文》(第11版)(普通高等教育"十二五"国家级重点教材,2018年,华东师范大学出版社)

(三) 主编书籍

《伟大作家论写作》(1944年4月,重庆天地出版社)

《华东游记选》(1985年6月,上海文艺出版社)

《中南游记选》(1986年2月,上海文艺出版社)

《西南西北游记选》(1987年7月,上海文艺出版社)

《中国古代文论研究方法论集》(1987年3月,齐鲁书社)

《古文鉴赏大辞典》(1989年11月,浙江教育出版社,获全国图书金钥匙奖一等奖)

《刘熙载论艺六种》(与萧华荣合编,1990年6月,巴蜀书社)

《苏东坡文集导读》(1990年6月,巴蜀书社)

《中国古代文艺理论专题资料丛刊:通变编》(1992年9月,北京中国社会科学出版社)

《中国古代文艺理论专题资料丛刊:艺术辩证法编》(1993年10月,北京中国社会科学出版社)

《中国近代文学大系·文学理论卷》(1994年12月,上海书店,获第三届国家图书奖。)

《中华文史知识辞典》(2000年,汉语大辞典出版社)

《千古名赋·千古妙词·千古好诗·千古妙曲·千古美文》(2000年,上海文化出版社)

《初中生课外文学名著导读》(2001年,汉语大辞典出版社)

《高中生课外文学名著导读》(中国文学卷,2001年,汉语大辞典出版社)

《高中生课外文学名著导读》(外国文学卷,2001年,汉语大辞典出版社)

《中国古代文学名作导读本》(2001年,广西教育出版社)

《中国古代文学经典选注库》（2002年，广东人民出版社）

（四）主编期刊

《益世小品》（天津《益世报》每周副刊，1935年。）

《新地》（青岛《民报》每周副刊，1935年。）

《艺文集刊》（赣州中华正气出版社，1944年，与钟敬文合编，共两辑。）

《文学周刊》（济南《山东新报》，1947年，约半年，被勒停。）

《每周文学》（青岛《民言报》，1947年，出四期，被勒停。）

《报告》（与姚雪垠共同主编，周刊，1949年3月创刊号出版即被禁止，第二期编就未能再出，春秋出版社。）

《语文教学》（双月刊，上海新知识出版社，1956年反右后被撤去编务。）

《中文自学指导》（1985年由徐中玉创刊，并出任主编，原为月刊，1995年改为双月刊，由全国高教自学考试中文专业委员会主办，2009年后改刊为《现代中文学刊》，新增华东师范大学为主办单位，现任主编为陈子善。）

《古代文学理论研究》（集刊，1979年由徐中玉发起创刊，系中国古代文学理论学会会刊，由中国古代文学理论学会与华东师范大学主办，徐中玉从第9辑起主要负责，至2011年第32辑退休，原由上海古籍出版社出版，现由华东师范大学出版社出版，现任主编为胡晓明。）

《文艺理论研究》（双月刊，1980年由徐中玉发起创刊，系中国文艺理论学会会刊，由中国文艺理论学会与华东师大中文系联合主办，徐中玉自创刊以来一直负责到2011年第175期退休，华东师范大学出版社，现任主编为谭帆、朱国华。）

中国现代文艺学大家文库

《中国文论的民族特色——徐中玉文艺学文选》
《论"文学是人学"——钱谷融文艺论文选》
《清园谈艺录——王元化文艺学文选》
《现代性与当代文学理论——钱中文文艺学文选》
《中国诗学的春天——李衍柱文艺学文选》
《文学的真谛——王元骧文艺学文选》
《在历史与当代交集点上——陈伯海文艺学文选》
《文艺学宏观阐释——陆贵山文艺学文选》
《与西方文论的平等对话和争鸣——孙绍振文艺学文选》
《走向文化诗学——童庆炳文艺学文选》